www.b-books.co.kr

다향

www.b-books.co.kr

잔혹하여라

잔혹하여라

초판 1쇄 찍음 2019년 9월 19일
초판 1쇄 펴냄 2019년 9월 26일

지은이 | 아가서
펴낸이 | 정 필
펴낸곳 | **(주)뿔미디어**

기획 · 편집 | 이영은
표지 디자인 | 우 물

출판등록 | 2002년 9월 11일 (제1081-1-132호)
주소 | 경기도 부천시 소향로 17, 303(두성프라자)
전화 | 032)651-6513 / 팩스 | 032)651-6094
E-mail | dahyangs@naver.com
블로그 | http://blog.naver.com/dahyangs
비북스 | http://b-books.co.kr

값 9,000원

ISBN 979-11-315-9677-7 03810

아가서 장편 소설

DAHYANG ROMANCE STORY

contents

프롤로그

쏴아아!

먹구름이 드리운 하늘에서 폭우가 쏟아져 내렸다. 우산 속 바짝 야윈 영재의 얼굴은 쇳덩어리의 차디찬 가면을 쓴 것 같았고, 모질게 부릅뜬 두 눈엔 독기가 가득 차 있었다. 그러나 청기와의 조모는 개의치 않았다. 몇 번이고 사정했다.

"영재 양! 한 번이면 됩니다! 딱 한 번이요! 지금 우리 손주님이 죽어 가고 있어요! 이 늙은이가 무릎이라도 꿇고 빌면 되겠습니까? 부디 이 늙은이의 청을 들어주세요!"

간곡히 애원하는 조모의 주름진 얼굴 위에서 그가 아른거렸다. 가여운 내 사랑! 그러니 이 말은 말자, 했다. 하지만…… 이 말밖엔 없었다.

"차라리 죽으면 부르세요."

"……!"

"안녕히 가세요."

그렇게 냉정하게 돌아선 영재의 두 눈이 새빨갛게 젖었다.

"어르신!!"

조모의 수행 비서가 비명을 질렀지만 영재는 뒤돌아보지 않았다. 눈앞이 온통 흐릿해도, 빗물 먹은 운동화가 천근만근 같아도 악착같이 걸었다. 하지만 요양원 건물 귀퉁이를 돈 순간엔 땅바닥에 주저앉고 말았다.

"흑흑……."

목구멍까지 치밀어 올라 있던 큰 슬픔이 터졌다. 커다란 우산 속에서 그 가늘고 외로운 몸을 웅크린 채 엉엉 울었다. 하지만 그녀의 심장은 여전히 뜨겁게 뛰고 있었다, 널 버리면서!

쏴아아! 쏴아!

이미 살 의지를 내버린 채 링거로 연명되어지고 있는 손주의 초췌한 얼굴에선 삶에 미련도, 죽음에 대한 두려움도 없었다. 그 절망적인 손주를 지켜보는 조모에겐 지금처럼 두려운 순간도 없었다. 영재란 아이, 괴물 같았다. 그래서…… 다행이었다.

"……죽으세요."

목소리가 갈라진 조모의 주름진 두 눈이 깊은 원망으로 얼룩졌다.

"그 아이가 차라리 죽으면 부르라 합디다! 손주님은 죽어야 그 아이를 만나겠어요. 그러니 어쩌겠습니까? 죽으세요!"

초점 없던 그의 짙은 흑색 눈동자가 크게 흔들렸다.

"네에, 이 할미가 보내 드리겠습니다! 이대로 가셔서 그 아이 만나세요!"

그깟 사랑 때문에 크게 불효하는 손주를 노여워하며 다그친 조모는 손수건을 입에 꾹 물며 밖으로 나갔다.

미세한 기계음만 남아 있는 병실은 춥고 추웠다. 심장까지 얼어붙을 것 같은 장주는 힘없이 깜빡이던 눈을 스르륵 감았다.

'차라리 죽으면 부르라 합디다!'

그러니 주저할 이유가 없었다. 베개 밑에 손을 넣었다. 그리고 꺼낸 그 날카로운 것으로 순식간에 손목을 그었다. 새하얀 시트가 검붉게 젖어 들기 시작했다.

……삐—삐—삐—삐…….

삐—삐—삐…….

영재야, 너무 많이 울진 마……!

……삐——————————

——————————삐…….

01

크랭크 업(촬영 종료)이 코앞인데 씬(Scene) 변경이 불가피하단 전활 받은 영재는 팩스로 전달된 막콘티(대충 그린 그림)를 챙겨 호텔로 달려갔다. 하지만 같이 있어야 할 감독들은 보이지 않고 총괄 디렉터 이호재만 덩그러니 있었다. 게다가 목욕 가운 하나 달랑 걸친 채.

"저 손 좀!"

다급히 욕실로 직행한 영재는 세면대의 물부터 틀고 불안하고 긴박한 마음을 가다듬으려 했다. 하지만 촬영 현장마다 성추행 상습범으로 악명 높은 이호재의 추문들이 왕왕거리는 머릿속을 쉽게 진정시킬 수가 없었다.

"아무 일 없을 거야, 서영재."

그러나 안타깝게도 그건 어디까지나 자기 최면에 불과했다. 밖으로 나가자 이호재는 침대 위에 알몸으로 웅크리고 앉아 있었고, 그 엉덩이 아래의 두 다리 사이엔 거무스름한 덩어리도 있었다.

똥?!

덩어리의 정체에 기겁한 영재는 본능적으로 객실 문을 향해 뛰었다. 그러자 이호재, 아니 그 머저리도 침대 위에서 뛰어 내려오며 소리쳤다.

"밑 닦으라고 불렀는데 어딜 가?!"

90킬로그램의 거구는 순식간에 영재의 머리채를 휘어잡았다.

"아앗! 이거 놔요!!"

비명을 질렀지만 거구의 손아귀에서 짐짝처럼 바닥에 내동댕이쳐진 그녀는 머저리의 가랑이 사이에 끼인 채 뺨을 얻어맞았다.

쫘악!

쫘악!!

야구 글러브처럼 크고 투박한 손으로 수차례 영재를 후려친 이호재는 크윽, 하고 가래 끌어 올리는 소릴 내더니 흥분된 목소리로 말했다.

"꽃은 보되 만지지 말고, 만지되 꺾지 말라! 그건 개소리야, 그치, 서영재야?"

영화판 남초들 사이에서 '현장의 꽃'으로 불리는 영재는 축 늘어진 채 눈도 제대로 뜨지 못했다. 이명이 들리는 두 귀는 물을 부은 듯 먹먹했고, 턱에서 느껴지는 극심한 통증은 골까지 찔렀다.

"서영재야, 금방 끝나아?"

머저리는 매장할 시체를 다루듯 영재의 두 발을 양손에 하나씩 잡고 침대로 질질 끌고 갔다. 정신이 들락날락거리는 영재의 초점 없는 시야로 머저리의 두 다리 사이에서 단단하게 곧추선 물건이 보였다.

그것이 이렇게 소름 끼치는 무기라는 걸 오늘에 안 영재는 사력을 다해 하체를 비틀었다. 순간 이호재는 한 발을 놓쳤고, 영재는 그 발을 잡으려고 몸을 숙이는 이호재의 그 곧추선 중심을 향해 힘껏 한 발을 찍어 꽂았다.

"아악!!!"

고통의 비명을 내지르며 쓰러진 이호재는 거길 잡고 나뒹굴었다.

"아이고! 나 죽네! 이런 미친년!"

머저리가 데굴데굴하는 틈을 타 영재는 두 발로 세 발로 네 발로 객실을 뛰쳐나왔다. 하지만 극심한 충격을 받은 그녀의 두 눈엔 카펫이 깔린 복도가 심하게 굴곡져 보여 심한 현기증에 속은 울렁거렸고, 두 다리는 사시나무처럼 떨려 한달음에 도망칠 수가 없었다.

"침, 침착해, 서영재!"

쌕쌕거리는 거친 숨기척이 폐에서 났다. 이마에 맺힌 식은땀은 부어터진 뺨을 타고 내렸다.

"빨, 빨리 여기를…… 빨리…… 빠져나가!"

성관계가 끝나면 상대의 배 위에 똥을 싼다는 배우 A 씨의 얘길 들었을 때 믿지 않았는데 직접 그 변태를 대면한 영재는 정말이지 소름 끼쳤다.

프리—프로덕션(사전 준비)부터 제작까지 자그마치 11개월 동안 '영화 찍는 걸 마치 여행 떠나는 것처럼 즐기며 머릿속의 것을 그대로 재현해 내는 능력'을 탁월하게 보여 줬던 이호재 감독을 높이 평가했건만 이런 미친 또라이 사이코라니!

"야! 너 거기 안 서?!"

뒤에서 머저리가 소리쳤다. 화들짝 놀란 영재는 필사적으로 소리쳤다.

"살려 주세요!!"

그러나 돌아오는 건 뒤좇아 오는 머저리의 괴성뿐이었다.

"서영재, 너 이리 안 와?!"

극한 공포에 휩싸인 영재의 새빨간 두 눈에 눈물이 고였다. 나 어떡해?!

차라리 창문으로 뛰어내릴까, 혀 깨물고 죽어 버릴까 갈피를 못 잡고 있던 그 찰나, 바로 앞쪽 객실 문이 열렸다. 본능적으로 그 문을 향해 뛰어든 영재는 안에서 나오는 그 누군가를 무작정 밀고 함께 들어갔다.

쾅!

부서질 정도로 객실 문을 세게 닫아 버린 영재는 손잡이까지 사수하고 문짝에 붙어 서서 벌벌 떨었다. 그리고 정신없이 사과했다, 자신이 누굴 밀고 들어왔는지는 상상도 못 한 채.

"미, 미안합니다! 미안합니다! 금방 나갈게요! 잠깐이면 돼요!"

그러나 돌아오는 건 무거운 침묵이었고, 잠시 뒤엔 여자의 고운 비명이 들렸다.

"어머! 누구세요?"

무단 침입자가 돼 버린 영재는 얼쯤얼쯤 그 고운 목소리를 돌아봤다. 그리고 기염을 토했다. 당신은?!

이런 극한 상황에서도 즉각 알아볼 수 있는 그녀는 대한민국 국민이라면 다 아는 여배우, 고재인이었다. 게다가 글래머러스한 육감적인 알몸이 고스란히 드러나는 시스루 가운 차림이었다.

발가벗고 똥 싼 감독에 이어 세미누드의 여배우라니, 연이어 벌어지는 이 기막힌 상황에 얼이 빠진 영재는 대체 뭘 어떻게 해야 되는지 몰라 전전긍긍했다.

그때, 아까부터 영재의 등 뒤에 서 있었던 완벽한 슈트 차림의 남자가 영재 앞에 딱 마주하고 섰다. 그 순간 내장이 뒤집히는 충격을 받은 영재는 문손잡이를 놔 버렸고, 남자는 냉정한 눈빛으로 영재를 찌르듯 직시한 채 여배우를 향해 명령했다.

"고재인, 옷부터 입어."

남자의 그 특유 저음의 차가운 음색이 가슴 저 밑까지 내려앉은 영재의 두 눈엔 눈물이 어렸다. 같은 세계에 있으면서 한번은 마주치길 바랐지만…… 오늘은 아니야! 지금 이렇게, 아무렇게는 아니야, 선우장주!

"미안……합니다."

갈라지는 목소리를 간신히 꺼낸 영재는 그제야 눈에 들어온 반쯤 벗겨져 있는 셔츠를 꽉 쥐어 어깨 위로 끌어 올리고 즉시 객실 밖으로 나왔다. 그리고 그곳엔 머저리가 서 있었다.

철썩!

빡부터 후려친 이호재는 씩씩대며 으르렁거렸다.

"네 주제에 이호재가 까라면 까고, 닦으라면 닦아야지! 천재림 그 잘난 새끼 등에 업혀 데뷔해서 상까지 받으니까 난 우스워, 이 좆같은 년아? 너 앞으로 내가 두고 볼 거야, 어?!"

영재는 피 맛으로 비릿한 입술을 꽉 깨물었다. 그래, 정말 좆같다. 내가 지금 어딜 들어갔다 나온 거니?

한편, 그녀의 등 뒤 객실 문 너머에 서 있는 장주의 표정은 섬뜩하리만치 냉혹하게 굳어 있었다. 엉뚱한 짓으로 장주의 심기를 건드려 잔뜩 기죽어 있던 재인은 조금은 걱정스러운 척, 또 조금은 놀란 척 그에게 다가오며 말했다.

"어머, 대체 무슨 일이지?"

그리고 은근슬쩍 팔짱을 끼려 했다. 하지만 차갑게 거부한 장주는 싸늘한 얼굴로 경고했다.

"두 번 다시 이따위 짓 하지 마, 고재인."

이미 충분히 비참한 재인은 침울한 표정으로 고갤 떨궜지만 그는 눈길도 주지 않고 나가 버렸다. 이에 두르고 있던 시스루 가운을 바닥에 패대기친 재인은 신경질적으로 소리쳤다.

"저거 고자 아냐?!"

발가벗고 기다린 약혼녀를 지루하고 따분한 눈길로 빤히 응시만 하던 그의 표정, 최악이었다.

"아악!"

고귀한 체면이 벌레처럼 납작해진 재인은 비명을 지르며 괜한 소파와 쿠션에 화풀이했다.

엘리베이터 앞에 영혼 없는 빈껍데기처럼 서 있는 영재를 발견한 장주는 마음과 생각을 기계적으로 잘라 버리고 그녀 옆으로 걸어갔다. 완전히 넋이 빠진 영재는 그의 인기척을 전혀 알아채지 못했고 장주는 그녀 앞으로 팔을 뻗어 엘리베이터 버튼을 눌렀다.

곧 엘리베이터 문이 열렸지만 영재는 꿈쩍하지 않았고, 먼저 올라탄 장주는 새빨갛게 부어터진 영재의 얼굴을 냉정하게 그리고 깊이 응시했다, 문이 닫히기 전까지.

덜깅.

거의 닫힌 문 사이로 한 손이 끼더니 곧 튕기며 다시 열렸다. 이에 미간을 찌푸린 채 가만히 열림 버튼을 누른 장주는 어쩌지 못하고 서 있는 그녀를 냉담한 눈으로 쳐다봤다. 그 낯선 눈빛 앞에서 뼛속까지 민망해진 영재는 저절로 고갤 떨구었다. 그저…… 당신인 것 같아서!

"안 타십니까?"

그가 냉정한 예의로 말했다. 그 완벽한 타인에게 시선조차 줄 수 없던 영재는 가만히 고갤 내저었고, 헝클어진 긴 머리칼에 가려진 그녀의 얼굴을 보며 얼핏 눈살을 찌푸리던 그는 1층 버튼을 눌렀다.

스르륵.

회색의 문틈이 좁아졌다. 그의 모습이 조금씩 사라져 갔지만 그녀는 아무것도 할 수 없었다.

당신과 난…….

이렇게…….

남남…….

쿵.

엘리베이터 문이 완전히 닫히는 순간 장주는 그 끝마디까지 떨렸던 손을 꽉 그러쥐었다.

"……이호재."

그 이름 석 자를 묵직하게 씹는 그의 근사한 얼굴이 무섭게 일그러졌고, 1층 로비에서 대기하고 있던 그의 비서는 얼음처럼 차가운 장주의 낯빛에 크게 놀랐다.

"대표님, 무슨 일 있으십니까?"

만신창이였던 영재의 모습이 눈에 아른거리는 장주는 거친 호흡을 토하며 조용히 말했다.

"영재가 있었어."

"예?"

조금 전, 양가 상견례 후에 조모를 배웅하고 분명 고재인이 있는 객실로 올라갔는데 서영재라니? 비서는 어리둥절했지만 다음 얘기는 더욱 놀라웠다.

"이호재, 그 개새끼한테 물린 건지, 물릴 뻔한 건지……!"

비통해하는 그의 얼굴이 분노로 얼룩졌다. 이에 간담이 서늘해진 비서의 등줄기에 땀이 찼다. 이 남자가 지난 5년을 어떻게 견뎌 왔는데!

"이호재 영화, 촬영이 얼마나 진행됐지?"

그건 곧 5년 동안 절연됐던 서영재와의 잔혹한 운명의 태엽을 '지금부터' 거꾸로 감겠다는 뜻이었다.

"곧 크랭크 업 합니다."

그의 입술이 차갑게 비틀어졌다. 촬영 종료가 아니라 당장 내일이 개봉이어도 상관없었다. 분노로 온몸의 피가 차갑게 식어 버린 장주는 무섭게 명령했다.

"엎어."

넋 빠진 얼굴로 차에서 툭 떨어지듯 내린 영재는 2층짜리 단독 건물 그 측면의 파란 페인트가 칠해진 난간 아래로 내려갔다.

캄캄한 지하실의 불을 켜자 벽 삼면엔 크고 작은 화폭들이 걸려 있고, 한 면엔 각종 미술 도구와 소품들이 가지런히 정리돼 있는 화실 풍경이 드러났다.

화가의 투명한 삶과 행보가 깃든 여러 그림 중 유일하게 흰색 보가 덮여 있는 화폭 앞으로 걸어간 영재는 힘없이 그 아래에 주저앉았다. 그리고 이내 눈물이 떨어졌다.

"아빠, 난 말로만 들었지 그런 변태는 처음 봐. 어디 가서 말해도 안 믿을 거야. 근데 나 차라리 그 머저리 똥 닦아 줄 걸 그랬나 봐! 그 방에서 뛰쳐나오지 말 걸 그랬나 봐!"

어떻게 이런 거지 같은 모습으로 그 사람과 부딪힐 수 있는 건지, 이미 충분히 원망스러운 운명은 오늘도 그녀에게 잔인한 장난을 친 듯했다. 무엇보다 알몸과 다름없던 고재인, 그녀의 존재가 불편했다, 거북했다. 그리고 괜한 배신감에 화가 솟구쳤다. 서영재, 네가 뭐라고!

하지만 그 주제에 맞지 않는 감정이 쉬이 가라앉지 않아 밤새 뒤척거린 영재는 어스름한 새벽을 달리기 시작했다.

거의 매일 뛰는 5킬로미터의 조깅. 하지만 한참 지난 반환점도 알아채지 못하고 지나친 영재의 머릿속에선 발가벗은 두 남녀의 뜨거운 정사가 질주하고 있었다.

남자는 밑에 누운 여자를 탐욕적으로 응시한 채 땀 맺힌 단단한 몸을 힘 있게 밀어 올렸다. 여자는 남자로부터 사랑받기에 충분한 육체를 파르르 떨며 남자의 목을 끌어안고 비명을 내질렀다. 사랑해, 장주 씨!

"하아. 하아. 하아!"

이미 페이스를 잃은 영재는 심하게 헐떡거렸다. 그들도 그랬다. 마주 앉아 서로의 다리를 포개고 성기를 맞물린 두 사람은 서로를 뜨겁게 응시한 채 헐떡였다. 여자는 끊임없이 유혹의 웃음을 흘리며 그의 시선을 빼앗은 채 아래위로 격렬하게 피스톤질을 했다. 그 관능적인 몸짓에 남자는 미친 듯이 신음했고, 예쁜 얼굴에 행복이 만개한 여자는 두 팔을 뒤로 뻗어 체중을 싣고 엉덩이를 앞뒤로 밀고 당겼다.

"하아! 하아! 하아!"

거친 폐 소리를 내며 좌왕우왕 뛰는 영재의 두 발은 점점 빨라져 금방이라도 중심을 잃고 자빠질 것 같았다. 그 여자가 장주의 페니스를 손으로 잡았다. 그리고 싱긋 눈웃음치더니 곧 입으로 삼켰다.

"……싫어!"

발작적으로 소리친 영재는 더는 뛰지 못했다. 앞가슴이 심하게 팔락거렸고 바짝 마른 입에선 거친 숨이 헉헉 새어 나왔다. 하지만 그들의 정사는 아직 끝나지 않았다. 조각조각 끊어지는 영재의 거친 호흡 위로 그들의 신음 소리가 하나인 것처럼 고막을 때렸다. 이에 고갤 마구 흔들어 대던 영재는 서둘러 음악을 재생했다. 볼륨도 키웠다. 그리고 주변을 살폈다. 엉뚱한 곳이었다.

하아.

물이 필요했다. 제멋대로 작동하는 뜨거운 머릿속을 식혀 버릴 만큼 차가운 물이.

"집으로 돌아가, 서영재."

주절거리며 돌아서서 반대 방향으로 뛰려는 찰나 전화가 걸려왔다. 미술팀 퍼스트였다.

— 감독님! 큰일 났어요!

비명에 가까웠다. 어제오늘 큰일투성이인 영재는 금방 불길해졌다.

"차분히 말해 봐."

— 우리 영화, 빠그라졌대요!!

"뭐?!"

퍼스트는 두서없이 떠들기 시작했고, 그 뒤로 곡성과 비명, 욕설이 난무했다.

"갈게, 일단 끊자."

서둘러 집으로 돌아와 차 키만 챙겨 도로 나온 영재는 촬영장을 향해 액셀을 밟았다.

영화가 좌초 위기에 놓이는 건 영화계의 안타까운 현실 중 하나지만 천하의 이호재 영화가 엎어지다니 영재는 믿고 싶지 않았다, 자신의 영화이기도 하니까. 서둘러 가야 했다.

그러나 막상 촬영장에 도착한 영재는 안으로 들어가지 못했다. 출입구 유리 도어에 비친 망가진 얼굴 위로 어제, 인생에서 가장 끔찍했던 순간이 오버랩 됐다.

조우한 장주 때문에 잠깐 둔해졌던 공포 어린 두려움, 그 소름 끼치는 생생한 기억들이 이호재의 영역에서 되살아나며 그녀의 손가락 끝마디까지 흔들었다. 무서웠다.

땀에 젖은 두 손을 쥐었다 폈다 하며 출입구에서 점점 옆으로 걸음을 옮긴 영재는 바깥 창문들 틈으로 보이는 내부를 기웃거렸다. 순간, 다리에 힘이 풀렸다. 초상집이 따로 없었다. 하나같이 축 늘어진 스태프들은 물론 라스트 씬의 디테일을 표현하기 위해 공들여 만든 상당한 규모의 미니어처 세트마저 초라하고 우울했다. 하지만 가장 끔찍한 건 半송장으로 머리채를 부여잡고 끙끙 앓고 있는 이호재였다.

순간 경련을 일으키듯 몸을 떤 영재는 두 눈을 질끈 감았다. 괴물 같아!

"왔어?"

이에 소스라치게 놀란 영재는 더디게 고갤 돌렸다. 촬영 감독이었다.

"뭐야, 얼굴이 왜 이래? 맞았어, 누구한테?"

마스크는 생각도 못 한 영재는 횡설수설하다 빠르게 변명했다.

"벽, 벽에 부딪쳤어요."

그리고 얼른 말을 돌렸다.

"우리 영화, 대체 어떻게 된 거예요?"

이에 창문 너머를 힐끔거린 촬영 감독은 불과 한 시간 사이에 10년은 늙어 버린 이호재를 황망한 눈으로 쳐다보며 맥이 쫙 빠진 목소리로 말했다.

"하아. 천하의 이호재도 저 꼴 나나? 서 감독, 우리 무서워서 앞으로 어떻게 영화 찍나?"

미술 감독 서영재의 두 번째 영화였다. 이름깨나 날리는 사단들로 꾸려진 천재림 감독과의 호흡이었던, 그 긴장감과 우려가 컸던 첫 번째 영화 때완 달리 호기도 있었고, 그 욕심에 더욱 심혈을 기울였던 영재는 자기 존재가 반으로 뚝 갈라지는 기분이 들었다.

그때였다. 창문 너머에서 조감독에게 귓속말을 전해 듣던 이호재가 목에 핏대를 세우며 소리쳤다.

"결국 그 새끼 짓이다 이거지?! 내가 당장 쫓아가서 죽여 버릴 거야!"

의자 하나를 냅다 발로 걷어찬 이호재는 두 눈을 까뒤집은 채 뒤쪽 출입구로 뛰어나갔다.

"UK가 밟았다더니 사실인가 보네."

순간 영재는 정신이 번쩍 났다.

"UK요?"

“흐음. UK픽처스가 왜 그랬을까? 그 대단한 선우장주, 권력의 맛을 이런 식으로 보는 남자는 아니라던데 말이야. 그나저나 다 틀렸네. 선우장주가 밟았는데 세상 그 누가 그의 발밑에서 빼 주나, 우릴?”

UK픽처스…….

그 산하에 여러 개의 크고 작은 영화사들이 있고, 또 이 회사와 관련 없는 중소 영화사들도 많이 있었다. 하지만 ‘창립 이래 한국 영화의 역사를 거의 혼자 쓴’ UK픽처스를 따라 하기에만 급급하다는 꼬리표를 달고 있는 그들 영화사의 그 누구도 선우장주보다 위에 있지 않았다.

“내 손으로 카메라 놓는 그날까지 UK픽처스 영화만 찍으면 뭐가 불안하겠어. 에휴!”

담배 한 가치를 입에 물며 저쪽으로 가는 촬영 감독의 뒷모습을 망연자실해 보고 있던 영재는 불현듯 어제 조우했던 선우장주의 냉담한 얼굴이 떠올랐다.

설마…… 당신, 나 때문에 그래?

숨도 못 쉬고 시나리오를 읽어 내리는 천재림의 눈빛에서 한국 영화의 역사를 다시 쓸 작품 탄생을 거듭 확신한 장주는 그럼에도 씁쓸히 커튼 월로 눈을 돌렸다.

'미안합니다! 금방 나갈게요!'

절박하게 자신을 밀고 들어오던 영재를 단박에 알아봤던 그는 그 순간 자신이 얼마나 놀랐는지를 상기하자 지금도 명치가 욱신거렸다. 새빨갛게 부어오른 뺨, 터지고 피 맺힌 입술, 한쪽 브라가 다 드러나도록 찢겨진 옷……. 젠장.

영재가 그 꼴로 자기 앞에 나타났다는 것 자체를 용납할 수 없는 장주는 반드시 어제 이호재의 객실에서 무슨 일이 있었는지 전부 알아야 했다.

"……대표님?"

세 번째 부름이었다. 그제야 상념을 깨고 천재림을 돌아본 장주의 눈동자는 서늘하게 번득였다. 이럴 때면 날고 기는 천재 감독도 움찔하기 일쑤였다.

"그러니까 그 브레인들을 대체 뭘 먹여서 키우시냐고요?"

이에 피식 웃던 장주는 오만한 표정으로 말했다.

"MONEY."

그 어마어마한 힘을 셀 수 없을 만큼 갖고 있고, 남들보다 이름 한 자까지 더 가진 완벽한 남자, 선우장주…….

언론계의 가장 강력한 권력을 가진 기업으로 보수적인 한국에서 방송, 언론, 출판을 21세기형의 디지털 시대로 대성해 세계적인 언론사들과 견줄 만한 업적이란 평가를 받은 UK그룹의 유일한 후계자였다. 현재 그는 그 모태에서 분사한 UK픽처스의 대표로 고작 10년 만에 국내 최대의 영화 제작에서부터 투자, 배급, 그리고 투자한 외화의 배급 대행으로 발돋움해 세계적인 영화사들과 어깨를 견주는 한국 영화계의 가장 큰 권력을 가진 남자였다.

게다가 인간이면서 AI 같은 작가 '브레인'이라는 최고 자산까지 소유하고 있는 그에게 한 인간으로서 경외감을 느끼는 천재림은 그렇다고 자기 과시를 잊진 않았다.

"대표님. 이 영화, 나 아니면 절대 안 됩니다?"

물론 시나리오를 써낸 브레인도 최고 디렉터인 천재림이 메가폰을 잡을 것을 희망했다. 하지만 제작자로서 조건이 하나 있었다.

"스태프 명단이야."

장주는 파일 하나를 내밀었고 이에 천재림은 이맛살부터 찌푸렸다. 이건 필시 '천재림 사단'의 완전체를 허용하지 않겠다는 그의 제스처. 게다가 두 번째였다.

일단 파일을 펼쳐 꾸려진 스태프를 확인한 천재림은 몹시 당혹스러운 얼굴로 장주를 쳐다봤다. 또 미술 감독의 교체였다, 저번과 똑같은 그 이름으로.

"할 수 있을까, 얘가? 아직은 애긴데?"

천재림은 거침없이 불만을 내비쳤고, 이에 차가운 웃음을 입가에 건 장주는 고압적으로 되물었다.

"넌 할 수 있을까?"

순간 천재림의 눈살이 경련에 떨었다. 무조건 명시한 이름을 꽂으라는 압력은 협박에 가까웠다. 순응하지 않는다면 최고의 디렉터를 갈아 치워 버리겠다는!

"대체 나한테 서영재를 두 번이나 꽂는 이유가 뭐야?"

혹 남자의 사심쯤 되나 싶어 묻는 천재림을 어쩐지 고달픈 눈빛으로 쳐다보던 장주는 혼잣말처럼 말했다.

"지름길이니까."

"지름길?"

그렇다면 더욱 의문이었다. 물론 천재림의 존재는 고지를 열망하는 영화인들에게 있어 수단, 방법일 수 있었다. 헌데 선우장주가 그걸 필요로 한다?

"재림아, 서영재는 싫다고 할 거야, 결국엔 하게 돼 있지만. 일단 넌 가서 시나리오만 쥐여 주고 와."

사적인 태도로 심부름을 지시한 장주는 곧장 일어나 나갔고, 그 뒷모습을 예리한 눈길로 쳐다보던 천재림은 그 좋은 머리로도 '지름길'이 해석되지 않자 두 손으로 머릴 마구 긁적였다. 에라 모르겠다!

어쨌든 역사를 새로 쓸 영화를 포기할 수 없는 천재림은 뒷주머니에 찔러 넣은 전화기를 꺼냈고 아주 오랜만에 그 이름 석 자를 찾았다, 서영재.

◇ ◆ ◇

벌써 한 시간째 명패의 이름 넉 자와 눈씨름을 하던 이호재는 사납게 뇌까렸다.

"선우장주, 저 빌어먹을 새끼."

그림자처럼 움직이며 언론 매체에 모습을 잘 드러내지 않아 베일에 싸인 인물로 평가되는 동시에 세간에서는 '그가 알아야 하는 사람만이 그를 안다' 라는 권위적이고 독보적인 항설이 암묵적으로 떠돌며 위압적으로 부추김 받는 권력자.

"그렇다고 나를 까?"

고작 서른넷 먹은 어린놈의 새끼의 면상에 한사코 이 주먹을 꽂으리라 이를 가는 그때, 그 방의 주인이 들어왔다.

"기다리게 해서 미안합니다, 약속도 없이 오신 분을."

장주는 보란 듯이 빈정거렸지만 단단히 벼르고 있던 이호재는 가히 대단한 선우장주의 존재감에 압도당한 나머지 반박의 타이밍을 놓쳤다.

소문보다 더 아찔한 외모, 특유의 굵은 저음, 그리고 상대방을 찌르는 듯한 날카로운 눈빛까지 분명 아무것도 하지 않았음에도 상대를 옴짝달싹 못 하게 만드는 UK픽처스 대표는 한마디로 끝내줬다. 썅! 세상 더럽네!

"대표님. 나 이호잽니다? 그건 알고 밟으셨죠?"

첫 소절부터 젠체하는 이호재를 보며 슬쩍 입술을 비튼 장주는 고압적으로 말했다.

"제가 밟으면 밟히는 겁니다."

이런, 씨발! 약이 제대로 오른 이호재는 어금니를 꽉 깨물고 따져 물었다.

"그러니까 내가 왜 그 구둣발에 밟혔을까? 대체 뭐가 거슬리셔서?"

이름깨나 있다고 건들대는 이호재의 태도에 비정한 웃음을 흘린 장주는 낮은 목소리로 강세를 주어 말했다.

"이 좆같은 년."

이호재는 당황한 기색으로 눈살을 찌푸렸다. 뭐라는 거야, 이 새끼?

전혀 감을 잡지 못하는 그를 보며 자세를 바꿔 소파에서 완전히 등을 떼고 앞으로 상체를 조금 기울인 장주는 조용히 덧붙여 말했다.

"누굴 대신해서 그 밑 좀 닦아 드리려고, 내가."

그 순간 질겁한 이호재의 얼굴이 확 굳어졌다. 설마…… 어제 호텔……? 서영재?!

그 이름 석 자가 뇌리에 얼룩덜룩 새겨진 이호재의 눈알이 어지럽게 굴러가기 시작했다. 그러니까 서영재가 이 새끼의 암캐? 이런, 우라질!

"죄송합니다! 대표님이 뒤에 계신 줄 몰랐습니다!"

이호재는 급히 태도를 바꿨지만 본체만체한 선우장주는 자신의 비서에게 눈짓했다. 비서는 들고 있던 태블릿을 이호재에게 건넸고, 그다음 상황이 뭔지 겁이 나는 이호재는 차갑게 다물어진 선우장주의 입술을 힐끔거렸다. 이에 싸늘한 웃음을 흘린 장주는 조용히 그 입을 열었다.

"씬 넘버 원. UK호텔."

"예……?"

당황한 이호재는 더욱 긴장해 물었고, 장주는 처음보다 더 조용하게, 그러나 그 어떤 고함 소리보다 더 효과적인 차가운 목소리로 말했다.

"어제 감독님이 묵었던 UK호텔 객실에서 있었던 일, 내가 모조리 알아야겠습니다만."

그러니까 태블릿의 용도는 디렉터답게 현장용 각본으로 '리얼하게' 사건의 진상을 토해 내라는 압박이었다. 이호재는 그 살기등등한 장주의 눈빛에 숨이 컥 하고 막혔다.

혹 삼자대면이라도 할까 싶어 대강 갈겨써도 죽을 것 같고, 토씨 하나 빠뜨리지 않고 써도 그의 암캐를 건드렸으니 사지 절단 나게 생긴 이호재는 차라리 영화가 빠그라지게 놔둘 수도 없었다.

결국 영화 회생이란 절박함을 택한 그는 그날의 추행을 모조리 집필했다. 타이핑하는 그의 굵직굵직한 열 손가락이 모조리 후들거렸다. 또 이 와중에도 오타까지 신경 쓰며 타이핑하던 그는 '두고 보자, 이 좆같은 년'의 대사를 끝으로 태블릿에서 손을 뗐는데 그 '년' 뒤에 이런 어마어마한 거물이 있다는 사실에 정말이지 피가 말랐다. 그리고 태블릿이 선우장주의 손에 넘어가던 순간엔 두 눈까지 질끈 감았다. 난 죽었다, 이제!

아니나 다를까, 진술서를 읽어 내려가는 선우장주의 안색은 차갑게 얼어붙다가도 반복적으로 구겨졌다.

예상보다 그 내용은 더럽고 추악했다. 겁탈 시도도 모자라 똥까지 싸는 변태라니, 분명 이호재는 여자만 건드릴 놈이 아니었다. 잡종이었다.

영재가 얼마나 무섭고 끔찍했을지 오장육부가 다 뒤틀리는 장주는 살기가 이글거리는 눈동자로 이호재를 칼처럼 찔렀다. 순간 숨통이 콱 막힌 이호재는 벌벌 떨었고, 이 개자식의 목줄을 잡아 당장이라도 저 창밖으로 던져 버리고 싶을 만큼 온몸의 피가 사납게 튀는 장주는 그럼에도 참아 내느라 죽을 지경이었다. 자신 앞에 와야 하는 영재의 길라잡이로 아직은 그가 필요했기에.

그럼에도 아무것도 안 하는 장주의 처절한 '견딤' 앞에서 이호재는 절로 피가 말랐다. 차라리 욕을 퍼붓거나 패대기쳐 주면 좋으련만 직관적인 시선으로 오줌 지리게 만드는 그의 차디찬 얼굴의 피부 가죽과 값비싼 슈트 안에선 여차하면 용암의 분노 같은 것이 터져 나올 것만 같아 숨이 턱턱 막혔다. 뭐라도 해, 이 새끼야!

그때였다. 태블릿을 꽉 움켜쥐는 장주의 커다란 손의 관절이 새빨갛게 도드라졌다. 순간 태블릿이 날아와 얼굴에 꽂힐 줄 안 이호재는 본능적으로 바닥에 무릎을 꿇었다.

"살려 주십시오, 대표님!"

이에 묵직한 움직임으로 태블릿을 내려놓은 장주는 소파 등받이에 완전히 등을 기대고 앉더니 그 냉혹한 시선으로 내리꽂듯 이호재를 응시한 채 말했다.

"사과하지 마세요. 내가 감독님 죽일 거니까."

그 목소리가 어찌나 소름 끼치는지 잔뜩 겁먹은 이호재는 순식간에 장주의 구둣발 밑으로 기어가 바짝 엎드렸다.

"대표님! 제가 죽을죄 지었습니다! 한 번만, 딱 한 번만 봐주세요!"

하지만 발밑의 개새끼에게 시선도 주지 않고 일어선 장주는 아예 한쪽 다리를 부둥켜안고 사정하는 그 집채만 한 덩치의 등판을 다른 한쪽 구둣발로 꾹 밟고 넘어서며 말했다.

“안녕히 가십시오.”

“대표님? 대표님!!”

진짜 죽게 생긴 이호재는 목숨 줄을 쥐고 있는 장주를 목 놓아 부르짖으며 네 발로 기어가 붙잡으려 했다. 하지만 비서의 구둣발에 가로막혔다.

“돌아가십시오, 감독님.”

안타깝게도 최고 권력자의 도량과 아량을 눈곱만치도 얻지 못한 이호재는 대리석 바닥에 제 머리를 쿵쿵 박았다. 그러다 하나님이 보우하사 돌파구가 번뜩였다. 그녀!

금방이라도 피가 날 것처럼 부어오른 이마로 놀랄 만큼 빠르게 밖으로 뛰쳐나간 이호재는 라운드 계단을 구르다시피 뛰어 내려갔다. 그 모습을 위층에서 내려다보던 장주는 꽉 쥐고 있던 주먹을 천천히 풀면서 쓰라린 한숨을 토했다.

영재야, 넌 이렇게 알면 돼, 우리의 재회는 필연적이었다, 라고. 어쨌든…….

“시작이 좀 거북하게 됐을 뿐이야.”

그러나 우리 이렇게 한 걸음 더, 서영재……!

허겁지겁 촬영장으로 뛰어 들어온 이호재는 오는 내내 통화가 안 됐던 영재를 스태프들 사이에서 찾았다.

"서영재! 서영재 어딨어?!"

여기 있다, 말하지 못하고 스태프들 사이에서 쭈뼛쭈뼛하던 영재는 정신없이 다급해 보이는 이호재가 앞에 딱 와 서자 저도 모르게 뒷걸음질 쳤다. 분명 자신을 무서워하는 영재의 태도에 오만가지 인상을 쓰며 어금니를 꽉 깨문 이호재는 모두를 향해 나가라고 소리쳤고, 스태프들이 하나둘씩 밖으로 나가자 식은땀까지 나는 영재는 그럼에도 영화의 좌초 이유가 혹 자신 때문인가 싶어 후들거리는 두 다리를 꼭 붙들고 서서 이호재의 다음 말을 기다렸다.

그런데 냅다 무릎부터 꿇은 이호재는 머릴 조아리고 사정했다.

"서 감독, 내가 널 못 알아봤다! 미안해! 어제 일은 잊어 줘, 부탁이다!"

강간당할 뻔한 어제의 공포가 또다시 영재의 뒷골을 타고 내려가 발가락까지 찌르는 순간이었다. 혹 증거가 있어도 반격의 힘과 바운드가 없으니 조용히 입 닥치든지, 홀연히 영화판에서 사라지든지, 그것도 아니면 이 짐승만도 못한 놈에게 칼이라도 꽂아야 한다는 여러 생각들로 충분히 어지럽고 비참한 영재는 엎친 데 덮친 격으로 영화까지 좌초된 암담한 이 시점에서 갑작스레 더해진 이호재의 태도가 몹시 혼란스럽고 불길했다. 적어도 그는 UK픽처스에서 오는 길이었으니까.

"혹시 영화 엎어진 거, 저와 연관 있어요?"

선우장주의 이름을 거론하며 단도직입적으로 묻기엔 그와의 사이에 남은 게 없는 영재는 아무것도 모르는 척 물었다. 그러자 이호재는 팔짝 뛰며 흥분했다.

"서영재, 너 이 마당에 시치미 떼는 거야?"

이건 또 무슨? 긴장감과 의구심이 더 커진 영재는 다그치듯 말했다.

"알아듣게 얘기하세요."

"얘가 정말!"

이호재는 발을 동동 굴렀다. 눈에 띄는 비주얼처럼 까칠하고 도도한 것도 타고난 성격인 줄로만 알았는데 믿는 구석이 있어 나댔다 생각하니 주먹이 우는 이호재는 그 괘씸함을 애써 참고 말했다.

"우리 영화 엎어졌잖아? 그게 내가 널 건드려서 그렇게 됐대. 내 영화를 엎으신 그 선우장주 님께서."

"에?"

영재는 자신의 귀를 의심했다. 이어 헛웃음도 터뜨렸다.

"대체 어디서 무슨 소릴 듣고 와서 그런 소릴 하세요?"

"야, 서 감독! 그 대단한 네 남자한테 내 주리 틀라고 해 놓고 지금 쌩까는 거야?"

그저 어이없는 영재는 말이 안 나왔다.

"서 감독, 내가 사과하잖아! 무릎 꿇었잖아?! 봐줘! 내 영화 좀 봐주라! 네 영화이기도 하잖아? 나 두 번 다시 그런 개짓 안 할게!"

듣고 들어도 영재는 도통 이 상황이 흡수되지 않았다.

'안 타십니까—?'

그게 고작이었는데 5년 전에 자길 배신한 여자를 위해 영화를 빠그라뜨리고 이호재를 무릎 꿇게 했다? 이건 코미디 쇼였다, 몰래카메라거나.

"전 그 사람 전혀 몰라요. 그 사람도 나 모르고."

"서영재!"

"어제 일에 대해선 제가 어떻게 처신해야 할지 아직 결정하지 못했으니까 사과는……."

"이런 썅! 진짜 좆같네!"

성질 개 못 준 이호재는 마치 영재를 한 대 칠 기세로 벌떡 일어났다.

"어제 내가 호텔에서 너한테 엉? 그거, 응? 에이 씨! 그래, 내가 너 따먹을라고 했던 거, 선우장주 앞에서 시나리오 쓰듯 진술하고 자백하고 왔다고, 지그음!"

들을수록 어리둥절한 영재는 정말이지 정신 사나워 어떻게 해야 할지 몰랐다.

"서 감독, 내가 어떻게 하면 마음 풀래? 어떻게 할까? 응? 말해 봐! 아까 나간 새끼들 죄다 집합시켜 놓고 고해 성사 할까? 하라는 대로 다 할게, 말해 봐, 응?"

자신의 존재를 간신히 참는 이호재의 온몸에서 활활 피어나는 분노의 아지랑이를 보며 영재는 냉정하게 생각했다. 이호재가 정신 나간 게 아니라면 이 사람과는 더는 할 말이 없다고.

"제가 가서 그 사람 만나 볼게요."

"야, 서영재!"

붙잡아 세우는 이호재를 뿌리치고 밖으로 나온 영재는 곧장 UK픽처스 사옥으로 향했다. 언론과 매스컴은 물론 평소에도 그림자처럼 움직인다는 그 대단한 남자를 과연 만날 수 있을지 의문이 들었지만 그냥 있을 수도 없어 가속 페달을 밟았다. 하지만 UK픽처스 빌딩 로비로 들어선 순간 영재는 한없이 작아졌다.

좌우 벽에 내걸린 초호화 상영관의 스크린을 연상케 하는 4대의 대형 비전에선 세계 각국이 내놓은 영화의 티저 영상이 재생되고, 그 주변으로 제작/배급 영화의 포스터와 광고 전광판으로 둘러진 으리으리한 로비는 UK픽처스의 위상을 제대로 과시하고 있었다.

그뿐만 아니라 카페인의 힘으로 두통도 이겨 내는 영화인들을 위한 카페는 이쪽 끝에서 저쪽 끝까지 설치된 폴딩 도어를 경계로 바깥의 도심 속에 지어 만든 정원과 연계돼 있었고, 로비 중앙의 오픈형 계단은 층층을 따라 하늘에까지 닿아 있어 그 꼭대기 층을 올려 보자니 목이 꺾일 지경이었다. 듣기론 저 맨 꼭대기 층에 그가 있다던데…….

이렇게 '막' 찾아와서 만날 수 있는 남자가 아니라는 사실을 가시적인 그의 소유물 앞에서 절감한 영재는 그냥 돌아가도 고달플 게 뻔해 결국 인포메이션으로 갔다.

"대표님을 뵐 수 있을까요?"

말은 했지만 절대 불가능할 거라 생각했다. 그런데 어찌 된 일인지 선우장주의 유능한 개인 비서 앞에 서기까지 너무나 빠르고 쉬웠다. 당황한 영재는 이상하다 생각했지만 그의 비서는 더 이상한 말을 했다.

"어서 오십시오, 서영재 감독님. 대표님께서 기다리고 계십니다."

영재는 심장이 덜컹 내려앉았다. 기다려? 내가 올 줄 알았다는 건가? 그건 곧 이호재의 말이 사실이란 뜻이었다.

"이쪽으로 오시죠."

비서를 뒤따라간 영재는 저 앞, 유리벽 너머로 보이는 장주를 발견한 순간 마른침을 꿀꺽 삼켰다. 죽을 만큼 선우장주를 그리워한 가혹했던 지난 5년, 그를 잊는 것은 물론 아무것도 할 수 없었던 영재는 그에게로 온 이 뜻밖의 상황에 마음 깊은 곳이 떨렸다.

블랙 가죽 소파에 완전히 등을 기대고 앉아 있는 UK픽처스 대표는 유독 권위적이면서도 섹시했다. 그제야 자신은 땀으로 얼룩진 운동복 차림에 얼굴에 '멍꽃'도 모자라 세수도 안 한 꼬질꼬질한 상태라는 걸 자각한 영재는 속으로 비명을 질렀다. 맙소사!

"와서 앉으시죠."

냉정한 예의를 갖춰 존댓말로 입을 연 장주는 영재의 망가진 얼굴을 보는 순간 후회했다. 아까 그 변태 새끼를 창밖으로 던져버렸어야 했다고.

영재는 그의 맞은편 자리에 앉았다, 운동화 속 발가락에까지 힘을 준 채.

"저 때문에 영화 엎으셨어요?"

대뜸 따져 물은 영재는 가급적 불쾌한 시선까지 던지려 애썼다. 그러지 않으면 5년 만에 꾼, 그와 마주 앉아 있는 이 꿈에 펑펑 울까 봐.

전투적으로 그리고 똑똑하게 사건의 진상을 따지며 낯선 이처럼 찾아온 영재를 알 수 없는 눈으로 응시하던 장주는 아릿한 표정을 흘리며 말했다.

"오랜만이네?"

순간 말로 설명할 수 없는 큰 울컥거림이 그녀의 가슴에서부터 목구멍까지 때렸다. 하지만 그는 곧 가면을 바꿔 쓰듯 비열한 표정으로 이기죽거렸다.

"이호재, 그런 너저분한 개새끼나 상대하려고 날 버렸나?"

어제의 그 공포가 마치 채찍처럼 영재의 몸을 후려치더니 그다음은 그 일을 선우장주가 다 알고 있다는 사실에 미치도록 수치스러웠다.

"본론만 얘기해."

칼같이 말을 자른 영재는 표정을 더 쌀쌀맞게 굳혔다. 엎어진 영화에 대해 제대로 된 해명만 하란 뜻이었는데 그는 오히려 영재의 존재 자체를 흔들었다.

"내가, 서영재와, 다시, 섹스, 하고 싶어."

고의적으로 음절에 악센트까지 주며 말하는 그에게서 소름 끼치는 이질감을 느낀 영재는 그야말로 껍데기만 바꿔 쓴 이호재를 쏘아보며 조용히 되물었다.

"지금 뭐라고 했어?"

"이호재 영화, 아니 네 영화, 살려 주지."

영재는 그야말로 처절했다. 지금 그에게 서영재는 이호재가 사냥하려다 놓친 먹잇감에 불과하단 생각으로 온몸이 조인 그녀는 그 마디마디 떨리는 손을 애써 꽉 그러쥐었다. 하지만 그는 비웃음 어린 그 고의적인 시선을 그녀의 그러쥔 두 손에 고정한 채 빈정거렸다.

"그리 어려운 일은 아닐 것 같은데……. 아, 상대가 나라서 힘든가?"

마주 앉아 있는 남자가 선우장주라는 사실이 믿기지 않으면서도 그가 보여 주는 태도는 선우장주만이 가능하다는 걸 잘 아는 영재는 걷잡을 수 없이 가슴을 찌르는 모멸감에 탄성처럼 말했다.

"5년 만에 만난 내 꼴이 재밌나 본데, 그래! 나를 밟고 싶었다면 당신, 성공했다!"

그의 입술이 차갑게 비틀어졌다.

"섹스하자는 말이 내 발밑에 깔리는 기분이다? 괜찮네."

끝없는 그의 조롱 앞에서 영재는 순간 정신 줄을 놓치고 말았다. 눈앞은 캄캄해지고 그는 보이지 않았다. 그저 공허하고 무질서한 공간에 혼자 둥둥 떠 있는 것만 같은 그녀는 빠져나간 정신을 잡아다 넣지 못하고 수분 동안 마치 정지 화면 속의 영혼 없는 육체로 앉아 있었다. 그러다 분명 벙긋거리면서도 소리 없던 그녀의 입술 사이로 개미처럼 작은 목소리가 새어 나왔다.

"……당신은 나한테…… 이러면 안 되는데……."

자기가 무슨 말을 웅얼거리고 있는지도 모르는 영재의 그 말의 의미를 너무나 잘 아는 장주는 얼얼하게 탄식이 고이는 가슴을 뒤로한 채 차가운 목소리로 그녀를 불렀다.

"서영재."

그녀의 입술만 또 소리 없이 움직였다. 그는 처음보다 더 강한 어투로 그녀를 불렀다.

"서영재."

다행히 영재의 시야에 또렷이 그가 들어왔다. 두 눈 부릅뜨는 영재를 보며 장주는 냉혹한 얼굴로 지시했다.

"내가 제작할 영화에 합류해. 그리고 크랭크 업까지 나와 섹스 하는 거야."

섹스도 기막힌데 영화 합류라니, 이 어처구니없는 이중 난류에 봉착한 영재는 애써 그를 쏘아보며 비아냥거렸다.

"아까 이호재를 너저분한 개새끼라고 말한 당신은 대체 어떤 새끼야?"

그의 답변은 즉각적이었다.

"미친 새끼쯤으로 하자."

순간 영재의 눈시울이 붉어졌다. 이 남자, 내가 알던 그가 아니야!

"그냥 영화 죽여. 좌초돼서 누군가 죽는대도 난 두렵지 않아. 5년 전에 겪어 봐서 알지 않나?"

이에 쓴웃음을 흘린 그는 차가운 목소리로 대답했다.

"알지."

"그러니까 죽여. 당신과 섹스하는 일 없게 나도 같이."

무서울 것 하나 없는 태도로 벌떡 일어나는 영재를 보며 쿡 하고 웃음을 터뜨린 그는 비열한 목소리로 말했다.

"설마, 아직 날 사랑하나?"

우직하게 힘을 줬던 영재의 두 다리가 하마터면 휙 쓰러질 뻔했다. 눈물이 고인 채로는 그를 돌아볼 수 없었다. 하지만 대꾸는 해야 했다, 되도록 잔인하게.

"잊었나 봐? 내가 당신 버렸다는 거?"

그리고 죽을힘 다해 비웃음까지 흘린 영재는 다시 두 다리에 힘을 주고 밖으로 걸어 나갔다. 그 뒷모습을 살벌한 기세로 응시하던 장주는 한 손으로 얼굴을 쓸어내리더니 소파 등받이에 털썩 등을 기대며 기진해 했다. 하아, 서영재!

한편, 영혼까지 맥이 빠진 영재는 라운드 계단 한가운데에 서 있었다.

'설마, 아직 날 사랑하나?'

이 깊은 가슴에 있는 것을 꺼내 놓자면 한도 끝도 없는 영재는 낯설고 낯선 그가 슬펐고, 그의 악의적인 제안 앞에서도 뛰는 가슴을 멎게 할 방법이 없던 자신의 처지가 가엾었다.

그러니까 더는 내게 아무것도 하지 마, 선우장주!

02

나란히 차를 타고 가는 모녀 사이엔 아까부터 말이 없었다. 아이러니하게도 한 남자에 대한 동상이몽 때문이었는데 이틀 전, 상견례 때 발가벗고 체면 납작해진 재인은 재인대로, 또 지난 5년 전부터 쭉 치료/상담해 왔던 내담자를 딸아이의 남자로 상견례에서 마주한 가영은 가영대로, 이 두 모녀의 생각은 각기 어지럽고 복잡했다.

노란 신호에 브레이크를 밟은 가영은 손목의 시계를 확인했다. 그리고 한숨 어린 입술을 가만히 깨물었다.

그때, 저기 차창 밖으로 보이는 남녀 한 쌍을 심오한 눈으로 응시하던 재인은 중얼거리듯 말했다.

"여자가 벗었다? 근데 남자가 손 하나 까딱 안 했어. 대체 그 남자의 심리는 뭘까?"

좌회전 신호로 바뀌자 다시 액셀을 밟은 가영은 머릿속에 꽉 차 있는 그 내담자가 어떠한 남자인지를 상기하며 말했다.

"설마 널 너무 사랑해서 지켜 줬다는 말이 듣고 싶은 건 아니지?"

그런 말이 듣고 싶은 게 아니었던, 게다가 정체까지 탄로 난 재인은 발끈해 소리쳤다.

"내 얘기 아니거든?!"

하지만 정신과 닥터인 가영은 냉정하고 이성적인 진단으로 재인을 몰아세웠다.

"네 알몸 보고 그냥 나간 남자, 널 사랑하지도 않을뿐더러 얄팍한 호기심 따위도 없는 거야."

안 그래도 비참한 재인은 딱 잡아떼며 쏴붙였다.

"내 얘기 아니라는데 왜 그래?! 그리고 엄만 환자하고도 이런 식으로 상담해?"

적어도 그에겐 불가능했다. 그래서 더 찝찝했다. 벗은 건 딸애고, 손 하나 까딱 안 한 그 남자는 결코 여자들의 나체 따위에 눈이 멀어 침 흘릴 어중이떠중이가 아니니까. 하아! 세상에 반이 남잔데 하필이면!

끼이익—!

"엄마!"

고의적으로 급브레이크를 밟은 가영은 놀라서 사색이 된 재인에게 냉담히 말했다.

"내리렴."

"왜 이렇게 예민해, 오늘?!"

신경질적으로 반발한 재인은 씩씩대며 차에서 내리려다가 괜한 소리를 더했다.

"장주 씨와 내 얘기 아니니까 이상한 생각 하지 마?"

이에 코웃음 친 가영은 발뺌 연기도 제대로 못 하는 머리 나쁜 딸에게 진지하게 말했다.

"결혼, 여기서 관두면 안 되겠니?"

재인은 경악했다.

"오늘 정말 이상하네? 왜 이래, 대체?!"

"네가 벗을 때 환호하는 그런 남자 만나면 안 되겠냐고."

"나 아니라고!"

이렇게 무게감이라곤 눈곱만치도 없는 딸애가 대체 언제쯤에나 선우장주의 그 마음 한구석이라도 차지할 수 있을지 의문인 가영은 조금 짜증 어린 목소리로 말했다.

"안 내려?"

제대로 기분 잡친 재인은 두 눈에 쌍심지를 켜고 가영을 노려봤다. 이에 가영은 액셀을 밟았다. 문이 열린 채로 차체가 움직였고, 한쪽 다리를 문밖으로 내딛고 있었던 재인은 기겁해 비명을 질렀다.

"미쳤나 봐, 정말!!"

후다닥 차에서 내린 재인은 문짝이 부서지도록 쾅 닫아 버렸다. 그래도 아랑곳 않고 유유히 차를 돌린 가영은 룸 미러로 보이는 성난 재인을 보며 한숨 쉬었다. 세상 모든 엄마들이 딸을 위한

다지 않대? 그 마음쯤으로 받아, 고재인.

그렇게 딸과 실랑이를 벌이고 병원으로 온 가영은 오후 진료 첫 번째 예약 환자의 차트를 펼쳐 들었다.

"……J."

5년 전, 자살 시도를 했다가 미국으로 건너온 동양 남자가 동양인 의사를 찾는다고 해서 처음 그를 대면했던 가영은 차트 기록보다 더 정확하고 생생한 그날의 기억을 꺼내 들췄다.

큰 키에 단단한 체격, 군더더기 하나 없던 매끄러운 얼굴에 꽉 들어찬 이목구비, 특히 차갑게 번뜩이다가도 외사랑에 그늘져 버리는 그의 눈동자는 애처로운 듯 보였고, 타고난 세련미와 예의 어린 냉정한 태도, 그리고 당당하다 못해 거만하고 고상한 품위까지 엿보이던 그의 내면은 최악으로 망가져 있었다.

자기 것에 대한 강한 소유욕 그러나 그것을 상실하고 거절당한 것에 대한 공격적이며 원초적인 분노, 그리고 고작 살아가는 것이 매일인 반토막짜리의 이성 사이에서 흔들리고 괴로워했던 남자, J.

"아니, 선우장주."

어쨌든 그를 가장 위험하게 지배하고 있는 건 일방적으로 끊어진 서러운 사랑, 그것이 낳은 분노였다.

"사랑이란 게 그 자리를 잘못 찾아 들어갔어."

처음 그의 내면을 열었을 때처럼 똑같은 말을 중얼거린 가영은 의사로서 또 인간으로서 한 남자의 사랑에 이처럼 크게 동요된 건 처음이었다. 그래서 그의 주치의 제안에 선뜻 응했는지도 몰랐다. 헌데 딸아이의 남자라니. 게다가 청기…….

똑똑.

노크 소리가 들리고 그가 들어왔다, 여지없이 근사한 선우장주 그가.

"어서 와요."

그를 반긴 가영은 소리 없이 말했다. 혹 언젠가 당신의 조모가 날 알아본다면 할 말은 있겠어. 내가 당신의 손주는 살렸노라고.

"차, 줄까요?"

"괜찮습니다."

오늘도 사양한 장주는 이틀 전, 상견례 이후로 상담자와 내담자로 마주 앉은 주치의를, 또 예비 장모를 덤덤히 쳐다봤다. 놀랍게도 가영 역시 평소와 다르지 않았고, 이에 알 수 없는 웃음을 흘린 장주는 조용히 말했다.

"사위로 적절치 않을 텐데 괜찮겠습니까?"

그러자 그녀는 기다렸다는 듯이 반문했다.

"그러는 당신은 내가 의사로서 괜찮나요?"

이에 장주는 거침없이 대답했다.

"난 이미 5년 전에 미국에서 환자로 당신을 만났어. 지금도 당신의 환자일 뿐이지."

이번엔 가영이 답을 줄 차례였다.

"나 역시 재인의 엄마로 산 건 2년이고, 당신의 의사로 산 건 5년이죠. 무엇보다 난 의사인 내가 내게 더 익숙하니까 환자인 당신이 좋다면 우린 달라질 게 없어요."

닥터와 환자로, 상담자와 내담자로 만난 두 사람이 '사적인 관계'로 엮이는 건 상담자의 윤리 강령인 '이중 관계' 위반이었다, 상담 회기 내는 더더욱. 그런데 그걸 무시하겠다는 뜻을 밝힌 두 사람은 본격적인 상담에 몰입하는 것에 조금도 지체치 않았다.

"드디어 만났어."

그건 선우장주가 오래전부터 의도하고 갈망했던 바지만 가영은 놀라지 않을 수 없었다. 이 남자의 '그녀'는 과거 속에서 한때 존재했던, 그리고 어느 날엔 실존하지 않을 수도 있는 여자라는 생각이 들 만큼 현실적이지 않았다. 그만큼 이 남자의 잔인한 사랑은 비현실적이란 뜻이었다. 그런데 다시 만났다? 그건 그의 내면에서만 몽환적으로 존재하던 여자가 '사실적으로' 그의 인생 안으로 '다시' 들어왔다는 뜻이었다.

"여전히 예쁘던가요?"

애써 침착하게 묻는 가영을 빤히 직시하는 그의 눈빛이 시린 듯 젖었다.

"예뻐."

왜 아니겠어, 라고 저도 모르게 불쑥 튀어나오려던 말을 꾹 삼킨 가영은 친근하게 다시 대화를 유도했다.

"두 사람, 대화도 나눴나요?"

"짧게."

"얘기해 줄래요?"

인사 정도쯤으로 짐작하고 물은 가영에게 그는 놀라운 말을 했다.

"내가 섹스를 요구했어."

순간 가영의 눈동자에 힘이 들어갔다. 그러자 장주는 한숨처럼 덧붙였다.

"물론 거절당했지."

그가 의도한 만남은 시작부터 치명적이었다, 그녀의 거절과는 상관없이. 가영은 꼬았던 다리를 가만히 풀며 말했다.

"그녀라면 당연한 반응이에요. 당신을 버렸으니까."

"후훗. 당연한 반응이라. 하긴 그녀도 조롱하더군, 자기가 날 버린 걸 기억하라면서."

상심한 그의 표정에 가영은 조심스럽게 대화에 무게를 싣는 동시에 일종의 브레이크를 걸었다.

"그녀와의 섹스는 5년 전으로 되돌아가는 타임머신이 될 수도 있는데 괜찮겠어요?"

닥터의 의중을 알아챈 그는 오히려 가영을 한심하게 여기며 반격했다.

"당신 생각엔 섹스 하나로 5년을 거슬러 올라갈 수 있을 것 같아?"

이에 가영은 깊이 생각했다. 이 남자가 어떤 남자인지를. 그리고 이 남자가 지난 5년 동안 들려준 그 여자가 어떤 여자인지를.

"당신의 내면과 바람은 여전히 5년 전에 머물러 있고, 그런 당신을 버린 여자가 당신과 다시 섹스를 한다면 둘 중 하나예요. 그녀가 다시 당신과 시작하고 싶거나, 버렸지만 여전히 사랑하고 있거나."

그러자 장주는 살벌한 표정으로 코웃음 치며 말했다.

"감히 날 사랑해? 걘 그래선 안 되지."

이건 가영이 예상한 정답이었다.

"만약 그녀가 다시 시작하자고 하면요?"

어쩐지 그가 대답을 망설였다. 가영은 충분히 기다려 줄 마음이었지만 그는 곧 놀랄 만큼 조용히 말했다.

"내 손이 그녀의 목을 조르겠지."

그 순간 번뜩이던 그의 눈빛, 가영은 움찔했지만 해야 할 말을 삼키진 않았다.

"그럼 당신이 그녀에게 한 그 제안 이대로 거둬요."

"아니. 섹스는 포기가 안 돼."

이럴 때면 가영은 헷갈렸다. 그녀를 사랑하는 동시에 그녀의 사랑을 거북해하는 이 남자가 그녀와의 재회를 의도, 연출한 것도 모자라 5년 만에 다시 만난 그녀에게 왜 다짜고짜 섹스부터 요구한 걸까.

경계선 인격 장애로 그 다양성을 전부 갖춘 그의 말기적 증상이 낳은 악의적인 욕구라고 하기엔 대상이 '그녀' 인 것도, 5년의 긴 시간을 낭비한 것도 이해되지 않았다. 이 모든 것이 분명 그이 자신에겐 악수(惡水)인데.

"당신은 약혼녀가 있잖아요? 약혼녀를 그녀인 듯 감정 이입하고 섹스해요."

뜻밖의 방향으로 키를 돌리는 가영을 보며 장주는 쿡 하고 웃음을 터뜨렸다.

"왜 웃죠?"

가영은 진지하다 못해 엄중했다. 장주는 그저 감탄하고.

"아, 미안. 그냥 웃음이 나서. 근데 내 약혼녀가 좋아할까?"

좋아하다마다. 출근 전, 재인과의 작은 실랑이가 한 컷의 영상처럼 스치자 가영은 더 대담한 말을 건넸다.

"어차피 당신 약혼녀는 육체의 행위만 전달받을 테고 그 속뜻은 당신과 나만 알 텐데 무슨 상관이겠어요?"

주치의의 비정한 밀어에 장주는 씩 웃었다. 정말 탄복할 만한 닥터였다. '모정' 이란 선천적으로 없는.

"당신의 처방, 생각해 보지."

그러나 썩 탐탁지 않은 얼굴로 일어난 장주는 냉정한 예의로 묵례하고 밖으로 나갔다. 그러자 그를 위험한 놀이로 부추겼던 가영은 물 한 컵을 벌컥벌컥 들이켰다. 그리고 환자에게 내린 처방을 합리화했다. 어차피 처음부터 사랑은 글렀었잖니, 재인아?

오늘도 차마 촬영 현장으로는 돌아가지 못하고 그 앞을 서성이다가 집으로 돌아온 영재는 한숨이 덕지덕지 붙은 얼굴로 차에서 내렸다. 그때, 누군가가 그녀를 불렀다.

"어이, 서 감독!"

저도 모르게 식겁해서 뒤돌아본 영재는 이내 안도했다. 천재림이었다.

"어떻게 날 두 시간씩이나 기다리게 하냐?"

천재림은 투정했고, 생각지도 못한 손님이 놀랍고 또 반가운 영재는 이호재가 아니어서 안도하는 자신을 보며 사태의 심각성에 뼈저리게 억눌리고 있어도 방법이 없으니 괴로웠다.

"들어오세요, 감독님."

"근데 얼굴이 왜 그래?"

"아, 잠을 못 자서요."

불면으로 멍을 얻었다니, 개도 웃을 일이었지만 대강 둘러대고 곧장 주방으로 간 영재는 홈 바 테이블 앞에 앉아 작업실을 쭉 훑어보는 천재림에게 커피를 내밀었다.

"어쩐 일이세요, 여기까지?"

"1년 반 만인가, 우리?"

"그러네요, 벌써."

커피 한 모금을 마신 천재림은 맞은편에 앉은 영재를 빤히 쳐다보며 잠깐 상념에 빠졌다.

서영재의 첫 번째 영화에서 호흡을 맞출 때 독창성에서 자신의 브랜드를 갖고 있는 것처럼 느껴지는 '서영재' 식 영화 미술에 큰 매력을 느꼈던 천재림은 캐릭터의 특징이나 내면적 상황을 관객들에게 선명하게 보여 주고 영화의 주제의식을 직선적으로 전달하는 데에 위력을 발휘하는 그녀의 영화 미술의 가능성 또한 높이 평가했다.

하지만 이번 영화는 '천재림 사단' 으로 완성하고 싶은 욕심이 컸다. 그야말로 역사를 새로 쓸 야심작이니 '식구 챙기기' 하고 싶었다. 그런데 또 서영재라니? 더구나 이호재를 작살내면서까지.

"서 감독. 선우장주와 어떻게 아는 사이야?"

"네?"

순간 표정 관리를 놓친 영재는 곧 싱거운 웃음을 터뜨리며 말했다.

"벌써 들으셨어요?"

멀리 부산 현장에서 일어나는 일을 당일에 서울의 다른 현장에서 상당수 공유할 정도로 좁은 영화계의 덩치에 영재는 확신했다. 내일은 더 고달플 게 뻔하다고.

"저도 제가 왜 그런 용도로 쓰였는지 모르……."

"됐어."

선우장주에게서 듣지 못한 대답을 서영재한테 들을 생각을 했던 것 자체가 오류라고 판단한 천재림은 가져온 시나리오를 내밀었다.

"같이하자."

시나리오 표지의 타이틀이 영재의 눈에 들어왔다. 낭자(狼藉: 이리의 잠자리)…….

제목부터 마음을 끄는 천재림의 영화에 합류되는 영광이라니, 두 번이나 찾아온 천재일우 앞에서 영재는 가슴이 떨렸다. 절대 거절하고 싶지 않았다. 그러니 제발!

"제작사가……?"

"UK픽처스."

이내 낙담한 영재는 참담한 얼굴로 물었다.

"그럼, 절 영입하는 건 UK픽처스 대표의 뜻이겠네요?"

"먼저는 내 뜻이기도 해."

먼저냐 나중이냐는 중요하지 않았다. 어차피 섹스가 전제 조건으로 돼 있는 선우장주의 영화는 그녀가 넙죽 받을 수 있는 천운이 아니었다.

"죄송합니다, 감독님."

"설마, 거절이야?"

하고 싶어도 할 수 없는 영재는 씁쓸한 기색으로 말했다.

"선우장주, 그 사람이 제게 이 영화를 주면서 한 가지 제안한 게 있어요."

천재림은 그 한 가지가 궁금했지만 굳이 알려고 들지 않았다. 이미 선우장주는 서영재의 거절을 장담하고 심부름을 지시했으므로.

"서 감독, 그 하나를 주고 열을 얻을 욕심은 없고?"

"열의 욕심이면 그깟 하나 왜 못 주겠어요."

그 의미심장한 말과 표정에 천재림은 이것 하나는 짐작할 수 있었다, 선우장주와 서영재는 뒤엉킨 실타래만큼 복잡한 사이라는 것!

"일단 시나리오는 두고 갈게. 읽어는 봐."

"감독님."

"영화 엎어진 일로 머리 복잡할 텐데, 읽어. 재밌어."

남은 커피를 한숨에 들이켠 천재림은 양쪽 바지 주머니에 손을 찔러 넣고 터벅터벅 걸어 나갔다. 그 모습을 시름 어린 눈으로 쳐다보던 영재는 힘없이 홈 바 테이블 위에 엎드려 누우며 중얼거렸다.

"되는 일이 하나도 없어."

세상에 이런 진퇴양난이 또 있을까. 어쨌든 분명한 건 서영재의 운명이 오늘보다 내일 더 고달파질 위기에 놓였다는 사실이었다. 일을 이 지경으로 만든 선우장주의 그 기막힌 성 상납 요구를 딱 잘라 거절하고도 크랭크 업을 코앞에 둔 영화가 서영재란 칼날에 어떻게 토막 났는지 해명할 길이 없는 영재는 그저 막막했다.

그 마음에 눌린 몸은 맥이 풀리고 눈꺼풀은 이제야 하염없이 무거워졌다. 스르르 감기는 눈을 뜨지 않았다. 생각도 감길까, 이 사랑도 감길까, 해서.

영재는 그렇게 잠이 들었다. 그리고 그 모습을 라이트도 켜지 않은 캄캄한 차 안에서 지켜보고 있던 장주는 한참 뒤에 차에서 내려 작업실 테라스 난간 앞으로 걸어갔다.

대강 닫힌 폴딩 도어 너머로 보이는 영재의 모든 것을 소리 없이 빨아들이는 그의 눈동자는 애틋했다.

그러길 얼마나 지났을까. 작업실 안 어디선가 전화벨이 울렸고, 그 소리에 잠이 깬 영재는 힘없이 눈꺼풀을 떠 올렸다. 그러다 얼핏 눈살을 찌푸렸다. 꿈인가?

마치 환영 같은 그가 믿기지 않아 얼얼하게 바라보는 영재의 가슴이 속절없이 떨렸다. 반갑지는 말아야지, 선우장주!

그러나 딱딱한 표정으로 테이블에서 일어난 영재는 폴딩 도어를 열고 테라스로 나갔다.

"왜 왔어?"

전투적으로 묻는 그녀에게 장주는 다짜고짜 따져 물었다.

"왜 싫어?"

"뭐?"

"나 같은 남자와의 섹스가 왜 싫어?"

그 삐뚤어진 오만에 기가 차다는 듯 웃음을 터뜨린 영재는 짜증스러운 얼굴로 쏴붙였다

"당신이 싫어서 버렸어. 그런데 어떻게 당신 버린 여자한테 섹스하자고 해?"

"네가 날 버렸다는 게 제일 중요하거든!"

"사디스트야, 당신? 대체 나한테 왜 이래?"

영재는 흥분했지만 그는 얄미울 만큼 침착하게 빈정거렸다.

"그러게, 내가 왜 이러는 걸까? 아, 내가 아직 널 사랑하나 봐. 그래서 갖고 싶어 죽겠나 봐."

"선우장주!"

"이렇게 말해 주면 내가 하자는 대로 할 건가?"

순간 뺨을 후려칠 뻔한 영재는 들썩했던 손을 꽉 주먹 쥐어 붙들었다. 이 남자, 어쩜 이리 잔인할까?

그 순간 그가 불쑥 다가왔다. 그러고는 집게손가락으로 그녀의 아래턱을 잡아 올리더니 바짝 얼굴을 들이댔다. 금방이라도 입술이 닿을 것 같았다.

영재는 미친 듯이 뛰는 심장에 어쩔 줄 몰랐다. 이렇게 가까이

에서 그를 마주할 수 있다는 게 믿기지 않는 거라 그간 서러움 어린 그리움만 안고 있던 가슴은 걷잡을 수 없이 불붙은 것처럼 요동쳤다. 그의 숨결이 얼굴에 와 부딪치는 이 순간을 두 발로 서서 버티고 있자니 진이 다 빠질 지경인 영재는 죽을힘 다해 경계하는 시선을 던졌다.

그러자 장주는 그 차가운 시선으로 그녀를 짓이기듯 내리깔고 말했다.

"너와 나 사이에 그깟 섹스가 뭐가 어려워? 복잡하게 생각 마, 서영재. 내가 너한테 원하는 건 네 살냄새, 그것뿐이니까."

애써 부릅뜨고 있던 영재의 시선이 흐트러졌다. 꿈에도 그리던 그가 짐승만도 못한 이호재와 별반 다르지 않다는 사실이 또 한 번 그녀의 온몸을 치고 들어왔다. 그는 선우장주가 아니었다.

"어차피 하는 섹스, 너와 나만의 특별한 요소로 더 흥분하면 좋잖아, 서영재?"

그 특별한 요소란 게 맥락상 '버리고 버림받은' 관계임을 암시하며 이죽거리는 낯선 선우장주를 보며 지난 5년간 그 누구와도 잠자리하지 않았던 영재는 자연적으로 뇌리에 스치는 고재인을 기계적으로 지워 내고 말했다.

"꺼져."

이에 쿡쿡거리며 잡고 있던 그녀의 턱을 가만히 놔 버린 그는 어쩐 일인지 군말 없이 돌아섰다. 하지만 그 뒷모습이 큰 재미를 느끼고 있는 것처럼 보이는 영재는 그의 차가 떠나가자 얼른 손을 뻗어 난간을 잡았다.

그가 주는 말과 눈빛은 온통 아픈 것투성인데 그의 입김이 닿았을 때 그와의 키스를 바랐던 영재는 그 바보 같은 입술을 꽉 물었다. 서영재, 정신 차려! 그가 아니야! 그가 아니라고!

하지만 그를 버릴 때도 뜨겁게 뛰던 심장은 오늘도 멈출 길 없었다. 아마도 그가 잡았던 아래턱에 여전히 남겨진 그의 감촉이 부채질이라도 하는 듯했다.

그리고 이호재의 '영화 살리기'를 위한 '서영재 죽이기' 시위는 다음 날 꼭두새벽, 본격적으로 시동 걸렸다.

새벽 6시, 호출을 받고 촬영장으로 간 영재는 입구에서 주저앉을 뻔했다. 스스로가 만든 소용돌이 속에 밤새 잠 한숨 못 자 헛것을 보나 했다. 모두 집결해 무릎 꿇고 있는 100여 명의 스태프라니. 그들의 분통 어린 200백 개의 눈동자가 그녀를 압박하고 협박했다.

"다들 빌어!"

이호재가 소리쳤다. 그러자 100여 명이 동시에 목청 높여 울었다.

"서영재 감독님! 살려 주세요!!"

"다들 왜 이래요, 나한테!!"

그녀는 발악해 보지만 이미 까마득한 후배들을 선동한 이호재는 그들을 격분시키려는 의도로 무릎 꿇었다.

"서 감독! 우리 좀 살려 주라, 응?!"

깊이 고개까지 숙이며 영재는 죽이고 제 처신은 챙기는 이호재가 너무 원망스러운 영재는 악착같이 눈물을 참고 이호재에게 쏴

붙이며 말했다.

“감독님이 내 얼굴 이 지경으로 만든 거, 이 사람들한테 다 얘기했어요? 그런데도 나한테 무릎 꿇고 살려 달라고 하는 거예요?”

순간 크게 당황한 이호재는 웅성대는 스태프들을 향해 어영부영 말을 늘어놨다.

“내가 아까 대충 얘기했지? 다 들었잖아? 어제 호텔에서 서 감독이랑 씬 변경하다 실갱이가 좀 있었어. 근데 쟤가 여자인 걸 깜빡하고 내 성질머리가 좀 과했던 거야. 그, 그래 가지고 지금…….”

“알죠! 압니다!”

갑자기 제1 조감독이 벌떡 일어나더니 말 더듬는 이호재를 옹호했다.

“저희도 다 알아요, 서 감독님! 그래서 이렇게 무릎 꿇은 거 아닙니까? 저희가 현장에서만 굴러먹느라 높으신 분 못 알아봤어요, 죄송합니다!”

그러자 모두가 한목소리로 사과했다.

“서영재 감독님, 죄송합니다!!”

분명 원인 제공은 이호재의 성추행인데 ‘내가 피해자다’ 떠들어 봤자 감싸 주기는커녕 관심조차 없는 그들은 오직 자신의 밥줄 챙기기에 급급했다. 모두가 가해자였다. 영재는 이 순간 절망적이었고 끝없이 외로웠다.

“이러지 마요, 제발! 나 정말 아니에요! 그 사람이랑 아무 상관

없다고요!"

그러자 위협적으로 일어선 이호재는 목에 핏대를 세워 가며 그녀를 몰아세웠다.

"네 주위를 좀 둘러보세요, 서영재 감독님! 너 이제 스물여덟이지? 네 나이에 그 위치가 쉬워? 게다가 너 첫 영화, 천재림과 호흡 맞췄잖아? 까놓고 말해서 천재림하고 작업하기가 쉬운 줄 알아? 그때도 선우장주가 길 터 준 거 아냐?!"

영재로서는 상상도 못 할 일이지만 그렇게 믿고 있는 그들 앞에서 그녀는 눈자위까지 흔들렸고, 계집년한테 굽실대는 것도 한두 번이지 열불 나는 이호재는 스태프 한 사람 한 사람을 앞장세워 더욱 영재를 코너로 몰았다.

"야, 조감독! 너, 천재림 얼굴 본 적은 있냐?"

서열 제1 조감독은 침울하고 비참한 듯 고갤 내저었다.

"촬영 감독 너는?"

그도 씁쓸히 고갤 떨궜다.

"봤지? 저 양반 나이가 50줄이야! 이 바닥에서 30년 굴렀다고! 그리고 말이 나와 하는 말인데 프로덕션 디자이너가 한둘이야? 까놓고 말해서 네가 천재림 사단의 김동주보다 공부를 많이 했어, 실력이 빼어나? 그런데 네 첫 영화가 그 양반 제치고 꽂혀 만들어진 거라고! 아, 이번에 또 꽂혔다며? 그러고도 아무 사이 아니래?"

심한 윽박지름 앞에서 대번에 기가 꺾인 영재는 아무것도 할 수가 없었다, 가라앉는 것 말고는.

“서영재, 너 실력 없다는 거 아냐! 이번에 영화 같이해 보니까 대단하드라! 그런데 너는 몰라도 그분이 뒤 봐줬나 보지! 키다리 아저씨 노릇 했나 보지, 그 대단한 선우장주가!”

“난……!”

“그래, 넌 계속 아니라고 우겨! 우리도 나쁜 상상 안 할게! 이 바닥에 흔해 빠진 성 상납이고 스폰서고 어쩌고저쩌고하는 그런 개 같은 상상 안 한다고! 그러니까 우리만 살려 내!!”

영재는 어처구니가 없었다. 다른 사람은 몰라도 이호재, 그가 할 소린 아니었다. 하지만 모두가 오해했고 그의 편이었다.

“서 감독님! 살려 주세요!!”

모든 스태프가 머릴 조아렸다. 마녀사냥이 따로 없었다. 이호재, 당신! 결국 날 좆같이 만든 거야!

더는 어쩔 수 없어 도망치듯 현장을 빠져나온 영재는 다급하게 차에 타 문부터 잠갔다. 서영재를 방패 삼아 목숨 부지하려는 그들을 위해 UK픽처스로 갈 수밖에 없다니!

그 처지가 서글픈 건 선우장주를 향한 서영재의 사랑이 볼모로 잡힌 까닭이었다. 눈물이 앞을 가렸다.

끼이익!

돌진할 기세로 UK픽처스 입구 앞에 차를 세운 영재는 시동도 끄지 않은 차에서 내려 곧장 로비로 빠르게 걸어 들어갔다.

마침 미국의 투자자와 외부 미팅이 있어 로비를 나오던 장주는 느릿하게 멈춰 섰고, 영재는 그를 잡아먹을 기세로 그 앞에 딱딱 걸어가 마주 섰다. 그의 입술이 슬쩍 올라갔다, 마치 승리감에 취한 듯.

“웃어?”

어이 상실한 영재는 힘껏 그의 뺨을 후려쳤다.

철썩!

로비 안의 모든 이목이 두 사람을 향해 집중된 채 술렁였다. 하지만 초연한 그. 이에 더 분이 치솟은 영재는 한 번 더 뺨을 갈겼다.

철썩!

보란 듯이 자신의 성지에서 개망신당한 장주는 그럼에도 오만한 태도로 뒤에 서 있는 비서에게 지시했다.

“시현아, 영화 살려.”

순간 이마저도 그의 계산 아래 있다는 걸 알아챈 영재는 금방이라도 울음이 터질 것 같은 입술을 꽉 깨물었다. 그러자 장주는 치이고 치인 눈물을 참는 영재 옆으로 구둣발을 딱딱 옮겼다. 그리고 그녀의 한쪽 어깨 끝에 자신의 어깨 끝을 대고 서서는 저 앞, 출입구 앞에 아무렇게나 세워져 있는 빨간색 SUV를 차갑게 응시한 채 자신의 합당한 몫을 챙겼다.

“오늘 밤 9시, UK호텔 펜트하우스.”

이에 천천히 내려 감는 그녀의 눈 사이로 눈물이 뚝 떨어졌다. 차마 서영재의 살냄새를 바치기엔 과분한 곳이라고 빈정대 주지 못한 영재는 어느새 어깨 끝에서 저만치 멀어진 그를 원망스레 돌아봤다.

'섹스하자는 말이 내 발밑에 깔리는 기분이다? 괜찮네.'

주룩 떨어지는 눈물을 손바닥으로 슥슥 닦아 낸 영재는 이 지경에도 그에게 반응하는 가슴을 원망하며 말했다.

"서영재, 너 진짜 밟혀야겠다."

밟히고 밟히면 나, 당신을 미워하게 될 수 있을까? 아니, 미워하는 것까진 바라지도 않았다. 그를 사랑하는 마음이 지치기라도 했으면 좋을 그녀는 혼자만 아는 이 병신 같은 서영재의 사랑을 더는 가여워 않기로 했다.

"선우장주, 날 마음껏 밟아."

그때였다. 문자가 왔다. 이호재였다.

[고맙다, 서영재. 덕분에 촬영 재기한다. 앞으로 알아서 잘 모실게.]

선우장주의 권력은 이만큼 사실적이었다!

03

용마루와 추녀, 서까래 곡선의 아름다움과 대나무 모양이 새겨진 주춧돌이 청자색 기와를 떠받들고 있는 청기와의 돌담 안은 소나무의 잔향과 흙냄새, 그리고 다실의 차향으로 진동했다.

녹두 껍질을 벗겨 낸 것 같은 연미색 치마 위로 튀지 않는 먹홍색 저고리와 소매 끝 거들지에는 흰 명주로 무늬를 대신한 한복을 입은 조모는 오늘도 직접 달인 차를 재인의 다기에 따르며 말했다.

"이 목련꽃 차는 너무 예민해서 색이 쉽게 변하기 때문에 조심히, 세심하게 다뤄야 합니다. 내 이번엔 음건을 해서 색도 향도 더 선명해요. 드셔 보세요, 재인 양."

이에 조심히 찻잔을 들고 기품 있는 자태로 차를 음미한 재인은 톡 쏘면서도 묵직하게 입안에 퍼지는 차향이 꽤 마음에 들었다.

"향이 깊고 시원해요, 할머님!"

"그래요? 다행입니다. 내, 재인 양 마음에 꼭 들었으면 했어요!"

이처럼 재인이 비빌 언덕이라고는 한마디 말도 늘 정다운 조모뿐이었다.

"저도 다도를 좀 배워 둘 걸 그랬어요, 할머님."

크게 아쉬워하는 재인을 보며 가만히 차 한 모금을 마신 조모는 부드럽게 말했다.

"지금도 충분히 즐겁습니다. 괜한 마음 쓰지 마세요."

열여섯 자 크기의 들창문으로 제법 가을을 품은 바람이 불어 들어온 까닭일까, 두 사람 사이에선 웃음도, 얘깃거리도 끊이지 않고 화기애애했다.

"할머님, 장주 씨는 할머님께도 무뚝뚝해요?"

섭섭한 기색으로 묻는 재인의 마음을 짐작한 조모는 심각한 표정으로 받아쳤다.

"재인 양한테도 무뚝뚝해요? 이런, 모두에게 무뚝뚝하군요. 우리, 손주님의 별명을 '무뚝뚝' 으로 할까요?"

조모가 달래 주자 재인은 더 울상 지으며 투정했다.

"어쩔 땐 정말 제가 영화 그 자체였으면 좋겠어요. 장주 씨가 스크린 앞에선 집중하니까."

"그럼, 결혼하지 말까요? 이렇게 고운데 집중을 못 받으면 외로워서 어찌 삽니까?"

그러자 재인은 기겁했다.

"그건 안 돼요, 할머님! 제가 얼마나 장주 씨를 사랑하는데요!"

이에 가만히 웃던 조모는 찻잔을 입에 대며 그 너머로 재인을 쳐다봤다. 안됐지만 손주가 왜 이 아이를 지목했는지 가늠하기는 쉬웠다. 사랑 없이 선우장주의 배경만으로도 충분히 만족할 상대로는 제격이었다.

"내, 사랑은 잘 모르지만 분명 손주님에게서 채움 받을 게 많을 겝니다. 무슨 뜻인지 아시지요?"

삐뚜름하던 재인은 얼른 애교 있게 발칙함을 떨었다.

"잘 모르겠는데요, 할머니임? 전 장주 씨의 열렬한 사랑만 바랄 뿐이에요."

"호호호. 이 늙은이도 그러길 바랍니다. 그런 의미에서 오늘 저녁은 손주님하고 먹어 볼까요?"

재인의 눈이 번쩍 뜨였다.

"정말요? 근데 될까요? 장주 씨가 워낙 바빠서 전 통화도 거의 못 해요, 할머님."

"될 겝니다. 이래 봬도 내가 할미 아닙니까?"

들뜨고도 긴장하는 재인이 조금 안쓰러운 조모는 얼른 전화를 걸었다.

"나예요. 바쁘지요?"

재인은 두 손까지 모으고 입술을 깨물었다 놓았다 반복했다.

"이번에 새로 온 일식 셰프가 숙성 스시의 대가라고요? 그 손맛 좀 보고 싶습니다. 괜찮지요? 그래요, 알았어요. 재인 양도 함께 갑니다? 알아서 시간 맞춰 가겠습니다, 손주님."

꿈도 안 꿨던 약속이 성사되자 재인은 좋아서 어쩔 줄 몰랐다.

"할머님, 감사합니다. 저 너무 행복해요!"

"재인 양이 행복하다니 나도 행복합니다. 자, 차를 마저 마시고 출발하면 되겠어요."

"네에, 할머님!"

셋이서 오붓한 저녁 식사라니, 아직은 비공개 상태인 고재인의 열애설이 검색어 1위에 오르는 날도 얼마 안 남았단 신호탄 같기만 한 재인은 춤이라도 출 지경이었다.

◇ ◆ ◇

조모와 통화를 끝내자마자 중요 미팅을 시작한 장주는 미국에서 온 투자자와 그 투자율을 맞추고, 또 개입에 따른 조항들의 맥시멈을 자신이 원하는 수치로 조율, 조정하며 고도의 심리전을 치렀다.

빅딜이냐 스몰딜이냐, 그 타협점이 쉽지 않은 가운데 할리우드에서 날아온 금발의 투자자는 난제에 부딪치자 아까부터 고개를 까딱거리는 불편한 습관을 드러냈지만 장주는 그 반대였다. 그의 습관은 곧 여유였고 그것이 상대에겐 단단한 배짱, 혹은 특별한 설득력이 된다는 걸 여지없이 증명했다. 그리고 결국 금발의 투자자에게서 백기를 얻어 냈다.

"좋습니다. UK픽처스를 믿어 보겠습니다."

예고된 완승이지만 선우장주는 정중히 예를 갖췄다.

"고맙습니다, 미스터 맥."

곧 계약서에 서명한 금발의 투자자는 그제야 물 한 컵을 벌컥벌컥 마셨고, 장주는 소매를 들춰 시간을 확인했다. 6시 반.

사실 조금도 긴장을 늦출 수 없는 이 전쟁 같은 비즈니스 중에도 장주의 머릿속엔 딱 세 가지만 있었다. 9시, 서영재, 섹스!

'넌 분명히 오겠지.'

그녀로서는 대안을 찾을 수 없게 압박한 최고 권력가가 선우장주가 아닌 어떤 다른 미친놈이었다면 차라리 영화계에서의 매장을 선택했을 서영재가 어떤 여자인지, 또 그녀에게 섹스가 무슨 의미인지 장주는 너무나 잘 알고 있었다. 그 까닭에 지난 5년간 그러리라 믿어 왔던 영재의 마음을 온몸으로 확인할 시간이 가까워질수록 가슴 설레었고 모든 것이 꺼지지 않을 열정으로 끓어올랐다.

영재는 이미 UK호텔 주차장에 와 있었다. 당연히 올 수밖에 없는 처지로 만들어 버린 그에게서 이 사랑 거두기 위해 결국은 의지적으로 나타난 영재는 대신 그가 정해 준 시간을 무시하고 제멋대로 등장했다. 바쁜 그가 납득할 만한 그럴싸한 이유란 없었다. 그냥 '그냥' 이었다.

달칵.

도어 캐치를 당긴 영재는 크게 심호흡하더니 차에서 내렸다.

신경 쓴 듯 아닌 듯 아래쪽으로 무심하게 틀어 올린 당고 머리에서 삐져나온 몇 가닥의 머리칼이 흘러내린 긴 목과 데콜테 라인이 다 드러나는 브라운 컬러의 슬리브리스 탑 위에 그보다 더 짙은 컬러의 체크 재킷과 와이드 핏의 데님을 매치해 입은 그녀는 눈빛은 강단 있게, 표정은 표독하게 꾸몄다.

하지만 제법 가까워진 가을의 바람을 맞으며 호텔 로비를 향해 내딛는 그녀의 하이힐 구둣발은 '그날'의 젖은 운동화만큼이나 무거웠다.

◇ ◆ ◇

일식의 품격을 결정짓는 첫 번째 메뉴 '차왕무시'에 이미 셰프의 실력을 인정한 조모는 정통 숙성 스시 한 점을 입에 넣자마자 감탄을 아끼지 않았다.

"셰프의 손맛이 아주 훌륭합니다! 역시 대가 중 으뜸이에요!"

"입에 맞으신다니 다행입니다, 회장님."

일 보라는데도 굳이 벌을 서고 있던 호텔 사장과 셰프는 안도의 눈빛을 주고받았다.

"이젠 그만 들어가서 일 보십시오, 차 사장님."

재차 권면하는 장주를 조모도 거들었다.

"그래요, 가족끼리 사적인 식사 아닙니까? 어서들 들어가세요."

그제야 사장과 셰프는 정중히 인사하고 물러났고, 가족이란 말에 어깨가 으쓱해진 재인은 '척 봐도 대단한 기품이 느껴지는 조모와 존재감 한번 대단한 멋진 남자 사이에서 정오의 태양처럼 빛나는 여배우'를 감탄해 기웃거리는 사람들 이목까지 모든 것이 만족스러웠다.

"할머님, 저도 여러 곳을 다녀 봤지만 이곳 스시는 정말 맛있어요. 저와 자주 오세요."

"그럽시다, 그럽시다!"

조모가 맞장구치자 더욱 들뜬 재인은 무감한 태도로 식사하는 장주에게도 어렵게 말을 붙였다.

"장주 씨 입에도 잘 맞죠?"

그러자 가만히 젓가락을 내려놓은 장주는 눈웃음을 치는 재인을 무정하게 쳐다봤다. 그의 시선을 뺏는 건 성공했지만 불안불안한 재인은 입술을 삐죽 내밀며 앙탈 어린 제스처를 취했다. 제발, 그렇게 쳐다만 보지 말고 무슨 말이든 한마디만 해 줘요!

그때였다, 장주의 재킷 안에서 진동음이 울렸다. 애쓰는 재인에게서 차갑게 시선을 거두고 전화기를 꺼낸 그는 얼핏 표정을 찡그렸다. 설마 안 오겠다는 건가.

"선우장줍니다."

이내 전투적인 목소리가 들려왔다.

— 9시까지 기다릴 이유가 없어서. 지금 로빈데 들어가, 나?

안심하는 그의 입술이 야릇하게 비틀어졌다. 떽떽거리는 그녀의 표정, 빨리 보고 싶었다.

"프런트에 가서 내 이름을 대. 곧 가지."

전활 끊은 장주는 물잔으로 손을 뻗었다. 얼음이 띄워져 있는 차가운 물이 목구멍으로 넘어가는 순간 보다 강하고 원초적인 욕망이 온몸을 타고 흘렀다.

"누가 왔어요?"

재인이 참지 못하고 물었다. 물잔을 내려놓고 손끝으로 입가를 닦아 낸 장주는 칼같이 대답했다.

"넌 알 것 없어."

그 매몰참에 덩달아 민망해진 조모는 귀까지 빨개져 있는 재인에게 몸을 기울이고 속삭였다.

"무뚝뚝이요."

무관심이겠지. 그러나 재인은 분위기를 깨지 않으려 애써 웃었다. 하지만 그 분위기를 장주는 잘도 깼다.

"할머님. 밤늦게 있던 약속이 당겨져서 먼저 일어나야 할 것 같습니다."

이에 확 짜증이 난 재인은 또 애써야 했다, 이해심 많은 여자인 척.

"중요한 약속이면 얼른 다녀와요, 장주 씨."

이해하는 재인을 난감한 얼굴로 의식한 채 한숨 쉰 조모는 조용히 말했다.

"얼핏 듣자 하니 이쪽에서 만나는 것 같은데 오래 걸립니까?"

"오래 걸리지 않을 겁니다."

"그래요? 그러면 우린 나름대로 시간 보내고 있을 테니 손주님이 일 보시고 재인 양을 집까지 데려다주면 좋겠어요. 괜찮지요?"

꼭 그리해 줬으면 좋겠다는 조모의 강경한 눈빛을 읽은 장주는 그러겠다고 대답하고 일어났다. 그렇게 테이블에서 멀어지는 장주를 금방이라도 울 모양으로 쳐다보는 재인이 측은한 조모는 그녀의 접시에 스시 한 점을 놓아 주며 말했다.

"우린 맛있게 먹고 조금 기다리면 됩니다, 재인 양."

"네, 할머님."

애써 너그러운 미소를 지어 보인 재인은 접시에 놓인 스시를 얌전히 입에 넣고 꾹 눌러 씹었다.

◇ ◆ ◇

펜트하우스의 커다란 객실 문 앞에 선 영재는 한참을 들어가지 않고 서 있었다. 많은 생각이 겹겹으로 떠오르는 탓이었다.

이호재가 만들어 준 그날의 공포는 금방이라도 그녀가 딛고 서 있는 대리석 복도를 무너뜨려 두 다리를 밑으로 잡아끌 것처럼 끔찍했지만 그날 살자고 뛰어 들어가 장주를 만난 곳도 이 호텔이었다. 그에게 밝히기엔 이만큼 끔찍하게 적합한 장소도 없었다.

"후우."

한숨인지 심호흡인지 알 수 없는 날숨 끝에 객실로 들어간 영재는 그 안쪽으로 또 안쪽으로 들어가 한강이 내다보이는 탁 트인 침실 테라스로 나갔다.

그때 객실 문 여닫는 소리가 났고 그녀의 심장은 금방이라도 숨이 멎을 것처럼 심하게 쿵쿵 뛰기 시작했다. 곧 처참해질 사람의 상태는 아니었다. 맙소사, 그가 듣겠어!

"생각보다 일찍 왔군."

어느새 침실 입구에 와 서 있는 그를 향해 돌아선 영재는 7년 전, 처음 그와 섹스했던 날보다 백배는 더 뛰는 심장을 숨기듯 가슴 앞으로 팔짱을 끼고 건성조로 말했다.

"내가 좀 바빠서. 빨리 끝내."

그리고 이런 식으로 옷 벗는 일엔 이골이 난 것처럼(그의 말대로라면 '어차피 하는 섹스') 지겹고 식상한 표정으로 재킷을 벗어 던졌다. 순간 그의 눈동자가 매섭게 번뜩였다. 어찌나 무서운지 조금 움찔한 영재는 그 반동으로 턱을 쳐들었다, 그 건방진 모습이 그에겐 어떻게 어필되는지도 모르면서.

마치 슬립에 가까운, M 자로 깊게 파여 그 가운데를 손가락으로 살짝만 내려도 젖가슴이 다 보일 것 같은 작은 천 쪼가리의 슬리브리스 탑은 여성스러운 두 어깨에 걸린 가느다란 끈마저 아슬아슬하게 느껴지게 했고, 복고스러운 청바지 허리춤 사이로 살짝 보이는 속살을 보자니 슬리퍼를 신은 그녀의 맨발과 자연스레 말아 올린 머리 스타일은 사진으로 담아도 좋을 만큼 시크한 매력이 넘쳤다. 이처럼 시작도 하기 전에 그의 존재가 흔들렸다.

"5년 만에 하는 섹스, 기념 정도는 해야지?"

그녀에게서 차갑게 시선을 거두고 미니바로 간 그는 글라스에 샴페인을 따라 영재에게 건넸다. 세상에 둘도 없는 기념주를 받아 쥔 영재는 피식거렸지만 가슴 깊은 곳은 서러움에 할퀴었다.

섹스…….

그것이 서영재에게 어떤 건지 당신은 기억할까. 물론 이제 와 그 무엇이 의미 있겠냐마는.

팅.

그가 잔을 부딪쳤다.

긴장 완화제인 양 영재는 샴페인을 천천히 들이켰고, 그 모습을 알 수 없는 눈길로 쳐다보던 장주는 입도 대지 않은 샴페인 잔을 난간 위에 올려놓더니 어깨 뒤로 슈트 재킷을 흘려 벗었다. 타이도 풀어 가까이에 있는 쿠션벤치에 툭 던져 놓은 그는 애써 태연한 척 샴페인 마시기에 열중하는 그녀의 시선을 구걸하듯 빤히 응시한 채 새하얀 셔츠의 버튼을 느릿하게 비틀었다.

길게 벌어지는 셔츠 사이로 그의 넓고 팽팽한 가슴과 단단한 배의 윤곽이 드러났다. 그 생생한 남성미 앞에서 결국 그에게 시선을 뺏긴 채로 그 마지막 한 입의 샴페인을 삼킨 영재는 식도와 위 사이에 고여 있는 것 같은 알코올을 느끼며 점점 벽돌장처럼 굳어 갔다. 그 속에서 발광하는 심장은 금방이라도 그 딱딱한 몸을 깨고 튀어나올 지경인데.

그때, 분명 손목의 시계를 풀던 그가 기습적으로 그녀의 입술을 삼켰다. 놀라 얼핏 뒷걸음질 친 영재의 등이 테라스 난간에 닿았고, 어깨 뒤로 셔츠를 완전히 벗어 던진 그는 단단한 몸을 그녀에게 완전히 밀착시킨 채 뻣뻣하게 구는 그녀의 입술을 맹렬하게 빨며 타액을 묻혔다. 그리고 어느새 풀어 버린 시계를 빠른 손길로 샴페인 잔 옆에 나란히 놓은 그는 두 팔로 그녀의 몸을 가둔 채 압박했다.

그의 성난 입술은 차가웠다. 그러나 숨결은 뜨거워 영재는 어떻게 반응해야 할지 헷갈렸다. 어정쩡하게 입술을 벌려 보았다. 이내 그 안으로 깊이 혀를 밀어 넣은 장주는 어색하게 굳어 있는 그녀의 혀를 세게 빨았고 금방 삼킨 샴페인 향이 그의 목구멍으로 넘어갔다.

곧 그녀의 혀는 말랑해져 그의 혀에 부드럽게 말렸고 이에 과장된 신음을 흘린 장주는 슬리브리스 안으로 손을 넣어 그녀의 매끈한 등을 쓸어 올리더니 브라의 버클을 단번에 풀었다.

순간 발가벗은 기분을 느낀 영재는 얼핏 몸을 떨었고, 갑자기 입술을 뗀 장주는 성급한 손길로 한꺼번에 슬리브리스와 브라를 벗겨 내더니 두 손을 그녀의 허리춤에 얹은 채 노골적인 시선으로 영재의 젖가슴을 쳐다봤다.

그의 탐욕적인 시선 아래에서 핑크빛 젖꼭지는 더 봉긋해지고 딱딱해졌다. 동시에 그의 입술이 야릇하게 말려 올라가는가 싶더니 그의 커다란 두 손이 그녀의 허리를 타고 올라가 원추형의 예쁜 그녀의 두 젖가슴을 움켜잡았다. 그리고 쉰 목소리로 중얼거렸다.

"그대로네, 서영재."

순간 얼굴이 확 달아오른 영재는 저 아래, 그 깊은 곳에 득실거리는 욕망을 알아차렸다. 이렇게 대책 없이 반응할 줄 몰랐던 그녀는 이 남자가 자신을 어떤 식으로 다루든 컨트롤할 수 없다는 것도 알았다. 하지만 그는 생각보다 더 거칠고 냉정했다.

"공들일 생각 없어."

더 이상의 전희는 없다는 뜻이었고, 그는 두 번의 키스도 하지 않았다. 마치 이 섹스가 어떤 의미인지, 예전과는 어떤 차이가 있는지를 분명하게 각인시키는 것처럼.

이처럼 아무것도 아닌 자신의 처지를 실감하는 영재의 한 손을 잡아 침실로 데리고 들어간 장주는 곧장 킹사이즈의 침대에 그녀를 눕히더니 그녀의 청바지의 버클을 풀고 그 안의 팬티와 같이 벗겼다.

그녀는 선우장주 앞에서 알몸이 되었고, 그는 얼핏 두 다리를 모으는 영재의 부릅뜬 두 눈을 차갑게 내리꽂듯 응시한 채 옷을 벗었다. 그의 몸에서 드로어즈가 분리되는 순간 영재의 두 눈이 크게 열리며 동시에 몸이 경직되는가 싶더니 7년 전, 그와의 첫 번째 섹스의 기억이 또렷하게 몰려와 지금이 어떤 상황인지조차 헷갈리게 만들었다.

바스락거리며 침대 위로 올라온 그는 관에 딱 들어가기 좋은 자세로 누워 있는 그녀의 몸 위로 올라가 헝클어진 머리 양쪽에 두 손을 짚고 그녀를 내려다봤다. 결코 다정하지 않았지만 그녀 역시 만만치 않았다. 쏘아보는 눈의 힘이 굉장했다.

그런데 그가 갑자기 그녀의 귀밑의 턱에 손가락 하나를 갖다 대는 게 아닌가. 그러고는 그 손가락을 느릿하게 아래로 움직여 그녀의 육체를 반으로 가르듯 쭉 내려 그었다.

쇄골을 지나 젖가슴 사이로, 명치 부위를 지나 배꼽으로, 또 그 아래의 치골을 따라 내려가던 그는 정확히 두 갈래로 갈라진 그녀의 속살, 딱 거기에서 머무르는가 싶더니 이내 그 사이를 슥 갈랐다.

순간 영재는 몸을 떨었고, 이에 차갑게 입술을 비튼 그는 순식간에 그녀의 두 다리를 확 벌리더니 위로 올려 동시에 들려지는 그녀의 엉덩이 아랫부분을 자신의 두 허벅지로 받치고는 곧장 성기를 찔러 넣었다.

"아앗!"

갑작스럽고 공격적인 삽입 시도에 영재는 비명을 질렀다. 하지만 그는 완벽한 삽입을 재시도하며 쿵, 하고 또 한 번 세게 밀고 들어가 그녀를 꽉 채웠다. 영재는 또 한 번 비명을 질렀다. 눈물이 찔끔 났다. 결코 그녀가 기억하는 그 감각이 아니었다. 하지만 그녀의 아픔 따윈 상관없는지 그는 비정한 얼굴로 허릴 밀어 올리기 시작했다. 영재는 소리쳤다.

"아파!"

하마터면 그의 얼굴에 주먹을 날릴 뻔한 영재는 고통을 호소했지만 그는 악의적으로 비웃었다.

"진짜?"

그 순간 아까, 먼저 옷을 벗어 던지며 닳고 닳은 척했던 자신을 원망한 영재는 오래지 않아 그가 주는 감각을 모조리 흡수하기에 이르렀다. 그리고 깊이, 더 깊이 안으로 들어와 자궁에까지 닿을 것 같은 그를, 5년 만에 찾아든 그를 그녀의 몸은 고스란히 받아들였다.

그가 찌르면 찌를수록 몸의 기억은 더 선명해져 그를 연인인 양 착각하게 만들었다. 시간도 거꾸로 가려 했고, 그걸 붙잡을 수 없던 그녀는 어느새 그의 서영재가 돼 있었다, 적어도 몸은 그랬다.

그녀는 세게 움켜잡고 있던 시트를 천천히 놓았다. 대신 자신의 엉덩이를 받치고 있는 그의 한쪽 허벅지를 잡았다. 손을 뻗어 만질 수 있는 그의 신체는 그것뿐이었지만 좋았다. 그의 몸이어서 좋았다. 상황은 비참해도 지금 자신을 젖게 만드는 이 남자가 좋았다. 하지만 그는 영재의 손길을 거부하며 인상을 썼다. 건드리지 마.

그렇게 경고한 그는 신음 소리 한번 입 밖으로 내지 않았다. 그러나 가까스로 숨기고 있는 그 기분을 말하라면 자신이 아는 언어로는 표현이 불가했다. 그래도 말하라면 좋아서 죽을 것 같다고, 이 말밖엔 없었다.

지난 5년 동안 그녀만 기다렸던 페니스를 완벽하게 조이면서도 부드럽게 받아들이는 영재에게 애가 끓었다. 미치도록 키스하고 싶었다, 모든 걸 망치더라도. 하지만…….

'견뎌, 선우장주!'

그는 스스로에게 명령했다. 안고 있어도 그녀가 절실한 그가 당장 할 수 있는 건 거친 행위뿐이었다.

더 힘차게 빠르게 그리고 거침없이 그녀의 몸을 들락거렸다. 절정의 파정을 맛볼 순간이 너무 빠르게 다가왔다. 차디찬 눈짓밖엔 줄 수 없지만 단 한 순간도 영재에게서 눈을 떼지 않은 채 고조를 향해 내달렸다. 그의 얼굴과 목에 핏대가 솟았다. 더는 견딜 수 없었다. 그녀 안에서 그의 성기가 터질 듯 부풀었다.

"……안에…… 사정하지 마!"

절정을 알아챈 그녀는 가르랑거리며 말했다. 하지만 고통에 가까운 쾌감에 크게 몸을 떨며 속도를 높인 그는 보란 듯이 그녀 안에 사정해 버렸고, 그 찰나 그를 밀치며 엉덩이를 뒤로 뺀 영재는 악을 썼다.

"사정하지 말랬잖아!"

쿵!

"빌어먹을!"

주먹으로 매트리스를 내리친 그는 무섭게 화를 냈고, 그녀의 몸에서 빠져 버린 그의 성기는 아직 사정 액을 분출하고 있었다.

이에 시트를 확 잡아끌어 하체에 덮어 버린 그는 씩씩대는 그녀의 턱을 으스러뜨릴 것처럼 세게 잡고 말했다.

"안에 하든 밖에 하든 그건 내가 결정해."

"……!"

"건방지게 주제넘지 마."

놀라서 입술만 떠는 영재를 무섭게 노려보던 장주는 그 잡았던 턱을 확 놔 버리더니 사납게 시트를 걷어 내 버리고는 침대를 빠져나갔다. 그리고 대강 옷을 주워 입고 성난 모습으로 나가 버렸다.

덜덜 떨리는 손으로 그의 체액이 묻어 있는 시트를 끌어 몸에 덮은 영재의 눈시울이 붉게 젖어 있었다. 모든 게 엉망진창이었고, 그중에서 가장 흉한 건 그녀 자신이었다. 그리고 가장 절망적인 건 여전히 뛰고 있는 가슴, 그 사랑이었다.

닫고 나온 객실 문에서 차마 손을 떼지 못하고 서 있던 장주는 묵직하게 심호흡했다. 하다 만 전쟁 같던 반쪽짜리 섹스. 그러나 뼈에 사무치도록 감사했다, 꿈도 상상도 아닌 현실이어서. 물론 가장 마음에 드는 건 그녀의 마지막 태도였다.

"너답다, 서영재."

아릿한 얼굴로 중얼거린 그는 다시 호텔 라운지로 돌아갔다.

라운지 입구에서 대기하고 있던 시현은 저쪽에서 걸어오는 장주를 보고 당황했다. 본능적으로 식당 안쪽을 힐끔거린 시현은 친근하게 대화하는 조모와 재인이 크게 신경 쓰였다. 하지만 긴장이 다 풀린 나른한 얼굴에 제멋대로 헝클어진 머리칼, 셔츠의 단추도

다 채우지 않고 타이를 손에 쥐고 오는 그는 분명 조모나 약혼녀 따위는 안중에도 없는 게 분명했다. 정말 무서운 남자였다.

아니나 다를까, 비서가 던지는 걱정 어린 눈짓도 무시한 채 곧장 안으로 들어간 장주는 의아한 얼굴로 빤히 쳐다보는 조모와 재인을 조금도 의식하지 않았다.

본래 태도야 당당하지만 전에 없이 행색이 흐트러진 손주가 여간 이상한 게 아닌 조모는 테이블 밑으로 한복 저고리 소매 끝을 들춰 시계를 확인했다. 불과 30분. 대관절 무슨 미팅을 이리 일사천리로……?

"많이 피곤해 보이십니다, 손주님?"

"괜찮습니다, 할머님."

신경 쓰지 말라는 듯 재빨리 대답한 장주는 물을 한 컵 마셨다. 사실 괜찮지 않았다. 지금도 저 위의 객실로 뛰어 올라가고 싶어 환장할 지경이었다.

"이제 그만 갈까요, 재인 양?"

"네? 네, 할머님."

장주에게서 풀풀 풍기는 이질적인 분위기가 몹시 거슬리는 재인은 곤두선 신경으로 일어났다.

곧 세 사람은 호텔 로비로 내려왔고, 맨 앞에 대기해 있는 차로 간 조모는 그때까지도 옆에 꼭 붙어 있는 재인의 손을 두 손으로 감싸 잡고 말했다.

"오늘 즐거웠어요, 재인 양. 또 봅시다?"

"저도 즐거웠어요, 할머님. 자주 놀러 갈게요."

이처럼 언제나 곰살가운 재인의 손등을 툭툭 쳐 준 조모는 차에 타려다가 손주를 돌아보고 통보하듯 말했다.

"내, 이미 재인 양에겐 얘기했습니다만 다음 주말에 시간 빼 두세요. 안사돈과 재인 양을 집으로 초대했습니다."

본래 손주의 스케줄부터 확인하고 뜻을 묻던 조모의 이례적인 모습이지만 장주는 별말 없이 조모를 먼저 떠나보낸 뒤 재인을 블랙팬텀에 태웠다. 그리고 운전석에 막 타려던 그의 표정이 갑자기 싸늘하게 굳었다.

로비 입구에서 서 있는 영재의 낯빛은 하얗게 질렸지만 초점이 흐려지도록 장주를 쏘아봤다. 데이트 도중에 나와 섹스했니?

정말이지 그녀의 자의식은 밑바닥이었다. 거지 같아!

쾅!

잡고 서 있던 운전석 문을 도로 닫아 버린 장주는 그 순간 돌아서는 영재에게 빠르게 걸어가 그 앞을 막고 섰다. 이에 두 눈을 치켜뜨며 클러치 백을 꽉 움키는 영재의 손이 부르르 떨렸다.

"기분 더러워?"

그럴 주제가 못 된다는 말뜻으로 들린 영재는 그의 뺨을 후려칠까 했다. 하지만 엄연히 과한 액션이었다. 계약 관계인 서영재를 거칠게 안았던 그는 그 어떠한 달콤한 의미도 속삭이지 않았으니까. 다만…….

'난 슬퍼서!'

하지만 그것도 그녀의 몫이라 무시하고 지나치려 했다.

그때 갑자기 그녀 눈앞으로 왼팔을 쳐든 장주는 그 손목에서 시계를 풀었다. 값비싼 시계 가죽끈에 가려져 있던 손목엔 이 끝에서 저 끝까지 일자로 쭉 그어진 흉터가 있었고, 영재의 얼굴에선 심한 경련이 일어났다. 그러자 차갑게 피식거린 그는 잔인하게 위로했다.

"넌 5년 전에 내 목숨까지 쥐락펴락했던 대단한 여자잖아. 이런 엿같은 상황쯤은 참아."

얼이 빠진 영재는 시계가 채워지는 그의 손목에서 눈을 떼지 못했지만 그는 여지없이 돌아섰다.

'서영재, 이제 시작인데 너무 아프다, 우리. 그치?'

곧 블랙팬텀은 그 자리를 떠났지만 영재는 그 손목의 흉터가 상기시킨 수많은 이야기에 온몸이 조여 꼼짝할 수가 없었다.

'영재 양! 한 번이면 됩니다! 딱 한 번이요! 지금 우리 손주님이 죽어 가고 있어요! 이 늙은이가 무릎이라도 꿇고 빌면 되겠습니까?'

그날 하늘을 찢던 천둥소리가 다시 들리는 듯했다.

우르르 쾅쾅!

그리고…….

'차라리 죽으면 부르세요.'

헉!

순간 가슴이 콱 막힌 영재는 철퍼덕 주저앉았다. 다, 당신…… 진짜…… 죽으려고 했어? 아니, 그때 정말…… 죽었니?

잔뜩 굳은 얼굴로 운전하는 장주에게 말 붙이기 겁나는 재인은 몇 번이고 망설이다 최대한 가볍고 밝은 말투로 물었다.

"아까 그 여자, 어떻게 아는 사람이에요?"

상념에 빠져 있던 장주는 알아채지 못했다.

"장주 씨?"

그제서 재인을 힐끔 쳐다봤다가 이내 정면으로 시선을 돌린 장주는 퉁명하게 대답했다.

"피곤해."

이 정도 취급이면 당장 차 세우라고 성질부릴 법한데 그의 기분을 건드리는 건 자신 없는 재인은 그저 침울하게 고갤 돌렸다. 그리고 스스로를 위로했다.

'고재인, 네 남자는 선우장주야.'

마음 하나 주지 않는다고 해서 관계를 깰 수 없는, 고재인의 희망 사항을 전부 갖춘 남자였다. 어쨌든 로비 앞에서 본 그 여자, 거슬렸고 찝찝했다. 등지고 서 있던 선우장주의 표정은 볼 수 없었지만 분명 심각했던 여자의 분위기는 사사로이 넘기기엔 너무 무거웠다. 대체 그녈 뭐지?

04

전통 재래식 장류와 천연 조미료로 빚어낸 격식 차린 값비싼 음식들은 선우장주의 침묵 앞에 마주 앉아 있는 두 남자의 낯빛처럼 맛깔을 잃고 말라 가고 있었다.

꿀꺽.

수장 이호재의 바로 밑, 제1 조감독은 자신의 침 넘김 소리에 본인이 놀랐다. 혹 선우장주의 신경을 건드렸을까 봐.

그쯤이었다. 가만히 젓가락을 들고 탕평채를 입에 넣고 서너 번 씹어 삼킨 장주는 곧장 물로 입안을 헹궈 냈다. 그 모습이 대체 왜 머리털 설 정도로 무서운 건지 조감독은 아예 손으로 입을 막고 침을 삼켰다.

꿀—꺽.

간이 콩알만 한 조감독을 비웃듯 'ALL 필름'의 양구일 대표는 최고 권력자의 침묵을 더는 봐주지 않겠다는 식으로 입을 열었다.

“사실 이호재 감독의 실수라는 게 영화판에선 비일비재한 일 아닙니까? 듣자 하니 대표님께서 그 미술 감독에게 특별한 애정이 있으신가 본데 아, 왜 이러십니까? 평생 영화판에서 산 이호재 감독, 한국의 손꼽히는 인잽니다? 근데 하루아침에 영화판에서 매장시킨다? 아이, 이게 될 법한 일입니까?”

이에 차가운 웃음을 흘린 장주는 준엄하게 말했다.

“그럼 대표님께서 그 실수한 이호재를 떠안으시죠. 제가 같이 매장시켜 드리겠습니다.”

삼촌뻘 되는 양구일의 양쪽 턱 근육이 왕창 부어오른 채 붉으락푸르락했지만 장주는 더욱 고압적으로 말했다.

“이번에 크랭크 업 될 영화는 물론이고 이 바닥에서 이호재 그 이름 석 자가 낙인 찍혀 있는 영화는 모조리 폐기 처분 할 겁니다.”

이쯤 되자 양구일은 본능적으로 말을 아꼈다. 한번 내뱉은 말은 뭐든 간에 두 눈으로 똑똑히 보게 한다는 선우장주의 존재감을 적나라하게 실감하고 보니 상황 파악이 곧게 되는 모양이었다.

어쨌든 곧 이호재의 문상을 가게 생긴 양구일은 그 죽을 놈의 뒤치다꺼리를 해야 하는 제 입장이 크게 곪지 않는 일 없게 태도를 바꿨다.

“한 잔 따르겠습니다.”

양구일은 얼른 술병을 들었다. 장주는 가만히 잔을 들었다. 양구일은 술잔을 채우며 말했다.

“제일 먼저 뭘 하면 되겠습니까?”

이에 슬쩍 웃던 장주는 채워진 술잔을 조감독에게 내밀었다. 화들짝 놀란 조감독은 얼른 무릎을 꿇고 앉아 잔을 받았다. 그리고 재빨리 잔을 비웠다. 그러자 조감독의 앞접시에 탕평채 한 젓가락을 놔 준 장주는 냉정한 목소리로 지시했다.

"이번에 크랭크 업 하는 영화, 엔딩 크레디트에 이호재 이름 대신 조감독의 이름을 올리십시오."

양구일은 물론 조감독도 어안이 벙벙해졌다. 이에 장주는 비열한 웃음을 흘리며 말했다.

"조감독님, 지옥 가는 이호재 감독의 길동무 될 거 아니잖아요?"

이유야 어찌 됐든 넝쿨째 들어온 횡재에 조감독은 상체를 바짝 세우고 대답했다.

"당, 당연합니다! 감, 감사합니다!"

역시나 다 죽어도 나는 살고 봐야 하는 부류들이었다.

"잡음이 대단하겠지만 무슨 뜻인지 잘 알겠습니다."

토 달지 않고 유연하게 구는 양구일을 가만히 응시하던 장주는 천천히 일어나며 말했다.

"그럼 먼저 실례하겠습니다. 편하게 식사하고 가십시오."

장주는 그들이 어떤 자세를 취하기도 전에 밖으로 나갔는데, 그 굽히고 앉았던 길고 단단한 허벅지를 바로 세우고 그 무릎을 커다란 손으로 딛고 일어서서 슈트의 단추를 나른한 손길로 여미는 동작 하나하나까지 각인된 두 사람의 긴장감은 여전했고, 한참 뒤에야 조감독은 숨구멍을 열며 몸을 떨었다.

"아우, 씨이. 오금 저린다는 말이 이럴 때 쓰는 거였네."

반송장 된 조감독을 한심스레 눈으로 흘긴 양구일은 바짝 타는 목구멍에 술을 부었다.

"이호재 그 미친 새끼, 언제 한번 당할 줄 알았어, 내가."

이에 조감독은 착잡한 듯 크게 한숨 쉬었다. 하지만 그 마음은 영화판에 발을 들인 이래 최고 기뻐 환장할 지경이었고 그걸 모를 리 없는 양구일은 빈정거렸다.

"좋겠다, 넌?"

"좋긴요, 부담이죠. 이호재 감독님 뵐 면목도 없고."

"입바른 소리 하지 마, 새끼야."

어쨌든 영화판이 제대로 뒤집어지게 생겼으니 벌써부터 속 시끄러운 양구일은 앞의 빈자리를 원망 어린 눈길로 쏘아봤다.

영화 〈낭자〉의 스태프 상견례 스케줄로 UK픽처스에 도착한 영재는 아까부터 차에서 내리지 않고 있었다.

이호재의 영화가 엎어진 일로 시작된 선우장주와의 '잡음'은 서영재가 UK픽처스가 제작하는, 게다가 천재림 사단에 또 합류되는 사실이 알려지면서 최고 권력자와의 '스캔들'로 부풀려져 영화사에 기록될 트러블이 되었고, 그 중심에 선 영재에게 상견례는 당연히 부담 그 자체였다.

무엇보다 그를 마주칠 생각에 벌써부터 가슴 시린 영재에게 지난 일주일은 지옥이 따로 없었다. 그가 들려주지 않는 한 그의 목소리를 들을 방법이 없어서, 그가 보여 주지 않는 한 그를 볼 기회가 없어서, 또…… 죄스러워서.

하아.

나날이 한숨만 늘었다. 욕심만 커져 갔다. 말할 수 없는 걸 말하고 싶은 욕심, 돌이킬 수 없는 걸 돌이키고만 싶은 욕심, 그래서 가질 수 없는 걸 갖고 싶은 욕심, 그런 부질없는 욕심들…….

그때, 저쪽에서 진입해 들어온 블랙팬텀이 UK픽처스 사옥 로비 앞에 부드럽게 정차했다. 곧 뒷좌석에서 그가 내렸고, 영재는 우두커니 서서 그를 바라봤다.

'넌 5년 전에 내 목숨까지 쥐락펴락했던 대단한 여자잖아. 이런 엿같은 상황쯤은 참아.'

진짜 죽기를 시도한 그…….

그래서 앞으로 그의 모든 것을 이해하기로 한 영재는 그가 시키는 대로 하기로 했다. 이 사랑이 밟혀 뭉개지는 건 그다음이었다. 이젠 어떤 식이든, 어떤 의도든 상관없이 그가 서영재를 원한다는 게 가장 중요했다, 적어도 크랭크 업까지는, 이 기한 역시 그가 원했기에.

야심작은 가히 상견례 장소부터 특별했다. 좀처럼 개방하지 않는 UK픽처스 사옥 내부의 초호화 시사회 룸의 문이 열렸다.

바닥, 벽, 천장, 그리고 좌석까지 온통 붉은색으로 돼 있는 시사회 룸은 관객의 시야, 접근성, 음향 등의 주요 요소를 정밀하게 예술화한 곳으로 좌석만 300석이었다.

배우를 비롯해 현장의 막내 스태프까지 총 162명이 하나같이 탄성을 지르며 입실해 지정석에 앉았는데, 그 자리란 차등이 없어 배우와 스태프가 고루 섞여 얼핏 보면 누가 배우이고, 현장 스태프인지 알 수 없었다.

여하튼 그 많은 인원이 거의 제자리를 찾아 앉았을 즈음 입실한 영재는 하마터면 뒷걸음질 칠 뻔했다. 그녀를 기다렸다는 듯이 동시다발적으로 주목하는 가지각색의 표정들, 하나같이 찌르는 정죄의 시선과 그 수군거림, 두 번은 감당 못 할 폭력이었다.

"현장 일꾼 맞아? 꽤 예쁘네?"

바로 앞에서 누군가 혼잣말처럼 말했고, 또 누군가는 바통을 이었다.

"현장의 꽃이래?"

그러나 가장 위협적인 건 저 위, 분명 흩어져 앉았어도 한눈에 보이는 헤드 스태프들, 즉 천재림 사단의 거부 강한 눈초리였다.

첫 영화 때처럼 자기네 식구 하나를 빼고 꽂힌 영재는 완전체에 흠 같은 존재라 이해 못 하는 건 아니었지만 첫 번째 작업 때보다 훨씬 날카롭게 날이 선 눈빛과 침묵은 그녀의 목을 졸랐다. 시작도 못 하고 죽겠어!

등줄기에 땀이 다 나는 그때, 저 윗줄에서 미술팀 퍼스트가 두 팔을 흔들며 영재에게 사인을 보냈다. 그 순간 동지를 만난 느낌이랄까, 괜히 울컥한 영재는 퍼스트 옆으로 두 자리 건너에 앉아 있는 천재림과도 눈이 맞았다.

작게 묵례한 영재는 의연하게 자리를 찾아 올라갔지만 의자에 앉는 순간엔 다리가 풀렸다.

그리고 여기, 다리에 힘 풀리는 여자가 또 하나 있었다. 신경이 송곳처럼 날카로워진 고재인.

상견례에 와서야 이호재 영화에 얽힌 선우장주와 서영재의 스캔들을 알게 된 그녀는 가시 돋친 눈으로 영재를 주시하며 어금니를 꽉 깨물었다. 그날 호텔 앞에서도 너야. 심상치 않더라니 아무것도 아닌 건 아니었다?

그러는 차에 옆에 앉은 선배 연기자가 입방정을 떨었다.

"미술 감독 옆자리 말이야. 제작자가 와서 앉으면 대박이겠지?"

그제야 서영재와 천재림 사이의 빈 좌석이 눈에 들어온 재인의 신경은 더욱 곤두섰다.

"그나저나 저 여자 말야. 대체 무슨 재주로 선우장주를 호렸을까?"

순간 그 툭 튀어나온 인공 이마빡을 한 대 갈길 뻔한 재인은 정숙한 태도로 반박했다.

"원래 이 바닥은 소문이 무성하잖아요?"

그러면서 또 하나의 가십거리를 흘렸다.

"제가 어디서 들었는데 UK픽처스 대표, 이미 약혼한 상대가 있대요."

"진짜?"

그때 마침 선우장주가 입장했다. 순식간에 그 큰 시사회 룸을 훑으며 강단으로 올라선 그는 백 명이 넘는 스태프들 사이에서 정확히 단번에 영재를 찾아 시선을 꽂았다.

퍼스트와 얘길 나누고 있던 영재는 갑자기 터지는 환호성에 그제야 앞을 쳐다봤는데 동시에 시선을 돌려 버린 장주는 스태프들을 향해 인사말을 전했다.

"한국 영화의 새 역사를 쓰게 될 작품, 〈낭자〉의 화려한 제작군단 여러분, 만나 뵙게 되어 영광입니다. 선우장줍니다."

비주얼만큼 완벽한 그 특유의 저음은 이목을 집중시켰고, 그 멋진 남자가 자신의 남자라는 사실에 괜히 온몸이 저릿해진 재인은 그를 욕심스레 응시했다. 당신, 그저 추문이지?

"저희 UK픽처스는 〈낭자〉가 크랭크 업 하는 그날까지 물심양면으로 적극 지원할 것입니다. 최종 필름이 나온 순간에도 제가 지금처럼 웃을 수 있도록 최선을 다해 주시기 바랍니다."

"우우!!"

우레와 같은 함성과 휘슬 속에서 밑으로 내려온 장주는 곧장 사이드 계단 쪽으로 가더니 위로 올라갔다. 그의 자릴 궁금해하고, 그래서 내기까지 했던 사람들은 아예 몸을 돌려 그를 따라갔고, 그제야 옆의 빈자리를 인지한 영재는 얼른 자릴 확인했는데 지정된 이름이 없었다.

'설마!'

하는 그 순간 너무나 당연하게 영재와 천재림 사이의 그 좌석에 착석한 장주는 타인의 시끄러운 시선 따윈 안중에도 없었다. 의연하다 못해 오만해 보이기까지 하는 태도로 저 아래, 우아한 여배우의 표정을 잃어버린 약혼녀의 불쾌감 어린 시선을 의도적으로 지그시 응시할 뿐이었다.

영재는 좌불안석이었다. 마치 도미노 게임의 줄줄이 쓰러지는 팻말처럼 저 맨 앞자리에서부터 위로 파급되는 시선에 정신이 아찔해졌다. 감독, 제작자와 나란히라니! 더구나 이 상석에!

목이 바짝 말랐다. 앞에 있던 생수병을 집어 뚜껑을 땄다. 그 순간 머리가 번득한 영재는 그를 홱 돌아봤다.

'당신…… 일부러?'

여전히 약혼녀에게 고정된 그의 눈동자가 천장의 조명에 의해 차갑게 반짝거렸다.

그사이, 진행을 맡은 조감독이 무대로 올라왔다. 그의 위트 있는 오프닝 멘트는 162명의 이목을 무대로 집중시키기에 탁월해 상견례는 순조롭게 시작되었고, 감독급 스태프들부터 시작된 각자의 포부와 시나리오 해석 등 길고 짧은 소감에 분위기는 한층 무르익기 시작했다.

그리고 얼마 후 미술 감독 차례가 되었다. 손가락 하나만 뻗어도 닿을 장주를 견디는 것도, 내려가서 스태프들의 삐뚤어진 시선을 견디는 것도 싫어 차라리 증발해 버리고 싶은 영재는 천근만근 무거운 몸을 간신히 일으켜 무대로 내려갔다. 괜찮아, 서영재, 너답게 해, 라고 격려하며.

하지만 인사 한마디가 쉽지 않았다. 무대 앞의 시선은 그녀를 지나치게 압박했고, 그러니 눈길 둘 만한 곳을 단 한 군데도 찾지 못한 영재는 입부터 열었다.

"안녕하세요. 서영잽니다. 부족하지만 최선을 다하겠습니다. 잘 부탁드립니다."

인사말은 식상했지만 다행히 목소린 당찼고, 어찌 됐든 박수는 터졌다. 그리고 앞에서처럼 똑같이 그녀에게도 천재림 감독의 질문이 떨어졌다.

"서영재 감독, 인생 영화 있나? 뭐 이를테면 이 바닥에 뛰어들게 만든 작품이랄까?"

시나리오와 관련된 질문을 받았던 앞선 감독들과는 다른 질문이 주어지자 객석은 더욱 영재에게 집중했고, 이에 가만히 심호흡한 영재는 덤덤하게 입을 열었다.

"데이비드 린치 감독의 엘리펀트 맨."

"엘리펀트 맨?"

천재림의 눈빛에 호기심이 어렸다.

"주인공이 시를 읊는 장면에서 울었어요. 어머니가 읽어 준 시 한 편으로 평생을 맑은 영혼으로 살 수 있다는 것이 충격이어서. 그때 영화가 굉장히 멋있는 일이라는 걸 알았습니다. 불특정 다수에게 감동을 줄 수도 있고, 타인의 삶을 바꿀 수 있구나 생각하니까 이 직업이 멋지다고 생각했습니다."

그러자 천재림은 '엘리펀트 맨'의 엔딩 씬, 존 메릭이 죽음의 자리에서 만난 그 어머니의 대사를 조용히 읊조렸다.

"아무것도 죽는 것은 없다. 강물은 흐르고 바람은 불고 구름은 흘러가고 심장은 뛴다. 아무것도 죽는 것은 없다."

이에 영재는 눈물이 핑 돌았다. 정말 아무것도 죽는 것은 없었다. 그를 버렸지만 강물은 흐르고 바람은 불고 구름은 흘러가고 꽃은 피었다. 그리고 여전히 심장은 뛰었다. 죽어 가던 그를 버리고도 서영재는 살아 있었다!

그때였다.

"서영재 감독님. 제가 감독님의 스폰섭니까?"

장주였다. 순간 객석은 크게 술렁였고 그 도발적인 질문에 당황한 영재는 놀란 두 눈을 장주에게서 떼지 못했다. 그러자 곧 그의 목소리가 또 한 번 시사회 룸을 살벌하게 울렸다.

"난 감독님한테 내 돈 천 원 한 장 쓴 기억이 없는데 내가 감독님의 스폰서라는 추문이 떠도는 이유를 감독님께선 아십니까?"

그 추문을 옮기고 옮기며 쑥덕거렸던 배우와 스태프들은 그나마 선우장주를 등지고 앉은 것을 다행으로 여기며 정신없이 눈알을 굴렸는데, 굳이 그 추문을 들춰 짚는 그의 의도를 알 수 없는 영재는 사실과 관련해 원망스레 말했다.

"그러게 왜 이호재 감독님 영화를 제 이름 걸고 엎으셨어요?"

선우장주가 직접 스폰 관계가 아니라고 밝힌 이상 그건 모두의 궁금증이기도 했다.

"성스러운 영화판에서 능력 있는 미술 감독이 개새끼한테 물릴 뻔했는데 그냥은 못 넘어가지, 내가 이 바닥의 최고인 이상."

그는 몹시 불쾌해하며 이호재의 민낯을 고발했고 이에 객석은 또 한 번 술렁이기 시작했다.

그 '개새끼'의 정체야 촬영 현장마다 성 추문의 상습범으로 악명 높은 이호재가 뻔했고, 앞으로도 약자일 수밖에 없는 여자 스태프들의 표정은 어둡게 일그러졌다.

결국 회생한 줄로 알고 있는 이호재는 사실상 완벽하게 추락한 것이었다. 하지만 안타까운 건 영재는 또 다른 역풍을 맞은 건지도 몰랐다, 영화판 민낯의 피해자로.

어쨌든 선우장주와의 스캔들이 사실무근으로 밝혀져 〈낭자〉를 작업하는 데 있어서의 짐 하나는 덜어 낸 셈인 영재는 조금 전보단 가벼운 마음으로 제자리로 돌아왔지만 장주에 대한 생각과 마음은 더 무거워졌다.

그 순간이었다. 그의 단단한 어깨 끝이 그녀의 어깨에 닿았다. 순간 움찔한 영재는 느릿하게 그를 돌아봤다. 그러자 이번엔 그의 숨결이 그녀의 코끝에 와 닿았다. 영재의 두 눈이 휘둥그레졌다. 그가 조용히 말했다.

"무대의 스크린 보이지?"

가만히 눈만 돌린 영재의 시야로 스크린이 보였다.

"그 뒤의 커튼도 보이나?"

검은색 커튼이 대형 스크린보다 길게 바닥까지 떨어져 있었다.

"이제부터 내가 30분을 쉬게 할 거야."

그가 뭘 하려는지 단박에 알아챈 영재는 눈살을 찌푸렸다. 하지만 그는 더욱 은밀한 표정으로 경고하듯 말했다.

"절대 날 기다리게 하지 마."

그리고 이내 자리에서 일어난 장주는 객석을 향해 말했다.

"30분만 쉬고 갑시다."

그의 말은 힘이 있어서 사람들은 각기 뿔뿔이 흩어지고 또 끼리끼리 뭉쳤다. 곧 장주는 밖으로 나갔지만 영재는 그 자리에서 눈을 감고 꼼짝하지 않았다. 그의 모든 것을 이해하기로 했지만 그의 방법에 쉽게 적응하기란 쉬운 일이 아니었다.

그렇게 5분, 10분. 그리고 15분이 지났다. 그사이에 몇몇이 영재를 찾아와 추문과 관련해 위로도 하고 추행의 진상을 캐려 하기도 했다. 그렇게 또 20분. 그리고 25분…….

비었던 객석이 다시 차기 시작했다. 영재는 도저히 앉아 있을 수가 없었다. 차라리 집으로 가 버려, 서영재!

황급히 일어나 그곳을 빠져나온 영재는 이내 복도에서 발이 묶였다.

"감독님."

장주의 비서가 정중히 막아섰다. 그리고 순식간에 복도 좌우를 살핀 비서는 시사회실 입구 바로 옆으로 보이는 작은 문을 열었다. 복도의 빛이 새어 들어가는 좁은 통로, 그 끝에 그가 서 있었다. 몹시 사나운 얼굴로.

더는 도망칠 수 없는 영재는 그 안으로 들어갔다. 왼쪽엔 바닥까지 길게 늘어진 검은색 커튼이 있었다. 그렇다면 그 앞엔 스크린이 있을 테고 그 앞은 무대, 그리고 그 앞은 160여 명이 앉아 있는 객석?!

불안한 두 눈을 장주에게 고정하는 순간 문이 닫혔고, 캄캄함에 그의 모습이 사라졌다가 다시 서서히 윤곽을 드러내며 선명해지자 영재는 조용한 목소리로 말했다.

"앞으로도 이런 식이야? 마음의 준비는 해야……."

"본능에 준비가 필요한가?"

단칼에 그녀의 말을 자른 장주의 목소리는 눈빛만큼 무서웠다.

"넌 계약 관계인 나를 25분이나 기다리게 했어. 오늘 같은 일, 두 번은 없어야 할 거야, 서영재."

차갑게 경고한 그는 밖으로 나가려 했다. 순간 저도 모르게 그의 손목을 붙든 영재는 조금 떨리는 목소리로 말했다.

"당신을 죽음으로 밀어내서 미안해. 난 당신이 나 같은 건 당연히 잊을 줄 알았어. 잘 살 줄 알았다고."

변명하려 드는 영재를 냉정하게 응시하던 장주는 그녀의 손을 잡아 차갑게 떼어 내며 말했다.

"너 때문에 죽으려고 했다니까 아무 말이나 지껄일 용기가 생기지?"

"그게 아니라 난……."

"네 사과 하나 받자고 손목을 보여 준 것 같나?"

"장주 씨."

"넌!"

잇새로 무섭게 고함친 그의 눈빛이 사납게 이글거렸다.

"나와 섹스하는 중에 설사 여기의 커튼이 거둬진대도 내 밑에 누워 있어야 하는 여자라는 것만 명심해. 과거의 묵은 감정 따위로 복잡하게 엮는 짓 따위 집어치우고."

매몰차게 명령한 그는 그 좁은 공간을 차갑게 얼려 놓고 사라졌다. 영재는 벽에 툭 기대섰다.

'서영재, 너 방금 뭐라고 지껄인 거야?'

그의 말마따나 과거의 묵은 감정 따위에 지독하게 도취해 주제넘은 짓을 한 영재는 차갑게 자조했다. 넌 그저…… 살냄새 따위나 주는 몸일 뿐이야!

◇ ◆ ◇

쉬는 시간에 사라진 서영재의 빈자리와 그 옆에서 비서와 조용히 얘기를 주고받는 장주를 의혹 어린 눈으로 쳐다보던 재인은 곧 장주마저 일어나 나가자 그 초조함이 극에 달았다. 대체 둘이 뭐가 있는 거야, 없는 거야?!

공개 석상에서 영화계를 위한 일이라며 추문을 덮은 그, 그러나 호텔 앞에서 두 사람은 분명 이상했다. 곱씹을수록 개운하지가 않은 재인은 결국 그의 사무실로 쫓아 올라갔다. 하지만 장주는 보이지 않았고 마침 저 반대편에서 걸어오던 그의 무뚝뚝한 비서는 무정하게 말했다.

"대표님께선 지금 회의 중이십니다만."

자신이 선우장주의 약혼녀인 걸 유일하게 알고 있으면서도 너그러운 구석이라곤 눈곱만치도 없는 시현이 못마땅한 재인은 마음 없이 나긋나긋하게 말했다.

"시현 씨, 제가 궁금한 게 하나 있는데요, 장주 씨와 서영재 감독, 그 두 사람 혹시 개인적으로도 알고 지내는 사이예요?"

"그런 건 대표님께……."

"직접 물어봐야지, 고재인."

장주였다.

"들어와."

성가시다는 표정을 숨김없이 드러내는 장주의 매정함에 의기소침해진 재인은 어떻게 하면 그의 감정을 건드리지 않는 선에서 이 떨떠름한 기분을 떨쳐 버릴 수 있을까 고심했는데 그가 먼저 기탄없는 태도로 말했다.

"서영재 감독과 나, 개인적으로 아는 사이 맞아."

친분, 있을 수 있었다, 어울리진 않지만.

"그렇다고 영화까지 없은 건……. 많이 친해요?"

이에 냉소를 띤 그는 고압적인 태도로 말했다.

"고재인, 나 어디가 그렇게 좋아? 말해, 싹 다 잘라 내 버리게."

"장주 씨?"

"난 네가 점점 귀찮아진다. 어떻게 할까?"

끔찍하게 사람 기죽이고 무시하는 그의 태도에 충분히 비참한 재인은 그럼에도 즉각 사과했다.

"불쾌했어요? 미안해요. 나 당신 약혼녀잖아. 추문이지만 스폰서란 말에 내가 너무 예민했나 봐."

얼른 비위를 맞추는 재인을 비웃음 어린 눈으로 쳐다보던 장주는 비정하게 말했다.

"그럼 가서 서영재 머리채라도 쥐어뜯든가."

마음은 백 번도 더 그렇게 하고 싶은 재인은 품위 있는 여자처럼 굴며 말했다.

"엄밀히 말하면 서 감독도 피해잔데 내 기분 나쁘다고 어떻게 그래요?"

그러자 묵직하게 자리에서 일어난 장주는 이 도량 넓은 여자가 앉아 있는 소파 뒤로 걸어갔다. 순간 기분 좋은 긴장감에 사로잡힌 재인은 곧 자신의 두 어깨를 지그시 눌러 잡는 그의 손길에 저도 모르게 붉은 그 입술을 벙긋거렸는데, 허릴 숙여 그녀의 얼굴 옆에 나란히 얼굴을 댄 장주는 저 앞, 유리 커튼 월에 비친 둘의 모습을 차갑게 응시한 채 조용히 말했다.

"스폰서는, 아니라고."

"……!"

날카롭게 숨을 들이쉰 재인은 그를 향해 얼른 고갤 돌렸지만 동시에 그녀에게서 떨어진 장주는 슈트의 단추를 여미며 말했다.

"더 있다 가든가."

곧 주인도 없는 방에 덩그러니 남겨진 재인은 부르르 떨리는 손을 꽉 그러쥐었다 폈다. 그리고 백에서 전화기를 꺼냈다.

"봉아. 이호재 감독, 지금 어디서 촬영하는지 알아봐. 빨리!"

그 후로 한 시간 뒤쯤, 이호재가 있는 촬영 현장에 도착한 재인은 이미지 어필용으로 챙겨 간 70여 명분의 간식을 쫙 풀어 스태프들의 인사를 고루 받은 뒤에 저기 한쪽 구석에서 세상 초라한 모습으로 담배를 뻐끔거리고 있는 이호재에게 친근히 달라붙었다.

“감독니임?”

무심히 고갤 돌린 이호재는 피우던 담배를 얼른 바닥에 버리고 시커먼 운동화로 짓이기며 재인의 손을 덥석 잡고 말했다.

“이야, 우리 재인이가 여긴 어쩐 일이야?”

재인은 호호호 웃었다. 이 새끼는 걸핏하면 우리 재인이래?!

“지나가다 들렀어요, 감독님.”

“지나가다가? 이야, 여기 터가 좋은가 본데?”

“아잉, 감독님도 차암.”

이호재는 눈웃음치는 재인의 등을 그 투박한 손으로 쓸어내렸다. 방금 자신의 이름이 어떻게 패대기쳐졌는지도 상상도 못 한 채.

“내 영화 엎어졌다 회생한 얘기 듣고 왔지? 왜, 위로해 주려고?”

방금 상견례에서 그의 몹쓸 짓을 다 듣고 온 재인은 일단 모른 척했다.

“그러니까요. 이번에 마음고생 많으셨다면서요?”

그러자 이호재는 자기 무릎을 주물럭거리며 말했다.

“이 무르팍이 고생 많았지.”

“아니, 근데 어떻게 한낱 미술 감독이 그런 거물하고 엮여?”

이호재 역시 상상도 못 한 일이었지만 사실 허무맹랑한 얘기도 아니었다.

“서영재 걔가 현장의 꽃이거든. 앵글 돌리다 걔가 잡히면 나도 가끔 놀라, 배우처럼 예뻐서.”

그따위 감상이나 들으려고 먼 걸음 한 게 아닌 재인은 능글맞게 오르락내리락하는 그의 거친 손을 애써 용납해 주며 말했다.

"근데 감독님, 선우 대표가 직접 말했어요? 본인이 서영재의 스폰서라고?"

괜한 이빨 까다가 또 무르팍이 고생할까 겁나는 이호재는 넉살을 부리며 말했다.

"에이! 우리 착한 재인인 그런 거 몰라도 돼요!"

그거 알자고 기껏 콧소리 앵앵거렸던 재인은 아까부터 허리춤에서 노는 그 머저리의 손을 사납게 내치고 쏴붙였다.

"내가 알아야 해, 이 새끼야! 내가 선우장주 약혼녀거든!"

순간 이호재의 두 눈이 휘둥그레졌다. 대체 선우장주의 암캐는 몇 명이야?

"그 사람이 서영재에 대해서 뭐라고 그랬어? 하나도 빠뜨리지 말고 다 까!"

닦달하는 이 잘난 배우 년 뒤에도 거물이 있다니 또다시 무르팍이 시린 이호재는 뒷주머니에서 담뱃갑을 꺼내 한 개비 입에 물고 불붙였다.

수많은 환자를 통해 보다 리얼하고 구체적이며 포르노적인, 때론 변태적인 성행위까지 다 들어 봤지만 지금 이 남자가 말하는 '그녀와의 섹스'는 가영에게 있어 그 자체가 충격이었다. 결코 불

가능한 섹스라 장담했기에.

그러나 의연한 태도로, 또 주의 깊게 그의 말에 귀를 기울였다. 정사를 나누던 그 시점에 완전히 몰입한 그가 신랄하게 늘어놓는 건 결코 궤변이 아니었으니까.

"시간이 멈추길 바랐어. 처음으로 시간이란 것에 갇혀 버리고 싶었지."

로맨틱한 말이었다. 딱 요 한마디만.

"그녀가 내 페니스를 잡고 귀두부터 핥다가 삼켰을 때 피가 거꾸로 솟는 것 같았어. 그 입을 찢어 죽여 버리고도 싶었지만 그 쾌감을 포기할 수 없더군!"

가영은 그 심정을 당연하게 여겼다. 사랑해서 죽이고 싶고, 또 사랑해서 죽일 수 없는 그녀와의 완벽한 결합이기에.

"당신의 페니스를 잡은 건 그녀의 자발적인 행동이었나요?"

그녀의 질문에서 뭐가 거슬렸는지 그는 굉장히 공격적인 태도로 으르렁거렸다.

"왜, 내가 그녀의 입에 강제로 페니스를 처넣었을까 봐?"

"그런 뜻이 아니에요. 난 당신이 걱정돼서. 지난번에도 말했지만 그녀는 사랑 없이 당신과 섹스할 수가 없어요."

그는 콧방귀 뀌었다.

"당신은 정말 그녀가 날 사랑한다고 확신해? 그깟 섹스 하나로?"

가영은 단호하게 고갤 끄덕이고 말했다.

"지난 5년간 들어 왔던 그녀라면 분명."

"분명? 하! 난 그녀에게서 사랑은커녕 작은 연민조차 느끼지 못했어!"

하지만 가영은 마치 그녀의 모든 걸 꿰뚫은 양 자신만만한 태도로 말했다.

"그녀라면 숨겨야죠. 버린 남자를 여전히 사랑하고 있다는 것 자체가 그 남자에겐 환멸을 느끼게 할 거라는 걸 알고 있으니까. 지금 그녀는 두려워하고 있을 거예요, 그 사랑을 들킬까 봐, 그래서 두 번 다시 당신을 보지 못하게 될까 봐."

그러자 갑자기 그는 불쌍한 자기감정에 도취해 조금 전까지와는 전혀 다른 말을 했다.

"그녀가 다시 날 사랑해 주면 좋겠어. 한번 안고 나니까 날 버린 것도, 지난 5년간 날 미친놈으로 내버려 둔 것도 다 용서할 수 있을 것 같아."

그는 간절했고, 가영은 심란했다.

"당신은 확신하는 거지? 지금 그녀가 날 사랑하고 있다는 거지? 그런 거지?"

뭐 하나 손색없는 완벽한 남자는 극심한 불안감에 떨며 그녀의 동정을 얻으려 했다. 그 모습이 오늘따라 더욱 안타까운 가영은 목구멍에 한숨만 가득했다.

5년 전, 처음 자신을 찾아왔을 때와 똑같은 눈빛……. 간절한 만큼 불안해하고 그래서 지나치게 집착하면서 해치려 드는 동시에 소유하려는 다중 인격적인 감정의 소용돌이.

"J, 명심해요. 그녀는 당신이 죽을 때 눈 하나 깜짝 안 했던 여자라는 걸.”

그녀는 그의 자기 연민을 걷어 주려 했지만 반발심이 일어난 그는 무섭게 소리쳤다.

“용서 된다니까!”

자신의 감정을 거스르는 가영에게 화가 난 그는 씩씩거리더니 또 갑작스러운 변덕을 보였다.

“한 번만 더 자고 나면 내 전부를 줄 것 같아. 정말이야. 다시 죽는대도 그녀와 사랑하고 싶어. 그렇게 해도 괜찮겠지?”

“그만.”

가영은 브레이크를 걸었지만 소용없었다. 그는 이미 머릿속에 그려 놓은 자신의 망상에서 빠져나오려 하지 않았다.

“당신 말대로 그녀가 날 사랑한다면 내 사랑은 해피 엔딩이야! 암흑 같던 시간이 있었지만 결국은 해피 엔딩이라고!”

가영은 오늘만큼 그녀가 미치도록 궁금한 적도 없었다. 대체 누굴까, 그녀는. 대체 어떤 여자이기에 이런 완벽한 남자의 영혼까지 완벽하게 쥐고 흔들 수 있는 걸까, 고작 2년을 사랑했다면서.

“나도 당신의 해피 엔딩을 바라요. 그러니까 다시 약을 먹는 게 좋겠어요.”

“약?”

그녀가 내민 약통을 무섭게 노려보던 그는 조용히 힐난했다.

“날 이해하는 척하지 마. 사랑 때문에 죽어 본 적도 없는 주제에.”

처방 약을 신경질적으로 잡아채 일어난 그는 잔뜩 화가 난 채로 나가 버렸다.

그의 빈자리를 무감한 듯 쳐다보던 가영은 자조하며 웃었다. 사랑 때문에 도망쳐 본 적은 있지. 영원할 줄 알았던 감정에 속아.

"당신이 중증만 아니었어도 말해 줬을 거야."

아니, 신랄하게 조롱하고 싶었다. 네 사랑이 그토록 질긴 건 이뤄지지 않았기 때문이야! 버린 게 아니라 버림받아 그런 거라고!

클리닉 센터 입구에 대기해 있는 블랙팬텀으로 걸어오던 장주는 가까이에 보이는 쓰레기통에 약통을 던져 안착시키고 차에 올라탔다. 그리고 노곤한 목소리로 말했다.

"알아봤어?"

"예, 대표님. 최정임 작가 초대전에서 마주치게 될 확률이 가장 높습니다. 근데 혹시라도 어긋나면……."

"이번이 아니어도 돼. 이제 시작인데 조급할 필요 없어. 출발하자."

곧 블랙팬텀이 부드럽게 미끄러지자 목을 뒤로 젖힌 장주는 가만히 눈을 감았다.

'그녀라면 숨겨야죠.'

그의 입술이 차갑게 말려 올라갔다. 잘 아네, 이서영.

차갑게 입술이 비틀어지는 장주의 머릿속에 사랑이 무언지 알았던, 그래서 단명했던 한 남자의 목소리가 꽉 들어찼다.

'영재는 자넬 버릴 거야. 그러곤 죽을 때까지 혼자서 그 누구도 모르게 자넬 사랑하겠지.'

선우장주가 이토록 널 원하고 있다는 사실은 꿈도 꾸지 못한 채. 그치, 영재야?

05

영재와 미술팀 퍼스트는 미술관만 벌써 스무 군데나 휘젓고 다녔다. 완벽주의자인 천재림 감독의 요구에 맞춰 미술팀에서 소품 담당을 따로 분류했는데 그들이 찾다 포기한 그림 한 점을 구하기 위한 분투는 여덟 시간째 끝나지 않고 있었다.

"여기가 마지막이네."

거듭되는 헛걸음에 목소리마저 피곤한 영재는 기도 손을 하는 퍼스트와 함께 '최정임 작가 초대전' 배너가 걸린 갤러리 안으로 들어갔다.

유명 화가의 이름만큼이나 화려한 갤러리의 유난히 긴 복도를 들어가다 무심히 유리로 된 벽으로 눈을 돌린 퍼스트는 흠칫 놀랐다. 내 꼴이 왜 이래?

여덟 시간을 배회하며 가을볕과 바람 먼지, 그리고 땀에 쩐 몰골은 상거지가 따로 없었다. 하지만 한 발 앞의 하이힐까지 신은 미술 감독이라는 여자는 외출한 지 고작 8분밖에 안 된 싱그러운 상태였다.

면 니트 소재의 장밋빛 랩 원피스를 입은 그녀가 유독 돋보이는 이유는 군더더기 없는 여성스러운 몸매와 반반한 얼굴 덕이었다. 괜히 현장의 꽃은 아니다만 이 마당에 무릎까지 아플 건 뭔지, 세 살 더 먹은 나이마저 우울한 퍼스트는 아이처럼 징징거렸다.

"감독님, 나 관절 아파요!"

한번 파킹하면 차는 잊어버리고 웬만한 반경은 죄다 걸어 다니는 미술 감독의 로드 스타일이 징글징글한 퍼스트는 핀잔 아닌 핀잔을 했다.

"감독님은 체력도 국보급이다! 여기가 스무 번째인 건 아시죠?"

그리고 종아리를 꾹꾹 누르며 웅얼거렸다.

"나도 조깅을 해야 하나?"

이에 쿡쿡 웃은 영재는 미안하고 민망해하며 말했다.

"김밥 한 줄 먹었나, 우리?"

"난 당도 떨어졌어요. 다음 영화에선 나 찾지 마, 감독님."

세상에서 가장 서운한 말에 영재는 두 눈을 가늘게 떴다. 그러자 히죽 웃은 퍼스트는 얼른 말을 바꿨다.

"농담이에요, 농담! 감독님이 나 안 써 주면 누가 날 써?"

영재는 가방에서 지갑을 꺼내 카드를 내밀었다.

"아까 언덕 올라오다 카페 봤지? 가서 당 보충하고 쉬어."

스스로에게 혹독하고 싶었던 마음이 다른 사람을 지치게 만든 걸 보면서 영재는 여지없이 그를 생각했다, 상견례 이후로 단 한 번도 자신을 찾지 않은 그를.

보고 싶어 미칠 것 같은데도 자신은 먼저 그를 찾을 수 없다는 사실을 인지할 때마다 묵은 감정으로 엮지 말라는 그의 훈계가 얼마나 현실적인지를 실감하는 영재는 이 지옥 같은 현실을 견딜 때마다 뼛속까지 녹아드는 공허함에 눈물이 나기 일쑤였다. 그래서 지난 열흘간 일에 욕심 좀 내 봤는데 그건 그녀를 포함한 팀 동료들까지 전부 혹사시킨 꼴이었다.

"잘났다, 서영재."

씁쓸히 자조하며 혼자 갤러리 안으로 들어간 영재는 '잔잔히 흐르는 물' 같은 최정임 작가의 그림 앞에 섰다. 그러자 조용하고 투명한 삶에 집중했던 한 무명작가에 대한 기억이 그녀를 따뜻하게 품었다. 순간 눈물이 핑 돈 영재는 가만히 눈을 감았다.

안녕…… 아빠?

짧지만 마음 깊이 울리는 인사에 아빠가 웃는 듯했다. 그 따스함을 마음으로 보고 위로받은 영재는 반대편의 흑색 톤 그림으로 이끌려 가다가 한 여자에게 시선을 빼앗겼다.

세련된 하이힐을 제하고도 큰 키와 늘씬한 몸을 돋보이게 하는 군더더기 없는 우아한 옷차림, 그리고 지적인 느낌의 단발머리와 고상함이 풍기는 얼굴에 잘 어울리는 작은 안경을 쓴 여자는 그림을 보는 자세까지 남달랐다.

"귀부인인가?"

하지만 다른 그림을 찾아 몸을 돌린 여자의 얼굴을 정면으로 확인한 순간 영재는 휘청했다. 말도 안 돼!

그 낯선 여자의 정체를 본능적으로 알아본 영재의 말간 얼굴이 새파랗게 질렸다. 흰 천으로 덮은…… 아빠의 그림…… 속…… 그 얼굴……!

긴긴 18년의 무색함이 영재를 흔들었다. 현기증이 났다. 하지만 곧 차갑게 표정을 굳힌 영재는 천천히 구둣발을 뗐다. 서진우가 죽는 그 순간에도 놓지 않았던 그 이름, 이서영에게로.

"안녕하세요, 엄—마?"

그림에 빠져 있던 가영은 얼핏 눈살을 찌푸렸다. 엄—마?

의아한 표정으로 고갤 돌린 가영은 독기 어린 눈빛으로 자신을 대하는 예쁜 아가씨를 아래위로 훑었다. 그리고 고갤 갸웃거렸다.

"누구?"

이처럼 자신을 알아보지 못하는 이서영이란 여자를 보면서 영재는 화가 치밀었다. 과거는 잊는 게 아니라던데 완전히 기억을 버린 여자가 역겨웠다. 서진우는 이미 죽고 없기에.

"영재예요, 서—영—재."

얼핏 당황한 기색이 있던 가영은 어이없단 표정으로 냉소했다. 함께 마주 앉아 밥을 먹는데도 알아볼 수 없을 딸이었다. 그런데 엄—마?

"예쁘게 컸네? 근데 날 용케 알아봤구나?"

"엄—마니까."

아까부터 일부러 강세를 주는 의도는 물론 그 엄마란 단어 자체가 거북한 가영은 말을 돌렸다.

"아빤 잘 계시니? 아직 그림은 그리겠고?"

영재는 부르르 떨리는 주먹을 꽉 쥐었다.

"죽었어요."

무감하던 가영의 눈빛이 크게 흔들렸다.

"언제?"

"3년 전에."

"유감이구나."

"살아 있다고 하면 그게 더 유감이지 않겠어요?"

가영은 문득 딸의 존재를 실감했다. 핏줄이란 게 이런 건가. 18년이란 긴 세월로 가른 채 살아왔는데도 자신을 꼭 닮아 있는 딸, 묘한 기분이 들었다.

"빈정댈 거였으면 알은척을 말아야지, 서영재?"

이에 영재는 그녀를 몰아세우며 말했다.

"우리 아빠, 당신 때문에 죽었는데 알려는 줘야지?"

적대적인 영재의 태도를 이런 장소에서, 이런 식으로 상대하는 게 조금 짜증 난 가영은 아래팔에 걸고 있던 백에서 명함을 꺼내 내밀었다.

"긴말이 필요한가 본데 한번 오련? 너까지 나 때문에 죽었단 소린 듣고 싶지 않구나. 그림 보고 가렴."

차갑게 고갤 돌리고 가는 가영의 뒷모습을 분개해 노려보던 영재는 명함을 확인하고는 기찬 웃음을 토했다. 정신 분석 클리닉 센터 윤가영? 하! 이름도 바뀌어?

한편, 조금 불편한 기색으로 갤러리 밖으로 나온 가영은 그 마지막 계단에 발을 디딘 순간 거친 숨을 몰아 내쉬더니 무겁게 눈을 감았다. 죽었구나…… 당신?

하지만 서진우, 그의 얼굴이 떠오르질 않았다. 애쓴 것보다 더 많이 지워진 이서영의 나날들. 그래서 그 누구의 눈에도 띄지 않을 줄 알았는데 그때 당시 고작 열 살이었던 어린아이에게 발각됐다.

'안녕하세요, 엄―마?'

가영의 얼굴은 마치 조각조각 깨어진 듯한 피카소의 '우는 여인'의 그림과 닮아 있었다.

해가 기운 저녁쯤이 돼서야 UK픽처스 사옥에 당도한 영재는 트렁크에서 짐을 꺼낸 뒤에 퍼스트를 깨웠다.

"이영 씨, 일어나자. 다 왔어."

세상모르고 자던 퍼스트는 헐레벌떡 차에서 내리더니 온몸을 배배 꼬며 민망해했다.

"죄송해요. 감독님은 들어가서 또 일해야 하는데 눈치도 없이 곯아떨어졌죠?"

"괜찮아. 긴 전쟁 속에서 누군가는 자야지. 내일 작업실에서 보자."

이럴 때면 세 살 어린 동생이 되는 퍼스트는 미안하게 웃으며 인사했다.

"고생하세요, 감독님. 내일 뵐게요."

주차장을 가로질러 달려가는 퍼스트를 가만히 지켜보던 영재는 어렵게 구한 그림 두 점을 양손에 하나씩 들고 빌딩 안으로 들어갔다.

매번 출입해도 근사하게 느껴지는 로비를 가로질러 가 엘리베이터 앞에 그림을 내려놓은 영재는 잠시 후에 엘리베이터 문이 열렸는데도 꼼짝 않고 서 있었다. 영혼까지 너덜너덜해지고도 애써 견뎠는데 그의 성지여서일까, 눈물이 왈칵 쏟아졌다. 당신이 너무 그리워!

그래서 이서영, 그녀가 몹시 미웠다. 지난 5년을 그에게 달려갈 수도 없게, 이젠 숨어 버릴 수도 없게 만든 그 '엄마'가 이 순간엔 더더욱 미웠다.

이토록 아픈 영재는 모르게, 그 뒷모습조차 힘겨워 보이는 영재를 타고 내려오던 전용 엘리베이터를 멈추고 그 안에서 바라보고 있는 장주의 얼굴에도 시름이 내려앉았다.

'서 감독님이 먼저 말을 거셨는데 잠깐 얘기를 주고받던 윤가영 씨가 명함을 건네고는 갤러리를 빠져나갔습니다.'

두 시간 전, 시현에게 보고받은 내용은 그의 예상대로였다. 서로가 서로다웠던, 5분도 채 안 된 18년 만의 재회…….

'서영재, 많이 아파?'

한없이 지친 그녀가 엘리베이터를 타고 사라질 때까지 지켜보던 장주는 가만히 전화기를 꺼냈고 곧 영재의 목소리를 들을 수 있었다.

— 서영잽니다.

침착하지만 가라앉은 그녀의 노곤한 목소리에 잠깐 눈을 감았단 뜬 장주는 1층 버튼을 취소하고 9층 버튼을 지그시 누르며 명령했다.

"9층으로 와. 지금."

영재의 대답은 듣지도 않고 전활 끊은 장주는 밖에서 대기하고 있는 비서에게도 전화했다.

"시현아. 가서 브레인들한테 먼저 시작하라고 해."

최고 자산들과의 술자리를 뒤로하고 단단하게 채워져 있는 슈트의 버튼을 느릿하게 비트는 그의 잇새에서 고달파 터지는 한숨이 새어 나왔다. 지난 열흘도 그랬다.

영재는 모르게 멀리서 애태웠던 지난 5년보다 가까이에 바로 손끝에 두고 있는 지금이 더 고역스러운 장주는 어쩔 수 없이 선우장주를 버렸던 영재가 부디 하루빨리 그날을 후회하고 다시 자신에게 돌아서 주길 간절히 바랄 뿐이었다.

그리고 로비 한쪽에 없는 듯 서 있던 재인은 빠르게 장주의 전용 엘리베이터 앞으로 갔다. 9층…….

이번엔 직원용 엘리베이터로 가 층수를 확인했다. 10층…….

'단순 스폰서가 아니라 애인이야.'

이호재는 분명히 확신했다. 궤변이나 추측이라고 하기엔 선우장주의 말이 너무 무시무시하게 뒷받침했다.

'스폰서는, 아니라고.'

그 붉은 입술을 앙다문 재인은 이를 부득 갈았다. 대체 니들 뭐야?!

그림 두 점을 들고 10층 라운드 계단 끝에 한참을 서 있던 영재는 천천히 아래로 내려갔다.

9층은 어둑했다. 몇 개의 미등만 켜진 천장은 낮았고 그 아래에 널찍한 간격을 두고 세워진 큰 기둥들만 있는 텅 빈 공간은 썰렁하기 그지없었다.

그를 찾아 천천히 걸음을 옮기던 영재는 첫 번째 기둥 뒤에 그가 보이지 않자 그다음 기둥으로 걸어갔다. 하지만 거기에도 그가 없었다. 영재는 엉망진창인 마음을 또 한 번 차분히 하며 다음 기둥으로 걸어갔다.

유리 커튼 월 밖의 어딘가를 응시하고 있던 장주는 작은 인기척에 비스듬히 고갤 돌렸다. 곧 기둥 앞으로 그녀가 나타나자 그의 눈동자가 얼핏 떨렸다.

붉은색 계열의 원피스는 고혹적이었고, 말간 피부에 빨간 립스틱을 바른 영재에게 지독히 잘 어울렸다. 하지만 열흘 새 야윈 얼굴과 더 가늘어진 몸…….

그는 분명 한숨을 삼켰다. 그러나 그녀에게 와 닿은 건 차가운 시선이 고작이었다. 그래도 영재는 좋았다, 그라서 좋았다, 눈물이 날 만큼 좋았다.

"이리 와."

그가 명령하듯 말했다. 그림을 내려놓으며 젖은 눈시울을 말린 영재는 그가 시키는 대로 했고, 가까이 다가와 서는 영재의 뒷목으로 빠르게 한 손을 찔러 넣은 장주는 단단한 가슴으로 끌어당긴 채 즉각 키스했다.

뜨거웠다, 그의 입술도 숨결도. 영재는 입속으로 들어오는 그의 말캉한 혀를 가만히 받아들였고, 그는 맹렬하게 빨아 삼켰다. 영재는 이 순간도 좋았다. 상황, 처지 다 상관없이 그저 애타게 그리던 그와의 입맞춤이 좋았다.

그의 커다란 손이 그녀의 목을 타고 내려가 젖가슴을 움켜쥐었다. 그는 만족스러운 듯 신음을 흘렸고, 그 뜨겁고 거친 숨은 영재의 목구멍으로 넘어가 너덜너덜해진 영혼을 위로했다. 그리고 그녀의 장밋빛 붉은 원피스는 그의 손끝에서 허리끈이 풀리고 힘없이 벌어져 그의 뜨거운 욕구를 할퀴며 시선을 끌어모았다.

네크라인부터 치마 끝단까지 손바닥 한 뼘 넓이만큼 쭉 벌어진 원피스 사이로 두 손을 찔러 넣은 장주는 젖가슴을 브라째로 받쳐 올리듯 움켜잡고는 컵 밖으로 솟아 나온 젖가슴에 코를 묻었다.

그 뜨거운 숨 자락에 벌써부터 정신이 혼미해진 영재는 가만히 심호흡했고, 이에 들썩이는 젖가슴에 코를 비비적대며 색색거리던 그는 브라 컵을 위로 걷어 올리더니 그 안에서 딱딱해진 핑크빛 절정을 찾아 단숨에 입에 물고 빨았다.

그 순간 자기 몸이 여덟 시간을 밖에서 배회하고 땀에 찌든 걸 알아차린 영재는 어깨를 움츠리며 두 손으로 그의 얼굴을 밀어냈다. 그러자 사나운 얼굴로 고갤 쳐든 그는 전투적으로 말했다.

"어쩌라고?"

그저 민망한 영재는 빠르게 변명했다.

"나 오늘 미술관만 스무 곳을 돌아다녔어. 땀도 많이 흘렸고 먼지도……."

"그걸 너한테 먹으라는 거 아니잖아?"

원색적으로 반박한 그는 마치 혼을 내듯 영재의 젖꼭지를 아플 만큼 세게 빨았다.

"아얏!"

그녀의 비명에 냉소적으로 한쪽 눈썹을 실룩거린 그는 갑자기 바닥에 무릎을 대고 허릴 세워 앉았다. 그가 무얼 할지 짐작한 영재는 얼른 두 다리를 겹쳐 모았다. 하지만 소용없었다. 보란 듯이 그녀의 검은색 브리프를 발목까지 끌어 내린 그는 눈앞에 적나라하게 드러난 거뭇한 치구에 슬쩍 입술을 말아 올렸다. 그리고 욕망 어린 눈으로 그녈 힐끔 올려다보던 그는 느릿하게 그녀의 음모에 코를 묻고 숨을 들이마셨다. 그걸 지켜보는 영재의 목울대가 크게 울렁거렸다.

“다릴 벌려, 서영재.”

그가 또 명령했다. 하지만 영재는 머뭇거렸고, 인내심이 부족한 장주는 그녀의 허벅지를 잡아 힘으로 벌렸다.

“장주 씨, 거긴……!”

하지만 이미 그의 말랑한 혀는 음모로 뒤덮인 치구 아래의 둘로 갈라진 속살 안으로 파고들었다. 깊이, 더 깊이 묻히려고 한없이 밀고 들어왔다. 그녀의 숨은 가빠졌고, 하체는 파르르 떨리며 빳빳해졌다. 영재는 그의 숱 많은 머리로 손을 뻗어 꾹 움켜잡았다. 포마드 스타일의 광택감이 강한 그의 머리칼이 가늘고 긴 그녀의 손가락 사이에서 망가졌다.

10층을 모조리 뒤지고도 영재를 찾지 못한 재인은 라운드 계단 끝에 서 있었다. 이따금씩 연회장으로만 활용하는 9층, 그 어둑한 공간을 보고 있자니 꺼림칙한 기분을 떨칠 수 없는 재인은 하이힐을 벗어 손에 들었다.

무겁게 숨을 죽이고 계단을 하나씩 밟아 내려가는 그녀의 손에 땀이 찼다. 값비싼 구두 가죽에도 얼룩졌다. 도로 올라갈까도 생각했지만 가만히 앉아 바보가 되는 것보단 이 짓이 백번 나았다. 난 약혼녀야!

그 입장 확실한 맨발이 막 9층 홀 대리석 바닥에 닿을 때였다. 남자의 거친 목소리가 회색빛 9층을 대담하게 울렸다.

"신음해, 서영재!"

순간 그 자리에 얼어붙은 재인은 여덟 배나 커진 동공으로 구석구석을 빠르게 살폈다. 그 불안하게 흔들리는 눈동자에 보이는 건 집채만 한 기둥들뿐이었다. 잘못 들은 거지, 고재인?

그렇게 자신의 곤두선 신경을 탓하는 순간이었다. 어디선가 은밀한 소리가 들려왔다. 여자의 신음 소리였다. 조금 전 남자의 명령을 따르는 여자의 신음 소린 재인의 온몸을 채찍처럼 휘감았고, 그 고통에 철퍽 주저앉아 버렸다. 사시나무처럼 떠는 그녀의 손에서 하이힐 한 짝이 툭 떨어졌다.

무아지경에 빠진 영재는 쉴 새 없이 가르랑거리며 몸을 떨었다. 능숙한 혀 놀림으로 그녀의 클리토리스를 자극하고, 그 좁은 질의 벽을 리드미컬하게 긁어내리며 들락거리는 그의 손가락 유희는 고통에 가까운 격정적 쾌락이었다.

전에는 알지 못했던 뜨거운 욕망, 그 격정적 쾌감을 몸 안에 가두자니 머리가 터져 버릴 것 같은 영재는 거침없이 신음했다. 그의 이름도 불렀다.

"아흑! 장주 씨!"

그러자 터질 듯 부푼 그의 페니스는 완벽한 슈트에 감춰진 채 더욱 으르렁거렸지만 결코 지퍼를 내리지 않은 그는 질구에서 줄줄 흘러내리는 체액을 빨아 흡입하더니 재빨리 영재를 돌려세우고 치맛자락을 들쳐 올렸다.

그리고 시선을 사로잡는 그녀의 탄력 있는 엉덩이에 탄성을 내지른 그는 성급한 손길로 넥타이를 풀어 바닥에 떨어뜨렸다. 안 그랬다간 점점 불규칙적으로 변하는 숨소리가 아예 끊어질지도 모를 일이었다.

매끈하고 사랑스러운 엉덩이를 양손에 잡고 한 쪽씩 아프지 않을 만큼 잘근잘근 씹었다. 그러다 붉은 자욱이 남으면 그 자리를 다시 혀로 부드럽게 핥았다. 그러다 천천히 바깥쪽으로 밀어 내듯 벌리고 그 사이로 혀를 밀어 넣었다.

후장에 그의 혀가 닿자 영재는 크게 움찔했지만 어느새 한 손을 앞으로 옮겨 클리토리스를 다시 자극하며 진동을 주기 시작한 장주는 그녀의 꼬리뼈에서부터 후장에까지 혀로 쭉 핥아 오르내리기를 반복했다.

영재는 흐물흐물 녹고 있었다. 그가 주는 모든 감각을 잘 흡수했고 잘 느꼈다. 그가 계속적으로 클리토리스를 자극하며 손가락을 차례대로 찔러 넣어 질구를 늘리면서 빠르게 넣었다 뺄 때마다 그의 굵고 기다란 손가락을 타고 맑은 체액이 흘러내렸다. 그러자 영재의 두 다리 사이 밑으로 다시 얼굴을 처박은 장주는 그것을 입으로 즉각, 즉각 빨아 삼키면서도 손가락 유희를 멈추지 않았다.

그녀는 속절없이 떨며 절정을 향해 다다랐고, 말로 표현할 수 없는 거대한 오르가슴이 그녀의 모든 말단 신경 세포까지 흔들었다. 이윽고 그가 주는 현란한 감각을 이기지 못한 영재는 불덩이처럼 뜨거운 육체가 터져 버릴 것 같은 쾌감에 비명을 질렀다.

"아흣!"

그리고…… 분출!

놀랍게도 엄청난 양의 체액이 마치 분무한 것처럼 사방으로 튀었다. 영재의 허벅지 부근에는 물론 장주의 머리와 얼굴, 셔츠와 재킷 언저리에까지 얼룩졌다. 고스란히 영재의 체액을 뒤집어쓴 장주 역시 놀랐다. 이러한 경우를 들어 알고는 있지만 지극히 소수의 여성에게서 일어나는 분출을 직접 눈으로 본 그는 너무 만족스러워 당장이라도 지퍼를 내리고 싶었지만 애써 충동을 억누른 채 느릿하게 일어섰다.

"지금 내 얼굴에 사정한 건가?"

영재의 두 눈이 휘둥그레졌다. 사정?!

남자에게나 쓰는 용어지만 장주의 얼굴, 셔츠에 버젓이 묻어 있는 체액에 영재는 어쩔 줄 몰라 했다. 그 순진함을 알 수 없는 눈으로 쳐다보던 장주는 손수건을 꺼내 그녀의 얼굴에 번진 립스틱을 닦아 주었고 또 허벅지의 체액도 닦아 주었다. 그뿐만 아니라 브리프도 입혀 주고 브라도 정돈해 주었고, 그녀의 아래팔에 걸려 있는 원피스도 어깨까지 끌어 올린 뒤, 두 면을 한데 겹쳐 포개어 끈을 돌려 묶어 양쪽으로 꽉 잡아당겼다. 그리고 얄궂게 빈정거렸다.

"네 기분 내라고 부른 건 아닌데, 내가."

여전히 정신이 얼떨떨한 영재는 얼굴만 붉혔다. 이에 슬쩍 웃던 장주는 그녀의 분비물로 얼룩진 그 손수건으로 립스틱이 번져 있는 자신의 입가를 꾹꾹 눌러 닦았다. 그리고는 정중히 인사했다.

"수고하십시오, 서영재 감독님."

이처럼 한구석은 늘 잔인한 남자였다. 그래도 영재는 가지 마라, 붙들고 싶었다. 실제로 말은 못 했지만 저도 모르게 그의 뒷모습에 대고 손을 뻗은 영재는 다시 주먹 쥐고 거둬 허벅지 옆에 붙이고는 분명 기이한 증상을 일으키고 있는 자신의 육체를 내려다봤다.

단순한 기분 탓이 아니었다. 실제로 온몸 구석구석에서 정전기가 일어나고 있었다. 저릿하고 찌릿해 이러다간 스파크가 팍 튀어 모든 걸 사를 것처럼 몸이 뜨거웠다. 턱없이 아쉽고 부족해서, 성이 차지 않아서, 다시 하고 싶어서.

꺼지지 않을 것 같은 열기가 도사리는 그녀의 몸은 오로지 섹스를 갈망했다. 저 아래, 그 깊은 곳이 견딜 수 없을 만큼 그를 받아들이고 싶어 했다. 자신이 이렇게까지 격렬하고 열망적인 욕망을 방출할 수 있었는지 알지 못했던 영재는 다급히 옷을 추스르고 그림을 챙겨 들었다. 세수라도 해!

라운드 계단 가까이에 있는 첫 번째 기둥 앞으로 막 걸어 나온 장주는 지독하게 엄중한 태도로 서 있는 재인을 보고 기찬 얼굴로 중얼거렸다.

"타이밍 끝내주네."

당황한 기색조차 없는 그를 보며 재인은 어금니를 꽉 깨물었다. 섹스한 티가 풀풀 나는 그를 추궁하자니 그 무관심의 싹마저 잘려 나갈까 겁이 나고, 모르는 척하자니 멍청한 여자 같아 열불이 나는 재인은 어떻게 해야 할지 몰라 망설였는데 때마침 그의 뒤로 영재가 나타났다. 이에 빠른 걸음으로 장주를 지나쳐 영재 앞에 딱 선 재인은 힘껏 따귀를 후려쳤다.

철썩!

9층을 울리는 큰 마찰음에 미간을 찌푸린 장주는 냉정한 태도로 뒤를 돌아봤다. 그러자 보란 듯이 또 한 번 영재의 뺨을 후려친 재인은 오기에 찬 목소리로 말했다.

"장주 씨. 나, 이 정돈 할 수 있잖아?"

장주는 기꺼이 동의했다.

"그럼, 고재인인데."

뜻밖의 상황에 얼이 빠진 영재는 싸늘하게 퇴장해 버리는 장주를 애써 쳐다보지 않았다. 어차피 부질없기에.

그의 인기척이 완전히 사라졌을 즈음 재인은 잡아먹을 기세로 영재를 추궁했다.

"너, 언제부터야? 몇 번이나 이 짓 했어?"

영재는 생각했다. 자신이 무슨 말을 지껄이든 그는 상관없을 게 분명하다고.

"그러는 넌? 넌 몇 번이나 해 봤어?"

사람 경악하게 하는 그 뻔뻔함에 재인은 다시 한번 더 뺨을 후려쳤다.

철썩!

순간 중심을 잃고 넘어진 영재는 일어날 의지가 없었고, 악이 제대로 뻗친 재인은 하이힐의 뾰족한 굽으로 영재의 손등을 꽉 짓이기며 말했다.

"넌 미안하단 말을 먼저 해야지? 내가 선우장주의 약혼녀거든!"

손등이 뚫어질 것 같은 통증, 너무 아팠다. 하지만 고재인이 갖고 있는 '약혼녀' 라는 그 타이틀에 가슴이 에이는 영재는 조금 전 그가 아랫배에 지펴 놓은 이 꺼지지 않는 섹스에 대한 열망을 꼭꼭 붙들고 싶었다. 그 약혼녀라는 타이틀과 혹 견줄 수 있을까 해서. 미련하게!

"서영재. 내가 충고 하나 할까? 아무리 막 구른 몸뚱어리라도 적당히 사려. 너 같은 년들 최후는 결코 달달하지 않다?"

이미 쓰고 쓰다는 걸 수없이 경험하면서도 뱉어 낼 수 없는 영재는 그 헝클어진 머리칼을 쓸어 올리고 재인을 올려다봤다. 재인의 예쁜 두 눈썹이 사납게 실룩거렸다.

"현장의 꽃이면 현장 놈들이나 상대해, 감히 내 남자 후리지 말고."

한순간에 약혼녀가 있는 남자를 훔친 부도덕한 인간이 된 영재는 그 처지를 억울해하지 않았다. 지금 이 순간도 그를 원하는 까닭에.

"더러운 년."

퉤.

재인은 침까지 뱉고 돌아섰다. 하지만 가슴 터질 듯한 비참함에 비명을 지르고 싶은 재인은 빠르게 계단을 올라갔다. 헌데 그 계단 끝에 장주가 서 있었다. 재인은 이내 울먹였지만 그는 귀찮은 태도로 말했다.

"왜, 너도 해 줘?"

"장주 씨!"

모욕감으로 얼굴이 일그러지는 재인을 보며 차갑게 입술을 비튼 장주는 계단 저 아래쪽을 슬쩍 눈짓하며 염치없이 굴었다.

"적당히 해. 내 기분 낸 건 아니잖아?"

"다, 당신 어쩜……!"

처참하기 짝이 없는 재인은 자신을 바보 취급 하고 돌아서는 장주를 보며 두 주먹을 부르르 떨었다.

'신음해, 서영재!'

거칠고 은밀하던 그의 목소리가 날카로운 활촉처럼 이쪽 관자놀이를 꾹 찌르며 뚫고 들어와 저쪽에까지 박혔다. 재인은 두 눈을 질끈 감으며 몸서리쳤다. 말도 안 되는 일이 '분명하게' 벌어졌다. 그런데 적당히 하라고?

"웃기지 마, 선우장주."

그의 파렴치한 경고는 오히려 서영재를 완전히 밟아 버려야 한다는 자의식으로 깔렸다.

◇ ◆ ◇

아무리 찬물을 끼얹어도 영재, 그녀의 얼굴에 덕지덕지 붙은 슬픔은 떨어지지 않았다. 호텔 객실에서 선우장주와 조우했을 때도, 그와 다시 섹스하던 날도, 오늘도, 매 타이밍마다 존재했던 고재인이 그의 약혼녀라는 사실은 이미 충분히 초라한 서영재를 잘게 잘게 부스러뜨렸다.

'장주 씨, 나 이 정돈 할 수 있잖아?'
'그럼, 고재인인데.'

난 서영재라서…….

싸늘하게 퇴장한 그를 야속해할 명분조차 없는 그녀는 저 아래에, 거기에, 아직까지 고여 있는 섹스의 절박한 충동은 자신이 붙든 값싼 '짓거리'가 아니라 선우장주가 '결혼을 약속한' 그 사실이 주는 불안함과 초조함이 일으키는 발버둥이라는 걸 알았다. 애석하게도 '몸' 다운 반응이었다.

일단 회의실로 간 영재는 자리에 앉자마자 벽시계를 주목한 채 자신을 타일렀다. 20분만 참아.

회의가 시작되고 일에 몰두하다 보면 분명 이 발버둥은 수그러들 거라고 생각하는 그녀였다. 때마침 천재림 감독이 입실했고 둘은 이런저런 얘길 나눴다. 그러는 사이 감독급 스태프들이 다 모였고, 회의는 정시에 시작됐다.

하지만 1차 콘티를 심도 있게 설명하는 천재림 감독의 힘 있는 목소리가 영재에겐 마치 이명의 기계음처럼 들렸는데 그건 전조 증상에 불과했다.

시계의 분침이 칸을 넘어갈 때마다 그녀는 엉덩이를 들썩거렸고, 펜을 들었나 놓거나, 주먹을 쥐었다 펴거나, 다리를 모았다 벌렸다, 꼬았다 풀었다 했다.

'나, 당신과 이대로 끝나면 어떡하지?'

그의 약혼녀가 둘의 관계를 봐주지 않을 거란 생각이 불안 요소로 작용하기 시작했다. 그를 영원히 볼 수 없을 것만 같은 극한 불안감의 게이지는 금방이라도 서영재를 뚫고 나갈 것 같더니 그녀의 본령으로 자리 잡아 그녀에게 놀라운 일을 하도록 강요했다.

영재는 가방에서 전화기를 꺼냈다. 그리고 조급한 손길로 키패드를 눌렀다.

[나, 당신이 필요해.]

그리고 망설임 없이 전송 버튼을 누른 영재는 곧바로 문자 하나를 더 보냈다.

[지금 당장!]

땅속에 대리석 바닥을 두고 글라스 돔의 천장을 하늘 높이 띄운 최고급 바 '번'은 은밀하고 폐쇄적인 동시에 자유와 비밀이 보장된 곳으로 특정 소수만 출입 가능한 곳이었다. 이미 몇 안 되는 예약제 테이블은 만석이었고, UK픽처스 자산 중 으뜸인 인간 기계 작가, 브레인들과 함께 장주도 그곳에 있었다.

항상 창의적이고 건설적으로 썰을 푸는 브레인들 사이에서 제작자답게 귀만 열어 둔 장주는 그들의 값비싼 수다에 한 번씩 반응을 보이긴 했지만 사실, 독한 럼주를 스트레이트로 삼킬 때마다 그가 집중하는 건 오로지 서영재였다.

직접 눈앞에 두고 보면 볼수록, 만지면 만질수록, 그래서 느끼면 느낄수록 그는 고달팠다. 아직 시간은 더 필요한데 지난 5년을 애면글면하느라 지친 그 마음은 당장 그녀 품에 눕고 싶어 했다. 그 따뜻한 온기에 머무르고 싶어 했다. 이제 와 다 때려치울 수도 없고…….

하아.

그의 목구멍에 거친 한숨이 걸렸다. 럼주로 밀어 넣을까, 술을 따르려던 장주는 그제야 메시지가 온 걸 알아차렸다.

[당신이 필요해.]

알알하던 그의 가슴이 애잔하게 뛰었다.

[지금 당장!]

그의 온몸에 강한 전율과 함께 힘이 들어갔다. 그렇지, 서영재!

무음으로 설정한 전화기에서 눈을 떼지 못하던 영재는 메시지가 오자 크게 심호흡을 하더니 천천히 화면을 터치했다.

[한남동 810-17]

주소지만 달랑 온 메시지는 그와 그녀의 연결 고리가 오직 '육체' 뿐임을 말해 주었지만, 이 순간만큼은 답장 자체가 고마운 영재는 이렇게나 우스꽝스러운 자신을 탓하지도 않았다.

"감독님?"

아직 설명이 다 끝나지 않은 천재림은 아까부터 뭔가 불안해 보이더니 브레이크까지 거는 영재를 향해 눈살을 찌푸렸다.

"할 말 있나?"

영재는 팅팅 부은 손등을 들어 보였다.

"병원부터 다녀와도 될까요?"

그러자 천재림 사단의 헤드들은 하나같이 영재를 갈구었다. 이건 브랜드에 가까운 천재림 사단의 결속력을 무너뜨린 데에 대한 끝없는 정죄이자, 시작부터 징징거리는 여자 스태프에 대한 남초들의 젠더 권력 중 하나지만 영재는 개의치 않았다. 꽂힌 이상 더욱 감내해야 할 텃새였다. 이 어긋난 분위기를 잘 꿰고 있는 천재림은 일부러 더 엄히 꾸중했다.

"디자이너의 머리, 예술가의 마음, 그리고 장인의 손이 필요한 게 미술 감독 아닌가? 어디서 그따위 손을 가지고 거기 앉아 있어?!"

"죄송합니다."

"빨리 튀어 갓!"

정상이 아니다 보니 거짓말도 술술 나오고 가책도 없는 스스로에게 탄복하며 회의실을 나온 영재는 엘리베이터에서 내리는 순간엔 뛰기 시작했다.

그렇게 급히 한남동에 도착한 영재는 이글루 모양의 독특한 건물 양식을 긴장 어린 눈으로 훑었다. 이런 데가 있었나?

그러나 계단을 따라 내려간 땅속, 바의 내부는 더 놀라웠다. 블랙의 어마어마한 크기의 공간을 사이드에서 밝히는 골드빛 조명과 그 아래의 대리석 테이블은 유리로 된 돔 천장 위로 쏟아지는 밤하늘의 어둠과 똑같은 색이었고 자릴 차지하고 앉아 있는 고객들도 하나같이 범상치 않았다.

"찾는 분 있으십니까?"

준수한 외모에 덩치는 산만 한 지배인이 다가와 정중히 물었다. 전방 시야에서 장주를 찾지 못한 영재는 그의 이름을 댔고, 지배인은 즉각 안내했다.

"이리로 오시죠."

지배인을 뒤따라가는 영재에게 수많은 시선이 날아와 꽂혔다. 그래서 알아챘다, 손님들이 전부 남자라는 사실을.

순식간에 거친 이질감을 느낀 영재는 재작년에 개봉한 한 영화의 장면 중 '낭독회가 열렸던 후견인의 서재'가 번뜩 떠올랐다. 동시에 불안감과 조급증이 인 영재는 사방팔방 정신없이 눈을 굴려 장주를 찾았다.

그리고 저기, 완전히 흐트러졌음에도 완벽하게 섹시한 그 존재감을 여실히 드러내고 있는 남자, 그가 있었다. 아까부터 널 보고 있었다는 눈빛으로 영재를 직시한 채.

선우장주!

그를 발견한 순간, 조금 전의 이질감은 온데간데없고 그를 잃고 말 상실감과 그 우울함이 원초적인 감각들 위로 솟구쳤다. 그와 가까워질수록 그녀의 호흡은 조각조각 끊어졌다. 미치도록 그를 원했다. 그를 갖고 싶었다, 완벽하게, 내 남자인 것처럼!

하지만 다소 귀찮은 분위기를 풍기며 럼주를 따른 스트레이트 잔을 입에 탁 털어 넣은 장주는 그 특유의 목소리로 악센트까지 주며 빈정거렸다.

"내가, 지금 당장, 왜, 필요할까, 너한테?"

이 남자가 사 줄 그녀의 바람은 단 하나밖에 없었다.

"삽입해, 당장."

푸읍!

별 호기심 없던 브레인들은 술을 내뿜었고, 장주는 박장대소했다. 사실 영재는 간이 다 떨렸지만 표정 관리는 잘해 냈다. 대범하게 구는 영재를 보며 한참을 웃던 장주는 그 도도한 얼굴을 깊은 눈길로 응시하다 말했다.

"작가님들, 이 겁 없는 여자를 어떻게 해 줄까, 내가?"

겁도 없지만 매력도 쩌는 여자에게 반한 브레인들은 촉을 곤두세운 채 서로 눈짓을 주고받았다. 이 여자, 스페셜이야!

"서영재, 여기가 어딘 줄 알고 당장 삽입을 하래?"

사실 저돌적인 영재의 태도가 놀랍고 또 무척 반가운 장주는 일단 경각심을 주려 했지만 영재는 자신이 얼마나 미쳤는지를 보여 주듯 재킷부터 벗어 던지며 앙칼지게 받아쳤다.

"난 언제 어디서든 당신 밑에 누울 수 있는 여자잖아?"

그리고 허리춤에 매듭지어진 원피스의 끈 하나를 거침없이 당겼다. 리본 모양 매듭이 풀린 원피스는 금방이라도 벌어져 그 안에 감춰진 은밀한 것들을 노출할 것 같지만 조금도 망설이지 않은 영재는 남은 매듭마저 풀려 했다.

그 순간 위협적으로 일어선 장주는 그 손을 텁석 잡았다. 그리고 한쪽 눈썹을 차갑게 실룩거렸고, 영재는 그 대찬 얼굴을 빳빳이 쳐들었다. 하지만 분명 떨고 있는 그녀의 손을 꽉 힘주어 잡고 어느새 허리끈을 빼앗은 그는 다시 매듭을 지어 꽈—악 당겼다.

허리가 졸린 영재는 인상을 썼고, 이에 또 한쪽 눈썹을 차갑게 실룩거린 그는 테이블 위에 있는 럼주를 집어 영재를 직시한 채 잔에 따랐다.

또르르.

스트레이트 잔을 가득 채운 그는 영재에게 내밀었다. 마셔.

즉시 잔을 받은 영재는 보란 듯이 한입에 털어 넣었다. 하지만 그렇게 마실 수 있는 술이 아닌 독한 럼주를 넘기자니 식도가 타들어 가는 것 같았다.

또르르.

그가 또 술을 따랐다. 그리고 영재의 어깨 너머 저 멀리, 정중앙의 테이블에 앉아 아까부터 자신을 적대시하고 있는 남자를 향해 이유 모를 건배의 잔을 들고는 단번에 삼켰다. 정체 모를 그 남자의 이맛살이 단단히 구겨졌다.

탁.

빈 잔을 내려놓은 장주는 지배인을 향해 손짓했고, 그는 즉시 달려와 장주에게 귀를 가까이 했다. 장주는 무언갈 은밀히 요구했고 지배인은 즉각적으로 수행했다.

"이쪽으로 오시죠."

장주는 꼿꼿한 척 서 있는 영재의 손을 잡아끌었다. 브레인들은 설마, 했고.

바의 가장 안쪽, 마지막 테이블을 지나자 값비싼 C 자형의 패브릭 소파가 놓여 있는 작은 홀이 나타났다.

지배인은 벽의 어느 한 버튼을 눌렀고 곧 돔 천장에서부터 검푸른 시스루 커튼이 촤르르 떨어져 내려오더니 두 사람을 패브릭 소파와 함께 가둬 버렸다. 은밀하면서도 가장 사적인 행위를 조성하는 스테이지가 공개적으로 마련된 셈이었는데 선우장주에게 무조건적인 섹스를 요구한 것에 대한 이 엄청난 대가 지불 앞에서 영재는 긴장했다. 하지만 후회는커녕 이 외설적인 순간도 그와 함께여서 좋았다. 불안과 초조가 옅어지는 것 같았다.

"소파에 무릎을 대고 올라서. 뒤에서 삽입할 거야."

그가 차가운 말투로 지시했다. 가만히 심호흡한 영재는 그가 시키는 대로 소파 위에 무릎으로 올라섰다. 그리고 조금의 망설임도 없이 곧장 원피스의 끈을 풀고 가운을 벗듯 어깨 뒤로 흘려 벗었다.

속옷만 착용한 영재의 뒤태에 정신이 아찔해 숨이 멎을 것 같은 장주는 그녀의 종아리를 덮으며 떨어진 원피스를 바닥으로 치운 뒤, 곧장 브리프를 허벅지 아래로 내린 다음 생생하게 드러난 매끈한 그녀의 엉덩이를 한 손으로 쓸어내렸다.

너무나 간절했던 그의 손길. 영재는 가느다란 숨을 나지막이 내쉬며 상체를 조금 앞으로 기울였고, 자연스레 뒤로 나오며 애플 모양의 윤곽을 드러내는 그녀의 엉덩이에 장주는 크게 숨을 몰아 내쉬었다.

여성성의 증거를 가슴에서 확인하려고 드는 남자는 애송이라고 했던가? 뭘 좀 아는 남자들은 엉덩이를 본다고 했다. 관능을 결정하는 것은 엉덩이의 태도라고. 그 능숙한 듯 감각적 태도를 드러내듯 살짝 엉덩이를 들어 주는 영재의 능란함을 결코 헤픈 여자로 이해하지 않는 장주는 쭉 뻗은 관능의 세계로 얼마든지 질주할 수 있었다.

그는 다른 한 손으로 바지의 버클과 지퍼를 열었고, 드로어즈를 끌어 내렸다. 그 사이로 믿을 수 없을 만큼 크고 단단하게 곧추선 그의 페니스가 툭 튀어나왔고, 이내 영재의 허벅지 사이를 찔렀다.

그 아찔한 감촉에 아랫입술을 지그시 문 영재는 나른한 눈길로 시스루 커튼을 물끄러미 응시했다. 분명 커튼이 내려진 후에 한 톤 다운된 조명 아래, 삼삼오오 둘러앉아 술잔을 부딪치는 남자들의 호기와 질투, 탐닉 어린 시선, 웃음, 귓속말까지 또렷이 보이는 것 같았다.

이런 퇴폐적 현장을 용납하고 있는 스스로가 믿기지 않지만 이 외설적이며 불순한 에로틱함에 마음이 끌리고, 뭇 남자들의 시선보다 브라만 착용한 몸에 하이힐만 신고 있는 자신을 과연 그가 어떤 눈으로 바라보고 있을지가 더 신경 쓰이는 그녀는 이미 젖어 버렸다.

곧 그의 거친 숨소리와 함께 차가운 입술이 그녀의 귓가를 적셨다. 뺨을 따라 목과 어깨에까지 오르내렸다. 영재는 그의 입술을 잡으려 그의 턱선을 따라 코와 입술을 비비적거리며 낮게 신음을 흘렸다.

그러자 곧 장주는 그녀의 입술을 삼켰고 동시에 엉덩이 사이를 쿵쿵 찌르던 그의 성기는 그 귀두부터 그녀 안으로 깊숙이, 단번에 밀고 들어갔다.

"하아!"

두 사람은 동시에 신음했다.

특별한 전희도 없었는데 놀랄 만큼 부드럽게 자신을 받아들이고 꽉 조이는 영재가 미치도록 만족스러웠다. 그러나 조금은 뭉그적거리려고 했다. 이미 약혼한 상태에서 서영재에게 섹스를 요구한 뻔뻔한 선우장주나 약혼녀의 존재를 알게 된 직후 찾아와 섹스를 요구한 서영재나 다를 게 없다는 걸 어필하려는 의도였다.

하지만 그러지 못했다. 그가 이런 생각을 하는 순간에 이미 영재는 적극적으로 엉덩이를 앞뒤로 움직여 그를 옴짝달싹 못 하게 만들었다. 음모로 둘러싸인 그의 치골을 때리는 동시에 그의 성기를 깊이 삼켰다 뱉었다 하는 그녀의 엉덩이는 미치도록 관능적이었다.

피가 거꾸로 솟는 것 같은 그는 리드미컬해지는 그녀의 행위를 만끽하며 두 손으로 젖가슴을 세게 움켜잡았다. 그러자 피스톤질을 멈춘 영재는 팔을 뒤로 뻗어 그의 목을 끌어안고 그의 입안으로 혀를 깊이 밀어 넣었다. 그의 혀를 휘감았다. 그리고 다른 한 손으론 자신의 질구에 완벽하게 들어와 있는 성기 아래의 고환을 주물럭거렸다.

이에 목에 걸린 그의 숨소리가 더욱 거칠게 튀어나왔다. 적극적인 그녀의 유혹에 머리통이 터질 것 같았다. 영재의 뒷목으로 손을 뻗어 지그시 눌렀다. 그녀는 상체를 완전히 구부렸고 그때부터 그는 강하게 그녀 안으로 밀고 들어갔다. 그리고 자신의 길이와 굵기를 그녀가 잘 느끼도록 천천히 빠져나왔다.

시스루 위의 강렬하고 色스러운 그림자를 믿을 수 없어 더 집요하게 지켜보던 브레인들은 타는 목에 물과 술을 번갈아 가며 부었다. 두 번 없을 대단한 볼거리였다, 하지만 그들 외에 바의 그 누구도 시각적으로 즐기는 사람은 없었다. 다른 모든 감각으로 탐닉할 뿐이었다, 은밀히, 자기 방식대로, 더 야하게.

갖가지 체위로 끊임없이 서로를 소유하는 두 남녀의 검은 실루엣은 격렬했고 저돌적이었으며 선정적이었다. 당장이라도 저 시스루 천 조각을 갈기갈기 찢어발기고 싶을 만큼 두 사람의 행위는 가히 격정적이었다. 마치 이 어마어마한 정사 후 죽기라도 할 것처럼.

실제로 커튼 안의 남녀는 섹스 도중에 죽기라도 할 것처럼 무아지경으로 서로에게 달려들었다.

"……누워."

장주는 숨을 헐떡이며 말했다. 영재는 소파에 바로 누웠고, 그녀의 두 다리를 M 자로 벌리고 그 사이에 무릎을 꿇은 장주는 그 모양새가 아주 적나라하게 드러나는 선분홍의 둘로 갈라진 속살을 손가락으로 벌렸다. 그리고 그 안으로 자신의 남성을 감질나도록 느리게 찔러 넣었다. 그리고 똑같은 리듬을 타며 질구를 빠져나왔다. 그리고 다시 그녀의 질구를 밀고 들어가며 꽉 채웠다. 그리고 다시 천천히 빠져나오기를 반복하며 자신의 시각을 자극했다.

영재는 완벽한 조립처럼 결합된 성기를 응시한 채 허릴 미는 장주를 지그시 올려다봤다. 땀에 젖어 상기된 잘생긴 얼굴, 자신의 몸 안에 들어올 때와 나갈 때의 달라지는 야한 표정, 목에 걸린 거친 숨소리를 토하는 입술, 그저 두고 보기엔 견딜 수 없도록 섹시했다. 키스하고 싶었다. 참지 못하고 그에게 손을 뻗었다. 다행히 장주는 그 손을 깍지 끼어 잡고 확 끌어당겼다.

이에 반동처럼 일어난 영재는 11 자로 펴는 장주의 허벅지 위로 올라앉는 동시에 두 팔을 그의 뒷목으로 뻗어 잇갈려 잡았다. 그리고 키스했다. 이토록 깊은 키스는 해 본 적 없었다. 그렇게 두 사람은 가장 은밀한 부위를 완벽하게 맞물린 채로 한참 동안 키스만 했다.

영재는 마음껏 그를 만지고 느꼈다. 그에게 닿기 위한 유일한 방법인 섹스만큼 그녀를 초라하게 만드는 것도, 행복하게 하는 것도 없었다. 그러나 고재인의 존재는 흐려지지 않았다.

영재는 천천히 입술을 떼고 차갑게 번뜩이는 그의 흑색 눈동자를 부드럽게 응시했다. 그리고 천천히 허리를 좌우로 움직이며 맞물린 성기의 자극 면적을 넓혔다. 원을 그리듯 엉덩이를 약간 들어 올리는 느낌으로 회전시켰다. 그의 눈빛이 흔들렸다.

그러자 영재는 더 과감하게 행동했다. 그의 입에 한쪽 젖꼭지를 물려 주더니 몸 안에서 생생하게 꿈틀거리는 그의 페니스의 길이를 따라 아래위로 몸을 들썩거리며 더 세게 조였다.

이에 장주는 자신의 혀끝에서 딱딱해진 젖꼭지를 입에 문 채 식식거렸다. 그리고 그녀의 클리토리스를 부드럽게 문질렀다. 길들였다. 미끈한 체액이 흘러내리는 그녀의 질은 민감해졌고 그의 성기를 더욱 강하게 조였다. 귀까지 후끈 달아오른 영재의 용쓰는 몸부림까지 모든 게 완벽했다.

장주는 목구멍에 걸리는 거친 숨을 즉각적으로 내뱉으며 헉헉거렸다. 그러자 갑자기 피스톤질을 멈춘 영재는 완전히 엉덩이를 들어 그의 페니스를 몸 밖으로 빼더니 그의 약혼녀의 하이힐 굽에 밟힌 손으로 페니스를 잡고 입으로 삼켰다.

그의 귀두가 그녀의 목젖에까지 닿았다. 장주는 고통에 가까운 쾌감을 헉헉 뱉었지만 영재는 그런 장주를 탐욕적인 시선으로 응시한 채 보란 듯이 더 깊이 삼키고 마치 똬리 틀 듯 혀로 그를 둥글게 말아 조이고 또 뱅뱅 돌렸다. 장주는 온몸이 터질 것 같았다. 이대로 사정할 것 같았다.

사실 오럴 섹스는 처음인 영재는 아주 능숙하게 혀를 빙글빙글 돌렸다. 그리고 마치 흡입하듯 세게 빨았다. 귀두 끝에 맑은 쿠퍼액이 맺혔고 그것이 짭조름하게 그녀의 목구멍을 타고 내려가자 영재는 마치 그 맛을 이야기하듯 눈가에 옅은 웃음을 흘리며 그의 시선을 제게 묶어 두었다.

이젠 사정하지 않곤 견딜 수 없는 장주는 고환 구석구석까지 핥고 빠는 영재의 뒷목을 잡아 위로 확 끌어 올리더니 바로 눕혔다. 그리고 다리를 벌려 그 사이에 얼굴을 처박았다.

둘로 갈라진 선분홍의 속살을 잘근잘근 깨물며 타액을 묻혔다.

그녀가 몸을 활처럼 휘자 더 깊은 속살로 입김을 불어 넣은 장주는 서서히 그 안으로 깊이 혀를 밀어 넣더니 손가락 하나를 같이 넣어 그 좁은 질구를 늘렸다.

이처럼 그가 주는 감각을 익히고 흡수하는 그녀의 질 안에서 맑은 체액이 쏟아졌다. 장주는 흡흡거리며 잘도 삼켰고 영재는 비명처럼 신음을 내질렀다. 그리고 애원했다. 당신 걸로 해 줘!

그러자 장주는 기다렸다는 듯이 성난 자신의 페니스가 그녀 안에 깊이 묻히도록 강하게 허릴 밀며 들어갔다. 조금 전보다 훨씬 더 깊은 느낌이었고 영재는 경련하듯 몸을 떨었다. 장주 역시 뜨겁게 달아올라 절정에 다다랐다.

"하아!"

미칠 듯이 크게 신음한 장주는 다시 영재를 일으켜 엎드리게 한 후 뒤에서 삽입했다. 그리고 다시 열정적으로 그녀의 몸을 쿵쿵 찔렀다. 온몸이 땀에 젖도록 계속 찌르며 들어가고 다시 나왔다. 영재는 헐떡였고 흐느꼈다. 쓰리고 아팠고 동시에 부드럽고 달콤했다. 그를 몸 안에 가둔 채 이대로 기절하고 싶어 비명을 질렀다. 그와 동시에 장주는 그녀 안에서 크게 폭발했다. 곧 두 사람은 한 몸처럼 주저앉았고 장주는 쉰 목소리로 뇌까렸다.

"하아, 기 빨려!"

그 목소리가 얼마나 섹시한지 영재는 여전히 전류감이 도사리는 그 아래에 힘을 주었고, 아직 그녀 안에 있던 성기는 크게 꿈틀거렸다. 그는 한 팔을 영재의 겨드랑이 사이로 찔러 넣어 반대쪽 젖가슴을 거머쥐었다.

그가 만든 붉은 자국이 선명한 젖가슴을 반복적으로 주물럭거리는 그의 커다란 손을 오도카니 쳐다보던 영재는 등에 밀착돼 있는 그의 단단한 가슴에 완전히 눕고 싶은 마음의 반동으로 퉁명하게 명령했다.

"이제 빼."

그는 즉시 젖가슴에서 손을 뗐고 영재는 천천히 일어섰다. 자신의 몸에서 그가 빠져나가는 그 순간의 느낌이 눈물겹도록 아쉬운 영재는 완전히 돌아선 채 옷을 주워 입었다. 그 모습을 타는 듯한 눈빛으로 응시하던 장주는 조용히 말했다.

"서영재. 내 기, 네가 전부 빨아먹어."

순간 영재는 눈물이 핑 돌았다. 묻고 싶었다. 약혼녀가 있는데 가능하겠냐고.

"기꺼이."

애써 당찬 목소리로 대답한 순간이었다. 갑자기 그녀의 몸이 휙 돌려지더니 그가 입술을 삼켰다, 짧고 짙게. 그러나 입술이 떨어지는 그 찰나의 여운만큼은 길게 주며 완전히 입술을 놓은 장주는 커튼을 눈짓하며 말했다.

"개선장군처럼 걸어 나가."

그제야 이곳이 어딘지를 인지한 영재는 하뿔싸, 했다. 하지만 겁날 것 없다는 듯 하이힐을 신은 그녀는 나체로 당당하게 서 있는 장주를 차갑게 힐끔거리고는 휙 돌아섰다. 그리고 커튼 한 귀퉁이를 딱 잡았다. 하지만 손이 바들바들 떨렸다. 커튼 전체가 흔들리는 것 같았다. 서영재, 왜 이제 와서 떨어?

휘릭!

영재는 커튼을 힘껏 열었다. 놀랍게도 손님들은 대놓고 그녀를 기다리고 있었다. 생각보다 더 적나라한 분위기였다. 두 다리마저 후들거렸다. 하이힐의 뾰족 굽도 부러질 것 같아 한 발짝도 뗄 수 없던 영재는 자신이 나체인 착각이 들었다. 도로 커튼 뒤로 숨을 수도 없고, 그를 부를 수도 없고!

침을 꼴깍 삼킨 영재는 하이힐을 벗어 손에 들었다. 그리고 열 발가락에 꾸역꾸역 힘을 준 채 당당하게 걸어 나갔다, 맨발의 개선장군처럼.

깡 하나는 타고난 영재를 시스루 커튼 사이로 응시한 채 대강 옷을 주워 입은 장주는 정사의 흔적이 고스란히 얼룩진 소파에 털썩 주저앉았다. 죽을 것 같으면서도 숨이 트이는 그녀와의 섹스, 세상에 없는 처절한 몸부림이었다.

너무 아픈 사랑이라 단순한 육체의 쾌락으로 그녀에게 닿으려고 시도한 것 자체에 이미 그의 마음은 일그러져 있는지도 몰랐다. 그 누가 알까, 내가 널 이토록 사랑하는 걸…….

묵직한 한숨을 토하며 소파에서 일어난 그는 단번에 커튼을 열고 나왔다. 여기저기서 날아와 꽂히는 시선일랑 아랑곳 않고 자리로 돌아가 스트레이트로 럼주 두 잔을 연거푸 마셨다. 브레인들도 그에게 굳이 말을 걸지 않았다.

잠시 후, 지배인이 다가와 빌지를 뺐다. 왜 공짜 술인지 아는 장주는 저기 중앙에 있는 테이블을 가리키며 말했다.

"저쪽 빌지를 빼십시오."

지배인은 즉각 그의 지시대로 했는데 공짜 술을 선물받은 남자의 혈색이 검게 그을렸다. 이에 장주는 그를 향해 두 번째 잔을 들었다. 우쭈쭈. 당신 누이에게 가야겠지?

집 앞, 택시에서 내린 영재는 여전히 맨발이었다. 그 채로 집에 들어가 현관에 하이힐을 툭 던져 놓은 그녀는 등 하나 켜지 않은 채 2층으로 올라갔다. 그리고 옷도 벗지 않고 그대로 침대에 쓰러져 누웠다.

하아.

베개에 얼굴을 묻고 짙은 한숨을 토하자 눈물이 났다. 엉망진창이다, 서영재 너.

분명 이대로는 괜찮지 않다는 걸 알면서도 이대로라도 유지하고 싶은 영재는 뼛속까지 고달팠다. 영혼도 탈진했다. 무릎을 가슴까지 끌어 올려 웅크린 채 눈을 감았다. 그냥 이대로 죽어 버리렴, 서영재.

그렇게 기진맥진 잠 속으로 빠졌다. 그리고 불쑥 차가운 기운이 그녀의 머리부터 발끝까지 덮었다…….

……엄마?

검은색 원피스를 입은 여자가 반쯤 열린 방문 사이로 해열제와 물을 담은 쟁반을 밀어 주며 말했다.

"먹어. 내일 아빠 오면 병원 가고."

열이 펄펄 나는 어린아이는 멀어지는 엄마의 뒷모습을 보며 눈물을 뚝뚝 흘렸다. 그러다가 소리 없이 불렀다.

"……엄마."

자꾸만 이불 밖으로 나오려는 손을 허벅지에 꼭 붙인 아이는 밖으로 나가는 엄마를 붙잡지 않았다. 아이는 알고 있었다. 다시는 엄마를 볼 수 없다는 것을. 그리고 아빠는 자신보다 더 많이 슬프고 아프다는 것도.

현관문이 닫히고 엄마가 사라지자 아이의 눈꺼풀도 힘없이 내려앉았다. 열이 오른 아이의 새빨간 뺨을 타고 눈물이 흘러내렸다……. 하아…….

……하아 ……하아…….

……하아!

뜨거운 입김을 토하며 몸을 웅크리는 영재의 눈가도 젖어 들었다. 추웠다. 온몸이 으스러지는 것처럼 추웠다.

06

작업실은 아침 일찍부터 북적였다. 한 작품 끝나면 뿔뿔이 흩어지는 게 미술 스태프들이라 미술 감독은 좋은 팀원을 구하기가 힘든데 운 좋게도 서영재는 첫 번째 영화에서 호흡을 맞췄던 3명의 어시스턴트와 두 번째 영화에 이어 이번 〈낭자〉에까지 호흡을 맞추게 됐다. 물론 어느 영화보다 잘 차려 냈던 이호재 영화의 엔딩 크레디트에 이름을 올리지 못한 게 크나큰 아쉬움이지만 영화를 사랑하고 사람이 좋은 이상, 직진!

"날씨 죽인다!"

10칸짜리 폴딩 도어를 끝까지 젖히고 테라스로 나온 세컨과 서드는 8월의 끝에서 나는 가을 냄새를 코로 쭉 빨아 마셨다. 마침 커피 네 잔을 트레이에 받쳐 들고 나오던 퍼스트는 기상 정보를 업데이트했다.

"오후엔 비 온대. 그래서 난 벌써부터 느낌 돋잖아!"

"작업이 술술 풀리겠네요?"

"다 끝낼까 봐 걱정이야."

까르륵.

"막내야, 커피 하자!"

"네엣!"

이번에 새로 영입된 막내는 나이만큼 가볍게 총알처럼 튀어나왔고, 그렇게 넷은 나란히 테라스 난간에 매달린 채 커피 타임을 즐겼다. 그러다 알아차렸다. 작업실 앞 파킹 구역이 비었다는 걸.

"어? 감독님 차가 없네? 어디 나가셨나? 아무 말 없으셨는데?"

작업 스케줄엔 절대적인 영재의 성향을 잘 아는 퍼스트는 2층 난간을 힐끔거리다 일단 전화를 걸었는데 연결되지 않았다.

"아직 주무시나?"

"에이, 만날 새벽 조깅 하는 우리 감독님이 늦잠을요?"

세컨의 말은 진리에 가까웠다.

"그치? 그 양반이 늦잠, 낮잠 자는 스타일은 아니지."

일단 외출로 짐작하고 기다려 보기로 한 그녀들은 한참 수다 삼매경에 빠졌다. 그러다 나올 게 나왔다.

"난 사실 그 소문이 진짜길 바랐어요."

세컨이 침울하게 입을 열자 퍼스트는 핀잔을 주었다.

"우리 감독님만 고달픈 얘길 왜 꺼내?"

"우리끼리니까 하는 말이죠. 너무 속상하니까! 사실 객관적으로 말해서 우리 감독님, 예쁘지, 능력 있지, 성격 칼 같지, 매력

쩔지, 안 그래요? 설마 나만 이렇게 생각하는 거야?"

"동감입니다! 우리 감독님 너무 예뻐요!"

막내는 동조했지만 퍼스트는 현실주의자였다.

"매력이 백이라도 우리 감독님은 노가다 현장 잡부야, 선우장주는 이 바닥 최고 권력자고. 게다가 그 양반 걸을 때마다 발에 치이는 건 뭐? 여신!"

선우장주를 실제로 본 적 없는 막내는 호기심 어린 얼굴로 물었다.

"그분, 소문만큼 대단해요?"

"소문보다 더 대단하지. 눈 뒤집히는 비주얼도 비주얼이지만 그 양반은 권력의 아우라 때문에 내로라하는 배우도 그 앞에선 다 '꺼져' 야."

"무엇보다 상견례 때 이호재 깠잖아?"

이렇게 시작된 그녀들의 수다는 활활 불붙기 시작했다.

"이호재 감독은 먼젓번 영화에서도 스크립터 건드렸다면서요?"

"암요. 다크호스 감독이 지휘하는 현장이라 다들 쉬쉬하고 은폐해서 결국 스크립터만 이 바닥 떠났잖아. 겁나 짜증 나, 그 인간!"

"변태란 소문도 있던데 맞아요?"

갓 현장에 발 들인 막내는 아는 것도 많았다.

"듣기론 성관계 전후로 상대방 배 위에다가 똥 싼다고 하드라!"

"어맛! 말도 안 돼!"

막내는 경악했지만 벌써 이 바닥에서 3년째 굴러먹은 서드는 은밀한 표정으로 말했다.

"오줌 싼다는 놈들 얘기는 천지야. 조심해, 막내!"

"맙소사! 그런 놈들 천지면 무서워서 어떻게 남잘 만나요?"

이에 퍼스트는 명답을 내놓았다.

"처음 만났을 때 물어봐. 저기 실례지만 오줌, 똥은 어디에 싸세요?"

까르륵 깔깔.

세 여자는 자지러졌지만 소위 남초 세계인 영화판에서 분명 약자인 그녀들은 사실 떨떠름했다.

"일들 하자."

각자 자리로 들어와 앉은 그녀들은 분업화된 일에 열중했다. 그렇게 정오가 지나고 오후 3시가 되었다. 하지만 영재는 그때까지도 나타나지 않았고, 다시 통화를 시도한 퍼스트는 역시나 연결이 안 되자 2층을 빤히 올려다보다가 벌떡 일어났다.

"올라가 볼게."

빠르게 2층으로 올라간 퍼스트는 굉장히 적막하게 느껴지는 집 안을 살피며 영재를 찾았다.

"감독님?"

그렇게 세 차례쯤 불렀을 때였다. 침대의 새하얀 누비이불이 부스럭거리더니 그 안에서 끙끙 앓는 소리가 났다. 식겁한 퍼스트는 얼른 달려가 이불귀를 쳐들었다.

"감독님?!"

이불 속 영재는 땀으로 범벅된 채 새우처럼 몸을 잔뜩 웅크리고 끙끙 앓고 있었다.

"세상에나! 감독님, 대체 어디가 아픈 거예요?"

"몸…… 몸살 같아."

게다가 아랫배와 그 밑이 마치 칼로 베는 것처럼 에이고 아려 숨이 다 컥컥 차올랐다.

"……몇…… 시야?"

"3시요!"

"……미……쳤어."

가까스로 일어나 앉은 영재는 당장 병원에 가자는 퍼스트를 진정시켰다.

"……일단 씻고 내려갈게. 커피 좀 부탁하자."

"어머! 손은 또 왜 이래요, 감독님?!"

그제야 손등의 통증도 알아차린 영재는 별일 아니라며 퍼스트를 내려 보냈지만 정말 성한 곳이 한 군데도 없는 그녀는 악 소리 날 만큼 아픈 아랫배를 부여잡고 기다시피 욕실로 들어갔다.

쏴아.

둥근 샤워 헤드에서 따뜻한 물줄기가 쏟아져 내렸고, 영재는 엄청난 하복부의 통증에 어금니를 꽉 깨문 채 물을 맞았다. 한참을 그렇게 고통스러워하던 영재는 김 서린 거울을 힘없이 슥 문질렀다.

뿌연 거울 속의 영재는 우울했다. 뼛속까지 우울했다. 그의 약혼녀에게 미안했고 그럼에도 그가 욕심나는 스스로에게 혐오감도

들었다. 이 가슴에 담긴 사랑을 떨치기 위해 그에게 짓밟히기로 한 것도, 자신 때문에 죽으려고 했던 그가 가엾고 죽을 만큼 미안해 그가 원하는 대로 할 거라는 의지도 어쩌면 다 핑계고 거짓말인지 몰랐다.

이젠 크랭크 업이라는 그 데드라인, 그 제한적 기한이 하루하루 짧아지는 게 죽을 만큼 싫었다. 여기서 멈출 마음도 결코 없었다. 그러니 이건 분명 앞으로도 그를 사랑할 서영재를 위한 서영재의 욕심이었다!

한편, 오매불망 영재가 내려오길 기다리는 스태프들의 걱정도 이만저만 아니었다.

"다시 올라가 봐야 하는 거 아니에요?"

"설마 욕실에 쓰러져 계신 건 아니겠지?"

"아니, 내려오실 거야, 기다려."

곧 죽어도 괜찮은 척하던 영재를 대강은 아는 퍼스트는 어느새 비가 내리고 있는 밖을 턱짓하며 말했다.

"비 온다."

"느낌 돋겠지?"

영재였다.

"감독님!"

계단을 마저 내려온 영재는 머쓱해하며 말했다.

"미안. 작업 첫날부터."

"괜찮으세요?"

"아니. 병원부터 다녀오자, 나."

"제가 같이 갈게요."

퍼스트는 겉옷을 챙겨 들었지만 영재는 만류했다.

"괜찮아. 슬슬 걸어갔다 올게."

"비 와요, 감독님!"

"그래서 더."

걷고 싶다며 끝까지 고집을 부리는 영재를 심란하게 쳐다보던 퍼스트는 커다란 우산을 영재에게 들려 주고 물러섰다.

"조심히 다녀오세요."

걱정하는 식구들을 뒤로하고 큰 대로변으로 나온 영재는 주변의 산부인과를 찾아갔다. 날씨 탓인지 병원은 한산했지만 진료는 썩 편한 방식이 아니었다.

"급성 질염이에요. 염증도 심하고 상처도 있고. 주사 맞는 게 좋겠어요."

여의사는 키보드를 두드리며 한 가지를 더 처방했다.

"당분간 성관계는 피하세요."

이에 영재는 하마터면 언제까지요? 라고 물을 뻔했다. 섹스 말고는 장주와 상관할 방법이 없는 그녀는 어제부터 급격히 초조해진 자신의 초라한 입장이 오늘 유독 씁쓸했다. 그리고 알아챘다, 질염뿐 아니라 지독한 몸살기도 있다는 걸.

약국에 들러 처방받은 약을 사서 막 나오는데 문자 한 통이 왔다.

[손등 한번 밟혔다고 안치실에 누워 있는 시체한테 문자까지 보내는 내가 제정신이 아닌 건 알겠지, 서영재 감독님?]

순간 정신이 번쩍 난 영재는 비명을 삼켰다. 미팅!

얼른 클러치 백에서 전화길 꺼내 천재림에게 전활 했다. 하지만 연결되지 않았다. 집으로 돌아오는 내내 통활 시도했지만 연락이 닿지 않았다. 정말이지 죽을 맛이었다. 일단 문자라도 보내려고 하는데 저쪽에서 붉은색 고급 세단이 위험천만한 속도로 달려오더니 영재 앞에 위협적으로 멈춰 섰다.

끼익!

튀는 빗물에 영재는 눈살을 찌푸렸는데 운전석에서 고상하게 우산을 쓰고 내린 고재인은 비웃음 어린 입가를 실룩거렸다.

"내가 들을 얘기가 있어서."

일부러 듣는 귀 많은 작업실로 찾아왔음을 짐작한 영재는 그녀를 나무라지 않았다. 자신은 어제 그녀의 남자를 찾아갔으므로.

"들어오세요."

순순히 안으로 들이는 영재를 따라 들어간 재인은 꽤 감각적인 풍경의 작업실을 빠르게 훑었다. 그러다 스태프들과 눈이 맞았지만 최소의 눈인사도 하지 않은 그녀는 건방지게 쳐든 그 턱을 획 돌렸다. 처음엔 스타의 방문이 반갑고 놀랐던 그녀들은 그 싸가지 없는 여배우 덕에 결국 느낌을 잃었다. 망할!

영재는 주방의 홈 바 테이블 한쪽에 클러치 백과 약 봉투를 내려놓고 정수기에서 물을 받았다. 재인은 곧장 따져 물었다.

"너, 장주 씨와 언제부터야?"

작정하고 찾아온 재인은 반말로 하대했다. 스태프들은 기염을 토했지만 영재는 그 고약한 말버릇보다 질문 자체가 무척이나 씁쓸했다. 언제부터라고 해야 할까…….

……찌익.

약포지 하나를 찢어 알약 네 알을 물 한 컵과 꿀꺽꿀꺽 삼킨 영재는 자신을 간신히 참고 있는 재인을 무심히 응시한 채 말했다.

"〈낭자〉 계약서에 사인하던 날부터."

그러리라 짐작한 재인은 차갑게 빈정거렸다.

"넌 결국 그 몸뚱이 주고 천재림 사단에 낀 거구나?"

시작은 이호재 영화를 살리기 위해, 그러나 이젠 선우장주를 사랑하는 까닭에 몸 노릇을 할 수 있는 영재는 애써 차분하게 변명했다.

"난 아닌데 상황이 그러네요."

그 뻔뻔함에 재인은 차갑게 입술을 비틀었다.

"쌍년, 본데없고 막돼먹은 년, 딱 너 같은 년."

순간 당황한 영재는 말을 잃었고, 스태프들 역시 얼이 빠졌다.

"서영재, 내가 왜 왔게? 너 어제 나한테 사과 안 했잖아? 지금 무릎 꿇고 빌어. 잘못했다고."

영재는 자신이 어떤 마음을 먹고 있는지를 생각하면 당연히 빌어 마땅하다 생각했다. 하지만…….

"고재인 씨, 나 사과 안 해. 난 나도 불쌍하거든."

"뭐?"

"난 그 남자를 길어야 1년 도둑질하는 것뿐이야, 그것도 그가 제안한 계약하에."

철썩!

재인은 뺨을 후려쳤고, 스태프들은 경악해 소리쳤다.

"감독님!"

처지 한번 대단해진 영재는 후끈거리는 뺨 위로 흐트러진 머리칼을 귀에 꽂으며 침착한 태도로 재인을 쳐다봤다. 그 옹고집 같은 태도가 더 열불 나는 재인은 또다시 뺨을 후려쳤다. 그리고 마치 기합을 주듯 얼굴의 모든 근육에 힘을 주고 소리쳤다.

"난 누구?! 넌 누구?!!"

여배우의 값비싼 하이힐, 그 밑바닥의 먼지쯤의 대답을 강요하는 재인을 싸늘하게 응시하는 영재의 내면엔 사실 아무런 힘이 없었다. 선우장주의 약혼녀란 사실 하나만으로 이미 충분히 버거운 존재인 고재인은 이 순간에도 미치도록 부러운 여자였고, 서영재를 세상 초라하고 비참하게 만들었다. 맞서 싸울 무기는 없었다, 이런 발칙한 수 말고는.

옆에 있던 클러치 백에서 전화기를 꺼낸 영재는 다이얼과 스피커 설정 키패드를 누른 채 테이블 위에 내려놨다. 전화는 연결됐고 재인은 크게 비꼬았다.

"왜, 경찰 부르게?"

하지만 이름 없는 11개의 숫자에 두 눈이 휘둥그레진 재인은 숨이 턱 막혔다. 동시에 저 너머의 상대는 전활 받았고.

— 음.

그였다. 어질해진 재인은 앙큼한 짓을 벌인 영재를 죽일 듯 노려봤다. 하지만 영재는 자신이 하려는 짓을 멈추지 않았다.

"장주 씨. 나 아까 병원 갔었어, 질염이래."

순간 재인의 입에서 헉 소리가 터졌다. 스태프들 역시 입이 쩍 벌어졌지만 선우장주의 대답은 훨씬 원초적이었다.

— 어젯밤에 내가 너무 빨았나?

재인의 얼굴은 하얗게 질렸고, 영재는 더욱 악의적으로 굴었다.

"나도 어젠 좋았는데 지금은 몸이 많이 불편해. 그러니까 내 앞에 있는 당신 약혼녀 데려가, 당장."

이에 장주는 침묵했고, 그 침묵에 목이 졸리는 재인은 그 볼륨감 넘치는 몸을 바르르 떨었지만 사실 진땀 나긴 영재도 마찬가지였다.

당장이라도 그가 쫓아와 약혼녀의 자존심을 챙겨 줄지도 모른다는 서글픔과 어쩌면 이 일로 크랭크 업은 고사하고 오늘부로 서영재를 아웃시킬지도 모른다는 불안감에 겁이 났다. 그런데 그가 쿡쿡 웃더니 한숨 섞인 목소리로 말했다.

— 내가 바빠서 데리러 가진 못하겠고……. 재인아?

핏대가 선 두 눈을 천천히 내리깔며 전화기를 응시하는 재인의 목울대가 크게 울렁거렸다. 하지만 그의 말은 상상을 초월했다.

— 네 앞에 있는 그 여자 말이야, 5년 전에 가차 없이 날 버린 여자야. 그 말인즉슨 네 상대가 안 되겠지? 거기서 조용히 나와.

재인은 말할 것도 없고, 영재의 표정도 심하게 흐트러졌다. 당신 굳이 그 얘길!!

곧 전화는 끊어지고 영재와 재인, 그 두 사람 사이엔 둘 다 견디기 버거운 적멸감이 같은 것이 팽팽하게 들어찼다.

"……네, 네가."

말을 제대로 못 하는 재인의 두 눈이 배신감으로 붉게 젖었다. 네가 한때는 선우장주의 여자였다? 게다가 버렸고? 그런데 지금 다시…… 침대에서 그를 상대해?!

서영재의 정체를 하나씩 따져 곱씹을수록 살이 떨리는 재인은 어금니를 꽉 깨문 채 잇새로 말했다.

"사……실이야?"

순간 뭐라고 해야 할지 망설이던 영재는 무겁게 고갤 끄떡였다. 그러자 재인은 앞에 있는 머그잔을 위협적으로 잡아 쳐들었다. 스태프들은 비명을 질렀지만 영재는 눈 하나 깜짝하지 않았다. 그녀를 이해했다.

차마 머그잔을 그 잘난 얼굴에 꽂지 못한 재인은 그 손을 부들부들 떨며 말했다.

"너, 다시 그의 여자라도 되겠다는 거야?"

"그럴 리가."

단호하게 대답한 영재는 당돌한 말을 덧붙였다.

"당신 약혼자에게 가서 날 정리하라고 얘기해."

이건 크랭크 업까지는 절대 그와 끝낼 생각이 없는 영재가 그런 파렴치한 자신을 막는 마지막 브레이크 같은 것이었는데 재인은 본능적으로 알았다. 서영재는 결코 정리될 여자가 아니라는 걸.

그래도 이 사실을 서영재가 눈치채게 하고 싶지 않았다. 선우장주와의 결혼을 포기할 마음이 없는 이상.

"서영재, 즐겨."

갑자기 태도를 바꾼 재인은 지긋지긋해 터지는 한숨을 토하며 말했다.

"옛 여자라는 사실이 이색적이긴 하다만, 사실 너도 내가 이제껏 설거지해 온 그의 수많은 여자와 별반 다르지 않아. 골칫덩어리라고. 그러니까 너어, 그냥 우리 그이 만나. 어차피 그는 또 다른 여잘 찾아갈 테니까 너 스스로도 불쌍하다고 한 그 몸뚱어린 좀 사려 가면서. 응?"

그의 바람기를 고발하고 충고까지 아끼지 않은 재인은 제법 꼿꼿하게 서 있는 영재를 가소로운 듯 비웃으며 돌아섰다. 하지만 밖으로 나온 재인의 얼굴에선 느긋함도, 여배우의 도도함과 그 화사함도 찾아볼 수 없었다. 거무칙칙했고 텅 비어 있었다.

— 네 앞에 있는 그 여자 말이야, 5년 전에 가차 없이 날 버린 여자야. 그 말인즉슨 네 상대가 안 되겠지?

그에게 서운하고 못마땅한 게 한둘이 아니어서 수없이 자존심은 상했어도 지금처럼 불안했던 적은 단 한 번도 없던 재인이었다. 모두가 눈부시다고 말하는 여배우에게 사소한 스킨십 한번 없기에 선우장주와 여자는 절대 관계 불능이라고 생각했는데 '옛 여자' 라니?

"날 미쳐 날뛰게 하지 마, 선우장주."

기꺼이 약속까지 주면서 마음은 주지 않는 그가 절대 주지 말아야 할 또 한 가지는 정혼자, 그 자리에 대한 불안감이었다. 그렇기에 그를 '버렸던' 여자, 서영재가 던지는 의미는 너무 많고 무서웠다.

부웅!

집 앞에 붉은 고급 세단이 완전히 사라질 때까지 석고상처럼 우두커니 서 있던 영재는 종합 감기약 두 알을 입에 넣고 삼키더니 힘없이 주저앉았다.

이 상황에 어줍지 않게 참견할 수도 없는 스태프들은 애써 모른 체했고, 그래 주는 그녀들이 고맙고 또 창피해 면목 없는 영재는 혼자 덩그러니 있는 것처럼 넋을 놨다. 그리고 값싼 쌍년 티를 풀풀 냈던 자신의 태도를 곱씹었지만 나무라진 않았다. 서영재는 이미 '재' 덩어리였다.

발로 쓴 시나리오에 화가 머리끝까지 치밀던 차에 영재의 전화 받았던 장주는 대단히 실망감을 안긴 최고 자산들을 사납게 직시한 채 말했다.

"서영재가 내 약혼녀 앞에서 전화 했어, 그것도 스피커폰으로. 그러더니 질염이래."

그 배짱 두둑한 서영재가 누구인지 단박에 알아챈 브레인들은 어젯밤 선우장주의 격렬했던 정사를 떠올리는 눈치들이었다. 그러자 장주는 더욱 위압적인 목소리로 말을 이었다.

"애는 5년 만인데도 날 이토록 만족시켜, 미치도록, 머리칼이 쭈뼛 서도록, 당장이라도 뛰어가서 끌어안고 싶을 정도로. 그런데 니들이 안 그러면 곤란하지."

상대가 그 누구든 쉽게 기를 꺾어 버리는 이 냉정한 사업가는 그들의 피와 땀을 쓰레기통에 처박아 버리고 말했다.

"일주일 뒤에 다시 가져와."

쓰레기통이 먹어 삼킨 러닝 타임 125분까지의 스토리를 생각하면 내장까지 씁쓸한 브레인들이지만 얼음 가루가 뚝뚝 떨어지는 선우장주의 뒷모습에도 불만을 토하지 않았다. 영화에 관한 한 그의 감각을 따라갈 자가 없었고, 상한 그의 심기만큼 그들의 천재적 창조 능력을 저하시키는 것도 없었다. 죽고 못 사는 영화가 재미없어지는 순간이었다.

그러나 자기 방으로 돌아가는 선우장주는 분명 웃고 있었다. 시나리오는 못마땅했고, 가히 예상대로 서영재를 찾아간 고재인도 뻔하고 식상했다. 하지만 범주를 벗어난 서영재의 대처 능력은 정말이지 탄복할 지경이었다. 끝내주는 서영재!

2년 전, 그러니까 귀국해서 병원을 오픈했을 즈음 우연히 길에서 마주쳤던 남동생이 그 후로 연락도 없다가 갑자기 찾아오자 가영은 전혀 반갑지 않았다. 아니, 정확히 말하면 잔뜩 심란한 동생의 얼굴이 반갑지 않았다.

"왜, 아버지 돌아가셨니?"

심드렁한 태도로 아무 말이나 탁탁 내뱉는 누나가 여전히 못마땅한 남동생은 시비조로 말했다.

"고인한테 불효할 일 있어? 아버지가 돌아가셔도 누난 안 불러."

이처럼 친정에서 이방인이 된 지 오래지만 단 한 번도 그때의 자신의 선택을 후회한 적 없는 가영은 그 어수선한 남동생의 얼굴을 빤히 쳐다봤다. 할 말 하고 가란 뜻이었다. 이에 발끝에서부터 끌어올린 듯한 한숨을 토한 남동생은 통렬해하며 말했다.

"누나 딸이 UK그룹의 손자와 엮였어, 청기와의 선우장주!"

기겁하는 동생을 보며 코웃음 친 가영은 시큰둥하게 말했다.

"어떻게 알았니, 아직 공식 발표도 안 했는데?"

"뭐?"

어리둥절해하는 동생을 보며 그 찾아온 이유를 쉽게 가늠한 가영은 무정하게 말했다.

"들볶으러 왔나 본데 실랑이하고 싶지 않으니까 돌아가."

그러자 하! 하고 기찬 소릴 토한 남동생은 일그러진 얼굴로 말했다.

"그러니까 지금, 누나 양딸 얘기하는 거야?"

"내가 재인이 말고 딸이 또 어딨……."

순간 가영의 머릿속에 불편한 목소리가 울렸다. 안녕하세요, 엄—마?

"……설마, 영재?"

"네 양딸, 선우장주하고 공식적인 사이 되냐?"

위아래 없는 동생의 태도에도 가영은 먹물이 튄 생각과 마음을 뒤로하고 엄중한 태도로 물었다.

"영재하고 선우장주, 대체 어떻게 엮였어?"

쾅!

"야, 이서영!"

테이블을 내리치며 위협적으로 일어난 남동생은 무섭게 역정을 내며 소리쳤다.

"너 진짜 인생 이따위로 살래?! 어떻게 청기와와 사돈 될 생각을 해, 감히 네가?!"

아무리 비난해도 양딸의 결혼은 그녀 자신도 버린 그 이름, 이서영과는 아무 상관 없었다. 지금 중요한 건 딱 하나, 이것뿐이었다.

"영재, 선우장주하고 어떤 사이야?"

소름 끼치게 침착한 누나를 보며 남동생은 문득 이런 생각이 들었다. 양딸, 친딸이 한 남자에게 상관되는 이 기상천외한 일이 어쩐지 윤가영의 삶에 기워진 이서영의 삶이란 생각.

"내가 유명 바에서 하나밖에 없는 조카가 선우장주와 섹스하는 걸 봤네?"

순간 가영의 두 눈이 휘둥그레졌다.

"막말로 내 조카가 몸 파는 여자라 쳐도 그 상대가 선우장주라면 꽤 충격적이잖아?"

그래서 달려왔는데 양딸을 내세워 청기와의 사돈 될 생각을 하고 있는 누나라니, 진절머리가 나는 남동생은 차갑게 비방했다.

"꿈에 나올까 무섭다, 너."

"그만 가라."

"더 있으래도 못 있어. 구역질 나서."

쾅.

심사가 제대로 뒤틀린 남동생이 그렇게 가 버리고 진료실은 적막해졌다. 가영은 오도카니 쳐다보던 커피 잔으로 손을 뻗었다.

달그락.

손끝이 떨리더니 잔이 접시에 부딪쳤다. 손에 힘을 주고 따뜻한 커피를 삼켰지만 쓰디쓰게 그녀의 목구멍을 쓸고 내려갔다.

"……섹스를 했다. 선우장주가?"

결코 쉬운 일이 아니라 냉정하게 중얼거리며 커피 잔에 막 입을 댄 가영은 갑자기 두 눈을 번쩍 떴다.

'그녀가 내 페니스를 잡고 귀두부터 핥다가 삼켰을 때 피가 거꾸로 솟는 것 같았어. 그 입을 찢어 죽여 버리고도 싶었지만 그 쾌감을 포기할 수 없더군.'

쨍그랑!

커피 잔을 놓친 가영은 그 손을 후들후들 떨었다. 18년 전에 버린 친딸에 대해서는 아는 바 없어도 선우장주, 그에 관해서라면 충분한 데이터를 가지고 있는 가영이 아닌가.

"그럴 리가 없어……. 영재가 그의…… 그녀일 리 없어……!"

◇ ◆ ◇

해가 기운 저녁, 밖에선 굵은 빗줄기가 쏟아졌지만 이미 느낌을 잃고 의욕 상실한 스태프들은 하루 종일 제자리인 작업보다 점점 형편없어지는 영재의 안색이 더 걱정이었다.

"감독님, 올라가서 좀 쉬세요."

보다 못한 퍼스트가 걱정스레 말하자 모두들 재촉했지만 내일 있을 2차 PT 준비를 다 끝내지 못한 영재는 그 완벽주의 성격상 쉴 수도 없었다.

"올라가서 세수나 하고 내려올게."

영재는 단 10분이라도 식구들 편하게 해 줄 생각으로 2층으로 올라갔다. 그러자 세컨이 흥분을 감추지 못하고 말했다.

"그러니까 우리 감독님이 UK픽처스 대표의 연인이었다는 거잖아요?"

기다렸다는 듯이 서드가 받아쳤다.

"지금도 섹스는 하는 사이고요!!"

"꺄악!"

신이 난 그 두 사람을 한심스레 쳐다보던 퍼스트는 심드렁하게 말했다.

"니들이 선우장주의 옛 여자였어, 지금 섹스하길 해? 대체 뭐가 그렇게 좋아?"

"아니이, 지금도 우리 감독님이랑 선우 대표랑 그렇고 그런 사이라니까 괜히 마음이 들떠서 그렇죠. 그리고 아까 분명 우리 감독님이 고재인한테 흠씬 두들겨 맞은 것 같은데 어쩐지 고재인이 쥐어 터지고 간 기분이랄까? 암튼 우리 감독님, 선우 대표랑 잘됐으면 좋겠어요!"

하지만 퍼스트는 납득할 수 없었다. 약혼녀를 두고 옛 연인과 만나 육체적 행위만 한다는 그 남자를. 그리고 다른 건 몰라도 자신이 지켜봐 온 서영재란 여자는 무턱대고 그런 정신 빠진 짓을 할 리 없다는 신념 아닌 신념에 괜히 마음이 불쾌하면서도 걱정됐다.

"정신 차리고 그만 일들 하자."

그때였다. 바깥 저쪽에서부터 라이트가 비치더니 묵직한 차체가 작업실 앞에 정차했다. 곧 뒷문이 열리고 누군가 내려섰다. 이내 그의 정체를 알아챈 퍼스트는 당황한 얼굴로 중얼거렸다.

"선우장주."

그런데 이상했다. 차는 곧 사라졌고 우산도 없이 빗속에서 우두커니 서서 작업실을 빤히 응시하고 서 있는 선우장주는 평소처럼 완벽한 슈트 차림도 아닐뿐더러 분위기 자체가 헝클어져 있었다. 아니나 다를까 그는 발을 떼자마자 크게 휘청거렸다.

"막내야, 감독님 불러!"

하지만 영재는 이미 계단 한가운데 서 있었다. 휘청거리며 빗속을 걸어오는 선우장주를 냉랭한 태도로 지켜보는 그녀의 가슴은 뜨겁게 뛰면서도 맥이 빠졌다. 당신, 나 야단치러 왔어? 그리고 끝내게?

그 이유가 아니면 찾아올 이유가 없음에도 그 이유가 아니길 바라는 그녀의 마음은 더 스산해졌다.

위태한 걸음으로 테라스 난간에 올라선 장주는 바짝 긴장한 스태프들의 인사에는 아랑곳도 않고 저 계단 한가운데 서 있는 영재를 향해 으르렁거렸다.

"감히 내 약혼녀 앞에서 나와 섹스했다고 까발려? 너도 참 악랄하다!"

스산하던 영재의 가슴이 시큰거렸다. 하지만 그 비난이 아무렇지도 않은 척, 그의 출현에 바짝 얼어 있는 스태프들부터 얼렀다.

"오늘 고생 많았어. 가서 쉬고 내일 보자."

스태프들은 서둘러 겉옷을 챙겼고, 그사이 작업실 안으로 완전히 들어온 장주는 본체만체하는 영재를 향해 걸어갔는데 이렇게 알코올에 쩔어도 근사한 남자가 고재인이 몰고 온 후폭풍이라 생각하니 스태프들은 쉽게 발이 떨어지지 않았지만 걱정 말고 가라는 영재의 눈짓에 사라질 수밖에 없었다.

식구들이 사라지자 그나마도 한시름 놓은 영재는 한 칸 아래의 계단까지 올라서는 장주를 사나운 눈초리로 찔렀다. 헌데 멱살이라도 잡을 것 같던 그가 갑자기 순수한 소년처럼 히죽 웃었다. 당황한 영재는 눈살을 찌푸렸고, 이에 또다시 히죽 웃은 장주는 그녀의 뒷머리로 한 손을 뻗어 잡더니 잔인한 주정을 했다.

"사랑한다 해 봐, 서영재."

순간 머리가 쭈뼛 선 영재는 지독한 적의 어린 시선을 던졌지만 그는 뒷목을 쓸어내리던 손을 뺨으로 옮겨 비비적거리며 또 주정했다.

"내가 와서 좋다고 말해 봐, 서영재."

속을 내보이자면 그보다 더 많은 말들이 있는 영재는 그것들을 더 깊이 꾹 눌러 담으며 신랄하게 비웃었다.

"똑바로 봐, 나 서영재야?"

순간 그의 눈동자가 차갑게 흔들렸다. 그러자 그의 손을 차갑게 쳐 낸 영재는 더 악랄한 표정으로 똑똑히 상기시켰다.

"나, 서영재라고."

술 취했어도 이쯤 하면 욕을 실컷 하고 돌아서 나가겠지 했다. 하지만 장주는 참을 수 없는 괴로움에 얼룩진 얼굴로 신음하듯 말했다.

"내가 또 흔들려, 이 잔인한 년아."

순간 가슴이 철렁 내려앉은 영재는 온종일 씨름했던 그 우울감마저도 불쌍해 새된 목소리로 소리쳤다.

"나, 서영재라고!"

"그러니까 너도 흔들려 주면 안 되겠냐고!!"

고압적으로 소리친 장주는 비통에 찬 목소리로 말했다.

"버림받고도 또 흔들리는 이 불쌍한 새끼한테 너도 한 번쯤은 흔들리는 척해 주면 안 되나?"

영재는 지금 자신이 무슨 헛소릴 듣고 있는 건지 정신을 차릴 수 없었다. 분명 미친 듯이 뛰는 가슴을 느끼면서도.

"척? 아니, 불쌍하니까 꺼져, 선우장주."

영재는 싸늘한 비웃음까지 흘렸지만 다리가 후들거려 더는 서 있을 수 없어 2층으로 도망치려 했다. 그때였다. 그가 갑자기 박장대소했다. 영재는 얼이 쪽 빠졌다.

"당, 당신……?"

"그러게 왜, 내 약혼녀 앞에서 함부로 입을 놀려, 네까짓 게 뭐라고?"

숨이 턱 막히는 그의 우롱에 손을 쳐든 영재는 차마 그를 때리지 못했다. 그러자 그는 인내심 강한 그녀의 손을 가만히 쥐어 제자리에 놓아 주며 말했다.

"질염이라니 섹스는 글렀고……. 오늘은 네 침대만 빌리자?"

끝까지 악랄하게 그녀의 비위를 건드린 장주는 버젓이 2층으로 올라갔다. 물론 그건 서영재와의 계약이 유효하다는 뜻이었다. 그 난리를 치고도 유지되는 관계라니 기막히지만 다행이란 생각, 그리고 이 수모를 당하고도 그를 내쫓지 못하는 몰래 뛰는 심장의 두근거림을 멈출 길이 없는 영재는 그대로 계단에 주저앉았다. 부디 그가 잠든 뒤에라도 뛰어 올라가지는 마라, 서영재!

07

블랙팬텀 대시 보드에 비스듬히 솟은 아날로그시계가 6시를 가리키자 뒷좌석에서 슈트 백을 꺼낸 시현은 아직 인기척이 없어 보이는 작업실을 향해 천천히 걸음을 옮겼다.

집 안에 미등조차 없기에 벨을 누를까 하다가 1층 테라스 난간으로 올라선 그는 폴딩 도어 너머로 보이는 작업실 풍경에 얼핏 눈살을 찌푸렸다. 목공 노동 현장이 따로 없었다.

바닥엔 크기도 다양한 목재들과 공구, 페인트 통들이 너부러져 있었고, 커다란 책상용 테이블 위엔 10개도 더 되는 머그잔과 미술 도구, 노트북, 또 공처럼 구긴 종이 나부랭이들로 어질러져 있었다. 그러나 진짜 눈 뜨고 봐 줄 수 없던 건 부엌의 홈 바 테이블 그 아래에 웅크리고 앉아 있는 서영재였다. 물론 선우장주 그는 예상한 상황이리라.

어젯밤, 빗속 그 어둑한 차 안에 잠시 앉아 있던 선우장주는 옆 좌석에 뒀던 독한 럼주를 딱 한 모금 입에 머금은 채 재킷과 타이를 벗어 던졌고, 완벽하게 스타일링했던 머리도 손으로 마구 헝클어뜨린 후 차에서 내렸다. 그리고 비틀거렸다, 결코 취할 리 없는 그가.

똑똑.

도어를 노크한 시현은 힘없이 몸을 펴는 영재에게 정중히 인사했다. 이에 2층을 힐끗 쳐다보던 영재는 무겁게 일어나 도어를 열어 주었고 시현은 슈트 백을 내밀었다.

"대표님께서 조찬 모임이 있으십니다."

검은색의 슈트 백을 건네받은 영재는 그의 비서인 시현의 존재가 크게 의식됐다. 아니, 더 정확히 말하면 그가 어떤 식으로 서영재를 인지하고 있을지 걱정스러운 건지도 몰랐다.

"커피 한잔 드릴까요?"

하지만 정중히 거절한 시현은 차로 돌아갔고, 슈트 백을 한참이나 쳐다보고 서 있던 영재는 2층으로 올라갔다.

침대 끄트머리에 앉아 있던 장주는 계단을 올라오는, 밤새 아래층에서 달그락대던 영재의 푸석한 얼굴을 무정하게 쳐다봤다. 취한 척한들, 그래서 잠든 척한들 서영재는 들여다봐 주지 않을 거라는 걸 확신하고도 이제야 나타나는 영재에게 섭섭한 마음이 드는 장주는 시선도 주지 않은 채 테라스 쪽으로 가는 영재에게 퉁명하게 말했다.

"혹시 어제 내가 실수했나?"

전신 거울에 슈트 백을 걸쳐 둔 영재는 거울 속의 그를 냉담히 쳐다보다가 가만히 돌아서서 말했다.

"실수는 내가 했지. 약혼녀 앞에서 그런 전화 한 거 사과할게."

그러자 장주는 냉정하게 낮놀림하며 말했다.

"아냐, 내 약혼녀가 오버했어. 고작 몸만 섞는 너한테."

순간 영재의 목구멍에 고통의 덩어리 같은 것이 걸렸다. 그의 말대로 선우장주에게 서영재는 그가 자유롭게 애용할 수 있는 '여체' 말고는 다른 수식어가 없었다. 그래서 이 몸뚱어리가 그 속에 무얼 담고 있는지 토로할 길이 없는 영재는 성큼성큼 걸어가 그의 뺨을 후려쳤다.

철썩!

그리고 소리쳤다.

"당신도 오버하지 마. 고작 몸만 섞는 나와의 5년 전 얘기를 굳이 할 필욘 없었어!"

그의 얼굴이 차갑게 얼어붙었다.

"이런!"

화가 난 그는 손을 쳐들었다. 그러나 영재는 눈 하나 깜짝하지 않았고, 이에 하! 하며 화를 삭인 그는 그 쳐든 손으로 영재의 뒷머리를 꽉 움켜잡으며 빈정거렸다.

"대체 뭐가 거슬리셔서 나를 치시나? 내 약혼녀 앞에서 전화한 건 너고, 그 얄팍한 수를 받아 준 건 난데 고재인이 아닌 네가 날 쳐? 왜? 고작 몸이라고 해서?"

순간 마음을 들킨 영재는 대답을 못 했고, 이에 흥미로운 웃음을 흘린 장주는 그녀의 뒷머리를 더 세게 쥐고 당기더니 그녀의 말간 피부 위의 이목구비를 하나씩 빨아 삼키듯 응시하며 조롱했다.

"설마, 몸 말고 다른 것도 되고 싶나, 천하의 서영재가?"

순간 눈시울이 벌게진 영재는 다행히 비웃음을 잊지 않고 터뜨렸다. 그리고 반격했다.

"천하의 서영재가 설마 남자가 없어서?"

그 악녀 같은 표정에 그의 눈동자가 차갑게 그늘졌다. 서로가 서로에게 비참한 노력을 하고 있는 이 사랑에 그는 아팠다.

"이래서 흔들리나, 내가 너한테?"

무서운 눈빛으로 자조하며 말한 그는 흔들린다는 말에 크게 당황한 영재의 턱을 살며시 이로 물었다. 순간 침을 꼴깍 삼킨 영재는 사납게 경고했다.

"키스하지 마!"

그러나 그는 무시한 채 영재의 입술을 삼켰다. 그리고 강하게 빨며 그 안으로 혀를 밀어 넣었다. 절대 거부하지 못하도록 그 커다란 두 손에 그녀의 얼굴을 가둔 채 마치 굶주린 것처럼 맹렬하게 그녀의 입속을 빨았다.

영재의 검은 눈동자엔 슬픔만 얼룩졌다. 이 잔인한 순간들이 차곡차곡 쌓여 그에게 기대감을 갖게 한다는 걸 알기에.

"읍!"

작은 비명과 함께 즉시 입술을 뗀 장주는 비릿한 피 맛에 인상을 썼다. 그를 야만인쯤으로 취급한 영재는 그의 타액으로 범벅이 된 입가를 손등으로 거칠게 닦으며 말했다.

"하지 말랬잖아!"

얼얼해진 혀의 감각에 장주는 거친 목소리로 중얼거렸다.

"예나 지금이나 성질하고는."

"당장 내 집에서 나가!"

온몸으로 소리치는 영재를 알 수 없는 눈빛으로 가만히 쳐다보던 장주는 옆으로 고갤 돌린 채 얼굴을 한 번 일그러뜨리더니 조용히 계단을 내려갔다.

영재는 두 손으로 시큰거리는 눈을 꾹 눌렀다 뗐다. 그러자 그의 슈트 백이 눈에 들어왔다. 밤새 기나긴 전쟁을 치른 그녀가 얻은 건 그의 슈트 한 벌이었다. 그걸 바라보고 서 있던 영재는 2층 테라스로 터벅터벅 나갔다.

블랙팬텀은 이미 멀어지고 있었다. 그런데 갑자기 그녀의 시야가 흐릿해지더니 세상이 뱅뱅 돌기 시작했다. 그녀는 휘청거렸다. 얼른 난간을 붙든 영재는 머리가 깨질 듯한 두통에 천천히 밑으로 주저앉았다.

수면 부족에 카페인 과다 섭취, 그래서 송곳처럼 날카롭게 곤두선 신경. 그리고 이런 와중에도 한도 끝도 없이 커져만 가는 그를 향한 애욕…….

이 모든 것이 그녀를 엉터리로 만들었다.

아니, 선우장주가 원하는 서영재를 그녀 스스로가 깨우고 있는 중이었다.

◇ ◆ ◇

뷰티 숍 가운을 걸친 재인은 화려한 조명으로 둘러싸인 거울 앞에 앉았다. 뜬눈으로 밤샌 티가 나는 까칠하고 푸석한 그 못마땅한 얼굴에 차가운 팩이 덮였다.

찰나의 시원함. 하지만 그뿐이더니 갑자기 얼굴 없는 하얀 가면을 쓴 것 같은 기분과 함께 분명하고 또렷하게 영재의 얼굴이 떠올랐다.

화장기 전혀 없이도 예쁘장한 이목구비에 꽉 들어차 있는 당당한 표정, 까랑까랑한 목소리의 힘 있는 말투, 늘씬한 몸에서 풍기는 여성적이며 내추럴한 분위기…….

'망할 놈의 팩!'

신경질적으로 팩을 잡아떼 버린 재인은 마치 불안이 극에 달한 사람처럼 숍 실장을 닦달했다.

"도도한 느낌으로 하자! 아니, 자연스럽게? 아니, 무드 있게? 아니, 아니야!"

자신은 고재인이었다, 네티즌들이 가장 예쁘다고 하는 여배우!

"나답게 해 줘. 가장 고재인스럽게."

오늘따라 더 극성떠는 여배우의 지랄에 잠깐 돌아서서 입을 삐죽거린 실장은 이내 그녀의 비위를 맞춰 가며 세밀한 손길로 명실상부한 여배우의 색을 입히기 시작했다. 하지만 여배우의 속은 문드러지고 불편한 상념에 괴롭힘 당해 자꾸만 이맛살을 구켰다.

'당신 약혼자에게 가서 날 정리하라고 얘기해.'

그렇게 바가지 긁을 수 있었다면 그날 9층에서 서영재 대신 선우장주의 뺨부터 쳤을 재인은 옛 연인, 더구나 자신을 버린 여자의 그 능력 위에 군림하면서 섹스를 요구한 선우장주의 진짜 의중이 뭔지 몰라 미칠 지경이었다.

"이야! 재인 씨, 진짜 예쁘다!"

실장의 탄성에 상념이 깨진 재인은 가만히 눈을 떴다. 분명 거울 속 미인은 여배우 고재인이었고, 정오의 태양 같은 여배우의 아우라는 누구나 반할 그런 아름다움으로 찬사는 당연했다. 그러나 선우장주는 단 한 번도 고재인의 아름다움에 관심 갖지 않았다는 사실을 새삼 느낀 재인은 이를 꽉 물었다. 눈먼 자식!

"내 옷 줘."

외투를 받아 걸치는데 전화가 걸려 왔다. 엄마였다. 용건은 짧았다. 내려오렴.

곧장 밖으로 나온 재인은 낯선 차의 뒷좌석에서 손짓하는 가영을 발견했다. 청기와에서 예를 갖춰 보낸 차가 틀림없었다. 당연한 대접이었고 이에 의식적으로 영재를 떠올리며 비웃음을 흘린 재인은 당당히 뒷좌석에 올라탔다.

"예쁘네?"

당연한 말로 추어준 가영은 사실 딸아이의 치장이 힘 있다고 생각지 않았다. 어필의 대상이 바뀐다면야 모를까.

어쨌든 그것도 모르고 애쓰는 딸아이가 내담자의 약혼녀라는 걸 알게 된 순간에도 그의 '그녀'를 경계나 원망, 미움의 대상으로 삼지 않았던 가영은 그만큼 선우장주의 주치의로서 탁월했는데, 어제 남동생이 다녀간 직후부터 그의 '그녀'는 하루 꼬박 가영의 신경에 거슬렸고 청기와로 가는 이 길을 필요 이상으로 심란하게 했다.

얼마 후, 청기와의 진입로가 열리고 조금 더 오르막길을 달리던 차가 완전히 멈춰 섰다. 먼저 내린 재인은 자연스럽게 대문 앞으로 걸어갔고, 그 자리에 가만히 서서 대궐 같은 큰 집채에서 뿜어져 나오는 전통의 엄숙함과 가문의 위엄을 마주한 가영은 가만히 고갤 돌려 고즈넉한 돌담의 저 끝을 바라봤다. 우습게도 30년도 더 된 낡은 기억들이 그녀의 전신을 타고 흘렀다. 마치 어제의 일인 양.

삐거덕.

고풍스러운 청기와의 대문이 열리고 고운 한복 차림의 조모가 나왔다.

"어서들 오세요. 귀—한 걸음 하셨습니다."

"할머니임!"

제집처럼 사뿐히 문턱을 넘어 들어간 재인은 또다시 의식적으로 영재를 떠올리고 비웃으며 조모의 한쪽 팔부터 끌어안았고, 그 다정함에 조모는 후한 점수를 주듯 말했다.

"재인 양, 오늘도 너—무 예쁩니다. 대체 안 예쁜 시간은 언젭니까?"

"없는 것 같은데요, 할머니임?"

애교 있게 넉살 부리는 재인의 다홍빛 입술이 두 귀에 걸렸다. 그 정다운 두 사람을 조금은 냉담한 눈길로 응시하던 가영은 그 낡은 기억들을 기계적으로 잘라 내며 안으로 발을 들였다.

"안녕하셨어요, 어르신? 초대해 주셔서 감사합니다."

"어서 오세요, 안사돈. 예서 뵈니 더 반갑고 좋습니다."

큰 어색함 없는 두 번째 만남이었다.

"오셨습니까?"

저 앞, 별채 쪽에서 걸어 나온 장주는 예를 갖췄고, 이때부터 가영의 모든 감각은 바빠지기 시작했다.

그러나 속이 곪을 대로 곪은 재인은 어제 일은 잠깐 접기로 했는지 자연스럽게 대시했다.

"장주 씨, 오늘 좋은데요?"

권위적인 슈트 대신 편안한 팬츠에 면 니트를 입고, 섹시한 포마드 스타일 대신 이마 위로 자연스럽게 머리칼이 흘러내린 그는 순수한 청년 같아 평소의 거리감은 없고 친숙함으로 끌렸다. 하지만 시선 한 번 주는 게 고작인 그의 태도는 역시나 무뚝뚝했다.

"자자, 어서 식사 자리로 옮기십시다."

조모의 재촉에 네 사람은 고즈넉한 소나무가 심긴 앞마당으로 갔고, 그곳 팔각 정자에는 융숭한 상차림이 준비돼 있었다.

혹여 빠진 게 없나 먼저 정자에 오른 조모는 빠르게 상차림을 살폈다. 다행히 음식 가짓수는 물론 식기, 세팅까지 손색없었고,

자리가 자리인지라 어린애처럼 들뜨는 마음까지 더하면 전부 만족스러운 조모는 그때 막 구두를 벗고 정자에 오르는 안사돈을 흐뭇이 바라봤다.

양모(養母)지만 탑 배우의 모친으로 손색없는 세련되고 우아한 분위기는 굉장히 도시적이면서도 무턱대고 친근해 옛날 사람인 자신의 눈에도 좋아 보이는 조모는 괜히 자신의 옷매무새를 살폈는데 순간 난데없는 환청이 끼어들었다.

'……어머니.'

허어!

소스라치게 놀란 조모는 얼핏 뒤로 물러섰는데 마침 정자 위로 올라선 가영의 향이 코끝을 스치는 그 순간에 또 한 번의 환청이 귓전을 때렸다.

'……어머니.'

얼굴빛이 하얗게 질린 주름진 조모의 두 눈이 크게 흔들렸다.

어, 어찌 이런……!

"와! 할머님, 너무 근사해요!"

가영의 뒤로 올라온 재인은 감격을 마다하지 않았다. 최고급 한정식집을 능가하는 상차림은 말 그대로 향응이었고, 가영도 이 극진한 대접에 인사를 아끼지 않았다.

"너무 융숭한 대접이라 몸 둘 바를 모르겠습니다, 어르신."

"아, 아니에요! 두 분만큼 귀한 손님이 또 어디 있겠습니까? 자자, 얼른 앉아서 드십시다."

등골까지 젖은 조모는 애써 정신을 다잡으려 했다. 하지만 괴이한 기분이 쉽사리 떨쳐지지 않는 조모는 성의껏 차린 음식을 예의 있게 다루는 가영을 자꾸만 힐끔거렸다.

"할머님, 너무 맛있어요!"

재인의 칭찬은 멈출 줄 몰랐다. 가영도 동의하며 미소 지었고, 그런 가영을 저도 모르게 빤히 쳐다보고 있던 조모는 얼른 정신을 차리며 대답했다.

"아, 그래요? 입에 맞는다니 다행입니다."

"할머님도 어서 드세요."

살뜰한 척하지만 이렇게 속없이 굴며 앉아 있자니 목구멍이 콱콱 막히는 재인은 어제 일을 미안해하며 말 한마디 건네지 않는 그를 어떻게 다뤄야 할지 노심초사했다.

그때였다. 가만히 젓가락을 내려놓은 장주는 뜬금없는 얘기로 모두를 당황케 했다.

"실례인 줄은 알지만 혹시 재가하시기 전에 자녀는 없으셨습니까?"

순간 다 씹지 않은 고깃덩어리가 꿀꺽 넘어간 가영은 헛기침을 하며 장주를 쳐다봤다. 아니, 살폈다. 하지만 내담자로서의 구석은 요만큼도 없는 그의 냉담한 얼굴에 쉬여 있는 거라곤 그저 순수한 의도가 전부였다.

"딸이 하나 있습니다, 어르신."

조모에게 시선을 옮기며 대답한 가영은 곁눈으로 그를 의식했다.

"엄마가 딸이 있었어?"

금시초문인 재인은 호기심과 당혹감이 반반 어린 얼굴로 물었다.

"물론 제 아비 손에 자라 연락은 닿지 않습니다. 그게 벌써 18년이나 됐네요."

아득히 말하는 가영을 조금은 안타까운 듯 쳐다보던 조모는 더는 안사돈이 난처하지 않도록 위로하며 말했다.

"사정은 다 모르나 안타까운 얘깁니다. 어쨌든 더는 우리가 알 필요 없어요."

그러자 장주는 즉각 사과했다.

"언짢으셨다면 죄송합니다."

"괜찮아요."

너그러이 용납하는 그때였다. 그의 입술 언저리가 음흉한 빛으로 비틀어졌다. 그건 내담자란 표징이었고, 가영은 분명 악의적인 그의 눈동자에 물든 것도 알아차렸다. 재밋거리?

그건 선우장주가 무언갈 알고 있다는 뜻이었고, 가영의 신경은 날카롭게 곤두섰다.

그 시각, UK픽처스 사옥엔 〈낭자〉의 헤드 스태프들이 모여 있었는데 분위기는 살얼음판이 따로 없었다.

하나같이 냉소적인 태도로 미술 감독을 기다리고 있는 그들은 서로 간에 말도 섞지 않았는데 그 합의된 침묵은 총괄 디렉터를 (또는 하늘 같은 제작자를) 향한 소리 없는 시위나 마찬가지였다. 서영재, 그 애송이 따위 치워 버려! 하는.

그즈음, 엘리베이터에서 비틀거리며 내린 영재는 얼른 손을 뻗어 벽을 짚었다. 아침부터 시작된 두통을 동반한 현기증은 정도가 심해졌고, 온몸에선 근육통이 느껴졌다. 아직 낫지 않은 질염의 원인균들이 불면, 다량의 카페인, 그리고 스트레스라는 유해 요소를 만나 사람 하나 제대로 죽일 모양이었다.

"하아. 하아……."

식은땀 맺힌 허연 얼굴로 뜨거운 숨을 토하는 영재의 어지러운 시야로 이미 집결한 헤드 스태프들이 들어왔다. 시간을 확인했다. 회의 시작 15분 전. 그러나 지각생이 된 그녀는 천 근 같은 무게의 발을 뗐다, 열이 펄펄 끓고 있는 것도 모르고.

"죄송합니다. 늦었습니다."

영재는 사과했지만 그들은 송곳 같은 시선으로 그녀를 찔렀다.

"죄송이 다야? 첫날도 병원 간다고 토꼈는데 그럴싸한 변명 하나는 있어야지?"

노장의 촬영 감독이 시비를 걸자 천재림이 냉랭한 목소리로 끼어들었다.

"변명 대신 능력을 보여 주겠지."

그 기회가 온전히 주어진다면 다행이라고 생각한 영재는 널찍하게 비워 둔 자리로 가 앉아 PT 자료들을 꺼냈다. 그 손끝은 힘이 없고 수전증 환자처럼 떨기까지 했지만 그녀는 그것조차 인식하지 못했다.

곧 천재림은 모든 헤드들에게 최종 콘티를 나눠 주었고, 시나리오 1차 콘티 작성 이후에 슈퍼바이저와 전문 스크립터로부터 영화의 세부 디테일에 대한 기술적 자문을 받아 만든 이 최종 콘티를 두고 부서별 재해석과 재조명의 열띤 논쟁과 협의가 시작됐다.

물론 관건은 영화의 비주얼이었고, 그걸 담당하는 미술 감독에게 쏟아지는 질문과 태클은 끝이 없어 영재는 숨 쉬는 것조차 잊었는데, 사실 이건 회의가 아니라 미술 감독의 청문회나 다름없었다, 살벌하게 숨통 조이며 하차를 압박하는.

어쨌든 그 신호탄이 터지기까진 오래 걸리지 않았다.

“이런 니미럴!”

영재의 브리핑 중에 갑자기 욕설을 내지른 노장은 자신의 태도를 꾸짖듯 볼펜을 탁 놔 버리고 가슴 아래로 팔짱 끼는 천재림에게 괜한 억지로 항의했다.

“천 감독, 이건 아니잖아? 형편없으려니 예상도 했고 그래서 마음의 준비도 하고 왔는데 이야, 서 감독 수준, 엉망이네?”

분명 괴딴지였지만 천재림은 침묵했다. 아직 서른도 안 된 미술 감독 서영재를 수식하는 꼬리표에 ‘이 바닥 최고 권력자’의 이름 넉 자가 달린 이상 이 싸움은 분명 그녀의 몫이자 수순이었다.

“제가 실수했나요?”

영재는 맹랑한 목소리로 반격했다. 천재림은 일단 관망했다.

"실수? 스스로에게 너무 관대하네?"

크게 이죽거린 노장은 영재가 나눠 준 미술 자료 파일을 내팽개치며 소리쳤다.

"이건 무능력이야!"

노장의 무례함은 이미 성치 않은 그녀의 골 깊숙이까지 찌르고 들어왔다. 그래도 영재는 섣부른 감정에 자기 조절 능력을 무너뜨리지 않으려고 애썼다. 하지만 애당초 커뮤니케이션은 없던, 오직 '서영재 죽이기'의 리얼 서바이벌 현장으로 둔갑한 회의의 주류인 남초들은 무조건 그녀의 아웃을 작정했다.

"서영재 감독님? 자알 들으세요? 여기! 이 씬은요! 카메라 워크를 신경 쓰기보다는 스트레이트하게 보여 주는 방향으로 접근할 거야! 상황마다 누가 더 지배적인가에 따라서는 조명도 계속 바뀌는 거 알지? 서 감독 말대로는 촬영 어렵다? 몰라? 왜 몰라, 내 카메라가 네 핸드폰 카메라는 아니잖아?"

화면의 구성, 색상은 물론 배우의 의상에까지 촬영 감독의 의견이 반영되는 건 당연했다. 하지만 감독과 촬영 감독이 비주얼을 구상한다고 해도 그것을 구체적으로 만들어 내는 사람은 미술 감독이었다.

"어렵지 못 찍는 건 아니잖아요, 제 핸드폰 카메라도 아닌데?"

그녀의 당찬 말대꾸는 안 그래도 뒤틀린 노장의 비위를 제대로 건드렸다.

"야, 서영재! 내가 그 입—장은 잘 알겠는데 적당히 개겨라?"

영재의 이맛살이 차갑게 구겨졌다.

"입—장요?"

그러자 크게 비웃음을 터뜨린 노장은 과장된 악센트까지 주고 말했다.

"스—폰 받는 그 입—장."

그때였다. 극히 불안정하던 그녀의 모든 요소들이 균열을 일으키며 팍! 하고 터져 버린 것이.

"감독님!"

영재는 흥분을 감추지 않고 소리쳤다. 그러자 아예 자릴 박차고 일어난 노장은 칼자루를 마구 휘둘렀다.

"내가 이 바닥에서만 30년이야! 창녀, 성녀쯤은 한눈에 구별해! 너? 타고나길 성녀완 거리가 멀어! 봐, 선우장주가 올라탔으니 그 재주도 보통은 아니잖아?!"

신랄하게 쏴 갈기는 젠더 공격에도 그 누구 하나 나서 주지 않았다. 노장의 말을 설령 속으론 동조하지 않는다 해도 침묵 자체가 남성성을 획득하고 그들이 지배하는 기득권의 질서로 편입하는 것이었다. 그러니 이 더러운 수치심은 오로지 서영재의 몫이었다.

"그 대단한 선우장주가 제 위에 올라타는 거, 감독님이 보셨어요?"

앙칼지게 따져 물은 그녀의 온몸에선 분노의 아지랑이가 피어올랐고, 그 떽떽거리는 꼴이 눈꼴신 노장은 보란 듯이 지껄였다.

"그걸 꼭 봐야 아나? 이호재 박살 내고 널 우리 사단에 꽂은 게 선우장주야! 능력은 10원어치도 없는 네가 그 반반한 얼굴만큼 속살도 예쁠 거라는 거, 우리도 충분히 짐작해!"

더불어 노장의 진득진득한 시선이 영재의 아랫도리로 떨어졌다. 순간 쌍욕을 내지를 뻔한 영재는 맹랑하게 굴며 필사적으로 소리쳤다.

“네에! 예뻐요!! 그 예쁨이라도 갖춘 제가 〈낭자〉의 미술 감독입니다! 그런 제가 이해한 〈낭자〉는 전체적으로 로우 키예요, 색감도 톤 다운입니다, 튀는 컬러는 없어요! 캐릭터를 손상시키고 극적 대비일수록 전체적으로 강한 색을 쓰는 게 일반적이긴 해도 사실 식상하고 오랜 긴장감은 떨어뜨린다고요! 차라리 배우한테 그 얼굴로 구현하라고 하세요, 그게 심리 스릴러 아니에요?”

“그러니까 그 스릴러는 네 스케치북에다가 그리라고!!”

그 스케치북을 있는 족족 그의 면상으로 집이 던지고 싶은 영재는 어금니를 꽉 깨물고 말했다.

“감독님이 하차하실 생각이 없으신 이상, 감독님 카메라가 제 스케치북이에요!”

우당탕!

의자를 발로 걷어찬 노장은 목에 핏대를 세우고 으르렁거렸다.

“지금 네까짓 게 내 모가지 자르겠다고 위협하는 거야?!”

“아뇨! 제가 잘릴 수 없다고 말씀드린 겁니다. 전 스폰, 그런 것 받는 입장 아니니까!”

“아니면 꺼져!! 그 입장인 줄 알고 말이라도 섞어 준 건데 그 입장도 아니시라니 꺼지시라고!!”

분명 진흙탕 싸움이었지만 어차피 서영재는 매일이 죽기 아니면 까무러치기였다. 그래서 작정하고 너저분해지기로 했다!

“빈정거리지 마세요! 제가 진짜 그 입장이라면 감독님을 가만

두겠어요?"

순간 차가운 정적이 흐르는가 싶더니 눈 깜짝할 새에 영재에게 달려든 노장은 그녀의 멱살을 부여잡고 뺨을 후려쳤다.

철썩!

"감독님!!"

비명을 내지르며 그제야 노장에게 달려든 천재림은 인정사정없이 손찌검을 하는 그에게서 영재를 떼어 내며 소리쳤다.

"다들 뭣들 하고 서 있어, 안 말리고?!"

어물어물하고 있던 헤드들은 부랴부랴 노장을 막아섰지만 이미 망가질 대로 망가진 영재의 몰골에 숨이 턱 막힌 천재림은 망연자실했다. 그 틈에 또다시 천재림의 어깨 너머로 팔을 뻗어 영재의 머리채를 휘어잡은 노장은 닥치는 대로 우악스러운 손을 휘두르며 악을 썼다.

"이 망할 년이 눈에 뵈는 게 없나, 내가 누군지 알고 막 씨부려?!"

그러나 영재는 맞아 죽기로 작정한 것처럼 조금도 저항하지 않았고 그 꼴이 더 아찔한 천재림은 온몸으로 노장을 저지하며 소리쳤다.

"감독님, 제발 그만해! 이러다 진짜 큰일 난다고!"

"큰일?! 이 나이에 내가 무서울 게 뭐가 있어!!"

"감독님!!"

두 눈에 쌍심지를 켠 천재림이 새된 소리를 지르자 순간 움찔한 노장은 행동을 멈추고 씩씩거리며 말했다.

"천 감독, 말해 봐! 대체 이년 정체가 뭐야?"

그 순간 천재림을 옆으로 밀어 내고 그 앞으로 나와 노장 앞에 딱 선 영재는 빳빳하게 고갤 쳐들고 말했다.

"이년! 선우장주가 두 번 올라탄 게 단데요?"

거침없는 대거리에 당황한 노장은 말을 잊었고, 망가지길 작정한 영재를 보고 덜컥 겁이 난 천재림은 두 손으로 머릴 감싼 채 끙끙 앓았는데 그게 끝이 아니었다.

"나, 그 사람한테 두 번 다리 벌려 준 게 전부라고. 그게 그렇게 아니꼽냐? 아니면 부러워? 부러우면 다음 생엔 네가 서영재로 태어나, 이 새끼야!"

"이, 이런…… 미, 미친……!"

기가 꽉 막힌 노장은 말이 안 나오자 괜히 주변 사람들을 붙들고 늘어졌다.

"거봐, 내가 알아본다고 그랬지? 이년 정체가 이렇다니까?"

"나가요, 당장!!"

천재림은 더는 그 난행을 못 봐 주겠는지 노장의 두 어깨를 밀치며 무섭게 소리쳤고, 이에 겸연쩍어진 노장은 못 이기는 척 동료들에게 끌려 나가며 고래고래 소리쳤다.

"그래, 너 참 대단한 년이다! 퉤! 드럽다, 드러워!"

그렇게 다들 밖으로 나갔지만 회의실은 여전히 살얼음판이었다. 그야말로 천재림은 죽을 맛이고.

"서영재, 영화 안 해? 너답지 않게 왜 그래?"

그 순간 영재는 하염없이 자신을 원망했다. 5년 전 그를 버린던 날, 왜 이 가슴은 버리지 못했냐고.

"커피를 많이 마셨어요."

실없는 변명을 한 그녀의 찢어진 입술 사이로 눈물이 고여 들어갔다. 그러자 얼른 눈물을 훔치며 헝클어진 머리를 쓸어 올리는 그녀의 손가락 사이론 머리카락 뭉치가 쑥 빠져나왔다. 그걸 본 천재림은 두 눈을 질끈 감은 채 한숨을 푹푹 내쉬더니 뚜벅뚜벅 걸어 나갔고, 홀로 남은 그녀의 부어터진 뺨이 경련을 일으키며 심하게 떨리기 시작했다.

'설마, 몸 말고 다른 것도 되고 싶나, 천하의 서영재가?'

꾹 다문 그녀의 찢어진 입술 사이로 울음기가 새어 나왔다. 손으로 입을 막았다. 그러자 눈물이 뚝뚝 떨어지기 시작했다. 아팠다. 그녀의 모든 게 아팠다. 하지만 이 모든 것이 서영재의 잘못이었다.

"……모든 게 네 탓인 거야, 서영재."

그를 버리고도 다시 그의 품에 안긴, 여전히 그를 사랑하는 서영재의 잘못이었다. 이제는 그 누구도 탓할 수 없게 된 그녀는 꺼이꺼이 목 놓아 울었다.

말 한마디 않고 억지로 걸어 주고 있는 장주의 따분한 발치를 힐끔거리며 망설이던 재인은 어렵게 입을 열었다.

"장주 씨, 나 어제 한숨도 못 잤어요."

이에 딱 끊어지듯 기계처럼 멈춰 선 장주는 차디찬 얼굴로 재인을 돌아봤다. 매정한 그의 눈빛을 피하자니 숨이 가쁜 재인은 큰 시름에 젖은 얼굴로 말했다.

"난 이해할 수 없어요. 어떻게 당신을 버린 그 여자와……."

"섹스하냐고?"

저돌적으로 재인의 말을 자른 장주는 기막힌 변명을 했다.

"결혼은 너랑 하잖아."

"장주 씨?!"

"왜, 결혼을 서영재와 할까?"

그 뻔뻔한 논리에 손이 절로 움찔거린 재인은 그 손을 있는 힘껏 몸에 붙이고 말했다.

"당신, 내가 우스워? 어쩜 이렇게 뻔뻔해요? 난 당신 약혼녀예요! 당신이 그저 한낱 예쁘장한 미술 감독의 스폰서가 돼 주겠다면 난 기꺼이 눈감아 줄 수 있어요. 하지만 서영재는 옛 여자잖아? 난 두 사람이 과거에 얽힌 것도 화가 나고 다시 만나서 육체적 행위를……."

"그래서?"

"사과해요!"

발끈해 소리친 재인은 흥분을 가라앉히지 못하고 강하게 요구했다.

"서영재와 아무것도 하지 마! 영화도, 섹스도 아무것도 하지 말아요!"

하지만 그는 딱 잘라 거절했다.

"그건 곤란하지."

"장주 씨!"

금방이라도 울 것 같은 재인을 빤히 직시하던 장주는 치민 화로 들썩이는 그녀의 두 어깨를 가만히 잡았다. 그리고 나지막한 목소리로 자기변명을 늘어놓았다.

"발가벗고 기다린 너한텐 손 하나 까딱 안 한 내가, 서영재라면 장소 불문하고 벗기고 싶어. 그런 나한테 서영재와 아무것도 하지 말라는 게 가당키나 한가?"

기가 막힌 재인은 날카롭게 숨을 들이마시며 따져 물었다.

"나한테 미안하지도 않아요?"

그는 고갤 갸웃거렸다.

"미안? 네가 뭐라고."

순간 영혼이 쑥 빠져나가는 기분을 느낀 재인은 이때만큼은 한 대 후려쳐도 좋을 손이 꿈쩍도 않자 눈물을 뚝 떨어뜨렸다.

"아무것도 아닌 나한테 결혼은 왜 하자고 했어?"

반쯤 얼이 나가 묻는 그녀의 목소리가 심하게 떨렸다.

"아, 그거?"

소년의 장난기처럼 싱긋 웃은 그는 갑자기 지독히 차가운 얼굴로 말했다.

"네가 이서영의 딸이어서."

"……뭐?"

"왜 이서영인 줄 알아? 서영재의 친엄마여서."

"……!"

그의 말이 무슨 뜻인지 다 이해하지 못했다고 생각한 재인은 이미 다실의 장지문 그 너머에 있는 가영을 응시하고 있었다. 이 서영? 서영재의…… 친엄마?!

"닮았지?"

그가 속삭였다. 순간 소름이 돋은 재인은 비명이 튀어나오려는 입을 틀어막았고, 그는 곧 쓰러질 듯한 재인을 가만히 품에 안아 주었다. 그리고 귓가에 차갑게 속삭였다.

"이제 알겠나? 네가 조연이라는 걸?"

훗, 하는 그의 차가운 비웃음이 그녀의 두 눈을 새빨갛게 적셨다.

한편, 이 둘의 다정한 모습이 의아하면서도 반가운 조모는 식사 자리를 마련한 데의 이유를 망설이지 않고 말했다.

"안사돈, 이 늙은이 몸이 예전 같지 않아요. 하루빨리 혼인을 치렀으면 하는데 어떠십니까?"

마음에도 없는 짓을 하고 있는 장주를 불길해하며 응시하고 있던 가영은 즉각 수락했다.

"좋은 날로 서두르겠습니다, 어르신."

대답은 했지만 이 결혼이 되고 안 되고는 순전히 선우장주에게 달렸음을 누구보다 잘 알고 있는 가영은 아까부터 한 가지 생각뿐이었다. 그의 '그녀'와 서영재…….

동일 인물이라 하기에는 모순이 너무 많았지만 아니라고 하기엔 그 접점이 완벽했다. 선우장주에게 섹스는 곧 '그녀'니까.

이처럼 섞갈리는 생각에 치이느라 피곤해진 가영은 마침 스케줄에 변동이 생겼다며 조모에게 양해를 구하는 재인을 핑계로 서둘러 청기와에서 나왔다.

집으로 돌아오는 내내 두 사람은 말이 없었다. 상견례 후의 어느 날처럼 생각의 무게가 만만치 않았다.

"수고 많으셨어요."

청기와의 차를 돌려보낸 가영은 낯빛이 좋지 않은 재인을 굳이 알은척 않고 말했다.

"난 병원으로 가."

차고로 가는 가영을 노려보던 재인은 빠르게 그녀를 쫓아가더니 한쪽 팔을 잡아 돌려세웠다. 그 버릇없는 태도에 가영은 눈살을 구겼고 재인은 참을 수 없는 배신감으로 얼룩진 얼굴로 쏴붙였다.

"엄마 친딸, 서영재야?"

순간 당황한 가영은 딸애조차 영재의 존재를 알고 있다는 사실에 생각을 냉정히 하고 물었다.

"장주가 그러디?"

"맞구나?"

경악하는 재인을 보며 가만히 숨을 고른 가영은 조용히 대답했다.

"맞아."

충격에 휩싸인 재인은 온몸을 부들부들 떨었다.

"언제까지 날 이용해 먹으려고 했어?"

"그게 무슨 소리야?"

"셋이 짰잖아?!"

딸아이의 뻔한 상상에 갑자기 입술이 마르는 가영은 침착하게 말했다.

"장주가 너한테 뭐라고 하디?"

"내 엄마가 서영재의 친엄마라서 나와 결혼하려고 했대!"

"……!"

"난 아무것도 아니래! 나더러 조연이래!!"

억울해서 죽을 것처럼 호소하는 딸애는 둘째 치고, 그의 의미심장한 말들에 내장까지 흔들리는 것 같은 가영은 생각을 냉정히 하며 말했다.

"고재인, 난 지난 18년 동안 단 한 순간도 서영재의 엄마였던 적 없어. 그러니까 엉뚱한 상상은 집어치우고……."

"그럼, 지금 당장 친딸한테 가서 그동안 못 한 엄마 노릇 해! 약혼녀 있는 남자한테 몸 바치는 거 못돼 먹은 짓이라고, 더러운 짓이라고, 사람이 할 짓이 아니라고, 당장 쫓아가서 가르치라고!"

고래고래 소리치는 재인을 안정시킬 방법이, 아니 그럴 여유가 없는 가영은 이내 차고로 갔다. 그러자 재인은 모질게 기를 쓰며 비명을 내질렀다. 도무지 알아들을 수 없는 말들을 뒤로한 채 차에 탄 가영은 빠르게 차고를 빠져나왔다.

"내 결혼 깨지면 가만 안 있을 거야!!"

가방을 내던지는 재인을 사이드 미러로 응시하던 가영은 차갑게 눈을 거뒀다. 그리고 분명 자신의 연락을 기다리고 있을 그에게 문자를 넣었다. 병원에서 기다릴게요.

지난 5년간 일주일에 두 번씩 꼬박 내담자 J를 잘 다뤄 왔다고 생각했던 가영은 그 생각 자체가 큰 오점이었다는 걸 직감하며 전에 없던 경계의 눈초리로 그를 살폈다. 이에 그녀를 골리듯 기분 나쁠 정도로 실기죽실기죽 웃어 대던 그는 갑자기 발작적으로 떠들어 대기 시작했다.

"내가 한남동 바에서 영재랑 섹스했다고 얘기했나? 안 했지? 안 했다! 그래, 안 했어!!"

궤변 같은 그 내용보다 의도적으로 노출한 '그녀'의 이름 영재, 그것이 가영의 가슴을 불편하게 때리고 찔렀다.

"며칠 전에 내가 브레인들과 술자리에 있었는데 영재가 연락을 했어, 당장 내가 필요하다고. 그래서 있는 곳을 알려 줬더니 제 발로 찾아왔다니까? 근데 오자마자 던진 첫마디가 뭐게?"

무슨 말이었던 간에 대단히 만족했다는 걸 알 수 있는 그의 표정을 흔들림 없이 응시하던 가영은 지금껏 그 어떤 환자 앞에서도 보인 적 없던 비웃음을 터뜨리며 글라스로 손을 뻗었다. 그 순간 그는 환희에 찬 목소리를 터뜨렸다.

"삽입해, 당장!"

달그락.

가영의 손끝에서 글라스가 접시 위로 미끄러졌다. 전혀 예상치 못한 말이었다. 그러니 그의 이 편협 어린 광기는 당연했고, 가영의 내면은 점점 으스스해지고 있었다.

"난 서둘렀어. 온통 사내들밖에 없는 바에서 천 쪼가리 하나로 막을 치고 영재를 발가벗겨서 완벽하게 삽입했다고."

정복자의 포효가 따로 없었다.

"참! 당신은 아나? 남자가 홀리는 건 젖가슴이 아니라 엉덩이라는 걸? 그날 영재의 엉덩이가 끝내줬어! 수줍음은 온데간데없고 팬티를 끌어 내리는 내 손길을 따라 능숙하고 에로틱한 움직임으로 반응하면서 신음을 터뜨렸어! 당장 내 성기를 찔러 넣지 않고는 견딜 수 없었지! 그날의 섹스는 정말 완벽했어. 내 성기를 끝까지 삼키고 조이면서 더 세게 밀고 들어오라고 소리치질 않나, 입으로 빨아 달라고 애원하질 않나! 하하하! 내가 사정 후에 영재한테 뭐라고 했게?"

육욕이 득실거리는 얼굴을 가영에게 가까이 들이댄 그는 놀랄 만큼 조용하고 서늘하게 신음을 내뱉듯 말했다.

"하아, 기 빨려."

순간 소름이 돋은 가영이지만 결코 이쯤에서 광기에 휩쓸려 표정 관리를 놓치진 않았다. 그의 주치의로서 어느 지점까지 그를 참아 줄지는 아직 미정이었다. 하지만 그의 두 눈동자엔 아직도 큰 재미가 남아 있는 듯했다.

◇ ◆ ◇

땅바닥에 내팽개쳐져 있던 가방을 짓이기듯 노려보며 씩씩대던 재인은 그 가방을 집다가 갑자기 울음을 터뜨렸다.

'이제 알겠나? 네가 조연이라는 걸?'

"나쁜 자식……."

그의 마음을 얻지 못해도 괜찮았다. 심지어 느닷없이 나타난 서영재의 존재를 참을 수 있을 거라 생각했다, 결혼이 '그녀의 것' 이었을 때는.

근데 처음부터 결혼이 자기 것이 아니었다는 사실에 배신감과 충격에 빠진 재인은 차고에 있는 제 차로 가더니 핸들 위로 엎어져 펑펑 울음을 쏟았다. 그러다 갑자기 고갤 쳐든 재인은 다급히 가방을 뒤져 전화기를 꺼냈다.

"봉아, 오늘 〈낭자〉 헤드 미팅 있지?"

매니저에게 감독급 스태프들의 스케줄을 확인하는 그녀의 온몸에서 분노와 배신감의 아지랑이가 피어올랐다. 선우장주, 결혼을 내게 주지 않는다면 당신의 사랑놀이도 어림없어!

재인은 서둘러 UK픽처스 사옥으로 차를 몰았다.

잠시 후, 악이 단단히 바친 얼굴로 차에서 내린 재인은 빠른 걸음으로 로비에 들어섰는데 화려한 스크린으로 둘린 라운드 계단 근처가 시끌시끌했다. 자세히 보니 〈낭자〉 스태프들이었다. 분위기는 심각해 보였지만 영재를 찾아 그 무리 틈에 끼어 선 재인은 벼락같이 소리치며 촬영 감독을 나무라는 천재림을 보며 일단 숨을 죽였다.

"그래서 지금 감독님이 잘했다는 거야? 여긴 CCTV 죄다 깔렸는데 어떻게 할 거야?!"

이에 질세라 노장도 두 눈 까뒤집고 반격했다.

"CCTV가 뭐? 빽 믿고 나댄 년 깐 것밖에 더 있어, 내가?!"

공연히 심술부리는 노장의 시커먼 얼굴을 한심하게 쳐다보던 천재림은 치밀어 오르는 분통을 억누르고 말했다.

"감독님, 대체 서영재의 뭐가 못마땅해서 그래? 설마 이호재랑 호형호제하는 사이라서 그래?"

이에 촬영 감독은 찢어지는 목소리로 항변했다.

"왜 이래, 천 감독? 나 프로야!"

"그래, 프로! 프로면 프로답게 가르치면 되지, 어디서 젠더 공격이야?"

"젠더 공격억? 그럼, 선우장주가 우리한테 하는 건 무슨 공격이냐? 이날 이때껏 우리 천재림 사단에 이따위 잡음 있었어? 아무리 선우장주가 이 바닥의 최고 권력자라도 사태 파악 똑바로 해, 천 감독, 어?!"

단단히 비위가 뒤틀린 노장은 진정하라 붙드는 동료들의 손길을 뿌리치고 그 자리를 떠났다. 그러자 몇몇의 헤드도 노장의 생각에 동조한다는 듯 그를 따라갔다.

"이러다 우리 사단만 피 보는 거 아니에요?"

조감독이 침울하게 말했다. 하지만 오늘의 사태가 그의 걱정보다 더 끔찍한 결과를 가져올지도 모른다는 불길함에 천재림은 머리가 돌 지경이었다.

사태 파악 대강 하고 슬그머니 자릴 빠져나온 재인은 라운드 계단을 따라 각 층에 있는 복도 어딘가를 빤히 올려다보더니 곧장 그리로 올라갔다. 그리고 쉽게 영재를 찾은 재인은 난장판 된 회의실 풍경에 혀를 끌끌 차며 안으로 들어갔다.

"혼자 보기 아깝네. 하긴 개 같은 년 하는 짓이 다 이렇지."

두 무릎을 가슴에 붙여 웅크리고 앉아 있던 영재는 가만히 고갤 들었다. 점잖게, 귀티 나게 잘 차려입은 그의 약혼녀는 오늘도 아름다웠다.

하지만 그녀의 뿔난 감정들을 상대하기엔 역부족인 영재는 애써 벽을 짚고 일어섰다. 순간 눈앞이 뱅글 돌았다. 벽을 의지해 짚고 있는 그 손이 마디 끝까지 떨렸다. 하지만 괜찮은 척 벽에서 뗀 손으로 엉덩이까지 탁탁 털며 말했다.

"그 개 같은 년이 지금 제정신이 아닌데 할 말 있어?"

피와 멍꽃이 핀 얼굴로도 잘났다고 말대꾸하는 영재를 보며 쿡쿡 웃음을 터뜨린 재인은 얄밉게 빈정거렸다.

"내가 들고 온 말이 그 미친개를 얌전히 잡아 둘 목줄이 될지 모르겠다?"

영혼까지 피곤한 영재는 더는 시비하지 않으려 했지만 재인은 그 반대였다.

"윤가영, 아니 이서영, 그러니까 내 말은 네 엄마 말이야. 어디서 어떻게 사는지 아나 해서?"

순간 영재의 이맛살이 사납게 구겨졌다.

"고재인 씨, 내 뒷조사해?"

"뒷조사? 네가 뭐라고."

매없던 영재의 신경이 순식간에 곤두섰다.

"당신, 이서영을 어떻게 알아?"

위협적인 태도로 묻는 영재를 날카롭게 쳐다보던 재인은 두 어깨를 으쓱하며 말했다.

"지금은 내가 엄마라고 부르지 아마?"

상상도 못 한 말에 영재의 힘없는 몸이 후들후들 떨렸다. 얼른 다시 벽을 짚은 영재는 간신히 꺼낸 듯한 목소리로 말했다.

"누가 그래? 네 엄마가 내 엄마라고?"

분명 서영재도 모르는 일이라는 걸 눈치챈 재인은 깜찍한 짓을 했다.

"그 엄마가."

순간 미술관에서 봤던 그 엄마란 여자의 얼굴이 또렷하게 떠오른 영재는 현기증을 이기지 못하고 바닥에 철퍽 주저앉았다. 이미 충분히 놀란 영재를 멸시 어린 눈으로 한참을 지켜보던 재인은 혼란을 조종하며 말했다.

"서영재, 이 사실을 장주 씨가 알아 봐. 예비 장모가 상간녀의 친모라는데 얼마나 경악할까?"

"어떻게…… 이런……!"

엄청난 일이긴 하지만 생각보다 더 심각하게 충격을 받은 영재의 모습이 고소한 재인은 몸을 굽혀 영재와 눈높이를 맞추고 알아듣게 가르쳤다.

"너어, 이쯤에서 꺼져. 충무로에서, 선우장주에게서, 또 네 엄마 앞에서 영원히 꺼져. 너 하나 때문에 여러 사람 피 말리게 하지 말고, 응?"

이윽고 눈시울이 새빨개지는 영재를 보며 또 쯧쯧 혀를 찬 재인은 여배우의 향기가 풍기는 그 늘씬한 몸을 쭉 펴고 일어나며 빈정거렸다.

"어쩌니? 오늘은 장주 씨한테 전화해서 일러바치지도 못하고?"

잘도 약 올린 재인은 고상한 걸음으로 걸어 나왔다. 하지만 그 기세등등하던 재인은 갑자기 울분 어린 얼굴로 이를 부득부득 갈았다. 망할 년! 망할 년!! 망할 년!!!

사나운 음풍 속에 고꾸라져 있던 영재는 죽을힘을 다해 냉정하게 생각하고 또 생각했다. 이서영이 그 누구의 양모가 돼 있든 관여할 바 아니었다. 고재인이 찾아온 의도도 알 바 아니었다. 어차피 천륜은 18년 전에 끊어졌으니까.

그러니 선우장주가 경악하든 말든 모른 체하면 그만이었다. 그가 이서영의 '과거'를 알게 된다면야 모를까, 서영재와 선우장주 사이에 윤가영은 아무런 문제가 되지 않았다. 적어도 크랭크 업까지는.

그러나 이서영, 그녀가 선우장주의 장모가 된다는 건 엄청난 모순이었다. 윤가영, 당신이…… 당신이 어떻게…… 어떻게 이래?!

맹렬하게 치솟는 분노에 벌떡 일어난 영재는 이내 휘청하며 다시 쓰러졌지만 또다시 일어났다. 벽을 지팡이 삼아 짚고 짚으며 밖으로 나온 그녀는 몇 번이나 자빠지는 위태위태한 모양으로 간신히 차에 올라탔다.

빠르게 차를 모는 그녀의 검푸른 꽃이 핀 얼굴은 점점 차갑게 얼어붙어 금방이라도 금이 갈 것 같았다.

끼이익!

시동도 끄지 않고 차에서 뛰어내린 영재는 작업실의 지하 벙커로 갔다. 불도 켜지 않은 캄캄한 지하실에서 단번에 흰 천이 덮인 화폭 앞에 선 그녀는 분노가 이글거리는 얼굴로 씩씩대더니 그 하얀색 천을 확 거둬 냈다.

화가가 화폭에 옮긴 건 젊은 여자의 초상화였고, 화폭의 여자를 죽일 듯이 노려보던 영재는 그 그림 아래 꽂혀 있는 명함도 챙겨 다시 밖으로 뛰어나갔다.

다시 차를 몰아 대로변을 나온 영재는 명함에 기재된 병원으로 전활 걸었다. 하지만 부재였고, 핸드폰으로 통활 시도했지만 이마저도 연결되지 않았다. 결국 내비게이션에 병원 주소를 찍은 영재는 액셀을 꽈—악 밟았다.

◇ ◆ ◇

배 속에서의 구역질 전조증상을 느낀 가영은 더는 듣기 거북한 장주의 궤변들을 가차 없이 자르고 단도직입적으로 물었다.

"영재가 내 딸인 거, 언제 알았니?"

드디어 상담자와 내담자의 관계가 깨져 버리는 순간이었다. 그녀의 반말에 소름 끼치게 실기죽 웃은 장주는 반항적이며 위협적인 태도로 말했다.

"그러니까 그게 언젠지 지금 얘기하고 있잖아?"

말허리 잘린 불만을 어필한 그는 또 한 번 실기죽 웃더니 끊겼던 재미난 이야기를 다시 이어 나갔다.

"그날, 내 기 빨린 그날, 그날이라고! 섹스 후에 영재가 명함 하나를 찢었어. 오늘 엄마를 만났는데 기분이 더럽다고 하면서. 근데 아이쿠야. 그 조각조각 난 명함의 이름 석 자가 내 주치의일 줄이야."

가영의 눈빛이 어둑하게 그늘졌다. 그래, 그날, 엄—마? 했던 그날!

"우리가 보통 인연은 아니야, 그치?"

"악연이지."

모질게 단정한 가영은 이 끔찍한 구도에 흥미를 가진 게 분명한 그가 앞으로 그 어떤 짓을 벌일지는 굳이 상상하고 싶지 않은 엄격한 태도로 말했다.

"아주 재밌나 본데 미안해서 어쩌지? 내가 네 재미를 더해 주면 좋겠지만 친딸, 양딸이 다 내담자와 얽혀 있으니 상담은 오늘로 끝내야겠다."

이제 와서 윤리 강령 따위에 연연하는 가영이 무척 실망스러운 장주는 차갑게 다물었던 입을 보기 흉할 만큼 일그러뜨리더니 또 갑자기 지극히 정상적일 때의 그 냉정한 예의를 갖추고 말했다.

"그럼 앞으로 공식적인 자리에서만 뵙겠습니다, 장모님."

"장모님?"

그녀는 경악했다.

"왜, 결혼이 깨질 것 같아?"

"재인이가 그렇게 멍청하진 않아!"

발끈해 소리치는 가영을 이상히 여기며 쳐다보던 장주는 고갤 갸웃거리며 말했다.

"대체 지난 5년 동안 뭘 들은 거지?"

순간 뇌리에 영재가 스친 가영은 기겁해 소리쳤다.

"선우장주!"

"빙고."

순진한 아이의 얼굴로 해맑게 웃는 그의 흑색 눈동자는 지독히 차가워 섬뜩했다.

"왜, 피는 물보다 진하다더니 이젠 내가 사위로 탐탁지가 않으신가?"

가영은 정말이지 뒷골이 서늘했다. 시간마다 차트에 꼼꼼히 기록했던 내담자의 상태는 분명 오진의 시점이 있던 게 분명했다.

문제는 어디서부터 어떻게 잘못 진단했는지조차 알 수 없을 만큼 그는 '지능적'으로 어쩌면 '의지적'으로 망가진 건지도 모른다는 불길함이었다.

"미친……놈!"

"뭘 새삼스럽게."

소름 끼치도록 섬뜩한 표정으로 중얼거린 그는 뒤이어 웃음보를 터뜨렸다. 그때였다. 갑자기 진료실 문이 쾅! 하고 부서질 듯 세게 열리며 뒷벽에 부딪쳤다.

두 사람은 동시에 뒤를 돌아봤고, 그 함께 있는 두 사람을 보고 눈이 휘둥그레진 영재는 하마터면 비명을 지를 뻔했다. 진짜였어!

관여할 바 아니라고는 했지만 재인의 말을 믿고 싶지 않았던 영재는 적잖게 당황한 가영을 비난 어린 눈으로 쏘아봤다.

가영 역시 한꺼번에 닥친 어수선산란한 상황들에 그저 헛웃음을 터뜨리며 어느새 영재 앞에 가 서 있는 장주를 날카롭게 쏘아봤다. 어떤 미친 소릴 지껄일까 해서.

그러나 이 순간 선우장주는 지극히 정상이었고, 그의 신경을 사납게 긁은 건 딱 하나였다.

"너, 얼굴이 왜 이래?"

무섭게 따져 묻는 그의 표정이 순간 '내 편' 같아 울컥한 영재는 어차피 정신적 관계가 아닌 그를 애써 외면한 채 말했다.

"자리 좀 비켜 줘."

시선을 피하는 그녀의 말간 피부를 더럽힌 흠집들을 살벌하게 응시하던 장주는 차갑게 대답했다.

“기꺼이.”

하지만 재킷 안에서 전화기를 꺼내 통화 버튼을 누른 장주는 곧 무서운 목소리로 말했다.

“김시현, 서영재 얼굴이 왜 이러냐?”

비서에게 정황을 알아 오라 지시하는 장주 앞에서 더욱 참담해진 영재는 시큰거리는 두 눈을 질끈 감았다. 이에 비스듬히 가영을 돌아보며 어떤 묵시적인 눈빛을 던진 그는 영재의 말대로 밖으로 나가 주었다.

문이 닫히는 순간 눈꺼풀 뒤에 숨겼던 눈물을 뚝 떨어뜨린 영재는 얼른 눈가를 손으로 닦았다. 그리고 이 와중에도 태연히 차를 마시는 가영에게 위협적으로 다가가 몰아세우며 다그쳤다.

“당신, 미쳤어? 어떻게 선우장주의 장모가 되려고 해?”

이에 코웃음 친 가영은 성마른 태도로 반격했다.

“너, 얼마 전에 한남동 바에서 선우장주와 오픈 섹스 했다며?”

“……뭐?”

방금 자신이 무슨 말을 들은 건지 어리둥절해진 영재는 뒤늦은 반박이라도 하려 했지만 가영은 보다 정확한 증거를 댔다.

“하아, 기 빨려.”

순간 영재의 얼굴이 하얗게 질렸다.

“여기까지 들었다, 오늘은 내가.”

“……!”

얼이 빠져 입도 벙긋 못 하고 서 있는 영재를 보며 비웃고 또 한숨을 터뜨린 가영은 더 무시무시한 소릴 했다.

“선우장주, 지난 5년간 내 환자였어.”

이건 또 무슨! 영재는 도통 정신을 차릴 수 없었다.

“그는 경계선 인격 장애야, 그것도 다양성을 고루 갖춘 중증 환자. 5년 전에 너한테 버림받고 자살 시도한 후로 우린 쭉 상담자와 내담자로 만나 왔다.”

충격과 혼란에 휩싸인 영재는 심하게 말을 더듬었다.

“……선, 선우장주가…… 경…… 경계…… 뭐?”

“미쳤다고.”

그 모진 말에 휘청한 영재는 책상 모서리를 잡은 채 간신히 웅얼거렸다.

“그에 대해서 함부로 말하지 마!”

현장 사람이라더니 그 흔하디흔한 링 하나 없는 상처투성인 영재의 손을 힐긋 쳐다본 가영은 어쩌면 재인이 그리 만들었는지 모를 망가진 얼굴을 알 수 없는 눈으로 빤히 응시하고 말했다.

“그는 일주일에 한 번씩 두 시간 동안 늘 그녀에 대해서 얘기했어. 오늘에야 그녀가 너라는 걸 알았지만. 물론 그 내담자가 내 예비 사위와 동일 인물이라는 것도 최근에 알았다.”

책상을 의지해 서 있는 영재의 온몸이 바들바들 떨렸다. 이처럼 위태위태한 딸을 눈앞에 두고 한 템포 쉬듯 차 한 모금을 더 마신 가영은 다시 말을 이어 나갔다.

“하루에도 수십 번씩 널 사랑하다가 죽이고 또 사랑하다 죽이는 걸 반복했어. 널 미치도록 그리워하고 애태우면서도 이내 죽이고 싶은 충동에 사로잡혀 버리는 그의 증세는 안타깝게도 날로 심각해졌어. 네가 들이닥치기 바로 직전엔 의사인 나도 소름 끼칠 정도였지."

"마, 말이 되는 얘길 해. 선우장주는…… 날!"

'증오해'라는 말을 차마 입 밖으로 꺼내지 못한 영재의 피멍 든 뺨 위로 큰 눈물이 뚝뚝 떨어졌다. 가영은 이미 그 눈물의 의미를 알고 있었다. 그는 말해 줘도 믿지 않았지만.

"서영재. 그는 널 사랑해."

그녀 역시 믿지 못하고 비웃었지만 가영은 침착하게 현실을 인지시켰다.

"물론 널 사랑하는 건 과거의 선우장주야. 현재의 선우장주는 널 죽도록 미워하니까. 그래서 선택한 게 섹스였어. 널 사랑하는 선우장주와 널 짓밟으려는 선우장주 그 둘을 동시에 만족시키는 타협의 결과랄까."

그리고 혼잣말처럼 덧붙였다. 네가 동의만 하지 않았어도, 라고.

"어떻……게 그런……."

더는 버티고 서 있을 수 없던 영재는 힘없이 바닥에 주저앉았다. 그렇게 소리 없이 눈물만 뚝뚝 흘리는 영재를 반은 측은하게, 또 반은 냉정하게 쳐다보던 가영은 가만히 일어나 영재 앞에 몸을 숙였다. 그리고 한숨처럼 입을 열었다.

"더 큰 문제가 있어."

이젠 겁이 나는지 영재의 붉게 젖은 눈동자가 심하게 요동치듯 흔들렸고, 어쩐지 가영은 망설였다. 영재는 울음이 터질까 꾹 다물었던 입을 간신히 열고 다그쳤다.

“빨리…… 말해…….”

가영은 가만히 한 손을 뻗어 제멋대로 헝클어진 영재의 머리칼을 스륵 넘겨 귀 뒤에 꽂아 주었다. 그리고 무정한 눈빛과 말투로 입을 열었다.

“그녀가 아니, 서영재가 여전히 그를 사랑한다는 것.”

순간 아랫배를 정통으로 가격당한 듯한 충격에 머릿속까지 통증이 울린 영재는 서영재의 전부를 꿰뚫고 있는 가영의 눈동자를 피하자니 숨이 가빴다. 애써 두 눈에 독기를 품어 보지만 가영은 더 깊이 영재를 밀고 들어왔다.

“선우장주를 버린 이유, 나 때문이니?”

또 한 번 복부를 강타당한 영재는 공격적으로 방어했다.

“어쩌지? 난 내담자가 될 생각 없는데?”

그럼에도 가영은 함부로 그녀를 진단하고 나무랐다.

“바보 같긴. 네 얼굴에 내 딸이라고 쓰여 있니? 넌 서진우 딸이야. 네 아빠의 딸로 선우장주와 결혼했다면 아무 문제 없었어. 쓸데없이 내 과거를 네 양심 삼아 사랑을 포기한 네 선택을 내 탓으로 돌리지 마, 서영재.”

이에 주먹을 꽉 그러쥔 영재는 크게 비웃었다.

“과대망상이 지나친 닥터네. 대화가 너무 멀리까지 갔어.”

“잘난 척하지 말고 지금이라도 당장 선우장주를 떠나, 그의 손에서 망가질 게 아니라면.”

일침을 가한 가영은 몸을 펴고 일어났다. 그리고 엄중한 태도로 일렀다.

"섹스라는 그 타협점 앞뒤엔 오직 증오뿐이라는 걸 잊지 마. 그건 널 죽여야 한다는 무서운 감정이라고. 그러니까 더 늦기 전에 그를 떠나."

그리고 작게나마 그녀를 안심시켰다.

"내가 청기와의 사돈 될 일은 없을 거야."

영재에게 필요한 말을 다 해 준 가영은 이내 자릴 비켜 주었다. 그 덕에 영재는 많은 눈물을 흘렸다. 가슴이 무너져 내렸다. 아파서 견딜 수 없어 엉엉 목 놓아 울었다. 그때와 똑같은 눈물이었다. 그날과 너무나 똑같은…… 피눈물이 쏟아져 내렸다.

……질퍽질퍽한 흙길을…… 철퍽철퍽 뛰었다……. 빗물 먹은 천 근 같던 운동화가 흙물 들도록 우산도 버린 채 청기와의 차를 잡으려 뛰었다……. 질퍽질퍽한 흙길 위에서…… 철퍽철퍽 뛰는 그녀의 운동화 발이 수도 없이 미끄러졌다……. 그래도 뛰고 또 뛰었다…….

'할머니!!!!'

꺼이꺼이 울며 목이 터져라 청기와의 조모를 부른 영재는 손끝에 몇 번이고 닿았던 차가 멈춰 서자 뒷좌석 차창을 다급하게 두드렸다.

'할머니!!'

곧 차창이 내려졌고, 영재는 그 안으로 팔을 뻗어 조모를 붙잡으려 했다. 이에 눈살을 찌푸린 조모는 뒷문을 열었다. 그러자 그 진흙탕 바닥에 무릎을 꿇은 영재는 그를 버릴 수밖에 없었던 이유를, 모질게 굴 수밖에 없었던 사정을 울며불며 털어놓았다.

하지만 그 가여운 영재를 바라보는 조모의 얼굴엔 충격은커녕 금방 마음을 바꾼 영재의 태도에 실망한 기색뿐이었다. 분명 조금 전까지 죽어 가는 손자를 위해 눈물로 애원하던 조모가 아니었다.

'쯧쯧쯧.'

차디찬 얼굴로 혀를 내두른 조모는 비정한 태도로 말했다.

'병상에 누워 있던 영재 양 아버지가 날 찾아와 무릎 꿇었어도 내, 아니 된다 했습니다.'

순간 영재의 얼굴이 새파랗게 질렸다. 그런 영재를 몹시 불쾌하단 눈으로 쳐다보던 조모는 잔인한 말을 했다.

'내 손주님, 그냥 죽게 둡시다.'

영재는 털썩 주저앉았고 조모의 차는 그녀를 그렇게 내버려 둔 채 떠나갔다.

'병상에 누워 있던 영재 양 아버지가 날 찾아와 무릎 꿇었어도 내, 아니 된다 했습니다.'

'내 손주님, 그냥 죽게 둡시다.'

영재는 이미 사라지고 없는 조모의 차를 향해 웅얼거렸다.

'안…… 돼요…… 할머니……. 안……. ……머니.'

철퍽.

정신을 잃은 영재는 다음 날 새벽, 그 빗속에서 쓰러진 채 발견됐다고 들었다, 저녁쯤 깨어났던 영재는.

……여전히 창밖에선 비가 내리고 있었다…….

하지만 뛰어갈 수 없었다……. 진흙탕에 온몸을 물들인다 해도 그를 볼 수 없다는 걸 알아 버렸기에…….

그저 울고 또 울고…….

그러다 또 울며 눈물을 말렸는데……!

그때와 똑같은 피눈물이 오늘도 쏟아졌다. 참을 수 없고 견딜 수 없는 영재는 목 놓아 꺼이꺼이 울었다.

'이미 모든 걸 알고 있던 당신의 할머니……. 먼저 간 아들을 가슴에 품고 기른 그 손자를 죽게 두자고 했던 당신의 할머니……!'

그래서 그의 손목의 상처가 더 가슴 아팠던 영재는 그 찢어지는 가슴을 치며 울었다.

◇ ◆ ◇

운전석에 앉아 병원 입구만 빤히 응시하고 있던 장주는 대시보드의 시계를 확인했다. 벌써 30분…….

그때 전화가 왔다. 시현이었다.

— 보셔야 할 게 있습니다, 대표님.

곧 동영상 파일 하나가 전송됐다. 목소리까지 확인할 수 있는 UK픽처스 내부의 CCTV 영상이었고 그걸 확인하는 장주의 낯빛이 점점 차갑게 얼어붙었다.

그때 마침 병원 밖으로 힘없이 걸어 나오던 영재는 가까이에 있는 기둥으로 한 손을 뻗고 서서 저기 앞에 보이는 블랙팬텀 속의 장주를 아픈 눈으로 바라봤다.

'선우장주는 경계선 인격 장애야. 미쳤다고.'

영재의 목울대에 또다시 큰 울음이 걸렸다. 이제야 이해할 수 있었다. 자신에게 했던 그의 이해할 수 없던 모든 행동과 말들을. 그래서 앞으로 일어날 그 어떤 일에 대해서도 놀라거나 아파하지 않을 그녀는 눈물도 흘리지 않기로 했다. 그가 미쳤다는 사실보다 그녀를 슬프게 하는 건 없었다. 난 이서영보다 더 나빠. 그러니까 나, 당신 손에 망가질래.

지독하게 사나운 눈으로 동영상을 끝까지 확인한 장주는 가만히 눈을 감았다. 분노로 과부하 된 그의 심장이 곧 터질 것처럼 울렁거렸다. 딱딱 끊기며 입 밖으로 튀어나오는 숨소리가 그걸 증명했고 빳빳해진 온몸의 신경과 근육들이 날카롭게 곤두섰다.

"……다 죽여 버릴 수도 없고."

차갑게 뇌까리며 사납게 눈을 쳐든 장주는 저기, 병원 입구에 서 있는 영재를 발견했다. 몰래 울고 있던 그녀가 얼른 눈물을 닦아 냈고, 분노로 이글대던 그의 눈동자가 어느새 시름으로 얼룩지는 순간 영재는 휙 쓰러졌다.

"……!!"

기겁한 장주는 순시간에 차에서 내려 영재에게 뛰어갔다.

"서영재?!"

까무러친 영재를 한쪽 다리로 받쳐 안은 그는 뺨을 두들겼다. 하지만 숨도 쉬지 않는 것 같은 그녀는 흐물흐물하게 늘어졌고, 뜨거운 열감을 느낀 장주는 그녀의 망가진 얼굴을 구석구석 짚었다. 불덩이였다. 손을 잡아 보았다. 얼음장이었다. 젠장!

완전히 맥을 놓은 영재를 뒷좌석에 눕히고 액셀을 세게 밟는 그의 낯빛이 불안감으로 얼룩졌다. 그리고 빠르게 병원 앞을 빠져나가는 블랙팬텀을 건물 어딘가에서 내려다보고 있던 가영의 어둑한 눈길이 오래도록 그 빈 길가에 머물러 있었다.

수면 안정제 링거를 꽂은 덕에 깊은 잠에 빠진 영재를 밤새 지킨 장주는 가만히 슈트 소매를 들춰 시간을 확인했다. 5시 반.

"후욱."

묵직한 한숨을 토한 그는 다시 영재의 이마를 짚었다. 밤새 끙끙 앓으며 식은땀 흘리더니 열을 식힌 영재의 흠집 난 야윈 얼굴을 차가운 눈으로 한참을 쳐다보던 장주는 조용히 객실을 빠져나왔다.

로비 입구에 대기해 있던 시현이 운전석에서 내려 인사했다. 그는 말없이 뒷좌석에 올라탔고 정적 속에서 눈을 감았다. 그리고 얼마 후 차가 완전히 멈추고 나서 이내 무겁게 눈꺼풀을 떠 올린 그는 뒷좌석 문을 열고 구둣발을 내렸다.

블랙 슈트의 단추를 여미며 눈 깜짝할 사이에 3층짜리 낡은 상가 빌딩은 물론 새벽 미명의 어둑한 하늘과 그 주변까지 순식간에 읽어 내는 그의 흑색 눈동자는 섬뜩할 만큼 직관적이었고, 곧장 2층으로 올라간 그는 대강 닫혀 있는 여닫이문을 손끝으로 밀었다.

스륵 열리는 문 사이로 찌든 땀내와 썩은 풀 냄새 같은 비위에 거슬릴 정도로 구린 냄새가 새어 나왔다. 현장에서 구르던 옛적에 질리도록 맡았던 냄새라지만 인상 한번 구기지 않고 안으로 들어간 그는 냉랭한 시선으로 사무실을 훑었다.

삐까번쩍한 값비싼 촬영 장비 외엔 하나같이 낡아 빠진 것들뿐인 너저분한 사무실의 바닥은 그야말로 '술병 밭' 이었고, 새벽까지 퍼마신 사내들이 여기지기 뻗어 있었는데 저 뒤쪽으로 보이는 비좁은 공간에는 실오라기 하나 걸치지 않은 촬영 감독과 한 여자가 뒤엉켜 있었다.

그는 구둣발에 걸리는 술병 하나를 툭 건드렸고, 데구루루 굴러간 술병은 옷걸인지 짐짝인지 구별 안 되는 거무스름한 소파 아래에 콕 박혔다. 한 사내가 남산만 한 배를 자랑스럽게 내놓고 자빠져 자고 있는 그 소파 앞으로 걸어간 장주는 가까이에 있는 의자 하나를 끌어다 그 앞에 앉았다.

째깍, 째깍, 째깍…….

귀퉁이가 깨진 벽시계의 지침 소리가 무겁게 울렸다.

그렇게 얼마나 지났을까. 세상모르고 잠들었던 제2 촬영 조수는 눈도 못 뜬 채 소파 아래를 더듬거리더니 손에 잡히는 술병을 입에 대고 빨았다.

"이런, 씨발!"

욕을 뇌까리며 술병을 도로 바닥에 내던진 조수는 바짝 타는 목을 쓸어내리며 잠꼬대하듯 소리쳤다.

"야! 물!!"

이에 가만히 의자에서 일어난 장주는 냉장고에서 생수병 하나를 꺼내 와 조수 앞에 섰다. 눈도 못 뜨고 마른입을 쩝쩝거리며 그 남산만 한 배를 긁적긁적하던 조수는 비스듬히 상체를 일으켜 손을 내밀었고, 친히 생수병의 뚜껑을 따서 그의 손에 쥐여 준 장주는 다시 의자에 앉아 그를 직시했다.

목이 탄 조수는 생수병을 입에 물고 쭉쭉 빨아 삼켰고, 그러다 한쪽 눈을 간신히 뜨는가 싶더니 갑자기 분수처럼 입안의 물을 뿜어내며 벌떡 일어났다.

"대표님!"

귀신이라도 본 것처럼 하얗게 질린 조수는 허둥지둥하더니 재빨리 다른 사람들을 깨웠다.

"일어나! 빨리! 빨리!!"

비몽사몽, 술이 덜 깬 스태프들은 하나같이 축 늘어진 물미역처럼 흐느적대며 굼뜬 몸을 간신히 일으켜 앉았는데 이게 꿈이냐 생시냐, 허걱!

"대, 대표님!!"

기겁해 일동 자동 기립 한 스태프들은 어지럽게 눈알을 굴렸고, 그들 너머의 발가벗은 노장을 힐끔거린 장주는 조용히 말했다.

"나한테 할 말이 있으시다고."

그러자 오줌 마려운 똥개처럼 몸을 배배 꼬던 조수는 얼른 뒤쪽 사무실로 뛰어 들어가 노장을 흔들어 깨웠다.

"감독님! 일어나세요!"

"아, 왜?!"

"대표가 떴어요, 감독님!"

노장은 하품을 쩌—억 하며 말했다.

"무슨 대표?"

"선우장주가 왔다고요!"

이에 그 튀어나온 두 눈을 번쩍 뜬 노장은 쏜살같이 일어나더니 바닥에 떨어져 있는 겉옷만 부랴부랴 걸치고 밖으로 나갔다.

"아이고! UK픽처스 대표님께서 이 누추한 곳까지? 미리 연락이라도 주셨으면 청소라도 했을 텐데요?"

민망하고 당황한 기색으로 너스레를 잘도 떠는 노장을 아래에서 위로 쭉 훑는 선우장주의 입꼬리가 차갑게 말려 올라갔다. 이처럼 고작 시선 하나 주는 것뿐인데 상대방의 기를 완전히 꺾어버리는 무서운 재주를 타고난 그의 존재감에 거친 긴장감을 느낀 잔뼈 굵은 노장은 애써 덤덤한 척 소파에 주저앉으며 조수에게 말했다.

"뭐 하고 있어? 가서 마실 거라도 내와야지!"

그 순간 선우장주 그 특유의 저음이 낮게 울렸다.

"감독님, 이젠 카메라가 무거우십니까?"

이에 저도 모르게 마른침을 꿀꺽 삼킨 노장은 서늘한 그의 눈빛을 피하듯 갑자기 껄껄 웃더니 엄지손가락으로 뒤쪽을 가리키며 넉살을 부렸다.

"에이. 내가 어젯밤에도 세 번을 달렸는데 무슨 그런 서운한 말씀을."

부끄러움 따위 없이 비위 좋게 구는 노장 너머로 허겁지겁 옷을 챙겨 입는 여자에게 잠깐 시선을 주고 거둔 장주는 아까 조수가 먹다 뿜어 버린 생수병을 집어 노장에게 내밀었다. 이에 시선을 맞대고 혀끝으로 안쪽 어금니를 툭툭 건드리던 노장은 그 생수병을 받아 쭉쭉 빨아 삼켰다. 그러고는 아침 댓바람부터 UK픽처스 대표가 행차한 그 이유를 콕 집어 빈정거렸다.

"서영재와 섹스만 하는 사이는 아닌가 봐요?"

그러자 슬쩍 웃은 장주는 혼잣말처럼 중얼거렸다.

"섹스만 하는 사이일 수가 있나."

그리고 느릿하게 일어난 그는 저쪽에 보이는 값비싼 촬영 장비들을 응시한 채 덧붙여 말했다.

"난 서영재가 가라 하면 가고, 오라 하면 오는 비천한 입—장이라."

순간 뒷머리가 삐죽 선 노장은 슬그머니 자리에서 일어났고, 촬영 장비가 쭉 진열돼 있는 쪽으로 천천히 걸어간 장주는 각각의 장비에 시선을 주고 거두며 묵직한 한숨처럼 말했다.

"감독님 때문에 혹여 서영재가 마음이 상해 날 찾지 않으면 어쩌나 겁이 나는데……. 혹 이렇게 하면 어떨까 하고."

말이 떨어지기 무섭게 철로 땜질한 몸집 큰 의자를 번쩍 들어 올린 장주는 수천만 원을 호가하는 촬영용 카메라 위에 찍어 버리듯 집어 던졌다.

와장창!

"지금 뭐 하는 거야?!"

기겁해 비명을 지른 노장은 스태프들을 향해 소리쳤다.

"안 말리고 뭣들 해, 이 새끼들아!!"

하지만 일개 현장 삯꾼에 불과한 나약한 스태프들은 최고 권력가 앞에서 이러지도 저러지도 못한 채 발만 동동 굴렀고, 보다 못한 노장은 카메라는 물론 촬영 장비들을 모조리 깨부수는 장주에게 달려들었다.

"그만해, 이 새끼야!!"

그러나 마지막 남은 성한 트랙커까지 작살낸 장주는 죄다 부서진 장비들을 보며 손을 탁탁 털고 노장을 돌아봤다. 칼로 찔러도 피 한 방울 나오지 않을, 그 인간 같지 않은 선우장주의 표정에 노장은 두 주먹을 부르르 떨며 웅얼거렸다.

"사이코 새끼."

이에 히죽 웃은 장주는 살벌한 얼굴로 뇌까리듯 말했다.

"예술 하라고 판 짜 줬더니 수컷이랍시고 걸핏하면 사정하질 않나, 오줌똥 싸 대질 않나."

"이 어린노무 새끼가!"

퍽!

장주의 면상에 주먹을 날린 노장은 휘청하는 장주의 멱살을 잡아 붙들고 다시 주먹을 쳐들었다.

"감독님!"

마침 허겁지겁 뛰어 들어온 천재림은 비명을 질렀고, 이에 그 쳐든 주먹을 차마 선우장주의 면상에 꽂지 못한 노장의 모든 얼굴 근육들이 시뻘겋게 터져 나올 것 같았다. 이에 냉소적인 웃음을 흘린 장주는 멱살을 잡은 노장의 손을 사납게 내치고는 눈알이 빠질 것 같은 그 얼얼한 뺨을 손등으로 꾹 눌렀다 떼고 말했다.

“내가 어린노무 새끼라 한 대는 맞아 드리고.”

하더니 노장에게 바짝 다가선 그는 서늘한 눈빛으로 내리꽂듯 직시한 채 조용히 말했다.

“강민철, 당신 권력이 저건가?”

부서진 장비에 힐긋 시선을 주고 거둔 장주는 차갑게 입술 언저리를 말아 올리며 말했다.

“저건 내가 이미 박살 냈고. 아니면 이건가?”

순식간에 노장의 성기 전체를 한 손으로 덥석 움켜쥔 장주는 손아귀에 서서히 힘을 주고 비틀었다.

“허윽!”

온몸이 마비된 것 같은 노장은 새빨갛게 피가 솟은 얼굴로 고통을 호소했고, 이에 더 힘껏 성기를 비튼 장주는 무서운 얼굴로 빈정거렸다.

“좆도 아닌 것도 권력이라고.”

두 눈에까지 핏발이 선 노장은 이를 악문 채 부들부들 떨었지만, 영재의 망가진 흔적이 눈에 선명한 장주는 당장이라도 몸뚱어리에서 그 생식기를 분리시켜 버릴 기세로 경고했다.

“이거, 두 번 다시 영화판 어디에서도 박지 마. 이 세계에 창녀는 단 한 명도 없으니까.”

완전히 쪼그라진 성기를 내팽개치듯 확 손을 떼자 노장은 바닥으로 고꾸라졌다. 그리고 하나같이 시체놀이 하고 있는 스태프들 그 한 명 한 명에게 무서운 시선을 딱딱 주고 거둔 장주는 망연자실해 서 있는 천재림에게 차갑게 명령했다.

"대본 반납해."

이내 축 처지는 천재림의 어깨를 확 치고 밖으로 나가는 장주의 낯빛은 섬뜩하게 무서웠다.

'이년! 선우장주가 두 번 올라탄 게 단데요?!'

그날 이미 이런 상황을 예감하고 불안했던 천재림은 제 머리채를 움켜잡고 뜯었고, 일순간에 초상집이 된 사무실을 등지고 나와 차에 탄 장주는 넥타이를 느슨하게 잡아 내리며 말했다.

"시현아, 영재한테 가자."

어제저녁, 병원에 들이닥쳤던 영재의 망가진 얼굴을 보는 순간 더 이상 그녀를 품 밖에 둘 수 없다는 조급증이 인 장주는 부디 윤가영이 영재에게 미친놈이 된 선우장주를 고발해 주길 바랐다. 선우장주를 떠나라는 조언과 함께.

그날 정오쯤 돼서야 눈을 뜬 영재는 힘없이 주변을 살폈다. 암막 커튼이 드리워진 어둑한 실내, 고급스러운 천장, 가볍게 바스

락거리는 새하얀 침구와 손등에 꽂힌 링거, 그리고…… 당신…….

바로 앞에 앉아 미동도 없이 자신을 지켜보고 있는 장주를 인지한 순간 절망적인 소리가 귓전에 울렸다.

'선우장주는 미쳤다고!'

그녀의 관자놀이를 타고 눈물이 주룩 흘러내렸다. 힘없는 손을 들어 눈물을 슥 닦아 낸 영재는 링거가 꽂힌 손등을 괜히 힐끔거리며 태연한 척 말했다.

"내가 기절했었나?"

깨어나서 울기부터 하는 영재를 혼자 두지 않아 다행이라 생각한 그는 냉담하게 말했다.

"그랬지."

"요 며칠 내가 스트레스를 많이 받았나 봐."

어색하게 얼버무린 영재는 힘겹게 일어나 앉았다. 하지만 그를 똑바로 쳐다볼 수 없었다. 언제고 냉담했던 그 눈길 앞에서도 미치도록 떨렸던 가슴이 오늘은 죽을 만큼 저미는 까닭에.

"보고받았지? 내가 어제 헤드 미팅 때……."

"18년 만에 만난 엄마와의 재회가 충격적이었나?"

시트 위, 그녀의 손끝이 얼핏 떨렸다.

"당신도 알고 있었어?"

하지만 지금은 그게 중요하지 않았다, 결코.

"엄마는 이전에도 한번 봤어. 놀랄 일 아니야."

그러자 장주는 씁쓸한 웃음을 터뜨리며 말했다.

"그럼, 선우장주가 정신병자란 얘기가 쇼크였군."

순간 영재의 두 눈에 눈물이 그득 차올랐다. 그래도 지금 당장은 그 사실을 직면하고 싶지 않은 영재는 말을 돌렸다.

"감독들 앞에서 당신하고 두 번 잤다고 얘기했어. 나 〈낭자〉에서도 빠져야겠지?"

하지만 그는 자꾸만 그녀를 현실로 데려다 놓듯 집요하게 굴었다.

"내 주치의가 뭐라 그러디?"

그러니 더는 피할 수 없는 영재는 울컥하는 마음을 차마 다 가라앉히지 못하고 울음기 어린 목소리로 말했다.

"당신, 왜 나한테 섹스 제안했어?"

자신의 의도와 바람대로 가영이 엄마 노릇을 해 준 것을 알아챈 장주는 자조적인 얼굴로 말했다.

"너와 섹스하다 보면 한 놈은 죽일 수 있을 것 같아서."

타협점이라던 가영의 말이 맞았다. 그건 곧 그가 '진짜' 미쳤다는 뜻이었고.

결코 믿고 싶지 않았던 영재는 고갤 떨궜고 그 아래, 새하얀 시트 위로 눈물이 뚝뚝 떨어져 얼룩졌다. 그의 눈빛도 아팠다.

"너 때문에 미쳤다니까 불쌍해서 우나?"

"아니! 미안해서! 너무 미안해서!"

목이 타들어 가는 것처럼 메는 영재는 마구 치미는 울음을 입에 문 채 그 슬픔을 토로했다.

"당신을 버리던 날, 그날 차라리 내 목을 조르지 그랬어?"

이렇게 아파하는 영재를 지켜보자니 가슴이 빠개지는 것만 같은 장주는 애써 과장된 비웃음을 흘리며 비아냥거렸다.

"난 네가 죽음 앞에까지 간 나를 진짜 버릴 줄 몰랐지."

그때부터였다, 그녀가 꺼이꺼이 통곡하기 시작한 것이.

'우리 손주님, 그냥 죽게 둡시다.'

영재는 할 수만 있다면 5년 전 그날로 되돌아가고 싶었다. 비난의 손가락질을 받아도 절대 그를 포기하지 않을 영재는 뼛속에까지 사무치는 슬픔에 튀어나오는 울음을 참지 못하고 끄억끄억 말했다.

"지금이라도 내 목 조를래?"

그는 비웃었다.

"내 손에 죽겠다?"

"내가 그 자격이라도 있다면."

순간 욱신거리던 가슴이 벅찬 기분으로 뛰는 걸 느낀 장주는 훌쩍이는 영재의 뒷머리로 손을 뻗어 가만히 앞으로 당기고 차가운 목소리로 입을 열었다.

"서영재, 내 손에 죽을 수 있을 만큼 미안하면."

의도적으로 말을 끊은 그는 큰 슬픔에 젖은 영재의 얼굴을 지그시 응시하더니 그녀를 알고 있는 그 두 녀석의 존재 중 한 놈을 내세워 강요하듯 말했다.

"이젠 나한테 흔들리는 척, 해 줄 수 있나?"

사랑하지 않는 척, 해 왔던 영재의 입술 사이로 울음기가 새어 나왔다. 그의 눈동자가 차갑게 번뜩이며 대답을 재촉했다. 이에 고개를 끄덕거린 영재는 떨리는 목소리로 말했다.

"응. 나 당신한테 다시 흔들릴래."

이 한마디를 얻기까지 뼛속까지 고달팠던 장주는 순간 눈물이 핑 돌자 얼른 영재의 입술을 삼켰다. 그녀는 가만히 입술을 벌려 주었고 이에 장주는 더 깊이 삼키고 부드럽게 빨았다. 그의 가슴이 뜨거운 열망으로 타올랐다.

의지적으로 자신에게 다가온 영재가 미치도록 애가 타 견딜 수 없었다. 키스로는 부족했다. 서영재의 온몸의 체취를 전부 입으로 삼켜 버리고 싶었다. 사랑한다고 말해 주고 싶었다. 그 마음을 온몸으로 느끼게 해 주고 싶었다.

하지만 두 인격 사이에 서 있는 자신을 이 순간에서조차도 간과할 수 없는 그는 억지로 입술을 떼고 싸늘하게 중얼거렸다.

"병 주고 약 주고. 근데도 좋단다, 이 새끼는."

하지만 이내 다시 그녀의 입술을 삼킨 장주는 맹렬하게 키스했다. 영재 역시 적극적으로 호응하며 그의 목을 끌어안았다.

'이렇게 사랑을 속삭이다 어느 날 당신이 내 목을 조른대도 난 괜찮아!'

마치 연인 때처럼 적극적으로 키스하는 영재의 태도에 온몸과 정신이 나른해지는 걸 느낀 장주는 시트 위로 영재의 한쪽 허벅지를 꽉 거머쥐더니 이내 그 거추장스러운 시트를 거둬 내고 영재를 자신의 허벅지 위로 끌어 내려 앉혔다. 그 순간에도 서로의 입술은 떨어질 줄 몰랐다.

◇ ◆ ◇

어쩐지 마음이 어수선하다며 점심 식사를 거른 조모를 찾아 앞마당으로 나온 수행 비서는 화단에 물을 주고 있는 그녀에게 전화기를 내밀었다.

"어르신, 전화가 왔습니다."

"아, 그래요?"

들고 있던 물조리개를 땅에 내려놓은 조모는 내심 기다렸던 전화에 반색했다.

"오, 재인 양?!"

곧 애교 섞인 목소리가 들렸다.

— 할머니임, 저 맛있는 거 먹고 싶은데 이따 저녁에 밖에서 저와 데이트하시면 안 돼요?

"데이트요? 하다마다요! 내, 어디로 가면 되겠습니까아? 아, 알겠어요. 곧 만납시다?"

통활 끝낸 조모는 수행 비서에게 전화기를 건네며 말했다.

"데이트하잡니다, 이 늙은이한테. 귀엽지요?"

재인의 얕은꾀를 그리 봐 줄 용의가 있는 조모는 다시 물조리개를 손에 쥐며 일렀다.

"손주님께 전화 넣어서 이 할미가 데이트하잖다고 전달하세요."

다시 화단에 물을 주는 조모의 한복 치맛자락이 어제보다 많이 불어오는 가을바람에 휘리릭 휘날렸다.

◇ ◆ ◇

겨울 패션 화보 촬영 막간에 조모에게 전활 건 재인은 여느 때처럼 다리 역할이 아닌 단절을 위한 필살기로 조모의 시간을 얻어 냈다. 이틀째 본체만체하고 있는 가영의 속내가 무엇이든 간에 주역이 물 건너갔다면 '똑 따 먹는 배역' 이라도 하고 퇴장해야지 천하의 바보 천치가 될 순 없는 재인에겐 오로지 조모뿐이었다.

"재인 씨, 준비됐으면 갑시다!"

포토그래퍼의 사인이 떨어지고 막 스테이지로 올라서려는 순간이었다. 배곯아 죽겠다며 투덜대다 사라졌던 매니저가 헐레벌떡 뛰어 들어오더니 재인의 팔을 낚아채 한쪽 귀퉁이로 끌고 갔다.

"누나, 누나! 대박, 대박!"

숨넘어가게 생긴 매니저는 주변을 훑더니 재인의 귀에 대고 속닥거리기 시작했다. 한참 얘길 듣던 재인은 반쯤 사색이 돼 물었다.

"사실이야? 확실해?"

"내가 이 나이에 된밥 먹고 쉰 소리 해? 〈낭자〉 상견례 땐 스폰서 아니라더니 이호재는 맛보기였어. 강민철에 이어 천재림까지 다 작살났다니까?"

오점 하나 없이 메이크업된 얼굴에 갑자기 식은땀이 나기 시작한 재인은 그 어질어질한 머리에서 값비싼 페도라를 벗어 던지더니 매니저를 밀치고 나갔다.

"고재인 씨?!"

"누나!"

사진작가와 매니저가 동시에 불렀지만 얼굴이 하얗게 질려 밖으로 뛰쳐나온 재인은 차에 타려 했다. 그때 뒤에서 누군가 그녀의 어깨를 덥석 잡았다.

"어마!"

소스라치게 놀란 재인은 뒤를 돌아봤다가 또 한 번 놀랐다.

"가, 감, 감독님?"

이호재, 아니 상거지였다.

"재인 씨, 나 좀 살려 줘!"

거구의 그 살집은 어디 가고 반쪽짜리 체구에 검게 썩은 얼굴로 나타난 이호재는 두 무릎을 땅바닥에 떨어뜨리며 사정했다.

"재인 씨! 좆 빠지게 찍은 내 영화, 내 영화가 아니래! 지금껏 내가 낳은 영화도 폐기된대! 재인 씨, 제발 그 하늘 같은 약혼자한테 가서 말 좀 잘해 줘, 응?"

눈 뜨고 못 봐 주게 생긴 이호재는 그야말로 처절했다.

"사실 선우장주도 재인 씨가 있는데 서영재랑 놀아먹는 거 잘하는 거야? 아니잖아? 재인 씨도 선우장주한테 태도 확실히 해야지? 속 넓은 척 봐줬다간 결혼해서도 우스운 처지 된다? 내가 증인 돼 줄게! 힘 돼 줄게! 그러니까 약혼녀답게 당당하게 큰소리치고 체면 챙겨. 그리고 내 숨통도 좀 트여 줘라! 그렇게만 해 주면 앞으로 재인 씨 앞에서 알아서 길게!"

이 大고재인을 값 쳐주는 사람이 있어 좋긴 한데 하필 이 치사하고 얍삽한 이호재라니.

"감독님, 그냥 조용히 죽어. 너 같은 놈이랑 산소 나눠 먹은 피해자들 생각하면 그동안 숨 쉬고 산 것도 천운이야. 그러니까 가서 조용히 뒈지시라고!"

조롱을 아끼지 않은 재인은 비굴함에 얼굴이 일그러지는 이호재를 밀치고 차에 타려는데 그가 한쪽 손목을 비틀어 버릴 기세로 세게 쥐어 잡고 말했다.

"야, 나 이호재야? 조용히 못 뒈지지! 너어, 오늘 이 순간을 자알 기억해! 금방 후회하게 만들어 줄 거야!"

그러나 눈 하나 깜짝 않은 재인은 더럽고 크기도 큰 이호재의 손을 확 내쳤다..

"아이고, 무서워라! 왜 그 기운으로 선우장주한텐 못 가셨나아? 아! 아직 소식 못 들었지? 절친 있잖아, 강민철? 선우장주한테 박살 났대? 나도 방금 들은 건데, 어때? 따끈따끈한 소식이지?"

잘도 이죽거린 재인은 후 불어도 쓰러질 듯 기력을 잃은 이호재를 두 손으로 앙칼지게 밀어 버리고는 차에 탔다.

여배우의 고운 두 손에 툭 밀려 자빠진 이호재는 쌩하고 달리는 고급 세단을 보며 웅얼거렸다.

"나 이호재야. 이대로 죽을 이호재가 아니라고."

자기 최면 거는 그의 귓가엔 최고 권력가의 목소리가 강하게 울렸다.

'내가 밟으면 밟히는 겁니다.'

"으아악!! 선우장주!!"

UK픽처스의 대회의실에서 임원을 비롯한 브레인들과 미팅 중이던 장주는 징— 하고 울리는 전화기를 힐긋 쳐다봤다. 청기와였다. 가만히 아래턱을 만지작거리던 그는 브리핑하던 임원에게 중단하라는 손짓을 한 뒤 전활 받았다.

"네에."

— 도련님, 어르신께서 전하라는 말씀이 있습니다.

가만히 수행 비서가 전하는 얘길 듣던 장주는 저쪽 건너편, 자신의 방에서 정신없이 설치며 끙끙대는 천재림을 지그시 응시한 채 대답했다.

"오늘은 제가 선약이 있어 못 간다고 말씀드리십시오."

이내 천재림에게서 시선을 거두며 전활 끊은 장주는 다시 회의를 진행했고, 그 회의의 주요 안건이 〈낭자〉 스태프 '재구성' 이라는 말을 시현에게 전해 듣고 바람처럼 튀어 온 천재림은 통화도 대면도 허락 안 해 주는 선우장주에게 접근할 방법이 없어 똥

줄이 타들어 갔다.

"나도 죽는구나."

고배를 도라무통으로 마신 얼굴로 중얼거린 그는 번뜩 CORE KEY가 떠오르자 쏜살같이 밖으로 뛰어나갔다.

◇ ◆ ◇

어제 오후에 호텔에서 돌아와 꼬박 하루를 잔 영재는 1층으로 내려와 앞치마를 둘러맸다. 밥도 앉히고 냉장고를 비워 몇 가지 반찬을 뚝딱 만들어 낸 그녀는 홈 바 테이블 위에 상을 차리고 앉았는데 별안간 폴딩 도어 안으로 누군가 불쑥 들어왔다.

"이야, 밥이 넘어가?"

시비 걸며 영재 앞에 털썩 앉은 천재림은 시시하게 차려진 밥상에 대고 구시렁거렸다.

"최후의 만찬? 아니면 자축?"

도통 말귀를 알아들을 수 없는 영재는 젓가락 한 쌍, 그리고 밥 한 공기를 더 퍼서 천재림 앞에 놓았다.

"같이 드세요."

천재림은 도리도리하며 말했다.

"내 목구멍이 지금 포도청이지만 이건 못 삼켜."

노장과 힘겨루기한 일을 탓하는 걸로 안 영재는 일단 밥 한 술을 떠서 입에 넣었다. 천재림은 피죽 한 그릇 못 먹은 것 같은 영재의 몰골을 고심 어린 눈으로 빤히 쳐다봤다. 이 KEY를 찾아오는 내내 망설이고 또 망설였지만 부활의 길은 서영재밖에 없었다. 지름길은 개뿔!

탁.

더는 밥을 먹을 수 없어 수저를 내려놓은 영재는 물 한 모금을 마시고는 딱 잘라 말했다.

"감독님, 전 촬영 감독한테 가서 빌 생각 없어요."

"누가 뭐래? 내가 너한테 빌러 왔어, 나 좀 살려 달라고."

그 뜬금없는 말에 당황한 영재는 어쩐지 불길했다.

"그게 무슨 말이에요?"

아무것도 모르고 있는 영재를 한숨 가득한 얼굴로 쳐다보던 천재림은 개탄하듯 말했다.

"그 강민철 늙은이, 선우장주 손에 아작 났어."

"네?"

"어제 새벽에 선우장주가 직접 찾아가서 촬영 장비 다 깨부수고, 노장 거시기까지 작살냈다고. 그리고 나한테는 대본 반납하래. 고로, 〈낭자〉는 내 손에서 떠났다고!"

앞으로 그 어떤 일에도 놀라지 않으려고 했던 영재는 순간 아찔했다. 어제 호텔에서 눈을 떴을 때 자신을 지켜보고 있었던 그는 이 사건에 대해선 일언반구도 하지 않았다. 하기야 했다고 한들…….

이젠 사랑하는 그에게 흔들리는 척, 하는 것이 존재 목적이 된 영재는 아무것도 할 수 없었다. 아니, 오히려 더 조심스러워졌다, 선우장주에 관한 거라면.

"서영재, 나 좀 살려 주라. 네가 대신 가서 말 좀 해 줘, 선우장주한테, 응?"

면도도 안 된 그 까칠까칠한 천재림의 얼굴 위로 이호재가 떠오른 영재는 절로 나오는 한숨에 시선을 잠깐 피하려다가 그 뒤, 폴딩 도어 앞에 서 있는 장주와 눈이 마주쳤다.

놀란 영재는 아까부터 너를 보고 있었다고 말하는 것 같은 그의 깊은 눈빛에 가슴이 두근거렸고, 그 부끄러움에 얼굴까지 붉어진 그녀는 얼핏 웃는 듯한 그의 야릇한 표정에 얼른 천재림에게로 눈을 돌리고 말했다.

"말만 전달하면 돼요?"

메신저 역할을 해 주려는 영재가 눈물겹도록 고마운 천재림은 호기 어린 태도로 사정했다.

"앞으로 영화판에서 개새끼 짓 하는 놈들은 이 천재림이 죄다 밟아 버릴게. 그러니까 제발 선우 대표한테 그 노여움 거두라고, 날 좀 봐 달라고 얘기해 줘, 응?"

"자—알 들었다."

그 특유의 저음에 화들짝 놀란 천재림은 벌떡 일어났다.

"대표님!"

몸 둘 바 몰라 하는 천재림 앞으로 딱딱 걸어온 장주는 서늘한 눈빛으로 직시한 채 그 어떤 고함보다 더 무섭고 조용한 목소리로 면박했다.

"넌 그때 막았어야지? 왜, 서영재라서 일부러 안 막았나? 다른 여자 스태프였다면 마땅히 보호해 줬을 건가, 그 개자식한테서?"

"그, 그게……."

"그러고도 영재한테 와서 날 막아 달라고 사정을 해? 천재림, 너부터가 개새끼지?"

동류가 되려고 한 건 결코 아니지만 그 어떤 변명도 할 수 없는 천재림은 큰 한숨과 함께 고개를 떨궜지만 장주는 그의 기를 완전히 꺾어 버렸다.

"어제 너부터 죽였어야 했는데 내가."

그나마 친구인 덕택에 〈낭자〉에서 아웃당한 걸로 끝난 천재림은 결국 영재 앞에 덥석 무릎을 꿇었다.

"감독님!"

기겁해서 뒷걸음질 친 영재는 방관하는 장주에게 어떻게 좀 해 보라고 눈짓했지만 그는 꿈쩍도 하지 않았고, 천재림은 진심 어린 사과를 했다.

"내가 미안하다, 서 감독. 이제 와 이런 말 궁색하지만 일이 이렇게까지 될 줄은 몰랐어."

그날 끝까지 이성적이지 못했던 영재는 크게 민망해하며 말했다.

"얼른 일어나세요, 감독님!"

하지만 천재림은 요동하지 않았고, 영재는 발을 동동 구르며 장주를 재촉했다. 그제야 뒤쪽으로 손짓한 장주는 대기하고 있던 시현이 건네준 서류 봉투 하나를 천재림에게 내밀었다. 그 봉투와 장주를 번갈아 보던 천재림은 조급한 손길로 봉투를 열었다. 맙소사!

새로 구성된 〈낭자〉 제작진 스태프 명단 파일에 기재된 총감독의 이름은 분명 천재림이었다. 죽다 살아난 천재림은 그 구원의 파일을 품에 끌어안고 눈가를 적셨다.

"대표님, 고마워!"

"재림아."

산송장이던 천재림은 오뚝이처럼 벌떡 일어났고, 장주는 냉담하게 말했다.

"인간 천재림은 용서가 안 되는데 그 능력은 높이 사지, 내가. 더구나 〈낭자〉엔 너만 한 놈이 없어. 브레인들도 인정하는 바고. 잘 부탁한다."

부탁도 섬뜩하게 하는 장주가 준 우정 어린 기회에 그새 고삐가 풀린 천재림은 으스대며 말했다.

"내가 얘기했지? 나 아니면 이 영화 안 돼!"

순간 장주의 미간이 사납게 구겨졌다. 그러자 얼른 폴딩 도어 앞으로 뒷걸음질 친 천재림은 이만 꺼지겠다는 손짓과 함께 영재에게 큰 소리로 말했다.

"서영재 감독, 고맙다!"

구사일생하고 뛰어나가는 천재림을 보며 그제야 한시름 놓은 영재는 안도의 한숨을 깊이 내쉬었는데 어느새 홈 바 테이블 앞에 앉은 장주는 상차림을 느릿하게 훑었다. 김치, 계란말이, 멸치볶음 그리고 잡곡밥.

썩 마음에 들지 않는 건지 얼핏 입가를 삐죽거리던 그는 천재림 몫으로 퍼 놓은 밥을 한 술 떠서 입에 넣었다. 그 모습을 바라보자니 수많은 감정이 올라와 코끝이 찡해진 영재는 음! 하고 목을 가다듬고는 정수기에서 물 한 잔을 떠서 장주 앞에 놔 주고 마주 앉았는데 계란말이를 한입 베어 문 장주는 핀잔을 주었다.

"넌 이게 맛있냐?"

순간 민망해진 영재는 어색하게 웃으며 말했다.

"자장면 시켜 줄까?"

이에 젓가락을 내려놓은 장주는 무정하게 말했다.

"질려."

"그럼 나가서 먹을래?"

미안한 듯 웃는 영재를 빤히 응시하던 장주는 이젠 예전처럼 자신의 시선 앞에서 홍조를 띠며 감정을 숨기지 않는 그녀를 견딜 수 없었다.

"질염은 다 나았나?"

이에 귀까지 새빨개진 영재는 아니라고 대답하지 않았다. 약을 두 배로 먹는 한이 있어도, 다시 가서 주사를 또 맞더라도 섹스, 하고 싶었다. 그에게 흔들리는 태도로, 적극적으로.

그 마음을 알아챈 건지 물 한 모금으로 입을 헹군 장주는 묵직하게 일어나 손목에서 시계를 풀어 물컵 옆에 내려놓고 영재에게 다가갔다. 그녀의 무릎 끝에 장주의 허벅지가 닿았고, 영재의 심장은 배 밖으로 튀어나오기 일보 직전이었다.

두근두근.

긴장한 탓에 입술에 꾹 하고 힘을 주는 영재를 열기 어린 눈으로 내려다보던 그는 가만히 허릴 숙였다. 그리고 선명하게 떨리는 영재의 입술을 아래위로 느릿하게 빨았다 놓고는 서로의 입술이 닿을 만큼 가까이에서 조용히 말했다.

"서영재가 질릴 날이 있을까, 내가?"

이에 얼굴이 더 빨개진 영재는 수줍은 듯 입술을 벙긋거렸고, 그 반색에 씩 웃던 장주는 다시 영재의 입술을 삼켰다. 타는 듯한 그의 말랑한 혀가 조금은 소극적으로 구는 그녀의 입안으로 완전히 들어와 목구멍에까지 닿았다. 이에 거친 숨소릴 토하는 영재를 일으켜 먼저 앞치마를 벗기고 번쩍 안아 두 다리를 자신의 허리에 두른 장주는 맹렬하게 입을 맞추며 작업실 중앙에 있는 커다란 원탁 앞으로 걸어가 그 위에 영재를 앉혔다.

그 순간에도 입술은 떨어지지 않았고, 장주는 자신의 뒷목으로 손을 뻗는 영재의 후드 롱 원피스의 밑단을 허벅지 끝까지 들추고 그 속에 수줍게 모아진 두 다리를 완전히 벌려 그 사이에 섰다. 그리고 빳빳해지는 영재의 무릎에서부터 허벅지까지 더듬거리더니 두 손으로 엉덩이를 힘껏 거머쥐고 앞으로 바짝 끌어당겼다.

서로의 은밀한 부위가 완전히 밀착되자 그의 혀가 영재의 입안으로 들어와 그 숨을 자기가 대신 삼켜 버리며 크게 신음했다. 그는 곧 조급한 손길로 재킷을 벗어 타이와 같이 바닥에 떨어뜨린 다음 영재가 입고 있는 후드 원피스를 머리 위로 끌어 올려 벗겼다.

노브라…….

양쪽 가슴 라인이 옆구리를 살짝 벗어난 원형 추 모양의 젖가슴이 그대로 드러났다. 분명 입맛을 다시는 듯한 그의 탐욕적인 시선 아래서 침을 꿀꺽 삼키는 영재의 젖꼭지는 더 봉긋해지고 딱딱해졌다.

그 자릿한 감각은 그녀의 허벅지 사이까지 쭉 퍼져 나갔고, 그 원색적인 시선을 서서히 아래쪽으로 떨어뜨리며 셔츠의 단추를 끄르고 팬츠의 버클과 지퍼를 연 장주는 격렬하게 고동치는 심장에 가빠진 숨을 가만히 몰아쉬며 영재의 두 다리 사이에서 당당하게 알몸으로 섰다. 그리고 곧장 뜨겁고 맹렬한 입술로 자신만만하게 영재의 입술을 덮쳐 꼼짝 못 하게 만들었고 동시에 영재의 브리프를 끌어 내리려 했다.

이에 두 팔을 뒤로 뻗어 체중을 싣고 엉덩이를 가만히 들어 준 영재는 그 손끝에 닿는 원피스 자락을 꽉 움켜잡았고, 그의 뜨거운 입술이 목을 따라 내려오며 목 아래 오목한 곳까지 키스하고 핥고 물었다.

그의 타액으로 얼룩질수록 취기가 올라오는 영재의 다리는 뻣뻣해졌고, 그 사이에 두 갈래로 벌어진 은밀한 곳이 촉촉이 젖었다. 영재는 그의 숱 많은 검은 머리로 한 손을 뻗으며 머릴 뒤로 젖혔다.

"하아!"

목에 걸린 거친 신음을 토한 장주는 치아로 영재의 젖꼭지를 물었고 손가락으로 다른 쪽을 세게 당겼다. 영재는 맞대고 있는 그 은밀한 곳에서 점점 커지는 장주의 남성을 느끼며 부들부들 떨었고 또다시 거친 숨을 토한 장주는 다시 영재의 입술을 강하게 빨았다 놓으며 턱선을 따라 천천히 움직이며 깨물었다. 귀에 코를 비볐고 그 주위에 키스를 퍼붓다가 얼굴로 떨어진 머리카락을 쓸어 올리며 맨어깨에 키스했다. 그리고 그의 커다란 손안에서 터질 듯이 부푼 젖가슴을 핥고 빨기를 반복했다.

그가 주는 생생한 감각에 영재는 반복적으로 몸을 휘었고, 장주는 그녀의 앞가슴을 가만히 밀어 테이블 위에 완전히 눕혔다. 그의 입술은 젖가슴에서 그 사이를 따라 아랫배로, 또 음모 사이의 선을 미끄러져 내려가며 가볍게 물고 혀끝으로 간질였고, 뒤쪽의 엉덩이에 닿는 의자에 걸터앉으며 뒤로 쭉 밀었다. 그리고 영재의 다리를 더 벌렸다. 상체를 조금 구부리자 그녀의 핑크빛 속살이 그의 시선을 사로잡았고, 이에 크게 숨을 몰아쉰 영재는 이 남자를 갖고 싶다는 열망에 과감하게 다리를 벌린 채 그가 빨리 몸 안으로 들어와 주길 바랐다, 깊이.

열려 있는 폴딩 도어 사이로 조금은 날카로운 찬바람이 불어왔지만 두 사람은 서로가 아니면 전혀 신경 쓰지 않았다.

적나라하게 드러난, 선우장주 외엔 그 누구에게도 허락되지 않은 영재의 음문을 한 손으로 덮은 그는 엄지를 벌어진 음문 안으로 넣어 음핵을 건드리더니 다른 손으로 왼발을 잡아 입으로 가져갔다. 발가락과 발등을 부드럽게 물었다. 발목에서부터 키스를 시작해 종아리를 따라 무릎까지 계속 올라왔다가 허벅지 안쪽으로 입술을 옮긴 장주는 다리 사이를 더 벌렸고 거기, 그 은밀한 부위에 키스하려고 했다.

영재는 경련을 일으키듯 떨었고, 그는 코를 완전히 들이밀고도 시선을 그녀의 눈에서 떼지 않고 숨을 들이마셨다. 그 모습은 너무 선정적이었다. 차마 볼 수가 없는 영재는 두 손으로 얼굴을 가렸고 이에 쿡 하고 웃음을 터뜨린 장주는 두 손으로 허벅지를 내리누른 채 혀끝으로 천천히 클리토리스 위에서 원을 그렸다.

"흐음!"

신음과 동시에 몸을 활처럼 휜 영재는 정신이 날아갈 것 같았다. 그는 다시 혀를 굴렸다. 그리고 안으로 들이밀었다. 그 행동을 반복했다. 영재는 신음했다. 너무나 강렬한 감각이었고 순간 몸을 관통하는 아찔한 전율에 영재는 상체를 들썩거렸고 이에 한 손을 영재에게 뻗어 깍지 끼어 잡은 장주는 힘껏 잡아당겼다. 오뚝이처럼 일어나 앉은 영재는 주저 없이 그의 목을 두 팔로 끌어안았고 얼굴을 누르는 영재의 젖가슴을 이내 입에 삼킨 장주는 괴로움에 가까운 거친 신음을 내지르며 물고 빨았다.

영재는 갈망의 몸부림을 치며 그를 재촉했다. 그러다 너무 힘을 준 탓에 테이블 위에서 그의 허벅지 아래로 떨어졌다. 그 순간 아차! 한 영재는 그 반동으로 그의 어깨를 더 세게 눌렀고, 순간 체중이 뒤쪽으로 쏠리자 균형을 잡으려던 장주는 바동대며 영재를 한 팔로 끌어안았지만…….

쾅!

의자가 뒤로 넘어가 버렸다. 두 사람은 한 몸처럼 추락했다. 장주를 쿠션 삼아 충격을 흡수한 영재는 기겁해 소리쳤다.

"장주 씨?!"

"괜찮아."

굵은 저음으로 거칠게 말한 장주는 기겁한 영재의 뒷머리로 손을 뻗어 당기고는 제 위로 엎어지는 영재의 입술에 맹렬하게 키스했다. 그녀의 손을 잡아 자신의 성난 남성을 움켜쥐게 했다. 거부할 수 없는 흥분이 영재의 온몸을 휘감았다.

그의 능란한 입술이 불러일으키는 강한 소유욕으로 떨리는 허벅지 사이에서 뜨거운 열기를 느낀 영재는 그의 남성을 어루만졌고 그녀의 행동에 더는 견딜 수 없게 된 장주는 헝클어진 그녀의 긴 머리카락을 손에 휘감아 단단한 가슴으로 끌어안은 채 돌아누웠다.

한 팔을 그녀의 목 아래에 받치고 젖가슴을 빨며 다른 손으로 음문 안의 음핵을 찾아 진동을 주며 자극했다. 매끈한 근육질의 단단한 팔에 얼굴을 묻고 뜨겁고 남자다운 그의 체취를 들이마시며 더욱 다리를 벌려 주는 영재의 입에선 신음 소리가 색색 새어 나왔다. 세기를 조절하며 클리토리스를 자극하고 문지르기를 반복하던 장주는 검지를 구부려 천천히 음문 안에 깊이 묻히도록 찔러 넣었다.

영재는 숨을 헐떡이며 몸을 떨었고, 손가락을 꽉 조이는 그 관능적인 감각이 아주 만족스러운 듯 크게 신음한 장주는 검지를 넣었다 뺐다, 넣었다 뺐다 하더니 안으로 깊숙이 쑥 찔러 넣고 빙빙 돌리며 질 벽 안쪽을 쓰다듬었다. 그 손놀림에 정신이 날아갈 것 같은 영재는 그의 팔을 꽉 움켜잡았다. 하지만 그가 멈추자 느껴지는 허전함을 억누를 수 없는 영재는 숨 가쁜 소리로 말했다.

"……장주 씨, 멈추지 마."

이에 야릇한 웃음을 흘린 장주는 그녀의 두 다리를 M 자 모양으로 세우고 그 사이에 앉아 손가락으로 크게 원을 그리며 질 입구를 늘리고 잡아당기더니 단단히 곧추선 남성을 느릿하게 찔러 넣었다.

“아훗!”

그녀는 비명을 질렀고 그는 점점 더 그녀 안으로 깊이, 세게 밀고 들어왔다.

“하아!”

두 사람은 동시에 신음했다. 빈틈없이 차고 조이는 완벽한 결합이었다. 영재는 속수무책으로 그를 향해 호응했고, 이에 들어왔다 물러났다 하면서 천천히 움직이다가도 욕망의 증거를 숨기지 못하고 거침없이 허릴 밀어 올리는 장주의 온몸에 땀이 맺혔다.

가르랑거리는 영재의 무릎을 위로 높이 밀어 올리며 그가 계속 찔러 올수록 영재의 몸은 빳빳해지며 바르르 떨렸고, 절정에 오르면서 많은 양의 분비물을 분출했고, 그 안에서 고통에 가까운 쾌감을 표현할 길이 없는 장주는 무아지경에서 허우적거렸다.

몇 번이고 자세를 바꿨다. 전신을 울리는 아찔함에 이대로 미쳐 버리는 게 아닌가 싶다가도 성이 차질 않는 장주는 이대로 죽는대도 상관없다는 욕망 앞에서 주저하지 않으며 절정을 향해 달렸다.

똑같이 무릎을 꿇고 허릴 세우고 앉은 두 사람은 그대로 한 몸이 되었다. 영재 뒤에서 한 팔로 가슴 감싼 채 젖꼭지를 지분거리고 다른 손으론 음핵에 진동을 주며 일률적으로 허릴 밀어 올리며 그녀의 몸을 들락거리는 장주의 뜨거운 입술은 손을 뒤로 뻗어 그의 뒷머리를 부여잡은 영재의 입술을 맹렬하게 삼켰다.

그의 능숙한 손이 주는 감각에 영재의 다리 사이는 점점 더 벌어지며 빳빳해졌고 아랫배까지 딱딱하게 쾌감이 뭉쳐 전신을 울렸다. 영재는 비명을 질렀다. 더는 견딜 수 없었다. 음핵을 애무하는 그의 손을 꼭 붙들었다. 그러자 통제할 수 없는 흥분에 사무친 장주는 원초적이며 남성적인 힘으로 그녀를 찔렀고 곧 아득한 절정에 얼굴이 발개진 영재 안에서 폭발하며 쏟아 냈다.

찬 기운이 감도는 작업실에서 서로를 열기에 가둔 두 사람의 몸이 아직 하나인 채로 흐물흐물해졌다.

"하아, 기 빨려."

목에 걸린 거친 목소리로 중얼거린 장주는 가만히 몸을 앞으로 기울여 자신의 성기를 빼려는 영재의 허릴 잡아 다시 뒤쪽으로 당겼다. 분리될 듯했던 서로가 서로를 완벽하게 다시 채우고 조였다.

"흐음."

나지막이 신음을 토한 영재는 그 마지막의 희미한 전율이 오랫동안 아랫배에서 꿈틀거리는 걸 느꼈다. 그 깊은 부위는 분명 쓰렸지만 다시 섹스할 수 있을 만큼 그가 주는 모든 감각이 설레는 영재는 팔을 뒤로 뻗어 그의 뒷목을 잡고 입술을 찾아 비스듬히 고갤 돌렸고, 그는 기다렸다는 듯이 그녀의 입술을 부드럽게 삼켰다.

유명 연예인이 운영하는 퓨전 레스토랑으로 조모를 모신 재인은 메인 식사가 끝나기까진 평소와 다름없이 유쾌한 분위기로 시간을 보냈다. 하지만 디저트와 함께 나온 주젯거리는 조모를 당황스럽게 했다.

“여자요?”

서글픈 얼굴로 고갤 끄덕인 재인은 눈물을 글썽이며 말했다.

“할머님이 걱정하실까 봐 말씀 안 드리려고 했는데 장주 씨가 너무 도가 지나쳐서 할머님의 도움을 구하지 않고는 견딜 수가 없었어요.”

너무 갑작스러운 상황에 난감해진 조모는 차분히 되물었다.

“그러니까 그 여자 때문에 두 번씩이나 영화계에 파문을 일으켰다는 거지요?”

“죄송해요, 할머님. 제가 부족해서 그런 것 같아요.”

자신을 나무라는 재인을 안타깝게 바라보는 조모의 심사는 냉정했다.

‘다른 여자라…….’

여자를 가까이한 적 없던 손주가 어느 날 갑자기 고재인을 데려왔다, 결혼을 하겠다고. 그때 조모는 그녀가 무척 반가웠다, 유명 배우여서가 아니라 그저 ‘다른’ 여자란 이유만으로. 그런데 재인이 아닌 또 다른 여자가 있다……는 이 기막힌 얘기가 조모는 결코 나쁘지 않았다. 손주가 한 여자한테 빠지는 건 달갑지 않기에.

“재인 양, 내가 미안합니다.”

“아니에요, 할머님!”

송구스러워하는 재인을 보며 인자하게 웃어 준 조모는 옆에 놔둔 가방에서 전화기를 꺼내 손주에게 전활 걸었다. 신호음이 떨어졌다. 하지만 길어지는 신호음 뒤로 부재중 멘트가 들리자 가만히 전화기를 내려놓은 조모는 다시 한번 다독이며 말했다.

“재인 양, 내가 가서 손주님을 단단히 혼내겠습니다. 재인 양은 걱정 말고 결혼 준비를 즐—겁게 하세요, 아시겠지요?”

하지만 재인은 울음까지 터뜨리며 말했다.

“결혼 준비를 진짜 해도 되는 건지 모르겠어요!”

이에 조모는 정색하며 말했다.

“재인 양, 그게 무슨 소립니까? 마땅히 하셔야지요!”

“그러니까요, 할머님. 마땅히 해야 하는데 그 여자가…… 그 여자가요…… 5년 전에 장주 씨를 버린 여자래요. 흑흑흑.”

순간 조모의 얼굴이 일그러졌다. 5년 전?!

“할머님, 제가 어떻게 해야 하는……. 할머님?”

마치 숨을 쉬지 않는 것만 같은 조모의 일그러진 얼굴이 굳어지고 그 주름진 두 눈에선 시퍼런 불이 뚝뚝 떨어지고 있었다. 어디서도 본 적 없는 무서운 얼굴이었다. 할머님?

캄캄한 작업실 바닥에서 장주의 아랫배를 베고 그 다리 사이에 엎드려 누운 영재는 자신의 머리칼을 버릇처럼 비비적거리는 그의 손길이 꿈만 같았다.

“나, 이제 당신의 어디쯤에 서 있으면 돼?”

저 밖, 가로등 주변만 희미하게 살린 불빛을 응시하고 있던 장주는 잠자코 그녀의 머리칼만 손끝에서 어루만졌다. 사실 그의 침묵에서 서영재가 안고 가야 하는 슬픔의 요소들을 충분히 가늠할 수 있는 영재는 괜찮은 척 굴며 말했다.

“난 내 존재를 당신만 알아도 괜찮아. 그러니까 내 말은…….”

순간 그녀의 눈에 가로등 불빛이 퍼져 보였다.

“……숨겨진 여자로 살아도 돼.”

이에 장주는 비웃음을 터뜨렸다.

“서영재가? 퍽도 잘해 내겠다.”

그러면서 몸을 일으켜 앉았다. 영재도 일어나 앉았다. 서로는 말없이 쳐다봤다. 헌데 그의 시선이 서서히 아래쪽으로 떨어졌다. 그녀의 머리칼이 흘러내린 긴 목을 따라 젖가슴, 그리고 아랫배를 거쳐 거뭇한 치구까지, 그러다 옆으로 두 다릴 모으고 앉은 영재의 저 발가락 끝까지 눈으로 핥고 내려간 그는 다시 그 모양새가 뚜렷한 젖가슴에 욕심 어린 시선을 모은 채 손을 뻗어 한쪽을 거머쥐었다.

영재는 가만히 숨을 몰아 내쉬었고 그녀의 가슴으로 고갤 묻은 장주는 다른 한쪽 가슴을 입에 물고 할짝할짝 핥았다.

그의 혀가 주는 감각과 소리, 영재는 그의 뒷머리로 손을 뻗어 손가락 사이로 삐져나오는 그의 검은 머리칼을 꽉 힘주어 잡으며 나지막이 신음을 토했다. 이에 그 색색거리는 입안으로 다시 혀를 밀어 넣으며 영재를 번쩍 안아 제 허벅지 위에 앉힌 장주는 앙증맞은 그녀의 아래턱을 지그시 물었다 놓고 말했다.

“넌 그저 내가 흔드는 만큼만 흔들리면 돼. 그게 네 자리야.”

잔뜩 상기된 영재는 가만히 고갤 끄덕였고, 이에 씩 웃던 장주는 다시 키스했다. 폴딩 도어 사이로 불어오는 바람은 더 차가워졌지만, 그의 뜨거운 입술은 그녀의 뺨과 턱, 그리고 목에서 그 아래 어깨를 따라 늘씬한 팔뚝 위로 쭉 미끄러졌다.

영재는 그의 어깨를 잡고 있던 손을 뒷목으로 옮겨 깍지 끼어 잡고 몸을 활처럼 휘며 머릴 뒤로 젖혔다. 곡선처럼 휘는 영재의 등을 두 손으로 받치듯 잡고 고갤 숙인 장주는 붉은 키스 자욱이 난무한 그녀의 양쪽 젖가슴에 온통 타액을 묻히며 목에 걸린 거친 신음을 토했다. 치구 아래로 한 손을 찔러 넣고 가장 긴 손가락으로 여성을 갈랐다. 둘은 다시 하나가 되려고 했다.

하지만 테라스 나무 바닥 위로 긴 그림자가 드리워졌다. 실체는 보이진 않았지만 머뭇거리는 폼이 시헌이라는 걸 알아챈 장주는 아까부터 재킷 안에서 울리던 진동음 역시 청기와에서 자길 찾고 있는 전화임을 짐작했다.

장주는 시작인 듯 뜨겁게 영재를 녹이던 애무를 멈췄다. 상체를 바로 세운 영재는 의아해했고, 이에 가볍게 입을 맞춘 장주는 가만히 영재를 끌어안고 말했다.

"시도 때도 없이 내 목소리가 듣고 싶다고 하는 네 전화, 기다릴게."

그리고 다시 한번 입술을 세게 빨았다 놓은 장주는 멀뚱멀뚱 쳐다보는 영재를 뒤로한 채 일어나 옷을 주워 입었다. 그리고 완벽한 슈트 차림으로 다시 영재 앞에 몸을 낮춘 그는 조금은 부드럽게 말했다.

"마저 밥 먹어."

그가 가는 게 싫은 영재는 억지로 대답했다.

"그럴게."

그러나 언제 다시 올 거냐고 묻지 못한 영재는 폴딩 도어를 꽉 닫고 나가는 그의 뒷모습을 아련하게 쳐다보더니 그가 시야에서 사라지자 벌떡 일어나 테이블 위에 있는 원피스를 대강 걸치고 폴딩 도어 앞에 바짝 섰다.

그의 차가 막 떠나갔다. 멀어지는 블랙팬텀에 탄 장주가 벌써 그리운 듯 쳐다보던 영재는 그 앞에서 내뱉지 못한 말을 웅얼거렸다. 사랑해, 장주 씨.

◇ ◆ ◇

별채의 툇마루로 올라선 조모는 방문 열기를 머뭇거렸다. 5년 전, 그날에 영재라는 아이 때문에 식음을 전폐했던 손주를 이 방에서 병원으로 이송했던 그때 이후로 처음이었다, 별채에 발을 들인 건.

드르륵.

전통 한옥의 격자 창호지 문을 열자 무채색 톤의 최신식 내부가 드러났다. 부푼 치맛자락 그 아래, 새하얀 버선발로 문지방을 넘어 들어간 조모는 침실과 서재는 물론 거실과 욕실까지 갖춰진 손주의 사생활 영역을 가만히 살폈다. 익숙하고 낯설었다.

'할머님, 저 결혼하겠습니다.'

벌써 2년을 사귀었다며 영재란 아이의 사진을 보여 주던 손주의 표정이 어찌나 행복해 보이던지, 일찍 아들 내외를 잃은 조모는 결혼을 무조건 허락했다. 하지만 그 영재라는 아이가 청기와로 인사 오기 하루 전날, 느닷없이 그 아이의 아버지가 먼저 조모를 찾아왔다, 곧 죽을 사람처럼 혈색 하나 없던 그 남루한 모습으로. 그리고 한다는 말이……!

'이서영, 그 이름을 기억하십니까, 어르신?'

"으흑!"

끔직한 과거의 편린, 그것은 커다란 두통을 불러왔다.

'어르신! 이렇게 간곡히 부탁드립니다. 영재는 아무 잘못이 없습니다!'

아니! 적어도 그 아이는 손자에게 있어 그 존재 자체가 잘못이었다.

"어르신?"

심부름 갔다 돌아온 수행 비서의 인기척에 상념을 깨뜨린 조모는 무거운 한숨을 삼키며 '이르라' 했다.

"지난 5년 동안 두 분은 만나신 적이 없습니다. 최근에야 영화 작업 때문에 재회한 것 같습니다."

그 당시 영화 현장의 밑바닥 일을 배웠던 손주처럼 갓 대학에 입학해 미술팀의 막내로 아르바이트한다는 얘길 들어 기억하는 조모는 한숨처럼 말했다.

"그 아이도 계속 영화 관련 일을 해 온 겁니까?"

"예, 지금은 감각 좋기로 평이 난 미술 감독입니다."

그때 마침, 별채 뜰로 들어선 장주는 가만히 묵례하는 조모의 사람과 그 뒤로 열려 있는 별채의 방문을 냉정하게 응시하다 툇마루로 올라섰다.

"저 들어갑니다, 할머님."

검푸른 가죽 소파에 앉아 있던 조모는 맞은편에 와 앉는 손주를 무정히 응시하다 얼핏 눈살을 찡그렸다. 아침과는 분명히 다른, 헝클어진 머리칼과 타이를 매지 않은 손주의 슈트 소매 아래 손목도 살핀 조모는 시계까지 빠뜨린 엉성한 손주의 모습에 순간 재인과 일식 셰프의 손맛을 봤던 그날, 돌연 자릴 떠났다가 한 시간도 채 안 돼 되돌아왔던 손주의 모습이 떠올랐다.

설마, 하면서도 원석 가락지가 끼어진 손을 꽉 그러쥔 조모는 무정한 손주의 얼굴을 엄중하게 응시한 채 비서를 다그치듯 물었다.

"그러니까 그 미술 감독하고 우리 손주님하고 특별한 사입니까? 우리 재인 양이 오해할 만한 사이가 맞아요?"

조모의 사람은 지체 않고 대답했다.

"맞습니다, 어르신. 지금도 그분과 함께 계시다 오셨습니다."

그는 자신이 모시는 조모의 필요 부분까지 정확히 캐낼 줄 사람이었고, 그 능력에 장주는 차갑게 웃었다.

"허! 우리 손주님은 순수합니다? 5년이 지나도록 그 사랑은 여전하신 겁니까?"

크게 비꼬는 조모의 말에 차갑게 입술을 비튼 장주는 냉정한 태도로 대꾸했다.

"변하면 그게 사랑입니까, 할머님."

이에 어금니를 꽉 무는 조모의 아래턱이 얼핏 떨렸다. 하지만 벌써 감정을 충동질당할 조모가 아니었다.

"고지식하십니다, 손주님? 설마 그 아이도 같은 마음이던가요?"

조롱하듯 묻는 조모에게 장주는 한숨 어린 목소리로 말했다.

"아쉽게도 제가 구걸 중입니다."

그 대—단한 일을 하고 있는 손주에게 탄복할 지경인 조모는 냉담히 말했다.

"잊으셨나 본데 손주님은 약혼하신 몸이에요, 곧 결혼하신단 말입니다. 그 말은 손주님이 하시는 구걸은 물론 그 대상까지도 천박하단 뜻이지요. 아시겠어요?"

이미 끝났어야 했던, 아니 적어도 두 번 시작은 말아야 하는 손주의 사랑, 그 속의 알맹이까지 날카롭게 베어 내길 작정한 조모 앞에서 장주는 무슨 생각인지 조언을 해 달라며 말을 이었다.

"영재에 대한 제 마음을 그 누구보다 잘 아시는 분이 할머님이시니 약혼까지 한 제가 어떻게 하면 좋을지를 말입니다."

이에 차갑게 입가를 실룩거린 조모는 서른 넘은 손주를 철없이 사랑 타령이나 하는 10대 반항아쯤으로 취급하며 말했다.

"내, 그 사랑을 어찌 막습니까? 기왕 이리 된 거 즐기세요. 어차피 이 사실을 다 알고도 손주님을 원하는 재인 양에겐 보상을 해 주면 그만 아닙니까, 그치요?"

보상이란 결혼을 의미했고, 그건 결국 영재는 그 어떤 의미에서도 '정식적' 이며 '공식적' 일 수 없다는 뜻이었다.

"결혼이야 못 할 것 없지만 제가 만약 그 사랑에 미쳐 결혼 한 달 만에 야반도주라도 하면 어쩌시렵니까, 할머님?"

기세등등하던 조모의 얼굴이 일순 경련을 일으켰다. 결혼 한 달, 야반도주……. 꽉 그러쥔 조모의 두 손이 땀에 젖었다.

"손주님, 지금 뭘 알고 이 할미를 떠보시는 겝니까, 아니면 말이 그저 헛나간 겝니까?"

거친 긴장감을 던지는 조모의 매서운 두 눈을 잴 것 없이 과감하게 찌르던 장주는 거침없이 힐난의 화살을 꽂으며 말했다.

"이제 그만 그 원한의 굴레 따위에서 벗어나세요, 할머님. 제가 내 아버지의 딸과 사랑하겠다는 건 아니지 않습니까?"

이에 숨을 헉 하고 토한 조모는 두 주먹을 부들부들 떨었다. 내, 입단속하라 일렀건만!

"그 아이가 기어이……!"

"벌써 30년도 더 된 일입니다, 할머님!"

"난 생생합니다!!"

분개해 소리친 조모는 온몸을 부들부들 떨었다.

"그 아이의 어미가 내 아들을 버렸어요! 하룻밤 사이에 내 아들은 버림받고 바보가 됐단 말입니다! 죽기 전까지도 내 아들이 웃는 걸 보질 못했어요! 그게 답니까? 손주님의 어미는 청기와 밖을 나가질 못했습니다! 혹 결혼식 때 본 그 얼굴이 아니라고 사람들이 수군거릴까 봐 청기와 마당의 흙만 밟았단 말입니다! 이 모든 게 그 아이의 어미가 한 짓이에요! 그런데 그 아이와 손주님이 될 법한 일입니까?!"

"그래서……!"

"그래요!! 내가 그 아이에게 손주님 그냥 죽게 두자 했어요! 왜요? 그 아이가 이제 와 그게 그렇게 억울하답니까?!"

"……!!"

절대 있을 수 없는 애길 들은 장주의 얼굴이 온통 일그러진 채 경련이 일었다. 하지만 영재가 전부 고자질했다고 착각한 조모의 분노는 거침없이 터졌다.

"그날, 그 빗속 진흙 바닥에 무릎 꿇고 사정한 거 맞아요! 네에! 그 아이가 그리했어요! 손주님 곁에 있게 해 달라고, 제 어미의 일은 용서하고 자신을 받아 달라고 빌었어요! 내게 감히! 감히 그랬단 말입……!!"

격분을 못 이기다 순간적으로 말문이 닫힌 조모는 아차 했다. 금방이라도 조각조각 깨질 것처럼 차디찬 분노로 얼어붙은 손주의 얼굴은 아무것도 몰랐던 게 분명했다.

"……영재가 제 곁에 있게 해 달라고 빌었습니까?"

눈빛보다 더 무서운 목소리에 침을 꿀꺽 삼킨 조모는 머뭇거렸고, 이에 충격에 휩싸인 채 고개를 내젓는 장주의 두 눈시울이 붉게 젖었다.

영재가 자신을 버릴 수밖에 없다는 걸 알고 있었다. 그래서 버림받았을 때 이해했다, 죽을 만큼 아팠어도. 근데 넌…… 그때…… 날 버리지 않았던 거야?

"영재가 빌었느냐 말입니다!!"

단단히 뒤틀어진 장주의 무서운 고함 소리에 별채의 공기마저 얼어붙었다.

"그, 그 아이에게 다 듣고…… 아는 게 아닙니까?"

장주의 단단했던 온몸의 피가 거꾸로 솟구쳤다.

"대체 그 어린애한테 무슨 짓을 하신 겁니까, 할머님?!"

쾅!

앞의 경상을 내리친 조모는 노여움 서린 얼굴로 반격했다.

"이 할미는 아무 짓도 안 했어요! 그 아이의 슬픔은 다 그 어미 때문에 비롯된 겁니다!!"

"그러니까 그 노여움은 청기와 담을 넘어 도망친 그 여자에게 푸시란 말입니다!"

"손주니임!!"

"제가!"

무섭게 소리치며 말을 끊은 장주는 살갗으로 튀어나올 것만 같은 분노를 죽을힘 다해 억누른 채 잇새로 말했다.

"그리하시라고 할머님 눈앞에 데려다 놓지 않았습니까."

순간 조모는 섬뜩한 기운을 느꼈다.

"……뭐, 뭐요?"

"생생하다고요? 그럼 알아보셨어야지요? 감히 할머님과 사돈

하겠다고 나타난 그 여자를 단번에 알아보셨어야지요?!"

그때였다.

'어머니…….'

그 경망하고 희미한 환청과 함께 정자에서 식사했던 안사돈의 얼굴이 훅 하고 달려들었다. 순간 큰 현기증과 함께 허리에서 힘이 빠지며 상체가 축 늘어진 조모는 경상의 한쪽 모서리를 붙들었다. 도통 정신을 차리기가 어려웠다. 믿을 수 없는 이야기였다.

"어찌…… 그, 그런……!"

하지만 떨어지고 또 떨어지고, 계속 떨어지는 기분에서 헤어나올 수 없었고, 그 어지러운 시야 속에서 분명한 건 손주의 얼굴, 그 분노와 절규였다.

"그 30년 묵은 응어리 때문에 할머님이 제 목숨 줄을 끊은 줄도 모르고 저는! 조금 전까지도 아무 잘못 없는 영재에게 그 죗값을 물었단 말입니다!"

이 숨겨진 한 페이지는 모른 채 영재를 되찾기 위해 지난 5년을 계획한답시고 매일을 허우적댔던 장주는 돌아 버릴 것 같았다.

"자―알하셨습니다. 이미 죽고 없는 그 웃음 잃은 아들을 위해 그 아들의 아들을 짓밟으신 할머님의 그 원한, 이제부터 제가 풀어 드리지요."

한쪽 무릎을 세워 한 손으로 꾹 누르며 일어선 장주는 얼음처럼 차갑게 묵례하고 돌아섰다.

"……!"

바짝 마른 조모의 입술이 소리 없이 움직였다. 한꺼번에 쏟고 쏟아진 너무 많은 기억의 날카로운 파편들을 무엇부터, 어떻게 주워 모아야 할지 몰랐다.

뜰 밖으로 걸어 나가는 장주의 표정은 얼음장처럼 차가웠지만 그의 두 눈은 붉게 젖어 있었다.

"어르신!!"

등 뒤에서 비명 소리가 들렸지만 그는 돌아보지 않았다. 그냥 이대로 영재한테 가고 싶었다. 그 가는 어깨에 이 바보 같은 얼굴을 묻고 소리 없이 울고 싶었다. 그리고 원망하듯 묻고 싶었다, 왜 그날 내게 오지 않았느냐고.

하지만 정작 그녀를 찾아간 장주는 작업실 가까이로 가지 못하고 멀찍이 차를 댔다. 시동도 끈 채 운전석에 앉아 환하게 불이 켜진 1층과 어둑한 2층을 번갈아 살피며 영재를 찾았다. 하지만 그 어디에서도 영재는 보이지 않았다. 애가 탔고 그럴수록 가슴이 빠개지는 통증에 거친 숨을 몰아 내쉬는 그의 눈시울이 자꾸만 따끔거렸다.

그러길 얼마나 지났을까. 건물 측면의 지하실에서 영재가 올라왔다, 청소 도구를 양손 가득 들고서.

아빠의 유품 저장고를 청소하고 나온 영재는 작업실까지 들었다 놨다. 몸을 혹사시키면 오로지 선우장주로 도배된 머리와 가슴이 지칠까 하여.

대강 틀어 올린 머리칼이 죄다 삐져나오도록 쓸고 닦는 영재를 지켜보던 장주는 두 손에 얼굴을 묻었다. 넌 영재를 몰랐던 거야. 그녀의 사랑을 다 몰랐던 거야, 선우장주!

'어르신께 사정했지만 소용없었네. 영재는 분명 자넬 떠날 거야. 어르신은 자네에게 이 일에 대해 입도 벙긋하지 말라고 하셨지만 난 내 딸이 더는 아파하는 걸 보고 싶지 않네. 부디 영재를 붙잡아 주게.'

치매로 죽어 가다 그 마지막 정신을 붙들고 청기와를 찾아왔던 영재의 아버지는 우연히 대문 앞에서 만난 장주에게 그리 사정했었다.

'차라리 죽으면 부르라 합디다! 그냥 죽으세요. 죽어야 그 아일 만나시겠어요!'

하나인 듯 사랑했던 둘 사이를 찢어 버린 건 천륜의 이기심, 그 앞에서 자신을 등진 영재를 되찾고 싶었다. 마치 우연인 듯 그러나 필연 속에서 버림받고, 죽고, 다시 살고, 그러나 미친 채 재회하고, 상처 내고 그 다친 마음 흔들어 그 한마디가 듣고 싶었다.

'당신을 사랑해.'

그건 곧 5년 전 그날과는 다른 선택을 하겠다는 뜻이었기에.

하지만 한 번도 선우장주를 포기하지 않았던 영재, 그녀를 두고 대체 지난 5년 동안 무슨 헛짓거리를 한 거냐, 선우장주!

◇ ◆ ◇

1층 작업실 청소를 끝낸 영재는 현관문을 잠근 후에 폴딩 도어를 단속했다. 곧 1층을 소등하고 2층으로 올라간 그녀는 침대에 앉았다. 그리고 화장대에 놓인 전화기를 물끄러미 쳐다봤다. 그러길 십여 분. 망설이길 멈춘 영재는 화장대 위의 전화기를 집어 들었다. 그리고 키패드의 숫자를 하나하나 천천히 눌렀다.

밤이 더욱 깊어진 차 안에서 2층 테라스를 물끄러미 바라보는 장주의 재킷 안에서 진동음이 울렸다. 전화기를 꺼낸 그는 서글픈 웃음을 내비치며 통화 키를 밀었다.

"음."

"통화…… 돼?"

그의 짧은 외마디가 무정해서만은 아니었다. 먼저 전화를 걸었다는 사실에 그녀는 어려워하고 어색해했다. 이제 그것까지 미안한 장주는 그냥 돌아가려고 했던 마음을 바꿨다.

"테라스로 나와 봐."

말이 끝나기 무섭게 2층 테라스로 튀어 나간 영재는 그가 보이지 않자 조급하게 주변을 두리번거렸다. 그제야 차에서 내린 그는 그녀가 자신을 조금은 볼 수 있게 블랙팬텀의 보닛 앞에 가만히 걸터앉았다. 곧 가로등 불빛 그 뒤에서 그의 실루엣을 발견한 영재는 뛰는 가슴에 조금 흥분한 목소리로 말했다.

"거기, 당신이야?"

"응."

그녀는 제대로 보이지 않는 그를 보려고 애쓰는 몸부림을 치며 말했다.

"나 내려갈까?"

"아니, 그냥 있어."

하지만 영재는 선명하지 않은, 회색 그림자처럼 보이는 그가 아쉬워 미칠 것 같았다.

"난 당신이 잘 안 보여."

"내가 널 보러 온 거니까 그냥 거기 있어."

떼쓰지도 못하고 그저 안타까워하며 발만 동동 구르는 영재를 지켜보자니 가슴이 터질 것 같은 장주는 자신을 보려 눈을 이리 뜨고 저리 뜨는 영재의 표정 하나하나를 욕심스레 응시한 채 말했다.

"서영재, 사랑한다 해 봐. 내가 와서 좋다고 해 봐."

쿵쿵.

그녀의 심장이 뜨겁게 요동쳤다. 괜히 머리를 쓸어 올렸다, 두 번씩이나.

"……사, 사랑해."

붉어진 얼굴로 어쩔 줄 몰라 하는 영재의 표정은 척, 이 아니었다. 5년을 외롭게 숨긴 서영재의 진심이었다. 그 표정을 모조리 삼켜 버리고 싶은 장주는 또다시 시큰거리는 눈가를 한 손으로 꾹 눌렀다 떼고 재촉했다.

"또."

영재는 망설이지 않았다.

"당신이 와서 좋아."

손으로 부채질까지 하는 영재를 더는 참을 수 없었다. 보닛에서 일어난 그는 가로등 앞으로 걸어갔다, 그녀가 자신을 볼 수 있게. 아니, 그녀를 안을 수 있게.

테라스 아래에 그가 서는 순간 영재는 부리나케 밑으로 뛰어 내려갔다. 다급하게 1층의 불을 켜고 조급한 손길로 폴딩 도어를 열어젖힌 그녀는 그 사이를 튀어나오듯 했지만 정작 테라스에선 머뭇거리며 그에게 다가오지 못했다.

그 순간 그가 두 팔을 벌렸다. 이에 눈물을 글썽이며 싱긋 웃은 영재는 얼른 뛰어가 두 팔로 그의 목을 끌어안았다. 그녀의 몸이 자신에게 완전히 밀착되도록 바짝 끌어안은 장주는 눈물이 어리는 두 눈을 꾹 감았다.

사랑, 잔혹하여라……!

10

시퍼런 칼날에 복부가 난도질당하는 것 같은 통증에 곧 죽을 것만 같은 그녀는 온몸을 비틀고 들썩이며 흐느껴 신음했다. 땀범벅이 된 말간 피부, 그 속의 가느다란 핏줄들은 터져서 살갗을 뚫고 나올 것 같았고, 지속적인 경련을 일으키는 그녀의 시야는 자꾸만 희미해졌다.

"아흑!!"

축 늘어지는 것 같던 그녀는 또 한 번의 비명을 삼키며 흐느꼈다. 뼈 마디마디가 벌어지는 극악의 고통, 산고(産苦).

새 생명을 얻기 위한 그 처절한 고통이 고스란히 담긴 그녀의 손아귀가 진우의 어깻죽지를 몇 번이고 으스러뜨리고야 아기가 태어났다.

"응애!"

회음부를 찢지도 않고 나온 아기의 울음소리는 여자아이라는 사실을 말해 주듯 작고 연약했지만, 아기를 건네받은 진우의 뒷모습은 마치 덩실덩실 춤을 추는 듯했다. 진이 다 빠진 서영은 힘겹게 손을 뻗어 진우의 셔츠 뒷자락을 잡아당겼다.

"진우 씨, 나도 보여 줘."

하지만 못 들었는지 진우는 꼼짝하지 않았다. 가영은 더 힘껏 옷자락을 당겼다.

"진우 씨?"

그제야 그는 비스듬히 고개만 돌렸다. 하지만 진우가 아니었다. 숨이 컥 막힌 서영은 메말라 벌어진 입을 바들바들 떨었다. 시체처럼 차디찬 그 얼굴은……!

……선우민준!

"헉!!"

소스라치게 놀란 서영은 벌떡 일어났다. 아니, 가영이었다. 하얗게 질린 얼굴은 물론 블랙의 실크 슬립까지 온통 땀에 젖어 있었다.

"헉…… 헉……!"

앞가슴이 심하게 팔락이도록 거친 숨을 내쉬던 가영은 갑자기 흠칫 몸을 떨더니 배에 손을 댔다. 분명 통증이었다. 하지만 아니었다. 대체 이게!

아직 정신이 혼미한 가영은 가만히 방 안을 살폈다. 자신의 방이 분명했고, 시계는 4시 45분을 가리키고 있었다. 꿈이 맞아!

다시 누우려다 땀에 얼룩진 베개를 보고 침대에서 빠져나온 가영은 벤치에 있던 가운을 집어 걸치고 나와 주방으로 갔다.

홈 바 테이블 위에 있던 물을 한 잔 따라 벌컥 삼키려던 가영은 도로 싱크대에 뱉어 냈다. 이가 시렸다. 꿈을 꾼 것뿐인데 그녀의 몸은 산모 행세를 하고 있었다.

애써 흉흉한 기분을 떨치며 이번엔 커피포트 버튼을 눌렀다. 그런데 이번엔 전화벨이 울렸다. 흠칫 놀란 가영은 그 파동에 커피포트를 껐다. 그 적막함에 전화벨 소리는 더 꺼림칙했고, 그에 대한 반동처럼 침실로 성큼성큼 걸어간 그녀는 전화기를 덥석 집었다. 하지만 그녀는 또 한 번 놀랐다. 이 시간에?

“네에.”

전화기 너머에서 곧 단단한 목소리가 들려왔다.

— 어르신께서 지금 뵙고 싶어 하십니다.

가영은 황당했다.

“지금……요?”

— 차가 곧 도착할 겁니다.

짤막한 전화가 끊겼다. 재인이 때문인가, 하고 2층으로 올라간 가영은 짙은 향기만 맴도는 딸애의 빈방을 보고야 재인의 지방 촬영 스케줄을 떠올렸다. 다시 아래층으로 내려온 그녀는 잠깐 화장대 앞에 앉았다.

하아.

거울 속 그녀의 낯빛이 좋지 않았다. 꿈도 예사롭지 않더니 연이어 터지는 괴이한 기분도 모자라 동틀 녘 청기와의 호출이라니. 뒤숭숭했다. 어쨌든 옷장에서 옷을 꺼내 입으려던 그녀는 아차 하고 욕실로 들어갔다.

◇ ◆ ◇

고즈넉한 옛 고궁의 옷을 입혀 지은 한옥 호텔, 청녹루(靑綠樓).

그곳의 가장 안쪽에 자리한 특실을 지키고 서 있던 조모의 사람은 가만히 편백나무 문을 돌아봤다. 그 너머에 꽉꽉 들어차 있는 무거운 침묵은 오랜 세월 응어리져 맺힌 한(恨) 같은 설움과 분을 대신한 것이었다.

저기, 이 꼭두새벽 갑작스러운 호출에 여럿 따지지 않고 나타난 여자를 향한.

치장, 화장기 하나 없는 가영에게 정중히 묵례한 조모의 사람은 편백나무 문을 향해 말했다.

"도착하셨습니다, 어르신."

짧은 침묵을 뒤로하고 들이라는 엄중한 목소리가 들려왔다. 이에 오는 내내 어림잡았던 생각들을 가만히 접은 가영은 곧 안으로 들어갔다.

낮은 툇마루 아래, 흰 고무신과 검은 구두가 나란히 놓였다. 그렇게 30여 년의 시간이 거슬러 올라갔다.

멋모르는 얼굴로 가만히 문 앞에 서 있는 가영의 화장기 없는 말간 얼굴에서 '그 얼굴'을 찾아낸 조모는 가슴이 크게 벌렁거리자 손끝을 꽉 그러쥐었다.

"이리 와 앉으세요."

인사도 잊은 가영이었다. 그도 그럴 것이 불도 켜지 않은 객실,

그 온돌방엔 창호 사이로 새어 들어온 동틀 녘의 가장 어두운 빛뿐이었고, 그 이면에 더 어둑한 아랫목에 앉아 있는 조모의 표정 역시 검게 그을려 있었다.

일단 조모의 경상과 조금 거리를 두고 있는 또 하나의 경상 앞으로 가 앉은 가영은 차분한 목소리로 말했다.

"무슨 일 있으십니까, 어르신?"

"허!!"

턱을 홱 돌리며 경악에 가까운 기찬 소릴 내뱉은 조모는 비난 가득한 눈으로 가영을 압박했다. 당황한 가영은 거침없는 그 조모의 눈빛에서 그것이 무엇을 뜻하는지 짐작했다. 신우장주와의 결혼을 절대적으로 원한 재인이 이 유일한 지원군을 출격시키기 위해 영재의 정체를 발각시켰지.

하지만 조모의 공격성 발언은 그녀의 확신을 빗나갔다.

"한 번으론 부족하셨어요?"

"네? 그게 무슨……?"

그 뻔뻔한 얼굴에 침이라도 뱉어 주고 싶은 조모는 비릿한 웃음을 흘리며 조롱하듯 말했다.

"며느리 역은 재미없더니, 사돈 역은 할 만해 보였습니까?"

순간 머릿속이 광, 하고 울린 가영은 박제가 된 양 사지가 굳었다.

"대답을 해 보세요."

재촉한 조모는 의도적으로 이 한마디를 덧붙였다.

"며느님."

값비싼 투피스에 가려진 가영의 등줄기에 땀이 주룩 흘러내렸다. 꿈자리가 그리 뒤숭숭하더니!

"의도한 건 아닙니다."

불쑥 튀어나온 말과 함께 조금 정신이 난 가영은 명백한 사실로 입장 표명을 했다.

"저도 상견례 직전에야 예비 사위가 청기와 사람이라는 걸 알았습니다."

"아, 그래요?"

비웃음으로 수긍하는 조모의 두 눈은 경멸로 이글거렸지만 가영은 못 할 말이 없었다.

"아시다시피 재인의 엄마로 산 건 2년이 고작입니다. 결혼을 막을 권리, 없다고 생각했습니다. 그리고."

이 사실이 가장 중요했다.

"30년도 더 된 일입니다."

경상 위, 조모의 주먹 쥔 손이 부르르 떨렸다. 찻잔도 달그락거렸다.

"그 입, 놀려지십니다, 감히 내 앞에서?"

일흔이 넘은 노인네의 눈빛에서 뿜어져 나오는 기세는 30년 세월 앞에서 조금도 늙지 않았다. 그 시선을 피하자면 입안이 마를 정도였다. 경상 위의 찻잔이 눈에 들어왔다. 가만히 손을 뻗어 미지근한 차 한 모금을 삼킨 가영은 옛일, 그 어디쯤인가를 생각하며 조용히 말했다.

"아드님, 잘 사셨다고 들었습니다."

그 찰나, 가영의 왼쪽 어깨를 스친 무언가가 그 뒤 편백나무 문의 창호지와 살을 뚫고 날아가 밖, 툇마루 아래로 떨어져 깨졌다.

쨍그랑!

동강동강 난 다기의 파편이 흰 고무신과 검은 구두에까지 튀었고, 성인 남자 주먹 크기로 생긴 구멍 사이로 조모의 날카로운 목소리가 새어 나갔다.

"그 더러운 입에 내 아들을 올리셨어요, 지금? 그때의 일이 아무렇지도 않은 게예요! 그렇지 않고서야 함부로 입을 놀릴 수가 없지요!"

그제야 찻잔이 사라진 조모의 빈 경상에서 눈을 뗀 가영은 놀란 가슴을 추스르듯 자기 앞의 찻잔을 꽉 힘주어 잡고 한 모금 더 삼켰다. 그 뻣센 태도를 보자니 울화가 치민 조모는 한껏 몰아세웠다.

"피는 못 속입니다? 영재 양도 내 손주님을 버렸다가 다시 만나는 게 그리 쉬워요! 참으로 천박하기 짝 없는 핍니다."

"천박이요?"

작정하고 짓밟는 조모의 노(怒)에 발끈하는 가영은 오히려 팩트를 들어 반격했다.

"그 아이는 지나치게 양심적이죠, 멍청한 겁니다. 날 닮았다면 5년 전에 손주님과 결혼해 살고 있겠지요."

그러자 조모는 너털웃음을 흘렸다.

"설마, 그 아이가 어그러진 천륜 때문에 사랑을 포기했다고 하던가요?"

"……!"

"이래서 내 속으로 낳은 자식도 모른다는 겁니다. 예에! 나도 당연히 그럴 줄 알았습니다. 제 어미 얘긴 입도 벙긋 못 하고 그저 사랑이 싫어진 것처럼 내 손주님을 버릴 줄 알았어요. 근데 되돌아가는 나를 붙들고 사정했어요. 제 어미의 죄를 용서하고 자신을 받아 달라고, 우리 손주님 곁에 있게 해 달라고, 폭우 속에서 그 여린 몸을 조아린 채 눈물로 애원했습니다. 감히 말입니다, 허!"

순간 가슴에 한 자락의 스산한 바람이 불어 든 가영은 허탈해하며 쓴웃음 지었다. 과대망상이 지나친 닥터라고 비웃고 잘난 척하더니!

어쨌든 영재에게 사랑과 독을 함께 품고 있는 선우장주 또한 그 칼날의 끝을 엉뚱한 사람에게 겨냥하고 있었다는 사실이 닥터로서는 허무한 가영은 비난하듯 말했다.

"결국 어르신이 두 사람의 사랑을 막았, 아니. 손주님을 죽게 하신 거네요?"

"예에, 그리했습니다! 울며불며 매달리던 그 아이에게 그냥 우리 손주님 죽게 두자 했어요."

그 사실을 조금도 꺼려 하지 않는 조모의 태도에 갑자기 몸을 떤 가영은 가만히 아랫배를 감싸 안았다. 아팠다. 생소한 통증이다 싶더니 불현듯 새벽 꿈이 생각난 가영은 자신이 영재를 낳은 어미라는 사실을 뼈저리게 느껴야만 했다.

"겨우 한 달 살고 도망간 저를 대신해 그 귀한 아드님에게 새 여자를, 그것도 일주일 만에 안겨 주시더니 결국은 그 아들을 위해 손주까지 희생시키셨네요. 대단한 모성이십니다."

"그 입에 내 아드님 올리지 말라 경고했어요!"

조모는 불같은 역정을 냈지만 가영은 비웃었다. 그리고 가만히 배에서 손을 뗐다. 희한한 경험이긴 하지만 지난 20년 동안 없던 그 어울리지도 않는 모성애를 지금에 와서 기꺼워하며 영재 편을 들어 주는 얕은 짓을 할 순 없었다. 그저 이건 지독한 사랑에 울고 웃던 내담자의 '그녀'를 긴밀히 알고 있는 닥터로서의 옹호였다.

"제가 청기와 담벼락을 넘은 게 사랑 때문이라는 거 잊으셨어요? 물론 아니시겠죠, 지금도 이렇게 원통해하시는데."

"뭐요?!"

"그 대단한 손주님, 그냥 사랑하게 두지 그러셨어요? 결국 그 사랑에 미쳐서 지난 5년을 제 환자로 치료받는 신세거든요, 지금."

일순 큰 충격을 받은 듯 꼿꼿하던 상체에 균형을 잃은 조모는 벼락같이 소리쳤다.

"의사가 환자 되는 게 하룻밤이라더니 미치셨어요? 감히 누굴 정신병자 취급 하는 겁니까?!"

"취급이 아니라 진단입니다. 손주님은 borderline personality disorder, 경계선 인격 장애, 그것도 중증이에요."

"……!"

사색이 된 조모의 고운 회색빛 한복 실루엣이 그 어깨선을 따라 치맛단까지 전부 흔들렸다.

"언젠간 말씀드리고 싶었어요. 자살 시도했던 그 손주님을 살린 게 저, 이서영이라고."

그 이름 석 자에 악센트를 준 가영은 반쯤 얼이 빠진 조모에게 모진 충고 또한 아끼지 않았다.

"지금처럼 손주님의 사랑, 계속 막으세요. 조만간 손주님은 살인자가 되겠죠. 제 딸은 그 손에 죽은 피해자가 될 테고."

"……이…… 이……!"

입은 당장 나가라 소리치고 싶어도 조모의 머릿속에서 선명해지는 건 윤가영, 그녀는 신경 정신계의 내로라하는 권위자라는 사실이었다. 점점 핏기가 사라지는 조모의 검어진 낯빛 위로 창호 사이로 과감히 들어오는 미명이 드리워졌다.

혼자가 아니라는 깊은 울림과 함께 눈을 뜬 영재는 저 앞에 보이는 테라스 창을 아련한 눈으로 응시한 채 그를 느꼈다.

뒷머리를 간질이는 부드러운 들숨 날숨, 매끈한 등에 완전히 밀착돼 규칙적으로 뛰는 단단한 가슴, 엉덩이 사이쯤에 닿아 있는 얌전한 그의 성기의 감촉. 또 허리에서 젖가슴 아래로 둘린 근육질의 굵은 팔, 어긋 벌린 두 다리 사이에 끼어 있는 길고 단단한 그의 한쪽 다리……까지 모조리 감각한 후에야 조심히 침대를 빠져나온 영재는 바닥에 떨어져 있는 팬티를 주워 입고 그 위에 단조로운 면 원피스를 꺼내 걸치고는 다시 그를 빤히 쳐다봤다.

그녀가 베고 누웠던 베개를 나눠 베고 엎드려 자고 있는 그의 잘생긴 얼굴은 이마 위로 헝클어진 머리칼과 긴장이 빠진 분위기 때문인지 더 젊어 보였고, 킹사이즈 침대를 다 차지하고 엉덩이에서 무릎까지 이불로 감겨 있는 그의 단단한 알몸은 남성미가 넘치고 섹시했다. 그런데…….

'당신, 어젠 왜 그렇게 슬퍼 보였어?'

많은 말을 담고 있었던 그의 무거운 시선 위로 한 번씩 드리워지던 슬픔, 그것을 알은척하지 않았던 영재는 자신의 몸 구석구석, 서영재의 전부를 가지면서도 한 번씩 머뭇거리던 그의 몸짓이 읽힐 때면 서슴없이 그를 애무하며 재촉했다. 그녀는 모르는 그 슬픔이 혹 잠깐이나마 잊힐까 하여.

다행히 자는 동안엔 그의 뒤척거림을 느끼지 못했던 영재는 무거워지는 생각을 뒤로한 채 조용히 씻고 아래층으로 내려갔다.

주방 여기저기를 훑어보다 냉동고 안을 확인한 그녀는 얼마 전, 막내가 사다 놓은 빵 치아바타를 꺼냈다. 하지만 냉장실엔 그 흔하디흔한 달걀조차 없었다.

"그동안 난 사람이 아니었어."

침울하게 중얼거리다 번뜩 선물받은 꿀이 생각난 그녀는 그 달콤함의 행방을 찾아 싱크대 선반을 뒤적거리기 시작했다.

그리고 언제 내려왔는지 계단 한가운데 서서 그 어수선한 영재를 물끄러미 바라보고 있는 장주의 가슴은 또 아려 왔다.

어젯밤, 서영재의 작은 손짓 하나 와 닿을 때마다 가슴이 욱신거려 생각이 흐트러질 때면 자신에게 집중시키듯 과감한 제스처를 취하던 영재의 마음을 모른 체하고, 그저 두 놈 중 한 놈을 죽이고 있는 미친놈 노릇을 한 그는 까치발의 영재 뒷모습에서조차 가슴 서러웠다.

"!"

꿀 찾아 낑낑대던 영재는 화들짝 놀랐다. 하지만 이 아침에 자신의 허릴 끌어안은 사람이 그이라는 사실에 안도하며 미소가 지어진 그녀는 수줍게 고갤 돌렸고, 그는 타는 입술로 그녀의 귓가와 뺨을 간질이며 말했다.

"아침까지 주려고?"

재워 준 것만도 황송하다는 목소리치곤 무뚝뚝했지만 이내 영재를 돌려세운 그는 즉각 키스했다. 한없이 부드럽고 깊게 그녀의 호흡까지 모조리 빨아 삼켰다. 싱크대에 영재의 엉덩이가 짓눌렸다. 얇은 면 치맛단 아래, 허벅지 사이로 뜨거운 전율이 소용돌이치며 아랫배를 지나 젖가슴까지 타고 올라갔다.

핑크빛 절정이 딱딱하게 봉긋 서는 순간 그의 커다란 손이 자신만만하게 젖가슴을 거머쥐었다. 서영재의 달콤한 아침이었다, 꿈이면 어떡하지 불안할 정도로 달콤한.

"주려고 했는데…… 꿀이 유통 기한…… 지났어."

그의 입속에서 웅얼거린 영재는 빵과 꿀통을 가리켰다. 이에 피식하며 입술을 뗀 장주는 커피포트를 눈짓하며 말했다.

"저거 한 잔이면 돼."

곧 두 사람은 뜨거운 커피를 사이에 두고 마주 앉았다. 정적이 흘렀지만 나쁘지 않았다. 다만 그와 모닝커피를 나누는 이 소소함이 가슴 뛰게 좋으면서도 어색한 영재는 어떤 말을 해야 좋을지

고민했는데 너무 심사숙고한 탓일까, 엉뚱하게도 일 얘기가 튀어나왔다.

"나, 〈낭자〉에서 잘린 거 맞지?"

뱉어 놓고 속으로 크윽, 하는 영재에게 그는 즉각 대답했다.

"맞아."

이에 어색하게 웃은 영재는 커피 한 모금을 홀짝였다. 썼다, 현실만큼.

"나는 그렇다 치고 헤드 잘못 만난 내 식구들한테 미안하네. 그래서 말인데 어떻게 좀 안 될까?"

"어떻게? 뭘 어떻게?"

어쩐지 못마땅해하는 것 같은 그의 눈빛이 냉정하게 번뜩이자 순간 당황한 영재는 머뭇거렸는데 아니나 다를까 그는 그녀를 나무라듯 말했다.

"그 어떻게는 내가 아니라 이호재, 강민철한테 따져 물어야 하는 거 아닌가?"

이런 얘길 하려던 게 아니었던 영재는 민망도 하고 짜증도 났다.

"얘기가 너무 멀리 갔어."

그만하자는 말에 그는 엄격한 얼굴로 말했다.

"설마, 아무것도 안 하려고 했나?"

"장주 씨!"

"법적 대응 해, 서영재. 그래야 이 바닥 어중이떠중이들한테 경각심이라도 줄 거 아냐?"

순간 한심한 피해자가 된 것 같은 영재는 발끈해 빈정거렸다.

"내가 법적 대응 해서 이놈 저놈 걸려, 걸려, 걸려! 그러다가 당신까지 걸리면?"

"내가 걸려?"

두 사람 사이에 있는 건 뜨거운 커피가 다가 아니었다. 팽팽한 긴장감이 끼어들었다.

"내가 너한테 섹스 제안한 부분을 얘기하는 건가, 아니면 네가 불 지핀 그 법적 대응을 빌어 다른 어떤 여자가 나를 시비해 넘어질 거라는 건가?"

살벌한 그의 태도는 사실 그 두 가지에서 자유롭고 당당하다 못해 오만해 보였고, 영재는 여기서 멈춰야 한다는 것 또한 알았지만 정죄당한 분을 떨쳐 내지 못해 악의적인 얼굴로 대답했다.

"후자."

순간 장주의 얼굴이 싸늘하게 굳었다.

"내가 널 상대하려던 그 개새끼들이랑 똑같아 보여?"

"다른 게 있긴 하고?"

잘도 빈정거린 영재는 충동적으로 그를 몰아세웠다.

"고재인과 나!"

이에 무거운 침묵으로 반박을 대신한 장주는 가만히 한숨을 토하더니 거친 목소리로 말했다.

"대체 뭐가 듣고 싶은 거지, 서영재가?"

"그만하자. 싸우고 싶지 않아."

잔뜩 골이 난 얼굴로 두 눈을 내리까는 영재를 언짢은 눈으로 쳐다보던 장주는 자리에서 일어나 말했다.

“법적 대응이나 똑똑하게 해. 안 그러면 넌 죽을 때까지 ‘현장의 꽃’ 이야.”

“선우장주!”

날카롭게 소리친 영재는 벌떡 일어나 말했다.

“사과해!”

“사과?”

“현장의 꽃!”

앙칼진 얼굴로 당연히 따져 묻는 서영재의 표정, 최고로 섹시했다, 다시 저 위층, 침실로 올라가고 싶을 만큼.

“사과하라고!”

그녀는 다그쳤고 그는 달아올랐다. 하지만 이 상황에서 침실로 올라가는 변태가 되고 싶지 않은 장주는 그녀의 요구대로 했다.

“미안. 내가 잘못했어.”

착한 아이처럼 구는 그를 보며 흥분한 게 민망해진 영재는 차분한 목소리로 말했다.

“난 피해자야. 그런 나를 당신이 한심하게 보는 것 같았어.”

“피해 의식이야.”

“그런 말도 함부로 하지 마. 내가 죄가 있다면 그저 이 남초 세계에서 그들보다 더 센 표현력을 쓰면서 살아남은 것뿐이야.”

현장은 촬영 장비로 둘러싸인 일종의 섬이었다. 내부의 규율로 돌아가는 폐쇄적인 곳이라 성희롱이나 성추행이 일어나기 쉬운 환경인 셈이다. 누구보다 이 세계를 잘 알고 있는 장주는 소위 남초의 세계다, 말하는 그 거친 현장에서 생존하기 위해 영재가 얼마나 치열한 싸움을 해 왔는지 모르지 않았다.

"그래서 서영재 잘했으니 법적 대응 하라는데 왜 박박거려? 내가 이호재와 강민철, 반송장 만들어 주지 않았나? 너부러진 그 새끼들 저벅저벅 밟고 가서 승소 깃발 꽂으라는 나한테 뭐? 걸려?"

"그게!"

변명하려던 영재는 가만히 두 눈을 내리깐 채 퉁명하게 사과했다.

"미안, 그건 내가 과했어."

"두 번은 과하지 마, 짜증 나니까."

또 시비 거는 그의 태도에 당황한 영재는 눈을 흘기려는데 순간 그녀의 아래턱을 집게손가락으로 잡아 위로 쳐든 장주는 키스를 했다. 하지만 마음 상한 영재는 입을 꾹 다물었다.

"벌려."

그는 잠긴 그녀의 입술 틈을 혀로 핥으며 명령했다. 그녀야말로 짜증 났다. 입을 아! 벌렸다. 햄버거라도 먹어 치울 것처럼.

그는 못마땅한 얼굴로 인상 썼고, 그녀는 어디 해 볼 테면 해보라는 식의 악녀처럼 계속 아, 하고 입을 다물지 않았다. 이에 차갑게 웃은 그는 여간내기 아닌 그녀의 벌어진 입을 손끝으로 슥 문지르더니 그 안으로 엄지를 밀어 넣었다. 영재는 당황했고 그는 은밀히 말했다.

"오늘 밤엔 이렇게 시작할까?"

오럴 섹스!

순간 얼굴이 확 달아오른 영재는 앙, 물어 버리진 못한 그의 손가락을 탁 쳐 냈다. 하지만 순식간에 그녀의 얼굴을 잡아 제 눈앞에 갖다 놓은 장주는 그 잔인한 한 놈을 앞세워 비열한 얼굴로 말했다.

"서영재 이퀄(equal) 섹스."

영재의 얼굴에 단박에 금이 갔다.

"그러니까 넌 늘 최선을 다해."

그 명제에 합당한 자세까지 일러 준 그는 싸늘해진 영재는 아랑곳 않고 얄궂게 인사까지 했다.

"커피, 잘 마셨다."

그리고 아까 내려오다 계단 난간에 걸쳐 놨던 재킷을 걸치고 밖으로 나갔다.

내내 마음 좋았던 영재는 또다시 뼛속까지 허전하고 허망함이 밀려왔다. 어느새 와 대기해 있던 차에 타는 그를 망연한 눈으로 쳐다봤다. 커피 한 잔을 다 비우기도 전에 두 남자를 계속적으로 바꾸어 상대한 그 달고 쓰고 또 달고 쓴 기분에 분명 익숙해져야 하는데 머리로는 알면서도 가슴은 고스란히 상처의 뿌리를 내렸다.

사무실에 도착한 장주는 소파가 놓인 자리 그 뒤쪽으로 가더니 문을 열고 들어갔다. 나라 안팎의 잦은 출장과 각양 각층 인사들과의 미팅 스케줄로 인한 드레스 룸인가 싶더니 침실은 물론 욕실까지 갖춰져 있었다.

입고 있던 재킷과 셔츠를 벗고 오픈형 행거에 가지런히 걸려 있는 와이셔츠 중 하나를 꺼내 거울 앞에 선 그는 가슴 여러 군데에 울긋불긋 새겨진 키스 마크에 슬쩍 미소 지었다. 이토록 만족스러운 밤을 보내고 아침엔 그녀의 기분을 잡쳐 놓고 온 그는 연기하는 자신의 냉대적인 태도가 이러다 혹 습관으로 굳혀질까 괜한 걱정까지 들었다.

새 슈트와 타이까지 완벽하게 갖춰 입은 그는 다시 집무실 책상 앞에 앉았고, 곧 안으로 들어온 비서는 감독들이 제출한 서너 편의 오리지널 시나리오를 한쪽에 내려놓고 말했다.

"이번 달도 해외 일정은 이사님들께 위임하십니까?"

"음."

본래 UK픽처스 대표는 한 달에 그 절반 이상은 밖으로 나가는 사람이었다. 그러나 이처럼 두 달째 해외 일정을 대타로 처리하고 있는 이유는 딱 하나였다. 결혼!

"알겠습니다, 대표님."

시현은 들고 있던 패드 화면을 터치했고 오늘 하루 눈이 어지러울 정도로 바쁜 이 남자의 스케줄을 보고하기 시작했다.

11

손주가 미쳤다는 그 증거를 내놓으라, 딸려 보낸 수행 비서에게 Chart부터 Recording File까지 건넨 가영은 청기와의 차가 완전히 사라질 때까지 창가 앞에 서 있었다. 그러다 왠지 모르게 영재가 보고 싶어졌다. 머리부터 발끝까지 찬찬히, 자세히 다시 보고 싶었다. 목소리도 듣고 싶었다. 그러니 자조적인 웃음이 절로 났다.

"어울리지 않게."

그것도 지독히.

……그날. 열이 났다. 39도가 넘는 고열.

그런데 그날…….

고작 열 살이던 그 아픈 딸애를 두고 집을 나왔다. 진우가 집을 비웠기에.

끙끙 앓는 아이 앞에 약 봉투 하나 밀어 주고 밖으로 나와선 사실 현관 앞을 떠나지 못했다.

……엄마…….

하던, 금방이라도 끊어질 듯했던 가느다란 딸애의 목소리가 너무 가엾어!

"크음!"

갑자기 목이 따끔거렸다. 손으로 쓸어내리지만 안 되겠는지 물 한 컵을 따랐다. 급히 마셨다. 새벽처럼 이가 시리진 않았다. 그러나 목의 통증은 가라앉지 않았다.

내담자 J의 신상 정보부터 최근 진료 Chart 기록까지 전부 확인한 조모는 그래도 믿을 수가 없어 덜덜 떨리는 손으로 녹음기 버튼을 눌렀다. 테이프 감기는 소리 뒤로 익숙한 목소리가 들려왔다.

— 오늘은 도통 일에 집중할 수가 없었어. 결국 회의 도중에 뛰쳐나갔지. 그러곤 어딜 갔게? 영재를 좇아다녔어. 현장 스태프와 만나 대활 나누며 웃는 영재를 차 안에서 지켜보는데 가까이에서 보고 싶어 견딜 수가 없는 거야. 마침 영재가 일어나서 화장실로 가더군. 그 순간 걷잡을 수 없는 충동이 나를 부추겼어! 당장 화장실로 뒤쫓아 들어가 단숨에 영재를 발가벗기고 그 가랑이

사이로 파고들고 싶었어. 그 젖가슴을 입에 문 채 말이야. 하아! 젠장!

"이, 이런!"

경악을 금치 못한 조모는 금방이라도 경상 위로 쓰러질 것처럼 휘청거렸고, 하룻밤 사이에 밭이랑처럼 깊어진 주름진 얼굴은 충격과 절망으로 그늘졌다. 내용뿐만 아니었다. 마치 다중 인격처럼 감정 기복이 걷잡을 수 없이 오르내리는 걸 단번에 느낄 수 있는 손주의 상태는 기록보다 더 심각한 것 같았다.

— *어느새 내가 이미 카페 안으로 들어갔더군. 사방을 살피다 영재가 만났던 그 스태프 새끼를 죽일 듯 노려보며 화장실로 급히 갔는데 마침 영재가 나오는 거야. 그래서 무조건 떠밀고 안으로 들어가 문을 걸어 잠그고 키스를 하려고 했는데, 젠장할! 영재가 아니었어!*

거칠거칠하던 조모의 들숨 날숨이 색색, 휘파람 비슷한 소리로 변했다.

— *하얗게 질린 그 여자를 내던지고 화장실 칸칸마다 죄다 열었는데 영재가 없었어. 화가 치밀고 돌아 버릴 것 같았어! 다시 밖으로 뛰쳐나가서 영재를 찾았지만 없었어. 나는 미친 듯이 악을 질렀어. 그리고 아까 영재와 미팅하던 그 스태프의 멱살을 잡아*

일으켰어. 그리고 다그쳤어. 영재 어디 갔어?!

그 으르렁거리는 소리는 정말 끔찍했다. 다른 이의 목소리를 빌린 듯 낯설고 무서웠다. 손자가 아니었다.

— 그랬더니 그놈이 뭐랬는지 알아?

흥분에 휩싸여 떠들던 그는 갑자기 큭큭거리며 웃기 시작했다. 그러더니 짓이기는 듯한 목소리로 말했다.

— 미친 새끼, 가서 약이나 더 처먹어!

탁!

결국 녹음기를 쳐 낸 조모는 조이는 가슴을 부여잡았다. 경상 아래로 떨어진 녹음기에선 깔깔깔, 숨넘어가는 웃음소리가, 아니 울음소리가 터져 나왔다.

"……내, 내 손주가 진, 진짜 미친 거예요? 진짜…… 그런 게 예요?"

수행 비서는 무겁게 고갤 떨궜다. 조모는 믿고 싶지 않았다. 때론 아무것도 아닌 일에도 단번에 목숨을 걸 때가 있기 마련이라 생각했다. 20대의 손주가 그랬고, 시간이 지나면 모든 게 제자리를 찾을 줄 알았는데…… 미쳤다?

"그, 그럴 리가…… 없단 말입니다."

손주를 믿었다. 자식을 앞서 보낸 할미를 져 버리지 않을 거라고, 죽지 않을 거라고 믿었다. 외진 곳이 아닌 병실에서 손목을 그은 것도 그 때문이라고, 그저 버거운 사랑앓이에 발버둥 친 것뿐이라 여겼다. 헌데!

"……이리 와서 나를 좀 잡으세요."

그 장장함은 어디 가고, 수행 비서를 의지하고도 다리가 풀려 발 딛고 서는 게 여간 힘든 게 아닌 조모는 거의 수행 비서에게 안기다시피 나와 차에 탔다.

"지금 우리 손주님 어디 계십니까? 내, 얼굴이 보고 싶습니다."

억장이 무너진 조모의 주름진 눈가 끝에 눈물이 어렸다.

손주한텐 이르지 말라 하셨다는 전갈을 받은 시현은 미리 로비로 나가 대기했다. 뭔가 석연치 않은 기분에 마음이 무거워졌다. 청기와의 어르신이 이곳을 방문하는 건 좀처럼 드문 일이었다. 게다가 손주 모르게라니.

잠시 후, 검은 차 한 대가 부드럽게 미끄러져 정차하자 얼른 뒷좌석의 문을 연 시현은 매끄러운 대리석 바닥 위로 내려서는 조모의 얼굴빛에 크게 놀랐다.

"어서 오십시오, 어르신."

간신히 인사한 시현은 수행 비서와 함께 조모를 부축해 대표실 전용 엘리베이터에 올랐다.

고요히 상승하는 엘리베이터 안에서 조모는 힘없이 눈을 감았다. 강도가 세지는 현기증은 아무래도 상관없었지만 예까지 오긴 왔어도 이미 무너져 내린 마음에 손주를 볼 자신이 없었다. 아니나 다를까, 엘리베이터 문이 열리자마자 조모의 눈시울이 붉게 젖었다.

저쪽 건너편, 브레인들과 도시락을 나누고 있는 손주가 한눈에 들어왔다. 자신의 성지에서 가볍게 웃고, 먹고, 진지하고 자유롭게 대화를 나누는 손주의 모습이 눈물겹도록 반가웠다. 리코딩은 다른 사람의 것이라고 부정하는 마음 위로 서러움이 복받치며 목구멍을 때렸다. 저리 멀쩡한 것을!

"우리 손주님이…… 정신과를 정기적으로 가셨어요?"

잔뜩 멘 목소리로 묻는 조모의 젖은 눈을 차마 보기 어려워 저 앞, UK픽처스의 최고 자산인 브레인들과 식사 중인 선우장주에게 눈을 돌린 시현은 조용히 대답했다.

"그렇습니다, 어르신."

아니란 대답을 바랐던 조모의 억장이 와르르 무너졌다. 수척한 뺨을 타고 떨어진 눈물은 곱게 접은 고름 위로 얼룩졌고, 희뿌연 시야에서 그토록 말짱한 손주의 모습은 희미해졌다. 손수건을 꺼내 입에 대 보지만 더 있다간 감정을 추스르지 못하고 손주가 있는 곳으로 뛰어 들어갈 것 같은 조모는 힘겹게 돌아섰다.

"갑시다."

크게 흐느끼며 엘리베이터에 오르는 조모를 걱정스레 쳐다보던 시현은 무겁게 묵례했다. 그리고 문이 닫히자 착잡한 얼굴로 돌아선 시현은 순간 움찔했다. 눈이 마주치진 않았지만 방금 선우장주는 이쪽에서 시선을 거둔 게 분명했다.

◇ ◆ ◇

싫다는 미술팀 스태프들을 구슬려 강나루에 있는 한 유명 호텔 뷔페에 온 영재는 10분이 지나도록 음식 가지러 갈 생각을 않는 그녀들을 향해 두 눈을 가느다랗게 떴다.

"안 먹을 거야?"

"최후의 만찬이에요?"

입이 댓 발 나온 퍼스트는 1인에 13만 원짜리 뷔페 레스토랑 내부를 못마땅하게 훑기며 말했다.

"미안해서 밥 한 끼 사는 거야. 그동안 나 때문에 맘고생, 몸고생 한 것도 모자라 일거리도 떨어졌잖아?"

그러자 세컨이 침울하게 반박했다.

"영화 엎어지는 게 어디 하루 이틀 일이에요? 새삼스럽게 뭘 이렇게까지 비싼 데서 밥을 사고 그래요, 소주에 돼지 껍데기면 충분하지."

이렇게 다들 씁쓸해하는 그때, 막내가 개미 같은 작은 목소리로 말했다.

"감독님. 저 이 신발 반환해야 되죠?"

그러고 보니 다 같은 신발이었다. 최후가 맞긴 맞는 모양이었다. 팀이 꾸려지고 계약을 한 뒤에 일종의 파이팅 구호처럼 팀원들에게 똑같은 운동화를 선물했던 영재는 민망한 듯 웃으며 말했다.

"그 신발 닳고 해지도록 열심히 다른 감독하고 일하면 돼."

"감독님은 왜 영원히 일 안 할 것처럼 얘길 해요?"

퍼스트가 심통 내듯 말하자 영재는 배시시 웃었다.

"나 트러블 메이커잖아. 한동안은 백수지 뭐. 어쨌든 신세 한탄 그만하고 밥 먹자, 응?"

미안해하는 영재의 마음을 사실 너무 잘 알고 있는 그녀들은 메는 목에 눈물까지 핑 돌자 일제히 일어났다.

"먹고 죽은 귀신은 때깔도 좋다는데 일단 먹을게요!"

눈물 감추러 가는 그녀들을 한숨 어린 눈으로 쳐다보던 영재도 일어나려는데 전화가 왔다. 모르는 번호였다.

"네에."

저쪽에선 침묵이 넘어왔다. 이에 다시 전화번호를 확인하려는 순간 생각지도 못한 말이 들렸다.

— 엄마……다.

순간 영재의 이맛살이 사납게 구겨졌다.

— 좀 보고 싶은데 시간 되니?

"나를?"

— 잠깐이면 돼.

단칼에 거절하고 싶지만 혹 그에 대한 얘기일까, 머뭇하던 영재는 퉁명하게 말했다.

"오늘은 안 돼요."

— 내일 저녁쯤 어떠니?

"시간, 장소는 문자로 남겨 주세요."

쌀쌀맞게 전활 끊은 영재는 순간 솟구쳤던 분노를 가라앉히듯 앞에 있는 물을 마셨다.

'내가 청기와의 사돈 되는 일은 없을 거다.'

단연코 확언했던 윤가영, 그러니 선우장주의 주치의로서 할 말이 있다면 모를까 그 외엔 들을 말 없는 영재는 전화기를 툭 던져 놓고 일어났다.

잠시 후, 접시 한가득 취향대로 음식을 담아 온 그녀들은 하하호호 수다를 떨었다. 근데 아까부터 막내가 오줌 마려운 강아지처럼 굴었다. 왜 그러는지 아는 퍼스트가 참다못해 면박을 주었다.

"아흐, 지겹다! 야, 넌 그 성격부터 고쳐야 해!"

"왜?"

영재가 묻자 막내는 몸을 배배 꽜다.

"그게…… 그러니까……."

"괜찮아, 막내야. 말해 봐."

영재가 다독이자 막내는 얼른 툭 뱉어 냈다.

"선우 대표님하고 감독님이요, 다시 시작하신 거예요?"

"어?"

갑작스러운 질문에 당황하는 영재를 보며 한숨을 토한 퍼스트는 쥐고 있던 포크를 탁! 내려놓고 거침없이 말했다.

"감독님, 그냥 속 시원하게 대답해 주세요! 선우 대표가 이번에 강민철 죽인 거, 모르는 사람 있어요? 깨부순 그 촬영 장비만 몇

억이래? 그리고 시도 때도 없이 일어서는 그놈의 거시기도 툭, 하고 부러뜨렸다는데?"

핫 이슈는 그뿐만이 아니었다.

"이호재 감독 얘기 들었어? 얼마 전에 크랭크 업 했잖아? 근데 영화에 그 이름 석 자 못 올린대! 조감독 이름으로 대체된다는데?"

"그 변태가 찍은 영화 죄다 폐기된다더라. 이호재는 진짜 끝장난 거야."

이 모든 게 선우장주의 심판이라는 것도 알고 있는 그녀들은 하나같이 부러움 어린 눈으로 영재를 주목했고 겸연쩍어진 영재는 괜히 물잔만 들었다 놨다 했다.

"언제부턴가 이 영화판에선 우리 서영재 감독님이 주인공이에요!"

세컨이 환호에 가깝게 말하자 막내는 격려를 더했다.

"감독님, 잘해 보세요! 그분 정말 근사하잖아요? 이 바닥의 어중이떠중이랑은 다르다니까요? 제가 얼핏 들었는데 선우 대표님 앞에서 옷 벗은 여신이 한둘이 아니래요, 죄다 무시당했지만!"

이로써 시작된 그녀들의 위험한 수다는 그 수위를 막무가내로 넘어 다녔다.

"아니, 근데 옷은 왜 벗어, 쪽팔리게? 내가 벗었는데 그냥 나갔다고 생각해 봐? 어으! 창피해! 난 평생 그 남자 얼굴 못 봐! 아니, 연예계 떠났어!"

"누구누구 벗었는지 알아?"

"특정 다수! 여기서 특정이란 A급 배우, 모델! 다수란 거의 다?"

"익명 보장제냐?"

"확실한 건 우린 결코 안 벗었다는 거지!"

까르륵.

신랄하게 벌어지는 그녀들끼리의 수다 속에서 침묵하는 영재의 심장은 사실 배 밖으로 튀어나올 정도로 쿵쿵 뛰고 있었다.

어젯밤, 1층 테라스에서 팔 벌려 서영재를 안아 준 그는 2층 침실로 오기 전, 이미 그녀를 완전히 발가벗겼다. 타는 듯한 입술로 한결같이 강하고 거칠게, 헐떡임도 토하지 못하는 그녀를 마치 먹어 치울 것처럼 정신없이 키스하고, 사랑받을 준비 된 그녀의 알몸을 수시로 오르내리면서 그는 몇 번이고 그녀의 이름을 불렀다. 서영재, 서영재, 서영재!

그리고 몇 차례의 섹스를 나누다 도중에 잠이 들어 버린 영재는 자신의 몸을 꽉 채우고 있는 그가 신기루처럼 사라지지 않길 기도했는데 오늘 아침의 그는 또 다른 사람이었다.

'서영재, 이퀄 섹스.'

그러니 늘 최선을 다해, 라니.

둘이며 또 하나인 그의 존재를 인정하고 그래서 이해하려고 노력하지만 이럴 때면 우울감이 앙금처럼 남는 건 어쩔 수 없었다.

"……맞죠, 감독님?"

앞의 중요 문구를 다 놓치고 상념에서 깬 영재는 어색한 웃음으로 답을 대신하며 그녀들의 수다에 합류했다.

그렇게 한 세 시간을 먹고 마시고 큰 자릿수로 계산도 하고 호텔 밖으로 나온 그녀들은 굿바이 인사도 진하게 했다.

"아앙. 감독님, 행복하셔야 돼요!"

"그래그래, 우리 다 행복하자!"

만취한 막내를 다독이자 이번에 세컨이 와서 엉겨 붙었다.

"백수 청산하면 우리 다시 소집해야 합니다, 감독님?"

"콜!"

"콜 받고 콜!"

술고래인 퍼스트까지 합세하더니 어느새 주저앉아 있는 막내까지 끌어당긴 술 취한 네 명의 여자들은 한 몸처럼 뒤엉켰다.

대체 언제 찢어질 건지 끌어안았다가 돌아서면 다시 끌어안고, 택시에 타려다 말고 와 또 껴안고, 그러다가 또 부둥켜안고 혀 꼬부라진 소리로 우는소리 하며 그 헤어짐의 아쉬움을 토로했다. 그렇게 모두를 택시에 태워 보낸 뒤 영재도 택시를 타고 집으로 왔다.

컴컴한 1층의 도어 블라인드를 다 내리고 외투 주머니에 양손을 찔러 넣고 2층으로 느릿느릿 올라간 영재는 침대에 털썩 앉았다.

'시도 때도 없이 내 목소리가 듣고 싶다고 하는 네 전화, 기다릴게.'

외투 주머니 속 손끝에 만져지는 전화기를 꺼낸 영재는 그 표면을 만지작거렸다.

그렇게 한참을 손에서 전화기를 놀리던 영재는 노곤한 몸을 이끌고 욕실로 들어갔다. 따뜻한 물에 몸을 담그고 나면 바로 뻗어버릴 수 있을 것 같았다.

하지만 막상 씻고 나오니 정신은 더 맑아졌고, 어쩐지 하룻밤 사이에 두 배로 커진 것 같은 침대가 그렇게 휑할 수가 없었다. 결국 영재는 TV 앞에 앉았다. 그리고 지난 5년간 하루가 멀다 하고 봤던 영화를 또 틀었다.

미술팀 현장 알바를 시작으로 영화 세계에 첫발을 들인 서영재의 손때가 분명 어딘가에 묻어 있을 작품이자 그때 당시 촬영부의 조수였던, 아니 그 행세를 했던 장주를 만나게 해 준 영화이기도 했다.

'왕다운 왕'을 표현하는 데에 주력했다고 자부했던 미술 감독의 말마따나 왕의 거주 공간이던 궁궐의 웅장하고 화려한 건축양식에 많은 노력을 기울였지만 실제 궁궐 섭외가 쉽지 않아 애를 먹었던 영화로 결국 경복궁과 창덕궁에서 각각 하루씩 촬영했고, 내부 촬영은 세트를 지어 만든 영화였다.

지붕 위에 눈이 쌓인 건축물 종묘의 첫 장면을 시작으로 영화가 시작되었다. 그녀의 아스라한 옛 기억도 러닝 타임 130분짜리 필름 그 어딘가의 자리로 찾아 들어갔다.

……은은한 촛불 효과를 살린 웅장하면서도 외로운 궁궐…….
그중 가장 깊숙한 곳, 왕의 침전, 지밀…… 금빛 사계산수의 병풍 앞, 노란빛의 야장의를 입은 왕과 중전…….

그 씬에서 가만히 일시 정지 버튼을 누른 영재는 무릎을 세우고 그 위에 두 팔을 엇갈려 모은 채 정지된 화면 영상을 뚫어지게 응시했다. 그녀의 시선이 닿은 곳은 두 주인공이 아니었다. 그 뒤에 보이는 화려한 비단 보료였다.

왕의 권력을 상징하는 컬러를 입힌 화려한 그 보료 위엔 앳된 스물두 살의 영재, 그녀가 있었다. 그리고 그녀의 알몸 위엔 그가 있었다. 그렇게 오직 둘뿐이었다.

그날의 세트장은 어두웠고 차고 조용했다. 그 속에서 땀으로 얼룩진 뜨거운 두 사람의 알몸은 하나였고, 비비적거리는 두 사람의 뺨 위로 서로의 입김이 어렸다.

'사랑해, 서영재.'

7년 전, 첫 경험을 했던 그날의 기억에 아련히 젖어 있던 영재는 가까이에 있는 서랍장 하나를 열어 가죽 케이스를 꺼내 펼쳤다. 사진이었다, 그날 찍은.

알몸에 그의 재킷 하나만 걸친 영재의 긴 머리칼은 제멋대로 헝클어지고 민낯이었지만 발그레한 얼굴로 수줍게 웃고 있는 그녀는 예뻤다, 사랑스러웠다.

"보고 싶다, 선우장주."

그때의 애틋함이 파도처럼 밀려온 그녀의 얼굴은 서글픈 미소로 젖었다.

◇ ◆ ◇

그 시각, 앞마당의 불빛이 희미하게 새어 들어온 어둑한 안채에 돌석처럼 앉아 있는 장주의 시선은 링거 바늘을 꽂은 채 잠들어 있는 조모의 핏기 없는 얼굴에 박혀 있었다.

'윤가영 씨에게 받은 도련님의 정신과 기록을 전부 확인하셨습니다. 물론 리코딩 파일까지요.'

연로한 조모가 받았을 충격, 적잖으리라 짐작하는 그였다. 하지만 그의 얼굴엔 정돈되지 않은 분노가 여전히 이글거리고 있었다.

'그래요!! 내가 그 아이에게 손주님 그냥 죽게 두자 했어요! 왜요? 그 아이가 이제 와 그게 그렇게 억울하답니까?! 네에! 그 아이가 손주님 곁에 있게 해 달라고 빌었어요! 내게 감히! 감히 그랬단 말입니다!!'

이제 와 그 사실을 알아 버린 그의 온몸의 근육과 뼈마디가 비명을 질러 댔다. 자그마치 5년이었다. 영재와 자신이 그 지독한 외로움에 몸부림친 것이.

"……손주님."

나약한 목소리로 인기척을 낸 조모의 두 눈은 깊은 죄책감과 눈물로 젖어 있었다. 적어도 이 순간만큼은 아들의 그 아들을 사랑하는 늙은 할미였다.

"그리 많이…… 아프셨습니까?"

순간 말로 다 할 수 없는 그 처절했던 외로움이 그의 온몸을 찍어 눌렀다.

"이 할미가 미안합니다. 눈에 보이는 모습이 전부인 줄 알았어요. 괜찮은 줄 알았습니다."

꾸역꾸역 비집고 올라오려는 울음을 억지로 삼키기 위해 목울대를 움직이는 것조차 살점이 뜯기는 것만 같은 조모는 결국 흐느껴 울었다. 하지만 미쳐 버린 선우장주를 위해 울 수 있는 사람은 서영재, 그녀 외엔 없었다.

"저, 미치지 않았습니다."

그의 냉정한 목소리가 캄캄한 방 안에 울렸다.

"예예, 그럼요. 우리 손주님이 그럴 분이 아니에요. 내, 날이 곧 밝는 대로 김 박사에게 유능한 정신과 의사들을 꾸리라 할 게예요. 다시 검사하고 확인해 보십시다. 절대 미치지 않으셨어요, 그럼요!"

자기 연민처럼 위안하는 조모를 바라보는 그의 눈빛이 섬뜩하게 번들거렸다.

"5년 전, 영재의 아버님이 청기와에 오셨던 날, 저도 봤습니다."

순간 이불이 부스럭거릴 정도로 몸을 크게 떤 조모는 그 처지는 몸을 무겁게 일으켜 앉았고, 장주는 그 어둠에 익은 눈으로 조모의 흔들리는 눈빛까지 차갑게 직시한 채 말을 이었다.

“영재를 용납할 수 없던 할머님의 거절, 이해했습니다. 그래서 30년 전으로 되돌아가려고, 할머님이 그리 미워하시는 이서영을 다시 할머님 눈앞에 데려다 놓으려고 죽었습니다, 제가.”

간신히 앉아 있는 조모의 몸이 크게 흔들렸다.

“지, 지금…….”

“예! 전 진짜로 미친 게 아니라 일부러 그 미친놈 노릇을 하고 있단 말입니다!”

“선우장주!!”

“예!! 절 떠난 영재를 되찾기 위해 이 모든 걸 제가 직접 계획했습니다, 할머님!!”

통분을 터뜨리는 손주 앞에서 하얗게 죽었던 조모의 얼굴에 온통 붉은 핏대가 섰다. 손주가 미쳤다는 사실에 가슴이 무너졌던 조모였다. 뒤늦은 후회와 죄책감에 시간을 되돌리고 싶었다, 처음으로. 그런데 계획적이라?

“네 이놈!!!”

그 괘씸죄를 어떻게 물을 수 있을까. 조모는 격분했지만 그보다 더 역한 토기가 올라올 정도로 참담한 분노에 휩싸인 장주는 그 끝이 하얗게 질린 손을 말아 쥐더니 위협에 찬 목소리로 말했다.

“강제로 몸이나 요구하면서 잔인하게 괴롭히는 제 앞에서 5년 전 절 떠나지 않았으면서도 떠난 것처럼, 버리지 않고도 버린 것처럼! 영재를 그렇게 죄인처럼 살게 만든 할머님을 제가 어떻게 하면 좋겠습니까?!"

그 배은망덕한 손주의 태도에 기겁한 조모는 이불 위를 네 발로 엉거주춤 기어 와 손주의 뺨을 후려쳤다.

철썩!

"지금 이 할미를 협박하는 게요?! 미친 척하더니 진짜 미친 게요?!"

"미치지 않았다고 말씀드렸지 않습니까?!"

자신을 집어삼킬 것만 같은 손주의 태도에 조모는 또다시 손을 쳐올렸다. 하지만 차마 때리지 못하고 공중에서 부들부들 떨었다. 이에 붉게 젖은 눈으로 허망한 웃음을 흘린 장주는 멘 목소리로 말했다.

"죽으면 부르랍디다, 그 말은 마셨어야지요, 제게."

이에 그 쳐든 손을 툭 떨어뜨린 조모는 짙은 통한으로 얼룩진 손주의 얼굴 위로 죽은 아들의 그 웃음 잃은 얼굴이 보이자 버거운 호흡을 컥컥 내뱉으며 눈을 질끈 감았다.

"할머님의 그 30년 때 묵은 감정의 화풀이용으로 그 어린 영재를 제물 삼고 시원하셨습니까?"

아니었다. 제물이고 화풀이용이고 그리 복잡하지 않았다. 안 되니까 안 된다고 했던 것뿐이었다.

"우리 손주님, 대단하십니다, 대단하세요."

감은 눈 아래로 떨어지는 눈물을 닦으며 힘없이 웅얼거린 조모는 힘겹게 눈을 뜨며 떨리는 목소리로 말했다.

"내, 너무 오—래 살았습니다."

"아니요, 더 오래 사십시오. 제가 결혼하는 것도 보시고 제가 낳은 아이도 보시면서 그 죽은 아들의 몫까지 사십시오."

가슴에 비수가 꽂힌 조모는 목에 걸린 큰 울음을 가까스로 참으며 말했다.

"예예, 그리하겠습니다. 그러니 물러가세요. 내, 더 누울 겝니다."

핏줄을 위했던 그 마음을 할퀴는 손주가 원망스러웠다. 그래서 등을 돌리려는데 손주의 눈에 고였던 붉은 눈물이 뚝 떨어졌다. 그는 이내 고갤 돌렸지만 그런 손주의 모습에 더욱 가슴 찢기는 조모는 애써 본체만체 돌아누웠다.

어깨까지 이불을 올려 덮는 조모를 등지고 밖으로 나온 장주는 툇마루에 주저앉았다. 손으로 눈가를 가리는 그의 뺨을 타고 눈물이 주르륵 흘러내렸다. 그리고 그 뒤, 장지문 안에서의 조모도 이불 귀퉁이를 입에 문 채 흐느꼈다.

그날, 눈물로 빌고 또 빌었던 어린 소녀의 눈물이 조모의 가슴을 후비었다. 화풀이는 아니었다.

'손주님…… 그저…… 그래요, 비겁했던 것뿐이에요. 아들을 대신해 손주를 사랑했던 내 마음이…… 이기적이었던 것뿐이에요……!'

12

외출 준비를 하던 가영은 갑작스럽게, 그것도 요란하게 방문이 열리자 눈살을 찌푸렸다.

"어르신 만났지? 안 만났어?"

대체 밤새 일을 한 건지, 술을 처먹은 건지 도통 알 수 없는 얼굴로 들어와 다짜고짜 버릇없이 추궁하는 재인의 태도는 한 대 패 줘도 시원찮을 판이었다.

"역시 너구나?"

그 덕에 어제 그 새벽부터 조모에게 불려 가 난리 통을 겪었던 가영은 혀를 내둘렀지만 재인은 버릇없는 불안증 환자처럼 가영을 다그쳤다.

"어르신이 뭐라고 하셨어? 유감이지만 친딸 데리고 꺼지래?"

가영은 사납게 눈을 흘기며 면박했다.

“싸가지가 없으면 똑똑하기라도 해야지, 그렇게 멍청해서 어떡하니, 넌?”

“엄마!!”

시끄러워 인상 쓰며 화장대에서 일어난 가영은 외투를 걸치며 태연하게 말했다.

“네가 믿고 까부는 그 어르신이 나더러 양딸 데리고 꺼지란다.”

순간 재인의 표정이 일그러졌다. 이에 또 혀를 끌끌 찬 가영은 핀잔을 더했다.

“서영재는 선우장주가 절절매기라도 하지, 넌 누가 널 값 쳐준다고 어르신을 찾아가서 맹랑하게 그 얘길 해? 네 결혼, 네가 말아먹었어. 비켜.”

가영이 백을 챙겨 들고 나가려고 하자 가로막고 선 재인은 잡아먹을 듯이 소리쳤다.

“대체 어르신한테 뭐라고 했기에 내 결혼이 파토 나?!”

도통 사리 분별을 못 하는 재인이 그저 한심스러운 가영은 냉정하게 말했다.

“청기와의 둘도 없는 손주가 7년 전부터 한 여자를 사랑하고 있다는데, 그 사실을 안 어르신이 너와의 결혼을 유지할 이유가 뭐야? 그 입이라도 다물고 있었다면 선우장주가 외도는 했을망정 결혼은 너와 했겠지, 안 그러니?”

“……!”

“내가 충고했잖니? 네 벌거벗은 몸에 환호하는 남잘 만나라고.”

전혀 다른 그림을 예상했던 재인은 자길 밀어 내고 나가는 가영의 뒤통수에 대고 악을 질러 댔다.

"아악!! 서영재, 절대 청기와에 못 들어가!!"

와자장창!

값비싼 화장품들로 잘 정돈돼 있던 가영의 화장대가 통째로 엎어졌다.

◇ ◆ ◇

안채 뜰에서 우산을 들고 우두커니 서 있는 장주의 검은 구둣발 위로 빗물 섞인 붉은 흙물이 튀었다.

고요하고 스산한 적막감으로 둘린 안채의 장지문에서 툇마루 아래에 놓여 있는 한 켤레의 흰 고무신으로 시선을 떨어뜨린 그의 잇새로 무거운 한숨이 새어 나왔다. 부모님이 돌아가셨을 때, 열일곱이던 어린 손주의 기둥이 돼 주셨던 할머니였다. 금방 일어나실 테였다.

안채를 등지고 대문 밖으로 나온 그는 차에 올랐다. 시동을 걸자 와이퍼가 부드럽게 빗물을 쓸고 닦았다. 내면에 엉겨 붙어 있는 분노가 아니면 미치도록 보고 싶은 영재에게 곧장 달려갈 텐데…….

부르릉.

선우장주의 모든 것에 예민한 영재는 어젯밤에도 그의 감정을 알아차렸고 그래서 애썼다. 그게 싫어 그녀에게 갈 수 없는 그는 회사로 차를 몰았다.

잠시 후, 엘리베이터에서 내리는 그에게 인사한 시현은 여느 때처럼 뒤따랐지만 그의 발 그림자 위로 채 다 숨기지 못하고 떨어지는 고달픈 탄식이 걱정스러워 제 걸음으로 그것을 덮었다.

"시사회는 몇 시지?"

"오전 10시, 오후 5십니다. 그리고 주신 건 우편으로 보냈습니다."

이에 의미심장한 눈길로 말없이 시현을 올려다보던 그는 가만히 의자를 돌려 앉았다. 시현은 물러가고 커튼 월 밖의 어딘가를 미동도 없이 그저 고단한 눈으로 한참을 응시하던 그는 서랍 하나를 열었다.

그 안에 있는 검은색의 작은 사각 케이스를 꺼내 뚜껑을 열자 최상급 스톤의 다이아 반지가 반짝거렸다. 5년 전, 영재의 손가락에서 되돌아온 반지였다.

"그때 영재가 뭐라 했더라……."

혼잣말처럼 중얼거리는 그의 가슴에 기억 한 조각이 선명하게 떠올랐다.

결혼 승낙을 받고 할머니께 인사하러 왔던 그날, 돌연 청기와 앞에서 사라졌다가 일주일 만에 나타난 영재…….

'내가 지난 일주일 동안 뭘 했게? 첫째, 널 사랑하는 날 죽였어. 둘째, 내가 사랑하는 널 죽였어. 셋째, 우리의 지난 2년의 모든 추억을 모조리 지웠어.'

그때의 서영재의 표정은 정말 악녀 같았고, 무슨 소리냐 묻는 그를 잔인하게 울렸다.

'우리 끝내자. 아니, 이미 끝났어.'

지금에 와서 떠올려도 가슴이 뻐근했다. 이미 영재의 아버지를 통해 그녀가 자신을 떠나리라는 걸 알았지만 부디 영재가 그런 선택을 하지 않길 바랐던 그는 냉정히 돌아서 가는 영재의 뒷모습을 보면서…….

"진짜 죽고 싶었다."

그런데 그 잔인했던 뒷모습이 다가 아니었다는 5년 묵은 처절한 진실 앞에서 그의 어그러진 내면이 또 소용돌이치려 했다.

가영이 남긴 메시지의 카페를 찾아온 영재는 안쪽 창가 자리에 앉았다. 한산한 카페는 그 간판부터가 마음에 들었지만 6신데도 해가 짧아져 땅거미가 내려앉은 창밖의 뷰는 새벽부터 내리는 비와 그 앞에 흐르는 강 때문인지 꽤나 운치 있었다, 드로잉을 하고 싶을 만큼.

그 생각에 가만히 고갤 돌린 영재는 가지고 나온 포장된 그림을 물끄러미 쳐다봤다. 언젠가는 전해 주려고 했다. 아빠의 그림을 다 가질 수 있어도 이 그림은 그녀, 이서영의 것이기에.

'서영아. 서영아.'

하루가 멀다 하고 그 이름만 애타게 불렀던 가여운 아빠…….

별안간 치매가 발병된 후 오래지 않은 그날도 오늘처럼 비가 많이 오던 날이었다. 어린아이 투정 부리듯 낮 동안에도 유난히 긴 시간 동안 서영을 찾던 아빠는 그날 밤엔 한숨도 자지 않고 서영을 그렸다.

그리고 붓을 내려놓던 순간 울기 시작했다. 내장까지 다 토해 낼 듯 끊임없이 이어지던 그 흐느낌에 자다 깨어 뛰어간 딸아이를 끌어안은 채 어깨를 들썩이던 아빠는 이렇게 말했다. 왜 이제 왔어, 서영아?

그때부터 영재는 아빠의 딸이 아닌 서진우의 서영이가 되었다. 장주를 떠나 돌아갈 곳도, 마음 둘 곳도 잃은 영재는 이서영인 척해야 했던 시간을 견딜 수 없었고, 결국 상태가 심각해진 아빠를 요양 병원으로 데려갔다. 그리고 목 놓아 울었던 영재……의 그 가여운 모습이 아직도 눈에 선한 영재는 시큰거리는 두 눈을 감았다.

그러나 곧 인기척에 눈을 뜬 영재는 브라운 계열의 구둣발에 가만히 고갤 들었다.

서영, 아니 가영이었다. 유명 작가의 갤러리에서 조우했을 때처럼 특유의 고급스러운 멋이 있던 그 모습이었다.

두 사람은 마주 앉았다. 18년의 긴긴 세월이 가로세로 1미터밖에 안 되는 테이블 간격으로 좁혀졌고, 둘 사이엔 똑같은 얼 그레이 티 두 잔이 놓였다.

"예쁘네."

영재의 얼굴을 하나하나 구석구석 살피듯 응시하던 가영이 꺼낸 첫마디였다. 진심이었다. 그러나 영재는 아무 감흥 없었다.

"왜 보자고 했어요?"

전투적인 영재의 태도에 가만히 티 한 모금과 함께 뜻 모를 한숨을 함께 삼킨 가영은 조용히 말했다.

"진우 씨, 왜 죽었니? 사고?"

순간 영재의 까만 눈동자가 짙게 그늘졌다.

"치매."

"……!"

크게 놀란 가영의 낯빛이 그대로 굳었다. 이러한 반응을 어쩌면 바랐을지도 모를 영재는 막상 눈으로 직접 보니 당장이라도 자릴 박차고 일어나고 싶은 분노가 일었지만, 간신히 코웃음으로 무시한 채 가져온 그림을 테이블 위에 올렸다.

"내가 가질 수 있는 게 아니라서."

이에 아직 얼얼한 시선을 느리게 아래로 떨어뜨린 가영은 새하얀 한지로 포장된 그림을 빤히 쳐다보다가 손의 앞머리를 댔다. 그리고 천천히 뜯었다.

직직, 두 갈래로 찢어진 한지 사이로 사적인 영역의 예술이라고 하는 '초상화'가 드러났고, 자유롭고 화려한 색감을 입은 건 다름 아닌 이서영, 그녀였다. 하지만 색채 분명한 그림이 쓸쓸히 느껴지는 건 화폭에 깃든 작가의 영혼 때문일까. 그 순간에 새카

맣게 지워졌던 서진우 그의 얼굴이 또렷하게 떠오른 가영의 눈동자가 심하게 흔들렸다.

'서영아…….'

따뜻했던 음색…… 그리고 온화하던 미소……까지 전부 생생했다. 순간 눈물이 핑 돈 가영의 뿌예진 시야로 초상화의 화려한 색채가 마구 뒤섞였다.

"아빤 당신이 떠난 뒤, 그 하루하루를 자리마다 남아 있는 이서영을 지우려고 애썼어. 근데 나! 나를 죽이지 않는 이상은 당신의 흔적을 완전히 지울 수 없었던 아빠가 결국 자신의 기억들을 지우더라."

그토록 슬펐던 긴 나날들을 떠올리는 영재의 목이 콱 메어 갈라졌다. 가영은 그녀의 아빠를 사랑했고 그래서 자신의 존재를 간신히 참고 있는 영재의 말을 부정할 수 없었다.

평생에 유일하게 사랑했던 서진우를 버리면서 훗날에 후회할까 차라리 잊기로 하고 윤가영의 삶을 살았던 그녀였다. 그럼에도 서진우는 잊지 말아야 하는 것처럼 이토록 자신을 똑 닮은 분신을 던져 놓은 줄도 모르고.

"외삼촌하고 연락하고 있었다면서 죽기 전에 한 번은 보게 해 주지 그랬니?"

그 대단히 모순적이며 가당치 않은 연민이 영재는 가증스러웠다.

"누굴 위해?"

"네 아빠를 위해."

"아빠를 위해? 하!"

영재는 기가 찼지만 가영의 자기변명거리는 아주 많이 있는 듯했다.

"넌 내가 네 아빨 버렸다고 억울해하는데 네 아빠가 날 사랑해서 보내 준 거야."

영재의 두 눈에 독이 절로 서렸다.

"당신의 그 이기심, 진절머리 나."

이에 씁쓸한 웃음 한 자락이 가영의 얼굴을 스쳐 갔다.

"때론 말할 수 없는 슬픔도 있는 거야. 네가 청기와 어르신에게 널 받아 달라고 사정하고도 장주에겐 말하지 않은 것처럼."

순간 당황한 영재의 얼굴이 곧 차갑게 굳어졌다.

"18년 만에 만난 엄마라는 사람이 너무 많은 걸 알고 있네?"

어쩐지 그 말에 가슴 한구석이 따갑게 찔린 것 같은 가영은 잠시 입을 다문 채 영재를 물끄러미 응시하더니 조용히 말했다.

"어제 청기와 어르신을 만났다. 다 아시더구나."

"……!"

"장주와 네가 다시 만나는 것도, 내가 이서영인 것도."

영재의 말간 피부가 온통 경련을 일으켰다.

"우리더러 천박한 모녀라기에 나도 천박한 내 딸이 상대하는 어르신의 손주가 어떤 상탠지 말씀드렸다."

"다, 당신……!"

"믿지 못하기에 병원에 있는 장주의 데이터도 모조리 보냈어."

망연자실한 영재는 원망의 시선을 가영에게 꽂은 채 어깰 떨어뜨렸다. 그런 딸아이를 보며 가영은 인정했다. 피는 당긴다는 걸.

"그 어르신이 혹 널 찾으면 그땐 무릎 꿇지도 말고 빌지도 마. 그 어르신은 손주가 자살 시도하고 미친놈이 된 것에 대해 너한테 죄를 물을 자격이 없어. 손주를 죽게 한 건 당신, 자신이잖니?"

"그렇다고 그 사실을 말……."

"그 옛날, 정략으로 결혼한 난!"

엄중한 목소리로 영재의 말을 가로챈 가영은 몹시 언짢은 얼굴로 피력하듯 말했다.

"한 달 동안 매일 숨죽여 울었다. 네 할아비지가 반대한 그 가난한 화가였던 서진우가 그리워서. 그런 내가 장주 아버지의 여자가 될 수 있었겠니, 단 한 순간이라도? 난 그 사람의 손끝에도 닿은 적 없었어. 말만 부부였지 남이었다고. 그런 나를 널 반대할 명분으로 삼아? 훗, 결국 그 어르신의 낡아 빠진 억지가 일을 이 지경으로 만든 거야."

정말이지 탄복할 만한 핑계였다.

"그러니까 당신은 무죄하고 우리 모두는 어리석다?"

"적어도 지금의 넌 어리석지. 대체 언제까지 선우장주 앞에서 가해자 노릇 할 거니?"

이에 테이블 아래, 손끝이 하얗게 변하도록 두 주먹을 꽉 그러쥔 영재는 울분을 입안에 가두듯 어금니를 꽉 깨문 채 말했다.

"내가 가해자 노릇 하든 피해자 노릇 하든 신경 꺼, 윤가영 씨. 그리고."

의도적으로 말을 자른 영재는 두 팔을 테이블 위로 올리고 상체를 가영에게 가까이 기울였다. 그리한 냉혹한 눈빛으로 비웃으며 말했다.

"당신은 유죄야. 서진우가 치매로 죽었잖아, 난 아빠를 잃었고."

단단하기만 하던 가영의 눈빛이 차갑게 흔들렸다. 이에 가만히 테이블에서 몸을 떼고 일어난 영재는 크게 한숨을 쉬며 말했다.

"차라리 사과를 해. 이제 와 그 자격도 없는 내 편 행세 따윈 집어치우고."

그 어떤 이기심 어린 핑계보다 그게 가장 역겨운 영재는 아빠의 눈물이 담긴 그 뜯어진 한지 속의 초상화를 울분 어린 눈빛으로 내리꽂듯 응시한 채 덧붙여 말했다.

"내가 당신 때문에 죽었다는 얘긴 들을 일 없을 거야. 그러니까 그저 윤가영으로 잘 살아."

갤러리에서 만났을 때 가영이 명함을 주며 했던 그 잔인한 말을 되돌려 준 영재는 차갑게 돌아섰다.

그 쌀쌀한 뒷모습이 비친 유리창을 알 수 없는 눈빛으로 응시하던 가영은 찻잔을 집었다가 도로 놓고 물컵을 들었다. 그리고 꿀꺽꿀꺽 물 한 컵을 다 마셔 버렸다. 순식간에 온몸이 차가워졌다. 다시 그림을 봤다. 마음이 덤덤해졌다. 다행이었다.

그러나 시동도 켜지 않은 스산한 차 속에 돌석처럼 앉아 있는 영재의 눈빛은 초조하고 불안했다.

'넌 내가 흔드는 만큼만 흔들리면 돼. 그게 네 자리야.'

하지만 이틀째 아무 연락이 없는 그였다. 할머니는 모든 걸 알게 됐다는데!

"대체 날 흔들지 않고 뭐 하고 있는 거야, 선우장주!"

초조하게 웅얼거린 영재는 갑자기 눈을 번쩍 뜨더니 차의 시동을 걸었다. 그리고 굵은 빗줄기를 뚫고 UK픽처스를 향해 달렸다.

막히는 빗길 때문에 한 시간이 지나서야 목적지에 도착한 영재는 급히 주차장에 차를 대고 전화기부터 꺼냈다. 하지만 막상 키패드를 누르지 못하고 망설이던 영재는 와이퍼가 작동하는 차창 밖을 눈이 빠져라 쳐다봤다.

온통 캄캄하게 젖은 세상, 그 사이로 빗물에 퍼진 불빛들이 발광하는 빌딩의 그 끝을 보자니 초조함은 극에 달했고 한숨은 목구멍까지 차올랐다.

〈낭자〉에서 아웃됐으니 저길 드나들 명분도 없고, 이 불길한 시점에 연락도 없는 그에게 먼저 전화할 용기도 나지 않는 영재는 깊은 한숨과 함께 핸들에 얼굴을 묻었다.

그 시각, 장주는 흥미롭게 떡밥을 뿌려 '외설을 예술로 증명하겠다' 큰소리 박박 친 영화의 기술 시사 중이었는데 그닥지 않게 몰입을 하지 못했다. 이유는 그로서도 당황스러운, 허벅지에 지나치게 힘이 들어간 탓이었다.

영화의 몸통이자 아이덴티티를 증명하는 요소인 '이야기'는 전혀 없이 '벗긴 육체'의 유린만 있는 야한 영화에 지금껏 단 한 번도 이입된 적 없던 그는 원하면 안을 수 있는 서영재의 존재가 얼마나 위험천만한지 여실히 느끼며 열기로 화끈거리는 손끝으로 지끈거리는 미간을 꾹꾹 눌렀다.

그 제스처가 제작자의 평을 기다리는 스태프들에게는 적신호로 읽혔고, 미리 낙담한 그들은 스크린에 불이 꺼지고 실내등이 들어오던 순간에도 마치 사형 선고를 기다리는 죄수들처럼 무겁게 떨군 고개를 땅에 처박을 지경이었다.

그들을 보며 묵직한 한숨을 토한 장주는 한 손으로 가슴을 탁탁 치고 말했다.

"여기보다."

그리고 한쪽 허벅지를 또 탁탁 때린 그는 처음보다 더 거친 목소리로 말했다.

"여기에 힘이 더 들어가네. 잘 봤습니다."

결국 외설이란 뜻이었다. 그건 곧 상업적 가치가 ZERO라는 뜻으로 선우장주의 구미를 당기지 못했다는 뜻이기도 했다.

이에 스태프들은 하나같이 숨을 제대로 쉬지 않았고, 그 무덤 사이를 냉정하게 걸어 나온 장주는 비서에게 지시했다.

"트레일러(예고 영상물) 다시 만들라고 해, 외설답게."

떡밥 던지지 말라는 뜻이었다. 어차피 던져 봤자 회수 못 할 떡밥이었다.

이내 자기 방으로 돌아온 장주는 전면 유리창을 마주하고 가만히 섰다. 하지만 거센 빗줄기가 내리꽂히는 차창의 두둑두둑하는 소리에도 그는 요동하고 있었다. 널 견딜 수가 없어, 서영재.

재킷 안주머니에서 전화기를 꺼낸 그는 0번 버튼을 꾹 눌렀다. 영재, 그 이름 두 자를 귓가에 대자 신호음이 울렸다.

그리고 전화기가 닳도록 만지작거리고 있던 영재는 진동하는 전화기에 뜨는 11자리 숫자에 기분 좋은 소름을 느끼며 얼른 받았다.

"응."

"어디야?"

이틀 만에 듣는 그의 목소린 눈물을 와락 빼냈다. 다정하지도 않은 당신 목소리, 나 왜 이렇게 좋으니?

영재는 메는 목을 가다듬고 말했다.

"당신 회사 주차장."

그의 시선이 창 아래쪽으로 떨어지는 순간 그녀가 빠르게 말했다.

"지금 막 가려고 했어."

그가 말했다.

"가지 마. 우리 섹스하자."

마치 애원하는 듯한 그의 목소린 원초적이었다.

"내려갈게."

가만히 전활 끊은 영재는 얼굴이 붉어지고 가슴이 뛰었지만 마냥 좋을 순 없었다. 지금 그는 또다시 전쟁을 치르는 중인지도 몰랐다. 그 둘 중에 하나를 죽이는.

잠시 후, 언제 왔는지 빗물을 닦아 내는 와이퍼 사이로 그가 보였다. 회색빛 우산을 들고 서서 앞 유리창을 물끄러미 쳐다보고 서 있던 그는 다시 전화기를 꺼냈다. 영재는 가만히 전활 받았고 그는 거칠고 가쁜 목소리로 명령하듯 말했다.

"트렁크 열어."

그의 뜻을 알아차린 영재는 설마 하면서도 한 손가락을 뻗어 트렁크 열림 버튼을 눌렀다. 곧 게이트가 열리고 그는 조수석을 지나 곧장 뒤쪽으로 걸어갔다.

사이드 미러에 고정됐던 영재의 시선이 룸 미러로 옮겨졌고, 끝까지 열린 게이트 아래에 선 장주는 우산을 접어 트렁크 안쪽에 툭 던져 놓고는 룸 미러의 커다란 두 눈을 빤히 직시했다. 이리 와.

바깥, 더구나 그의 회사 주차장에서 카섹스라니. 영재는 난감했지만 이미 그녀의 손은 운전석 도어 캐치를 열었다.

달칵.

하고 열리는 도어 밖으로 발을 내디딘 그녀는 두 손을 이마 위에 처마처럼 받치고 뒤쪽 트렁크 게이트 밑으로 뛰어 들어갔다. 그 순간이었다. 이마 위에서 손도 떼지 못한 그녀를 와락 끌어안은 장주는 거침없이 그녀를 압박하며 입술을 빨아 삼켰다. 타는 듯 뜨거운 입술이었다. 영재는 고스란히 그에게 빨려 들어갔다.

마디 굵은 그의 커다란 손이 그녀의 등에서부터 엉덩이를 타고 미끄러져 내려가더니 허벅지를 더듬거리며 발목에까지 닿아 있는 원피스의 치맛자락을 끌어 올려 그 안으로 들어갔고, 그의 입술은 어느새 매끈한 목선을 타고 내려와 그녀의 젖가슴 부위를 옷감째로 물었다.

사방이 노출됐다는 생각은 아예 사라져 버린 영재는 그가 주는 감각에 속절없이 떨었고 쉽게 흥분했다. 팬티가 젖었다. 그의 숱 많은 머리 위에 묻은 입에선 가느다란 신음이 연속적으로 터졌다.

그 순간 바지의 버클을 열고 지퍼를 내린 장주는 그녀를 돌려 세웠고, 그녀가 상체를 조금 기울여 두 손으로 트렁크 바닥을 짚자 치맛자락을 허리춤으로 거둬 올린 그는 블랙 레이스 팬티로 덮인 탄력 있는 엉덩이를 마치 터트리기라도 할 것처럼 반복적으로 주물럭거리더니 그 갈라진 틈을 따라 손가락 하나를 내려 그었다.

그리고 그 아래, 이미 젖은 은밀한 부분을 손끝으로 긁적이며 얇은 천 쪼가리 사이로 느껴지는 두 개로 갈라진 그녀의 보드라운 속살을 탐했다. 그의 거친 숨소리는 그녀의 귓속으로 색색 바람을 불어 넣었고, 귓불은 그의 말랑한 혀끝에 젖었다.

눈을 감은 채 입술을 벙긋거리며 그의 애무를 흡수하던 영재는 팔을 뒤로 뻗어 그의 뒷목에 걸치고 얼굴을 더 돌려 그의 입술을 찾았다. 이내 그녀의 입술을 삼킨 장주는 손톱으로 긁적이던 젖은 그 부분을 한쪽으로 거둬 냈다.

그 안에 둘로 갈라진 그녀의 속살을 어루만지며 그 미끈거리는 체액을 손끝으로 확인하는 그의 혀는 더 맹렬하게 영재를 빨아당겼고, 그의 손가락이 그 깊은 곳을 찌르고 들어온 순간에 그의 입안에서 나지막한 신음을 내뱉은 영재는 이내 손가락 대신 커다랗게 부푼 그의 남성이 질 입구를 꽉 채우며 밀고 들어오자 비명처럼 신음을 내질렀다. 아, 이 느낌이었어!

그가 세게 밀고 들어왔다 물러났다 반복했다. 그가 계속 찌르고 빠질 때마다 그녀의 몸은 빳빳해졌고 바르르 떨리며 뒤로 휘었다.

세차게 쏟아지는 빗소리, 여러 차례 오고 가는 자동차들의 라이트 불빛, 누군가에게 들킬지도 모른다는 경각심까지 두 사람의 에로틱한 감각에 불을 붙였다.

그는 강하게, 세게 쿵쿵 밀고 들어갔다. 자신의 몸이 이렇게까지 격렬하고 열망적인 욕망을 방출할 수 있는 이유는 단 하나, 서영재의 몸이기 때문이었다. 그래서 가지면 즉시 또 갖고 싶고, 안으면 이내 또 안고 싶었다. 지옥으로 끌려 내려간대도 좋았다, 이 사랑만 품에 안겨 준다면.

헉헉, 신음을 내지르는 영재의 한쪽 어깨로 손을 뻗어 당기듯 잡고 힘껏 허릴 밀어 올리던 그는 순식간에 그녀의 몸에서 성기를 뺐다. 그리고 트렁크에 걸터앉은 그는 잔뜩 상기된 영재의 얼굴을 야릇하게 응시하며 말했다.

"올라와."

가쁜 숨이 밴 그 특유의 저음, 섹시했다. 그에 이끌린 영재는 그의 허벅지로 올라앉으며 그의 곧추선 남성을 자신의 몸 안으로 깊이 삼켰고, 이에 크게 신음한 장주는 느릿하게 허릴 돌리는 그녀의 입술을 강하게 빨았다 놔 주며 젖가슴에 얼굴을 묻었고, 그의 뒷목을 꼭 끌어안은 채 리드미컬하게 업 다운 하는 영재의 정신은 귓가에 이명이 들릴 정도로 황홀경에 빠져 날아갈 지경이었다.

이처럼 완벽하게 결합된 채 절정으로 치닫는 두 사람의 하체를 덮은 긴 치맛자락은 바람에 날리듯 이리저리 자꾸 흔들렸고, 빗발의 찬 기운과 미칠 듯이 신음을 터뜨리며 분출을 갈망하는 두 사람의 뜨거운 행위에 뒤엉킨 차체마저도 그 무게를 잃어버리고 흔들렸다.

곧 폭발할 정염에 불탄 장주는 어깨에 있는 그녀의 한 손을 잡아 자신의 재킷 안주머니에 넣었다. 그녀의 손에 무언가 닿았고 그 순간 멈칫하자 그는 입술로 그녀의 뺨을 가볍게 스치며 말했다.

"멈추지 말고 꺼내."

다시 엉덩일 움직이기 시작한 영재의 손에 작은 사각 케이스가 들려 있었다. 순식간에 애달픔으로 얼룩진 그녀의 두 눈에 눈물이 그득 차올랐다.

"멈추지 마, 서영재."

그는 명령했지만 입술을 꾹 다물고 고갤 내저은 영재는 한 손에 얼굴을 묻었다. 울음을 삼키는 그녀의 온몸이 바들바들 떨렸다. 케이스를 쥔 가느다란 그녀의 손이 서글펐다. 곧 그 케이스를 뺏어서 연 장주는 그 손등에 입을 맞추더니 네 번째 손가락에 반지를 끼웠다. 순간 그녀의 잇새로 울음이 터졌다.

"우리 이제 청기와에서 섹스하자."

얼굴을 가린 그녀의 손, 그 아래로 흘러내린 눈물이 턱에 고이더니 그의 셔츠 위로 떨어졌다. 그녀의 아픔은 그의 빠개진 가슴 그 사이사이로 파고들었다.

"싫은가? 내가 죽어도 미쳐도 여전히 나와의 결혼은 싫은가?"

영재는 아니라고 대답하고 싶었다. 그와의 결혼, 무조건 좋았다. 5년 전에도 그랬다. 하지만 그때 OK 하고 도망쳤던 영재는 지금 이렇게 쏟아지는 눈물의 의미를 설명할 수 없었다. 그래서 그 어떤 대답도 할 수 없었다.

그러나 그 말하지 못하는 슬픔을 잘 아는 장주는 얼굴을 가린 그녀의 손을 가만히 밑으로 내렸다. 새빨갛게 젖은 그녀의 두 눈이 그를 피하려 했다.

"서영재, 할머님이 나 죽게 두자고 했을 때 나한테 와서 고자질하지 그랬어?"

순간 영재의 두 눈에 경련이 일었다. 그의 할머니와 서영재, 딱 둘만 아는 얘기였다. 그런데…… 당신, 다 알아?

"내가 여전히 널 사랑하지 않았다면 어쩔 뻔했어?"

그러자 그간의 복받쳤던 감정들이 한꺼번에 터져 버린 영재는 엉엉 울기 시작했다. 가슴이 너무 아파 숨이 컥컥 막히는 것 같은 장주는 서럽게 우는 영재를 꼭 끌어안은 채 신음을 토했다. 그러자 영재는 서러움을 토하듯 말했다.

"내가 당신 사랑하는 것도 알아?"

그는 두 팔에 힘을 꾹 주며 고갤 끄덕였다. 그러자 영재는 더 소리 높여 울며 말했다.

"이제는 당신 사랑한다고 말해도 돼?"

이제는……이라니.

그 한마디가 그의 폐부를 찢었다.

UK픽처스 1층 로비에 있던 사람들은 일제히 동작을 멈추고 한곳에 시선을 집중했다. 마치 일시 정지 화면에 갇힌 것 같은 그들의 표정은 아이러니하게도 2배속재생처럼 숨 가쁘고 변화무쌍했는데 그 이유란 게 보고도 믿기지 않았다.

하지만 분명 허리춤에 여자를 받쳐 안고 들어오는 남자는 UK픽처스 대표였고, 두 팔로 그의 목을 끌어안고 어깨에 얼굴을 묻은 정체불명의 여자는 오열 중이었다. 물론 가장 놀라운 건 꺼이꺼이 우는 여자의 등을 느릿하게 토닥거리는 그의 손길이었다, 그 냉담한 표정으로.

말에 발이 달린 영화계에 종사하는 사람들의 탐색적인 시선 속에서 전용 엘리베이터에 탄 장주는 한 손을 뻗어 꼭대기 층 버튼을 눌렀다. 그리고 다시 영재의 등을 토닥토닥 두드렸다.

곧 꼭대기 층에서 엘리베이터 문이 열렸고, 그 앞에 대기하고 있던 시현은 두 눈이 휘둥그레졌다. 인사도 잊은 비서를 뒤로하고 사무실 안의 또 다른 사적인 공간으로 들어간 장주는 욕실의 세면장 위에 영재를 앉혔다.

그의 목을 놓은 영재는 두 손에 얼굴을 묻은 채 흐느꼈고, 그녀의 허벅지 옆으로 각각 손을 짚고 허리를 조금 숙인 장주는 그녀의 숨결이 와 닿을 만큼 가까이 얼굴을 대고 그녀를 바라봤다. 그러자 영재는 울음기와 함께 하소연을 토로했다.

"난…… 당신이 진짜 죽을 줄 몰랐어. 이렇게 미칠지도 몰랐어. 내가 이렇게 당신을 망가뜨릴 줄 정말 몰랐어! 그때…… 그때…… 할머님한테 안 된다고 할걸! 당신한테 가서 다 고자질할걸! 누가 시간 좀 되돌려 줬으면 좋겠어!"

동감이었다. 아니, 그녀의 바람보다 더했다.

"그러니까 대답해. 나와 결혼하겠다고."

이에 눈물을 닦고 애써 미소 지은 영재는 고개를 연신 끄덕끄덕했다. 순간 눈물이 핑 돈 장주는 고갤 떨궜고 그 두 어깨가 들썩이도록 큰 한숨을 토했다. 어쩌면 잔혹했기에 지켜진 너와 나의 사랑!

영재는 그의 숱 많은 머리로 한 손을 뻗어 어루만졌다. 그리고 정수리에 입술을 묻었다. 그녀의 뺨을 타고 흐른 눈물이 그의 머리 위로 떨어졌다.

"……사랑해."

가늘게 떨리는 그녀의 목소리가 그의 가슴 깊이 내려앉았다. 이 말을 듣기 위해 지난 5년을 견뎠던 장주는 가만히 고갤 들어 영재를 쳐다봤다. 눈물을 삼키는 그의 목이 따끔거렸다.

"이제 그 한 놈, 죽일 수 있겠다."

다시 눈물이 솟구친 영재는 가만히 그의 목을 끌어안았다. 그의 어깨 위가 그녀의 눈물로 얼룩졌다. 그의 단단한 몸도 얼핏 떨렸다.

13

10시가 됐는데도 가영은 침대에서 누워 있었다, 한쪽 벽에 걸어 놓은 자신의 초상화만 빤히 응시한 채.

상념도 잡념도, 그러니 상심도 없었다. 그저 호흡하는 육체인 양 누워 있었다. 그러다 점심때쯤, 거실로 나왔다.

"아줌마, 나 주스 줘요."

그녀 앞에 착즙한 주스 한 잔을 내려놓은 메이드는 우편물도 같이 내려놨다. 주스를 한 모금 마신 그녀는 우편물을 힐끔 쳐다봤다. 상단엔 UK픽처스 상호 마크가 찍혀 있었다.

"대본인가? 아줌마, 이거 재인이 방에 올려 둬요."

"사모님 앞으로 왔어요."

그러고 보니 수신자는 '윤가영'이었다. 주스를 마저 마신 뒤 우편물을 뜯었다. 언뜻 보기엔 그저 두꺼운 책자였다.

"뭐지?"

가영은 타이틀도 없는 그 책자의 첫 장을 넘겼다. 분명 시나리오였다. 그런데 이상했다. 제1막의 첫 씬, 그 장소는 청기와 대문 밖이었고, 등장인물 그 첫 번째 인물은 서진우였다.

— 난 자네가 영재를 그냥 보내지 않길 바라네.

그리고 그 상대 배역으로 기재된 이름은 다름 아닌 선우장주였다. 순간 괴기한 기분에 휩싸인 가영은 가만히 침을 삼키고 그 두 사람의 대화를 읽어 내리기 시작했다.

하지만 한 장 한 장 그 페이지를 넘기는 그녀의 손을 수전증 환자처럼 떨리기 시작했고, 어느 순간엔 그 묵직한 책자가 통째로 흔들리기도 했다.

수많은 표정이 정신없이 들락거리는 그녀의 얼굴에서 점점 핏기는 사라졌지만 그녀는 계속 읽었고, 남은 페이지가 얇아지면 얇아질수록 숨소리는 가닥가닥 끊어졌다. 그러다 한 번씩 날카롭게 숨을 들이켜거나 비명을 지르기도 하는 그녀의 얼굴이 공포심으로 얼룩졌다.

휘릭!

급하게 다음 장을 넘겼다. 하지만 마지막 장이었고 그다음의 이야기는 없었다.

"대, 대체……!"

도무지 이 경악할 만한 시나리오의 정체를 믿을 수 없는 가영은 거친 숨을 몰아 내쉬더니 다시 앞 페이지를 넘겨 오도카니 쳐다봤다.

#135. UK픽처스 사옥.

가영, 로비로 들어선다. 대표 전용 엘리베이터에 오른다. 대표층에서 기다리고 있는 비서를 따라 선우장주의 집무실로 들어와 앉는다.

이것이 미완성된 시나리오의 그 마지막 씬이었다. 그러나 그의 '지시어' 라는 걸 온몸으로 느낀 가영은 지나치게 긴장했던 몸을 소파 위로 축 늘어뜨렸다. 그녀의 무릎 위에 있던 책자가 발치로 툭 떨어졌다.

◇ ◆ ◇

벌써 10분째 열리지 않는 대문 앞을 떠나지 못하고 미친 듯이 서성이던 재인은 대문을 쾅쾅, 두드리며 소리쳤다.

"할머님!! 저 재인이에요! 제 말을 좀 들어 주세요!!"

확성기를 갖다 댄들 안채에 들리겠나 해도 이대로는 절대 돌아갈 수 없는 재인은 목이 터져라 애원하며 그 여배우의 손도 아끼지 않았다.

쾅쾅쾅!

그러자 잠시 후, 삐거덕거리며 굳게 닫혔던 대문이 열렸다. 수행 비서였다. 재인은 무작정 들어가려 했지만 그가 막아섰다.

"어르신께서 그냥 돌아가시랍니다."

"저 재인이에요!"

"그러니까 돌아가시랍니다."

이내 대문은 다시 닫혔다. 그 대문 너머에서 비서의 인기척이 멀어지자 재인은 초라해진 그 손을 관절이 다 튀어나오도록 꽉 말아 쥐었다.

"재인이니까 돌아가라고?"

그간 청기와의 안채까지 쉽게 드나들었던 그 이름이 이젠 문턱도 넘지 못하게 돼 버렸다.

'네가 믿고 까부는 어르신이 나더러 양딸 데리고 꺼지란다.'

억울함에 눈물이 그득 차는 재인의 온몸이 바르르 떨렸다.

"내 결혼, 진짜 파토 난 거니?"

아슬아슬, 간신히 차로 돌아와 털썩 주저앉은 재인은 일부러 색 입히지 않은 입술을 꽉 깨물었다.

'서영재는 선우장주가 절절매기라도 하지, 넌 누가 널 값 쳐준다고 어르신을 찾아가서 맹랑하게 그 얘길 해? 그 입, 다물고 있었다면 선우장주가 외도는 했을망정 결혼은 너와 했겠지!'

단순한 외도라면 굳이 조모를 찾아갈 필요가 없었다. 참을 수 있었으니까. 하지만 그 외도의 의미가 '절대 사랑 따윈 할 수 없을 거라 믿었던 남자의 순정' 이라는 걸 안 순간 조급하고 불안해 견딜 수 없었던 재인이었다.

……어쨌든…….

가만히 입술을 놓으며 크고 느리게 심호흡한 재인은 매니저에게 전활 걸었다.

……내 결혼이 깨진 건…….

"봉아, 서영재가 지금 어디에 있는지 빨리 알아봐."

……서영재, 그 망할 년 덕분이야…….

부르릉!

하이힐 아래 액셀이 꾹 눌리 밟혔다.

◇ ◆ ◇

강남, 한 중심가의 카페에서는 유쾌하지 못한 두 관계가 마주하고 앉았다. 이를테면 피해자와 가해자의 만남인데 이건 필연적인 것이었다.

며칠 새 폭삭 늙어 버린 강민철 촬영 감독은 눌러쓰고 나온 모자를 테이블 위로 툭 던져 놓더니 얼음 가득한 커피를 벌컥벌컥 냉수처럼 원 샷으로 해치웠다.

맹랑하기 짝이 없는 서영재의 시선 따위 겁나지 않았지만 이 자리에 있지도 않은, 그날 사무실로 찾아와 장비며 거시기며 작살내던 선우장주가 내뿜던 그 기세는 지금 생각해도 무시무시했다. 망할.

"내가 배상액으로 5억을 받았어. 그렇게나 쉽게, 빨리, 폭행에 기물 파손까지 인정하고 변제해 줄지 몰랐네, 선우장주가?"

그 어떤 못난 새끼처럼 초전에 '무릎 꿇기' 할 생각이 없는 강민철은 단단한 태도와 침묵으로 자신을 뻘쭘하게 만드는 영재가 재수 없어 '엿 먹어라, 이년아!' 하고 속으로 욕하며 다시 말을 이었다.

"근데 내가 그 5억을 받으면 뭐 하나, 곧 철창신세 지게 생겼는데?"

그는 가해자가 아니라 또라이였다. 영재는 이 또라이가 늘어놓는 넋두리가 대체 나와 무슨 상관있나 싶어 그냥 일어나려고 했다. 그 순간 분통이 터진 강민철은 우는 대신 멍멍 짖었다.

"남자 하나 잘 후려서 내로라하는 감독들 죄다 다리의 힘줄 끊는 것 보면 너도 참 쌍년이다?"

이에 영재는 생각을 정정했다. 이 남자는 또라이가 아니라 개새끼라고.

"네에! 이 쌍년이 영화판 정화시키고 있을게요. 그동안 철창신세 자알 지고 오세요."

드륵.

의자를 밀고 일어나려는데 그가 태도를 바꿨다.

"야아! 내가 입이 걸어서 그런 거야! 나 현장 사람인 거 몰라? 같은 현장 사람끼리 왜 이래? 사과하려고 시동 거는 거잖아, 지금 내가!"

가지가지. 영재는 딱 잘라 말했다.

"사과하지 말고 죗값 치르세요."

그러자 완전히 빡친 강민철은 그 화기에 뇌가 없어졌는지 입에 담기 거북한 말들로 쏴붙였다.

"정신 차려, 이년아! 선우장주가 너랑 끝까지 갈 것 같아? 그래, 버림받기 전까지 우려먹을 만큼 우려먹어라! 근데 그가 떠난 다음의 네 처지를 생각해! 너 이 바닥의 과녁 되는 거 시간문제야! 나부터도 너 그냥 안 둬! 미리 말해 두겠는데 그땐 네년 엉덩이 사이를 거하게 쑤셔 주고 죽여 줄게!"

"……!"

당황했지만 앞에 있는 커피 잔을 들어 면상에 꽂아야 하나, 거친 충동이 올라온 영재는 저도 모르게 저기, 카페 밖을 곁눈질했다.

길을 오고 가는 사람들이 한 번씩은 기웃거리는 차체 블랙팬텀, 그 뒷좌석에 근사한 다크초콜릿색 슈트 차림으로 앉아 있는 남자…….

'절대 들어오지 마?'

'절대 안 들어가. 서영재의 이긴 싸움이니까.'

그 남자가 어쩐지 지금 강민철이 지껄인 막말을 들었을 것 같은 기분이 들었다. 아니, 그가 당장이라도 뛰어 들어와 이 개자식을 혼쭐내 주길 바라는 마음이 그렇게 느끼는 줄도 몰랐다.

'당신 없었으면 나 바보 천치 됐겠다.'

사실 아무 힘이 없는(그가 없는) 처지로는 이 수치심을 되갚아 줄 방법을 찾기란 어려운 영화계의 현주소가 씁쓸하고 분한 영재는 장주의 말대로 승소해서 이 바닥의 어중이떠중이들에게 경각심을 주는 그 첫발이 얼마나 중요한지 또 한 번 절감했다.

"감독님. 제발, 부디, 그 썩은 입부터 개과천선하세요, 이 바닥에서 매장될 거 아니면."

이호재가 어떻게 매장됐는지 잘 아는 강민철은 그럼에도 두 눈에 쌍심지를 켰다.

"이런 썅!!"

한 대 얻어맞은 그 개새끼가 막 날뛰려던 그때였다. 카페 출입문이 요란하게 여닫히는 소리와 함께 유독 날카롭게 하이힐 마찰 소리가 울리더니 카페 안의 사람들이 웅성거리기 시작했다. 동시에 저 바깥, 블랙팬텀의 뒷문이 급하게 열렸고, 카페 안에선 누군가 환호하듯 외쳤다.

"고재인이다!"

순간 놀란 영재는 얼른 옆을 돌아봤다. 진짜 고재인이었다. 헌데 손에 칼만 안 들었지 누구 하나 죽일 살기등등한 기세로 씩씩대며 거릴 좁혀 오는 재인은 이성을 놓은 게 분명했다. 그리고 그 위협의 대상이 자신임을 알아챈 영재는 크게 위협을 느꼈고, 그 순간 영재 앞에 딱 와서 선 재인은 테이블 위의 얼음만 조금 남아 있는 유리컵을 확 낚아채 잡더니 공중으로 쳐들었다.

"죽어, 서영재!"

피할 길 없던 영재는 두 눈을 질끈 감았고, 기겁한 강민철은 벌떡 일어났는데 갑자기 크게 움찔하더니 도로 주저앉았다.

"이거 놔!"

재인은 비명을 질렀고, 이에 가만히 눈을 뜬 영재는 대체 언제 들어온 건지 재인의 손과 그 컵을 한 손으로 저지해 잡고 무서운 얼굴로 서 있는 장주를 보며 거친 숨을 몰아 내쉬었다.

"하! 내가 아직도 당신이 무서울 것 같지?"

표독한 얼굴로 이죽거린 재인은 반대쪽 손으로 장주의 뺨을 후려쳤다.

철썩!

놀란 영재는 벌떡 일어났고, 강민철은 의자에 앉은 채로 뒤로 물러섰다. 군중들은 흥미진진해하고.

"이걸 죽여 버릴 수도 없고."

무서운 얼굴로 뇌까린 장주는 욱신거리는 뺨을 차갑게 실룩거리며 정신 줄 놓은 여배우의 손에서 컵을 분리하더니 그 단단한 몸을 그녀에게 완전히 밀착시키고 서서 특유의 무서운 저음으로 말했다.

"날 쳐? 왜, 이젠 민간인이 되시려고?"

객기를 부리긴 했는데 고압적인 그의 기에 완전히 눌린 재인은 순간 카페의 인파들이 눈에 들어왔다. 혹 영화를 찍나, 몰래카메란가, 아니면 실제 상황인가 하며 호기심과 어리둥절함으로 뒤섞인 군중들 중 많은 이들이 핸드폰 카메라를 들이대고 있었다.

"까르르르."

갑자기 간드러지는 웃음으로 폭소한 재인은 제대로 된 볼거리를 만난 군중들을 향해 말했다.

"여러분, 잘 찍으세요! 이 남자가 우리나라 영화계의 최고 권력자랍시고 지금 절 협박하는데, 어떡할까요? 제가 공인이지만 똑 부러지게 반박은 해야겠죠?"

어리석은 짓을 하는 재인을 찌르듯 직시하고 있는 장주가 불안한 영재는 제정신이 아닌 재인을 만류하려 했다.

"고재인 씨, 그만하……."

"넌 닥치고."

날카롭게 영재를 깐 재인은 그 반쯤 뒤집힌 눈을 장주에게 부라리며 격분시켰다.

"협박 계속해 봐, 응?"

말이 끝나기가 무섭게 재인의 뒷머리를 꽉 움켜잡은 장주는 제 얼굴 가까이로 확 당겼다. 서로의 입술이 닿을 것 같았고, 영재는 애써 시선을 피했는데 그 순간 장주는 놀라운 얘길 꺼냈다.

"걔, 열아홉이더라?"

순간 득의만만하던 재인의 눈동자가 단번에 경직됐다. 이에 차갑게 입술을 비튼 장주는 소름 끼치도록 차갑고 조용한 목소리로 조롱했다.

"넌 걔 위에 올라갈 때가 좋아, 밑에 깔릴 때가 좋아?"

"……!"

"겁도 없이 내 호텔에서 미성년자와 그 짓을 해? 한국의 대배우 고재인 님께서?"

은밀하고 추접한 이중생활을 들킨 재인은 사지를 떨었고, 이

뜻밖의 폭로에 난감하고 민망해진 영재는 카페 안의 모든 사람들을 다 밖으로 쫓아내고 싶었다.

"고재인."

그 이름 석 자를 부르는 장주의 목소린 정말이지 소름 끼치도록 차가웠다.

"내가 너 따위와 싸움이 되겠지? 음?"

극한 공포에 질린 듯 재인은 입도 벙긋 못 한 채 그 핏기 빠진 얼굴의 근육들만 떨었다. 그러자 차갑게 입술을 비튼 장주는 위압적으로 말했다.

"꺼져."

그리고 영재에게 말했다.

"가자."

먼저 돌아서 나가는 그는 그 뒷모습도 끔찍하게 차가웠다. 영재는 의자에 올려 둔 클러치 백을 집어 들었다. 그 순간 영재의 손에서 반짝이는 반지를 본 재인은 연신 헛웃음을 터뜨리더니 그 의자에 털썩 주저앉았다.

"쯧쯧쯧."

강민철은 나락으로 떨어진 정오의 해, 그 여배우의 처지에 혀를 찼다. 작작 미쳐라, 이년아.

그때, 재인의 매니저가 뛰어 들어왔다.

"누나!"

영혼까지 털린 재인은 시체 같은 얼굴로 웅얼거렸다.

"나한테 관심 있는 줄은 미처 몰랐네."

그의 약혼녀가 된 이후로 그 얼마나 선우장주의 관심을 갈망했던가. 헌데 정작 선우장주의 관심이 이렇게 끔찍한 일이라는 걸 비참하게 깨달은 재인은 서영재의 손에서 반짝거리던 반지를 생각하자 눈물이 주룩 떨어졌다.

◇ ◆ ◇

유유히 도로를 달리는 차 안은 냉기가 돌았고, 영재는 빨갛게 부은 장주의 얼굴을 자꾸만 힐끔거렸다. 하지만 곁눈도 주지 않는 그.

어색하고 민망해 가만히 고갤 떨군 영재는 꼼지락거리는 손에서 반짝거리는 반지를 한 손가락 끝으로 슥슥 비비적거리다가 입을 열었다.

"내가 고재인 씨한테는…… 미안해야 하는 거 맞는데……."

"서영재가 미안해할 필요 없어. 말뿐인 약혼녀 노릇 고재인도 질렸을 테니까."

그제야 시선을 마주한 두 사람은 그냥 서로를 물끄러미 응시했다. 그러다 빨갛게 부은 장주의 뺨으로 손을 대려던 영재는 운전석의 시현을 의식하고 얼른 다시 손을 치우려 했는데 그가 잡았다.

"시현아, 차 세워."

그의 지시에 블랙팬텀은 부드럽게 정차했고, 곧장 시현은 차에서 내렸다.

운전석 문이 닫히자마자 잡고 있던 영재의 손을 다른 한 손으로 옮겨 잡고 당기며 나머지 한 손을 그녀의 등 아래를 감싸며 엉덩이를 받쳐 올렸다. 이에 자연스럽게 그의 무릎 위로 올라앉은 영재는 조금은 수줍은 듯 미소 지었고, 그녀의 허리춤을 두 손으로 잡은 장주는 조금은 부드럽게 말했다.

"서영재. 날 걸고넘어질 여자, 단 한 명도 없어. 그러니까 서영재는 강민철과 이호재, 아니 그 누가 됐든 모조리 걸고 끝까지 싸워. 내 말 알아듣지?"

그가 있어 싸울 수 있는 영재는 의지 어린 얼굴로 고갤 끄덕거렸다. 그리고 빨갛게 부은 그의 뺨을 조심스레 만지며 얼렀다.

"나쁜 년, 세게도 때렸네."

이에 쿡 하고 웃음을 터뜨린 장주는 속상해하는 영재를 깊은 눈길로 응시했다. 그러자 그의 어깨를 가만히 잡은 영재는 붉은 그의 뺨에 입술을 갖다 대고 호 불었다. 이처럼 자신을 아이처럼 다루는 그녀의 사랑스러운 행동에 예전과 같은 연인다움을 만끽한 장주는 그 사랑하는 여자의 입술을 찾아 키스했다. 한없이 부드럽고 달콤하게.

똑똑.

차창이 묵직하게 울렸다. 이에 얼른 입술을 뗀 영재는 재빨리 그의 무릎에서 내려왔고, 나쁜 짓 하다 걸린 10대처럼 민망해하는 영재의 수줍은 태도를 보며 슬쩍 웃던 장주는 차창을 내렸다.

"도착하셨답니다."

조금 긴박한 말투였고, 이에 텁짓하며 차창을 닫은 장주는 저쪽 창에서 눈을 떼지 않고 있는 영재에게 가만히 몸을 기울여 조용히 양해를 구했다.

"중요한 미팅이 있는데 잠깐 기다릴래? 그거 끝내고 저녁 먹자."

"응."

이내 갓길에서 빠진 블랙팬텀은 UK픽처스로 달렸다.

UK픽처스 로비 한가운데에 서서 라운드 계단의 그 위까지 쭉 올려다보던 가영은 시나리오 그 마지막 페이지의 #135를 떠올렸다.

— 가영, 로비로 들어선다. 대표 전용 엘리베이터에 오른다. 대표 층에서 기다리고 있는 비서를 따라 선우장주의 집무실로 들어와 앉는다.

가영은 곧 그의 지령대로 했다. 수백 가지의 감정과 생각들로 혼란스럽고 소름 끼치기도 하지만 시나리오의 주인공이 된 이상, 기획 의도쯤은 알아야 했다.

띵.

상향하던 엘리베이터 문이 열리고 UK픽처스의 유능한 비서가 그녀를 맞았다. 이것 역시 각본에 기술된 그대로였고, 그다음 액셔도 이미 알고 있는 가영은 얌전히 그의 비서를 뒤따랐다.

이미 로비에서도 감탄했지만 한국 영화계의 최고 권력자가 머무르는 맨 꼭대기 전용 층은 그야말로 으리으리해 입이 떡 벌어질 정도였고, 재인의 결혼 욕심을 조금은 이해할 수 있었다.

저 멀리, 그가 보였다. 블랙의 가죽 소파에 앉아 있는 그의 분위기, 가히 최고 권력자다웠다.

"오셨습니까?"

딱 여기까지였다. 예고된 마지막 장의 그 절반짜리 씬은.

이제부턴 실제 상황이라고 해야 하나, 가영은 냉담한 그의 두 눈동자에 걸린 차가운 웃음을 고스란히 튕겨 내며 맞은편에 와 앉았다.

"차는 뭐로?"

"아무거나."

팽팽한 긴장 관계로 마주한 두 사람 사이에 푸릇푸릇한 빛깔의 차가 놓였다.

"네가 하는 짓, 뭐니?"

엄중한 태도로 말문을 연 가영을 고약할 정도로 냉담하게 직시하던 그는 심플하게 대답했다.

"영재 찾기."

순간 가영은 머리가 핑 돌았다.

"영재 찾기이?"

"내가 5년 전에 쓴 그 시나리오, 마음에 드나?"

"그러니까 계획한 게 맞다?"

시나리오 '정독'을 아주 잘해 온 가영에게 장주는 느긋하게 고갤 끄덕거리며 답을 했다. 순식간에 얼굴이 굳어진 가영은 강하게 비난했다.

"너 정말 단단히 미쳤구나?"

이에 쿡쿡 웃음을 터뜨린 장주는 가까이에 있는 리모컨을 집더니 버튼 하나를 눌렀다. 그러자 정면에 설치된 커다란 비전에 영상 하나가 떴다.

그 배경은 얼핏 봐도 지금 두 사람이 마주 앉아 있는 그의 사무실이었고, 장주와 또 그 나이 비슷한 젊은 남자가 집게로 꽂은 두둑한 종이 책자를 손에 들고 마주 앉아 있었다.

— 대표님, 방금 하신 연기는 아까 봤던 실제 환자보다 훨씬 무섭습니다!

감격하듯 말한 젊은 남자는 책자 한 페이지를 넘기더니 놀랍게도 언젠가 가영이 내담자 J에게 했던 말을 똑같이 던졌다.

— 당신의 페니스를 잡은 건 그녀의 자발적인 행동이었나요?

그가 대답했다.

— 설마 내가 그녀의 입에 강제로 내 페니스를 처넣었을까 봐?

순간 패닉에 빠진 가영의 얼굴이 하얗게 질렸고, 손목에서 시계를 풀어 내려놓은 장주는 그 상처 난 손목을 다른 한 손으로 감싸 쥔 채 빙글빙글 돌리며 말했다.

"이 상처, 당신을 만나기 위한 티켓이었어."

가영은 도통 이해할 수 없었다.

"너, 왜 이렇게까지 하니?"

더한 것도 했을 장주는 정작 영재를 다 몰라 '이렇게까지' 하느라 잃어버린 5년을 가슴 깊이 한탄하며 말했다.

"영재가 지기엔 버거운 그 짐, 내가 지려고."

그러자 가영은 울분을 터뜨렸다.

"짐?! 대체 무슨 짐?! 니들이 헤어진 건 그저 영재가 미련해서 벌어진 일이야! 난 18년 전에 걜 버렸는데 내가 걔 엄마니? 그 엄마 노릇은 이미 18년 전에 끝냈는데 대체 내가 뭐라고 이러는 거야?!"

이에 차갑게 입술을 비튼 장주는 무서운 얼굴로 말했다.

"천륜이 끊어지는 건가? 난 이미 죽고 없는 내 아버지의 과거 때문에 이 짓거리를 하고 있는데?"

부르르 떠는 가영의 몸에서 분노의 아지랑이가 피어올랐다. 대체 청기와를 뛰쳐나온 게 무슨 크나큰 죄라고 30년도 넘은 그때의 일로 이리저리 불려 다니며 시달려야 하는 건지 화가 치밀었다.

"그래, 좋아. 이다음 씬은 뭐니?"

이에 가만히 일어난 장주는 두어 걸음 정도 비켜서더니 갑자기 무릎을 꿇었다. 그러고는 놀라운 말을 했다.

"어머니."

가영의 눈빛이 크게 흔들렸다.

"지난 5년간 제가 어머니를 기만하고 무례를 범했습니다. 용서해 주십시오."

그는 숙연하게 고개까지 떨어뜨렸고, 갑작스럽게 돌변한 그의 태도에 그저 어리둥절한 가영은 지끈거리는 두통에 이맛살만 구겼지만 장주는 두 눈에 짙은 시름을 안은 채 정중히 부탁까지 했다.

"청기와로 가셔서 제 할머님의 노여움을 풀어 주십시오. 그리고 자신이 사랑한 이서영이 낳은 딸이라 지극정성으로 영재를 키운 서진우처럼, 한때는 당신이 목숨처럼 사랑했던 서진우의 딸인 영재가 이젠 부디 내 곁에서 행복할 수 있게 도와주십시오."

그 순간 가영의 두 눈에 고이지도 않았던 눈물이 뺨을 타고 주룩 떨어졌다. 이유도 의미도 그녀로서도 몰랐고, 잠시 영재의 친모이기에 예를 갖췄던 장주는 다시 소파로 돌아와 앉았다. 그리고 냉담한 태도로 말했다.

"당신도 알겠지만 영재와 나, 5년을 돌아왔어. 더는 시간을 지체할 수 없어. 하루빨리 청기와에서 사랑할 수 있게 해 줘."

설명할 수 없는 눈물에 가만히 고갤 돌리고 눈가를 훔친 가영은 그 어떤 반응도 보이지 않은 채 그대로 일어나 밖으로 나왔다.

어쩌다 보니 엘리베이터 앞이었고, 어질어질해 벽으로 한 손을 뻗은 그녀는 오래도록 그 자리를 떠나지 못했다. 대체 사랑이란 게…… 뭐라고!

◇ ◆ ◇

영재는 로비 입구 바로 앞에 세워 둔 블랙팬텀 안에서 벌써 40분째 갇혀 있었다. 로비 안의 저 근사한 카페의 커피 맛이 궁금해도 출입이 불가능해 차의 내부 구경만 실컷 하고 있던 영재는 무심히 차창 밖에 시선을 줬다가 가영을 발견했다. 그녀답지 않게 무겁게 처진 분위기였다.

'여길 왜?'

힘없이 터벅터벅 로비 밖으로 나온 가영은 블랙팬텀을 지나 두어 걸음 앞에서 가만히 멈춰 섰다. 그렇게 한참을 서 있던 그녀는 팔에 걸고 있던 가방에서 전화기를 꺼냈다. 하지만 주저하던 그녀는 그 전화기를 꽉 움켜쥐고 다시 구둣발을 떼는가 싶더니 이내 또 멈춰 서서는 누군가에게 전활 걸었다.

이처럼 뭔가 어수선한 가영을 주시하듯 쳐다보고 있던 영재는 순간 자신의 전화벨이 울리자 흠칫 놀라며 긴장감 어린 눈으로 가영을 주시한 채 전화기를 꺼냈는데 이내 끊겼다.

차창 밖의 가영은 어깨가 들썩이도록 크게 숨을 고르고 고르더니 전화기를 다시 가방 속에 넣고는 주차장 쪽으로 걸어갔고, 부재중이 뜬 전화기와 가영의 모습을 계속해서 번갈아 보던 영재는 괜한 불안감에 휩싸였다. 당신, 장주 씨를 만난 거야?

차에 타 시동은 걸었지만 쉽게 주차장을 떠나지 못한 가영은 무릎 꿇었던 장주의 모습이 눈에 아른거리자 가만히 눈을 감았다.

'청기와로 가셔서 제 할머님의 노여움을 풀어 주십시오. 그리고 자신이 사랑한 이서영이 낳은 딸이라 지극정성으로 영재를 키운 서진우처럼, 한때는 당신이 목숨처럼 사랑했던 서진우의 딸인 영재가 이젠 부디 내 곁에서 행복할 수 있게 도와주십시오.'

서진우…….

청기와의 남자와 정략결혼한다고 했을 때 붙잡지 않았던 남자. 어린 영재를 두고 떠날 때에도 매달리지 않았던 남자. 그래 놓고…….

'당신이 떠나고 그 하루하루를 자리마다 남아 있는 당신을 지우려고 애썼어. 근데 나! 나를 죽이지 않는 이상은 당신의 흔적을 완전히 지울 수 없었던 아빠가 결국 자신의 기억들을 지우더라고.'

단 한 순간도 이서영을 놓은 적 없는 남자…….

"……잔인하네, 당신."

그가 원망스러웠다. 결국 날 이 자리에 데려다 놓은 건 당신이야. 내 삶을 통째로 옭아매고 있었다고!

그래서 더는, 더는! 서진우, 그 이름까지도 기억하고 싶지 않았다.

로비를 걸어 나오던 장주는 느릿하게 걸음을 멈추고 서더니 재킷 안주머니에서 진동하는 전화기를 꺼냈다. 가영이었다.

저 앞, 투명한 유리벽 너머로 보이는 블랙팬텀을 지그시 응시하던 그는 전활 받았다. 이내 짙은 한숨과 함께 가영의 냉정한 목소리가 들려왔다.

— 사랑이 때론 지겨울 때가 있어. 뜨거운 사랑일수록 그 지겨움을 견뎌 낼 힘이란 없지. 난 그래서 서진우 그 사람 버렸고.

여전히 블랙팬텀을 직시하고 있던 그의 눈빛이 차갑게 번뜩였다.

— 나 지금 곧장 청기와로 가서 네가 원하는 마지막 씬, 찍을 거야. 그런데 말이야. 5년을 죽기도 하고 미치기도 하면서 지킨 네 사랑을 그 어느 날에 영재가 지겨워하면 넌 어떡할 거니?

천장에서 쏟아지는 화려한 조명에 반짝거리는 대리석 바닥을 빠르게 훑는가 싶더니 이내 블랙팬텀의 그 까맣고 까만 차창 그 뒤의 영재를 보듯 그의 눈빛이 깊어졌다.

“그땐 내 손으로 서영재를 죽일 거야.”

순간 전화기를 쥔 가영의 손이 얼핏 떨렸다. 그래, 난 어쩌면 서진우에게 네 방법의 사랑을 바랐나 봐!

— 잘 살아, 선우장주. 부디 네 곁에서…….

가영의 목소리가 떨렸다.

— 영재가 행복했으면 좋겠다.

장주는 다시 구둣발을 뗐다.

“안녕히 가십시오.”

그렇게 두 사람의 연은 끝이 났다!

로비를 빠져나온 장주는 분명 자신을 바라보고 있을 영재를 감춘 뒷좌석의 까만 차창을 물끄러미 쳐다봤다. 곧 그 뒤로 가영의 차가 블랙팬텀을 스쳐 지나갔다.

삐거걱, 거리며 열리는 전나무 대문 안으로 한 발을 디딘 가영은 코끝에 진동하는 흙과 나무 냄새에 얼핏 몸을 떨더니 가만히 눈을 들어 너른 뜰 안을 둘러보았다.

용마루와 추녀, 그 곡선에 새겨진 아름다움, 푸르른 청자색 기와의 커다란 집채들을 두르고 있는 돌담의 고즈넉함, 그리고 붉은 흙 마당에 심긴 잔디 위로 소나무의 깊은 잔향을 실어 나르는 바람결……은 최근 재인과 함께 방문했을 땐 느끼지 못했던 것이었다.

순간 그녀는 자조했다. 이 모든 것이 싫어 돌담을 넘어 도망쳤던 이서영이 30년이 지나 억지로 떠밀려 돌아온 청기와의 대문 앞에서 느끼는 아늑함이라니.

'어처구니가 없군.'

마저 한 발도 문턱 안으로 들인 그녀는 조모의 수행 비서를 뒤따라갔다.

기별도 없이 찾아온 가영을 들이라 지시한 조모는 앞마당 뜰 화단에 물을 주고 있었고, 그 무심하면서도 엄중한 태도에 자연스럽게 떠오르는 선우장주를 원망한 가영은 클러치 백을 꽉 그러쥐더니 무릎을 꿇었다.

조리개에선 물이 뚝 끊겼고, 그제야 가영을 돌아보는 조모의 두 눈에 냉기가 혹하게 어렸다.

"지금 뭐 하시는 겝니까?"

"어, 어르신. 잘못했습니다. 30년 전에 제가."

말을 다 못 하는 가영의 얼굴이 지진이 일 듯 심하게 떨렸다. 어쩔 수 없이 오긴 왔는데, 무릎을 꿇긴 했는데, 막상 30년 전에 틀어진 인연을 마주하고 죽을 죄인인 양 사죄한다는 것이 어색하고 무모하단 생각에 더는 입이 떨어지지 않았다.

물론 무거운 침묵으로 그녀의 다음 행동을 기다리는 조모는 알고 있었다.

'할머님의 그 원한, 이제부터 제가 풀어 드리겠습니다.'

떠밀려 왔으니 마음에도 없는 이 '모양'에 그 무슨 회한이 담겨 있겠는가. 꿇었단들 의미란 없을 터.

"사랑이 별것 아니지요?"

순간 가슴이 아려 고갤 쳐든 가영은 '이서영의 삶 전체'를 비난하는 조모에게 반격하지 못했다. 사랑 찾아 청기와를 떠났고, 그 사랑이 지겨워 서진우를 버렸고, 혹 버린 그 사랑에 후회할까 자식마저 등지고 잊은 그녀는 이제는 사랑 그 감정에 미련조차 없기에.

그런 사람에게 이미 끊어진 천륜의 끈을 이 무릎으로 달래라니, 어불성설. 즉시 몸을 일으킨 가영은 태도를 바꿨다.

"윤가영이 한 말씀 드리겠습니다."

굽은 무릎보다 이 뻔뻔한 태도가 차라리 봐 줄 만한 조모는 엄중하고 힘 있는 눈으로 그녀의 말을 기다렸고, 가영은 빈틈없는 목소리로 입을 열었다.

"저와 어르신은 이미 30년 전에 틀어진 남입니다. 또 18년 전에 엄마의 자릴 버린 저, 영재와도 남입니다."

조모의 얼굴에 언짢은 기색이 짙게 자리 잡았다.

"천륜도 끊어 남이 됩니까?"

반감하는 조모에게 가영은 지체 없이 대답했다.

"연도 닿아야 인연인데 등지고 걷는 천륜이 무슨 대수겠습니까, 어르신?"

탄복할 만한 모질고 이기적인 구석이었다.

"그러니까 그쪽은 윤가영이고, 영재 양과는 아무런 상관이 없으니 나더러 지금 그 영재 양을 꺼리지 말고 예뻐해라, 이 소리를 하고 싶은 겁니까?"

뜻은 그랬지만 뭔가 말이 달라 구차하고 궁색해진 가영은 갑자기 짜증이 솟구치자 그를 내세워 핑계했다.

"오로지 영재를 위해 30년의 시간까지 돌려놓은 사람은 손주님입니다!"

순간 발끈한 조모는 격분해 소리쳤다.

"그러게 왜 담장을 넘어요?!"

조모 역시 손주에게 화가 나는 건 사실이었다. 그래서 죽고 미치는 그 엄청난 쇼까지 벌이면서 30년 세월마저 들쑤셔 되찾으려 했던 손주의 그 무서운 사랑이 대체 얼마나 다른지 앞으로 두고 볼 참이었다. 하지만 끝까지 잘난 척 대대하는 이서영을 참아 줄 순 없었다. 모정은 없어도 인정은 있어야 사람대우받기 마련인 것을!

"이 모든 일의 시작은 이서영, 그쪽 때문입니다!"

얼얼해 있던 가영은 충동적으로 소리쳤다.

"전 윤가영이에요! 어르신과도 아무 상관 없는 남이라고요! 그렇지 않고서 제가 어떻게 사돈 맺자고 저 문턱을 넘어 들어왔겠어요?"

조모의 안색이 차갑게 굳어졌다. 상종할 위인이 못 되었다.

"쯧쯧쯧. 이리 어미와 다른 것을. 내 그때 영재 양을 받아 줬어야 했어요. 암요! 그랬어요! 이게 다 내 잘못입니다!"

그 뼈아픈 후회가 불러온 걸까, 갑자기 가영의 얼굴은 수치심 같은 것으로 발개졌고, 잠깐은 아주 잠깐은 영재에게 미안했다.

"자—알 떠나셨어요. 영재 양이 그 아비만 닮고 컸으니 그 얼마나 다행입니까? 그렇지요?"

안하무인이 된 가영의 입가가 파르르 떨렸다. 조모는 다시 물조리개를 들었다. 그리고 화단 곳곳에 물을 주며 말했다.

"내가 이리 때마다 물을 주며 신경을 써도 새파란 이파리완 달리 그 뿌리가 썩는 녀석들이 있어요. 그럴 땐 그저."

힘 있는 어조로 잠깐 말을 끊은 조모는 화초 하나를 그 뿌리째 뽑더니 발 가까이에 던져 버리고 말을 이었다.

"이리하면 그만입니다."

내동댕이쳐진 식물의 거뭇한 그 밑단 줄기가 떨리는 가영의 검은 눈동자 위에 그림 맺혔다.

"내, 두 번 다시 이서영 그 이름 석 자에 연연하지 않을 겁니다."

그러자 버려진 그 식물에서 쉽게 눈을 떼지 못하던 가영은 크게 숨을 몰아쉬더니 정중히 고개 숙여 인사를 건넸다.

"건강하십시오, 어르신."

그리고 덧붙인 말은 참으로 놀라웠다.

"손주님과 제 딸아이의 파혼, 유감입니다."

이처럼 윤가영의 이서영 벗기는 처절한 사투인가, 어찌 이러는고. 이젠 한(恨)을 넘어 안타까운 마음이 드는 조모는 그 가는 뒷모습을 보며 고갤 절레절레 흔들었다.

뜰 밖으로 나오던 순간 어쩐지 무릎이 시린 것 같은 가영은 두 무릎에 흙 묻은 자국을 그늘진 눈으로 내려다봤다.

'사랑이 별것 아니지요?'

그래서 자식을 위해 꿇지 못한 무릎. 그러나…….

'혹여 어느 날 너와 내가 다시 만나게 된다면, 그래서 네가 고작 선우장주의 압박, 그게 다였냐고 묻는다면 적어도 영재 네게는 서진우 때문이기도 했다고 할게. 네 아빠니까……!'

사랑이 아니면 죽어도 좋다는 생각, 이서영은 한 적 있었기에.

◇ ◆ ◇

저녁을 먹고 가볍게 떼를 써 도심의 한 극장 안에 장주와 나란히 앉은 영재는 리얼 액션 영화에 한참 몰입했다가 비스듬히 눈을 돌려 그를 쳐다봤다.

군더더기 하나 없이 완벽하게 다듬어지고 깎인 옆 라인에 스크린에서 발색되는 빛에 반짝거리는 눈동자를 담은 깊은 눈매, 오뚝하게 선 콧날, 그리고 뚜렷한 인중과 그 아래의 차갑게 다물어진 입술과 어진 턱까지 아찔하게 섹시했다. 헌데 이 남자, 감상이 아니라 일하는 중인가?

아니나 다를까, 장주는 엔딩 크레디트에 올라갈 헤드 스태프 이름 하나하나까지 추측하고 곱씹으며 어떤 식으로 촬영이 이뤄졌는지 그 현장감까지 읽어 내고 있었는데, 그건 단순히 스크린 올린 지 3주 만에 벌써 천만 관객을 끌어 모은 대박 난 영화이기 때문만은 아니었다.

“일하지 마. 나 외로워.”

그녀가 속삭였다. 그는 느릿하게 고갤 돌렸다. 영재는 수줍게 미소 지었고, 그는 생각했다. 그래, 그날이었어!

미팅이 있어 한 고급 레스토랑에 있다가 막 일어나려는 차에 그 새끼가 널 데리고 들어왔지. 나는 도로 앉았고, 유명 배우의 등장에 환호한 식당 안의 사람들과 일반처럼 나 역시 그 테이블에서 눈을 떼지 못했다. 우연히 만난 서영재의 존재만으로도 심장이 터질 지경이었는데 갑자기 그 새끼가 반지를 내밀었고 넌 그의 프러포즈를 받아들였지.

'지금 생각해도 제기랄.'

얼음처럼 차가운 얼굴로 자릴 박차고 나온 나는 신경이 곤두선 채로 사무실로 들어왔고, 하필이면 그때 시나리오를 들고 날 찾아온 감독은 문전 박대 당했다. 그의 시나리오는 당연히 쓰레기통에 처박히고.

2년 전 그날, 대작을 선별하는 그 흥, 패의 감을 완전히 잃었었던 장주의 냉랭한 시선이 느릿하게 아래로 떨어져 영재의 손가락에 끼워진 반지에 고정됐다. 그녀의 시선도 그를 따라 반지에 꽂히는 순간 그는 말간 영재의 얼굴 위로 흘러내린 머리칼을 가만히 쓸어 넘겨 주며 자연스럽게 뒷목을 감싸고 말했다.

"내가 그리워서 대신 섹스한 놈은 없나?"

그이 특유의 저음, 섹시했다. 하지만 질문 자체도 그렇고, 차가운 눈빛에 실린 건 불신? 시비? 그래, 한순간에 그 한 놈을 죽이기란 어렵지.

"없어."

대답은 했지만 썩 기분이 좋지 않았다. 매번 그가 정상이 아니라는 걸 인지하고 있어도 받아서 흡수하는 것에는 갭이 존재했고, 그걸 좁히는 속도만큼 영재는 아팠는데 이런 달콤한 순간에도 훅 가슴을 째고 들어오는 그의 낯선 인격, 반지 때문일까, 오늘은 유독 아팠다.

더는 영화가 눈에 들오지 않았다. 참지 못하고 신경질적으로 벌떡 일어난 영재는 그를 두고 밖으로 나와 버렸다.

이에 두 손을 입가에 모은 그는 크게 한숨을 토했다. 당연히 예상했던 부작용이었다. 영재를 되찾기 위해 장착한 경계선 인격 장애, 그 타이틀은 오히려 영재를 찌르는 가시가 된다는 걸 결코 모르지 않았다. 하지만 그녀에게 다 말할 순 없었다.

무거운 마음으로 그녀를 따라 나간 장주는 컴컴한 복도 한가운데 서 있는 영재 앞으로 딱딱 걸어갔다.

“지금 뭐 하는 거야?”

차갑게 구는 그를 보며 영재는 생각했다. 예전처럼 그를 대하지 못하는 건 어쩌면 그가 미쳤다는 사실이 주는 죄책감과 막연한 두려움 때문이라고.

하지만 선우장주를 서영재식으로 대하지 못하는 것만큼 의미 없는 것도 없었다. 이러다간 어느 날 우린 누굴 사랑했던가, 할지도 모를 일이니까.

차라리 그 죄책감과 막연한 두려움의 끝이 어떤 모양인지 확인한 다음에 뭘 하더라도 하는 게 훨씬 나을지도 모른다고 생각한 영재는 도전적으로 물었다.

“액션 영화 보면서 내가 다른 남자와 섹스하는 상상 했어?”

그의 이맛살이 사납게 구겨졌다.

“내가 미친놈이냐?”

그러자 영재는 머릿속 깊은 곳에 잠깐 넣어 뒀던 걸 꺼내 추궁했다.

“이서영, 왜 다녀갔어?”

이에 차갑게 코웃음 친 그는 살벌하게 자조하며 인정했다.

“아, 내가 미친놈이지.”

"어! 나도 당신 미친 거 아는데, 나까지 미치게 할 거 아니면 나한테 집중해 달란 말에 그런 식으로 반응하지 마!"

너무 자연스러워 걱정했던 연기력이 결국 탈을 내자 장주는 조금은 미안한 기색으로 받아쳤다.

"그렇다고 도중에 자릴 박차고 나가? 영활 만든다는 여자가?"

"아, 그것도 마음에 안 들어?"

일반적인 연인들처럼 싸움이 시작된 그 본질에서 벗어나자 장주는 무섭게 그녀의 이름을 불렀다.

"서영재."

멈추자는 뜻이었지만 영재는 거칠게 뇌까렸다.

"재수 없어."

순간 그의 흑색 눈동자가 사납게 번뜩였다.

"재수 없어?"

"그럼 네 태도가 이뻐?"

"네 태도오? 막나간다, 서영재?"

하지만 미친 선우장주 앞에서 조심 떨던 그녀가 급작스럽게 태도를 바꾼 것에 뭔가 의도가 있을 거라 짐작한 장주는 적당히 삐뚤어졌다가 나중에는 부작용을 아예 끊어 줘야겠다 생각했다.

"그러게 왜 영화 보다 말고 외롭다고 지껄여, 헤픈 여자처럼?"

"헤, 헤퍼?"

그 막말에 경악한 영재는 갑자기 가방을 쳐들어 그에게 휘둘렀다. 순발력 좋게 몸을 뒤로 뺀 장주는 다시 가방으로 내려치는 영재의 손을 확 낚아채듯 잡고 야단했다.

"예나 지금이나 승질 돋았다 하면 그 손버릇!"

그녀는 두 눈을 부릅뜨고 씩씩거렸고, 가방을 뺏고 그 손을 깍지 끼어 잡은 장주는 얄궂게 말했다.

"밖에서 UK픽처스 대표가 처한테 맞고 산다는 얘긴 듣지 말자, 나?"

영재는 과장되게 호흡을 정리하며 생각했다. 이 정도로는 그의 심사가 정상 범위를 벗어나지 않는다는 걸.

그때였다, 누군가 끼어들었다.

"아이고! 이게 누구십니까? UK픽처스 대표님 아니십니까? 난 헛것 본 줄 알았네!"

하필이면 방금 보다 말고 나온 천만 관객을 동원한 영화의 감독, 2년 전 선우장주에게 까인 그 감독이었다.

"오랜만입니다, 감독님."

냉정한 예의로 인사하며 손을 내민 장주는 불과 10초 전과는 달리 완벽한 UK픽처스 대표였다. 감히 시선을 마주하기 겁이 나는 권력자 포스, 그건 그야말로 타고나는 것으로 따라 하거나 흉내 낼 수 없는 것이었다.

하지만 예술을 다루는 장인들의 특징이란 게 넘치는 근자감과 어느 정도의 개쌍마이웨이 정신이라더니 이리 대박 날 영화를 2년 전, 선우장주의 쓰레기통에 처박혔던 그 암울함과 원통함을 아직까지 그 옹졸한 성격 속에 담고 있던 감독은 제 영화가 올라간 상영관 앞 복도라는 걸 뻔히 알면서 이죽거렸다.

"설마 대표께서 미천한 제 영화를 보러 오신 건 아닐 테고."

이에 슬쩍 입술을 비튼 장주는 맞잡은 감독의 손을 냉정하게 놓고는 영재를 눈짓하며 말했다.

"보시다시피 데이트 중입니다."

"아, 그분이시구나?"

아, 그년이구나? 와 별반 다르지 않을 만큼 듣기 좋은 어투는 아니었지만 영재는 적당히 예를 갖춰 묵례했다. 이에 대강 고개를 끄덕거린 감독은 건들거리듯 말했다.

"소소한 데이트, 마저 하고 가십시오. 전 이만."

"감독님."

돌아서는 감독을 불러 세운 장주는 정중하게 말했다.

"영화, 좋았습니다."

순간 십 년 묵은 체증이 쑥 내려간 감독은 너스레를 떨었다.

"뭐든 임자는 따로 있기 마련이죠. 언제 한번 찾아뵙겠습니다. 쓰레기통에 처박히지 않을 시나리오 들고."

마치 춤추듯 퇴장하는 감독과 기분 저조한 장주를 번갈아 보던 영재는 어처구니없는 표정으로 빈정거렸다.

"당신, 저 영화 깠어?"

가만히 영재를 향해 돌아선 장주는 그 이유부터 댔다.

"너 때문에."

기가 찬 영재는 퉁명하게 쏴붙였다.

"아, 이젠 그것도 나 때문이야?"

"음. 그건 너 때문이야."

전쟁은 계속됐다.

"나 때문이면 내가 어떻게 해 줄까?"

비웃음을 터뜨리며 말한 그녀는 기어이 그의 심기를 제대로 건드렸다.

"섹스를 해 줄까? 아니면 내 목을 조를래?"

순간 그의 얼굴이 서릿발보다 차갑게 굳어졌다.

"세다, 서영재?"

순간 거친 긴장감을 읽은 영재는 손에 땀이 찼지만 잘도 치고 들어갔다.

"이게 우리 현실이잖아?"

"그래서 이 현실의 끝이 뭔지 보고 싶어 덤비는 거야?"

"어! 내가 품은 칼의 끝이 결국 나를 겨누지는 않을까 해서."

그의 눈빛이 더욱 차갑게 번뜩였다.

"내가 분명 그 한 놈을 죽이고 있는 중이라고 말하지 않았나? 굳이 그 죽어 가고 있는 놈을 자극하는 심폐 소생술이라도 해서 되살리고 싶어?"

"……!"

"서영재, 난 단순히 지난 5년간 내가 없던 네 곁에 다른 놈이 있었나, 궁금해서 물은 것뿐이야. 너와 난 곧 결혼할 연인이고 우리 사이의 충돌은 그저 사랑싸움에 불과한 거야. 그러니까 내가 하는 말이 혹 이쁘지 않아도 죄다 미친놈으로 귀결시키지 마. 부탁인데 죽어 가는 그 새끼, 넌 미리 잊어."

그리고 더욱 강한 목소리로 덧붙였다.

"곧 없어질 놈이야, 내가 죽일 거니까."

영재는 큰 걸 간과하고 멋대로 군 자신의 행동을 후회했다. 서영재가 만들어 버린 것과 다름없는 그 낯선 인격과 처절하게 싸우고 있는 건 바로 그인데…….

순간 눈물이 핑 돌았다. 그러나 울지 않으려 야무지게 항변했다.

"내가 당신 앞에서 옷 벗었던 그 수많은 여자들과 똑같은 줄 알아? 나는 사랑 없는 섹스, 그 자체를 이해 못 하는 여자야."

그랬기에 서로가 다시 마주할 수 있었던 오늘이 아닌가.

장주는 변함없이 자신을 사랑한 그녀를 욕심스레 빨아들이듯 응시하다가 그녀의 허리를 한 팔로 끌어안고 말했다.

"나도 알아. 내가 다시 널 안았을 때 7년 전 그 처음과 똑같았거든."

처녀인 척 굴지 말라는 식으로 사람 무안하게 했던 그 야비한 목소리가 떠오른 영재는 두 눈을 가느다랗게 떴다. 이에 싱긋 웃은 장주는 가볍게 입을 맞추더니 코끝으로 가까이 마주한 채 열기 어린 눈으로 그녀를 빨아들였다. 영재는 두 팔을 그의 뒷목으로 뻗어 깍지 끼었다. 그리고 유혹적으로 속삭였다.

"사랑해."

눈물겨운 달콤함이었다. 그는 가슴 벅찬 탄성에 젖은 얼굴로 씩 웃었고, 누가 먼저랄 것 없이 두 사람은 서로의 입술을 삼켰다.

'영재야. 이토록 너를 사랑하는 내가 지난 5년간 손끝에조차 닿지 않는 널 그리워하면서도 미치지 않았다는 거, 그게 기적이야……!'

14

석 달 만에 아들 내외의 묘소를 찾아온 조모는 잘 관리돼 있는 봉분 위에 돋은 몇 개 없는 잡풀을 툭툭 뜯어냈다.

이곳에 아들을 묻던 날, 그녀의 심장도 도려내 같이 묻으리라 했던 절규와 오열은 그때 묻지 못한 조모의 심장에 고스란히 새겨져 있었다. 그래서 그 남루한 모습으로 찾아온 영재의 아비를 모른 체할 수밖에 없었다.

'내, 죽은 아들이 살아 돌아온다고 해도 아니 된다 할 겁니다. 영재 양을 두 번 다시 이생에서 보는 일은 없을 게예요! 어서 돌아가세요!'

몇 가닥의 잡풀을 손에 쥐고 축축이 젖은 눈으로 아들 무덤을 바라보는 조모의 주름진 얼굴이 짙은 회한들로 얼룩졌다.

"사실, 아무것도 아니라는 거 알고 있어요. 그저 스쳐 지나간 인연이라는 것도 잘 알아요. 그런데 아드님, 난 아마도 아드님이 죽고 없는 이 세상에서 여전히 잘 살고 있는 그들에게 화가 났었나 봅니다. 그래서 내, 아무 잘못 없는 그 어린 영재 양에게도 그리 모질게 했어요."

마치 고해 성사라도 하듯 한참을 아들의 봉분을 어루만지던 조모는 그 옆, 며느리의 봉분 잡풀도 뽑고 푸르르한 잔디 떼도 어루만지며 말했다.

"내, 많이 미안합니다, 며느님. 우리 손주님을 그동안 너무 아프게 했어요. 원망 많이 하셨지요? 아들의 행복을 빌어 주고 싶어 얼마나 애가 타셨습니까? 이 늙은이가 참으로 미안합니다."

마음을 주지 않는 아들의 뒷모습을 쓸쓸한 눈으로 바라만 봤던 며느리였기에 더욱 세밀히 살피고 보듬었었다. 이미 아들에 의해 추운 그 가여운 마음이 혹 다른 것으로 그늘질까 하여.

"내, 이제라도 며느님을 대신해 우리 손주님 행복 빌어 줄 겁니다. 그리할 겁니다."

그러니 편히 쉬라고 위로한 조모는 이제는 가야 할 곳을 찾아 묘소를 내려왔다.

입봉작(데뷔작)의 미술 작업을 부탁하러 영재의 작업실로 찾아온

신인 감독은 바짝 기합이 들어간 부동자세로 눈동자만 이리저리 움직였다.

영화인들의 연예인이자 영화계에 독보적인 존재로 군림하는 선우장주, 그가 이 아침에, 이곳에, 바로 눈앞에 있었다.

귀신도 호릴 만한 마력적인 얼굴과 단단하고 큰 체격, 타이도 매지 않았건만 밑도 끝도 없는 슈트빨, 이미 소문 자자한 연인 서영재에 주는 시선 하나, 손가락 하나의 움직임까지도 마치 연구되고 만들어진 설정처럼 자체적으로 뿜어져 나오는 아우라는 소문 그 이상이었다.

하지만 손님에게 커피를 주려는 영재 곁에 바짝 붙어 서서 소소한 얘기를 주고받는 그의 모습은 어쩐지 인간미 있고 친근해 보여 하마터면 가볍게 말을 걸 뻔한 신인 감독은 무례한 입술을 입안으로 꾹 말아 넣었다.

곧 영재는 쿠키와 과일을 담은 트레이를, 장주는 손이 부족한 영재를 대신해 한 손으로 두 개의 머그잔을 들고 와 신인 감독 앞에 내려놨다.

"감사합니다, 대표님!"

신생의 우렁찬 목소리에 웃음이 나면서도 완전히 쫀 표정을 보자니 빨리 자릴 비켜 줄 수밖에 없는 장주는 정중히 말했다.

"편하게 얘기 나누십시오."

그리고 영재의 허리춤을 가볍게 잡았다 놓으며 말했다.

"갈게. 이따 전화해."

"응."

싱긋 웃으며 대답한 영재는 밖으로 나가는 그의 뒷모습을 물끄러미 바라봤다.

어제 영화관에서 실랑이를 벌인 뒤, 차를 마시고 작업실로 와 같이 샤워를 하고 알몸으로 그의 가슴에 얼굴을 묻고 많은 얘길 나누다 도중에 잠들었던 그녀는 오늘 아침, 그의 입술이 주는 뜨거운 감각에 눈을 떴다. 그리고 온몸이 흐물흐물해지고야 끝냈던 모닝 섹스.

유독 부드럽고 길었던 전희와 그래서 강렬하고도 길었던 직접적인 성교, 그러고도 애틋했던 후희를 떠올리자 다시 마음이 들뜬 그녀의 얼굴은 자연스레 홍조가 되었다. 그러다 번득 잊고 있던 감독을 돌아봤는데 그는 직각으로 허릴 숙여 인사하고 있었다, 저 밖을 향해.

"감독님. 나와 함께 일하기 불편할 수 있어, 지금처럼."

그녀가 충고하는 그 불편 요소인 선우장주와 말 한마디 섞었을 뿐인데 혓바닥이 마르는 것 같은 신인 감독은 그에게 박살 난 선배들을 떠올리며 말했다.

"난 감독님 존경해."

챙겨 온 시나리오를 꺼내 내민 그는 진정성 있게 구애했다.

"감독님처럼 미술로 폐부를 찌르는 사람, 난 처음 봤거든. 그래서 이 김병헌의 입봉작 미술은 반드시 서영재 감독과 함께할 거라고 마음먹었어. 그러니까 내 소원, 이뤄지게 해 줘."

영재는 〈色스럽게〉라고 적힌 시나리오를 마치 귀한 물건을 다루듯 조심히 두 손에 들었다. 자신과 비슷한 시기에 영화계에 발

들여 연출부에서 허드렛일을 도맡아 하다 차곡차곡 단계를 밟아 AD(제1 조감독)에서 이젠 메인 연출자가 된 그의 데뷔작. 박수 쳐 주지 않을 수 없었다.

"색스럽게……."

타이틀부터 강한 여운이 느껴졌다.

"읽어 봐. 두렵고 떨리는 마음으로 쓴 거야."

집필 소감도 점잖은 그는 본래 군더더기 없는 사람이었고, 그래서 허세나 허풍과는 거리가 먼 사람이었다. 이를테면 능력 밖의 변수들 즉 얻어걸린 타이밍, 의도치 않았던 오해나 우연으로 생긴 운빨…… 등이 본인을 있게 만든 것이라 자랑할 게 별로 없다고 말하는 그는 주변 사람도 기꺼워하며 챙기는 사람이었다.

"읽어 보고 연락할게, 감독님."

"긍정적 답변 기다립니다?"

이에 빙그레 웃은 영재는 부드럽게 말했다.

"고마워, 감독님. 존경한다고 말해 줘서."

"서영재식 미술, 많은 사람이 중독될 거야."

끝까지 사람 세워 준 신인 감독은 그녀를 오래 붙들고 있지도 않았다. 대접받은 커피 원 샷, 그리고 쿠키와 과일을 하나씩 입에 넣은 그는 엄지를 척 올리곤 밖으로 나갔다.

운전석 차창을 열고 크게 손을 흔들며 사라지는 그를 보면서 영재는 이미 '색스럽게'의 작업을 진행하기로 결정한지도 몰랐다. 지금처럼 혼자가 되면 여전히 찾아오는 무거운 상념은 두려움까지 낳는 터라 그걸 피하기 위해서도 일을 해야 했으니까.

어쨌든 바로 집 안으로 들어오지 않은 영재는 바람이 좋아 나무 테라스 위를 느린 걸음으로 왔다 갔다 했다. 그러다 뒷짐을 지고 가만히 고갤 들어 하늘을 봤다. 맑고 높은 하늘은 눈부셨다. 자연스레 눈이 감겼다. 뒷짐 진 손에까지 닿은 긴 머리는 바람에 휘날렸다. 프레임에 담아 놓아도 좋을 풍경이었다.

그때였다. 차 한 대가 작업실 앞으로 부드럽게 미끄러져 정차했다. 무심결에 고갤 돌린 영재는 운전석에서 내리는 남자를 단박에 알아보고 놀라 뒷짐 진 손을 얼른 풀었다. 곧 뒷좌석에서 조모가 내렸고, 어쩔 줄 몰라 하던 영재는 테라스를 내려갔다.

어떤 표정으로 어떻게 인사를 하고 또 어떤 말을 해야 할지, 자신의 손에 그가 반지를 끼워 주던 순간부터 어쩌면 이 순간을 걱정했던 그녀는 어느새 다가온 조모에게 경직된 채로 간신히 고개를 숙였다.

"안녕하셨어요, 할머님?"

간신히 차분한 목소리로 인사한 영재는 어렵사리 고갤 들었다.

"오랜만입니다, 영재 양."

조심스럽게 인사를 건넨 조모는 자신을 똑바로 쳐다보기 힘들어하는 그 모습이 가슴 씁쓸하고 미안해 잠깐 말없이 영재를 쳐다봤다. 5년 전에는 소녀이더니 이젠 여성미가 물씬 풍기는 영재는 희고 맑아 꾸밈없이도 예뻤다.

"내, 할 말이 있는데 안으로 좀 들어가도 괜찮겠습니까?"

"네!"

바짝 긴장해서 대답한 영재는 얼른 조모를 작업실 안으로 모셔

들였다.

손님 대접한 흔적이 보이는 테이블을 서둘러 치운 영재는 의자 하나를 빼 조모의 자릴 마련했고, 가만히 눈길로 작업실을 둘러보던 조모는 기꺼이 의자에 앉았다.

"할머니, 차는 어떤 걸로 드릴까요?"

"괜찮으니 앉으세요."

영재는 크게 어려워하며 맞은편에 앉았고, 조모는 자신이 칼자루라도 쥐고 온 줄로 아는 영재를 측은한 눈으로 응시하다 조용히 말문을 열었다.

"아버지 일은 유감입니다. 혼자서 많이 힘드셨지요?"

홀로 돌보던 아빠를 외로이 떠나보냈던 영재는 울컥했고, 그 모습에 청기와를 찾아왔던 영재의 아비가 생각난 조모는 스산한 마음을 느끼며 진심으로 사과했다.

"영재 양. 내가 미안합니다. 내가 많이 잘못했어요."

순간 영재의 두 눈에서 눈물이 뚝 떨어졌다.

"우리 손주님이 영재 양을 이리 깊이 사랑하는 걸 내, 너무 늦게 알았어요. 그래서 더 미안합니다."

하지만 영재는 진심 어린 조모의 사과를 받을 자격이 없다고 생각했다. 어차피 그녀도 조모가 사랑하는 손주를 망쳐 놓은 죄인이라.

"할머니, 제가 죄송해요. 장주 씨를 만나서, 사랑해서, 그리고 다시 또 만나서, 여전히 사랑해서…… 흑흑흑."

"아닙니다, 영재 양."

이에 입을 막고 고갤 내저은 영재는 크게 흐느끼며 말했다.

"할머니, 제가 꼭 장주 씨 원래대로 돌려놓을게요. 정신과 약, 더는 먹지 않게 애쓸게요. 정말 죄송해요, 할머니……!"

뜻밖의 말에 당황한 조모는 확인차 넌지시 말을 건넸다.

"우리 손주님이 예전과는 많이 다르지요?"

"아, 아니에요! 장주 씨도 노력한다고 했어요, 할머니! 제가 더 많이 사랑할게요. 아니, 지금도 더 많이 사랑해요. 어떤 상황에도 장주 씨 곁을 떠나지 않고 지킬게요!"

그저 손주가 잘못된 줄로만 알고 있는 영재의 눈물을 모른 체 하자니 가슴이 시린 조모는 도무지 손주를 이해할 수 없었다. 이렇게나 아파하고 있는데 왜 진실을 말하지 않는 걸까?

감히 그 무거운 의중을 넘겨짚을 수도 없는 조모는 쉽게 눈물을 멈추지 못하는 영재를 따뜻하게 다독였다.

"영재 양, 너무 슬퍼 마세요. 다 잘될 겁니다. 나도 영재 양과 같이 힘쓸 거예요."

그러자 눈물이 솟구치고 가슴도 벅차오른 영재는 두 손에 얼굴을 묻은 채 울고 웃었다.

매월, 한 번씩 열리는 UK그룹 계열사 사장단들 회의 분위기는 그야말로 삼엄했다. 큰 파트별로 분류하자면 자회사 중 가장 인기가 많고 대중적으로 알려진 엔터테인먼트&미디어 부문과 식품&생

명 공학 서비스 부문, 물류&유통 부문 등의 사장단들이 전부 집결했다.

늘 그래 왔듯이 제일 먼저 엔터테인먼트&미디어의 UK픽처스 대표 선우장주가 PT를 마치며 단단한 목소리로 말했다.

“질문 받겠습니다.”

하지만 질문이 있어도 문제, 없어도 문제였다. 없으면 그가 역으로 묻고, 있어도 그 질문에 대한 각자의 명확한 관념을 가지고 있어야 했기 때문인데, 사실 10년 만에 한국 영화계의 최고봉이 된 이래 날로 승승장구하는 UK픽처스에 브레이크 걸 만한 작은 허점조차 없으니 나이 지긋한 사장단들은 서로에게 ‘네가 입을 열어라’ 미루며 눈치놀음만 했다.

이처럼 무거운 정적 위로 그의 특유의 저음이 낮게 울렸다.

“없으시면 마치겠습니다.”

이례적인 일이었다. 그래서 더 긴장감을 늦추지 못한 사장단들은 제 순서가 더디 오길 바랐고, 장주는 그들을 지나 회장석으로 가 앉았다.

계열사 사장단 중에선 사실 가장 나인 어리지만 UK그룹의 유일무이한 상속자인 선우장주는 조모의 사임 후 공석이 된 회장석에 앉을 자격이 충분할뿐더러 UK픽처스가 증명하듯 능력 또한 의심할 여지가 없었다.

곧 일반인들은 쉽게 잡히지 않는 관념의 단위 금액들이 그 항목들과 보고되고, 한 번씩 날카롭게 질문을 꽂는 장주와 그것에 합당한 대답을 뱉어 내야 하는 사장단들 회의는 그 시간마저도 꽤 길어 진이 다 빠질 정도였다.

그렇게 한창 회의가 진행되는 가운데 시현이 조용히 회의실로 들어와 장주의 귀를 빌렸다. 이내 회의를 중단한 장주는 문 앞으로 걸어갔다.

곧 회의실 문이 열리고 조모가 들어섰다. 갑자기 들이닥친 조모의 행보를 장주는 덤덤히 받아들이며 인사했다.

"오셨습니까?"

이에 사장단들 모두가 기립해 고갤 숙였다.

"어서 오십시오, 회장님!"

"앉으세요, 앉으세요! 내 오랜만에 우리 식구들 얼굴을 좀 가까이에서 보려고 왔습니다."

손주에게 계속 회의를 진행하라며 회장석을 눈짓한 조모는 그 회장석에서 직선 방향의 가장 먼 자리에 앉았다.

곧 회의는 다시 진행됐고, 아버지뻘 되는 사장단들의 똥줄을 태우며 긴장감을 배가시키는 손주의 탁월한 리더십을 엄중한 눈으로 지켜보던 조모는 뭐가 탐탁지 않은 건지 한 번씩 고갤 내저었는데 아마도 모든 신경이 온통 영재에게 몰입돼 있는 탓인 듯했다.

어쨌든 하루 반나절을 꽉 채워 사장단들 회의가 끝나고 그 넓은 회의실엔 장주와 조모, 단둘만 남았다.

식구들은 핑계고 자신을 만나러 왔다는 걸 잘 아는 장주는 가만히 조모의 말을 기다렸고, 이에 조모는 숙연하고도 대견해하는 마음으로 입을 열었다.

"손주님, 고맙습니다. 이 늙은이, 30년의 울분을 털어 냈어요."

억지로 등 떠밀려서 간 윤가영의 사과에 큰 진정성을 기대하지 않은 장주는 가만히 조모의 말을 들었다.

"우리 손주님 덕분에 내 더는 원한이 없어요. 그래서 이 늙은 이가 손주님께 답례를 하렵니다."

그러고는 미안하고 미안한 마음으로 말했다.

"5년이라는 긴 세월을 기다리게 해서 미안합니다. 두 분, 이제 결혼하세요."

그러나 조금도 감격하지 않은 장주는 덤덤히 말했다.

"감사합니다."

전혀 기뻐하는 내색이 없는 손주의 반응을 조모는 놀라지 않고 오히려 당연한 듯 받아들였다. 손주가 5년을 계획한 데에는 할미의 허락이 필요해서가 아니라는 걸 잘 알고 있었으므로.

"가급적이면 서두르세요. 더는 영재 양을 혼자 두는 건 좋지 않아요."

"네."

앞서 있던 회의를 이끌 때와 별반 다르지 않은 손주를 가만히 응시하던 조모는 진짜 하고 싶은 말을 꺼냈다.

"우리 손주님, 무서운 분입니다. 이젠 이 할미도 무서워요. 그래서 도통 짐작을 못 하겠습니다. 영재 양은 여전히 손주님이 아픈 걸로 알던데……."

그제야 손주의 눈빛이 흔들렸다.

"영재를 만나셨습니까?"

"그래요. 사과를 해야 했어요. 그 아이는 그저 손주님을 사랑한 것뿐이니까."

이에 앞에 있는 다 식은 찻잔을 들어 한 모금 마신 장주는 신중한 얼굴로 말했다.

"영재를 제 곁에서 행복하게 살게 해 주고 싶습니다. 그래서 영재에게는 내가 이 모든 것을 계획했고 그 결과가 오늘이라는 말, 하고 싶지 않습니다. 혹여 그 마음에 할머니처럼 저를 무서워할까 두렵습니다."

제대로 된 Attitude가 없어 집착적인 사랑을 한 것도, 무의식으로 편성된 사랑이자 당연시 된 사랑을 한 것도 아니었다. 그러나 아픈 사랑이었던 것만은 사실. 그래서 영재는 모르는 게 나았다.

"영재 양에겐 손주님이 미쳤다는 사실이 가장 무섭고 무거울 거예요, 아닙니까?"

"병이라는 게 시간이 지나면 치료되듯 제가 천천히 나으면 그만입니다."

"허어."

조모는 걱정스러운 심기를 드러냈지만 장주는 굳은 의지가 담긴 얼굴로 부탁했다.

"할머님과 저, 그리고 영재의 어머니만 아는 걸로 해 주십시오."

이에 가만히 한숨을 토한 조모는 그의 뜻을 수긍하면서도 충고를 잊지 않았다.

"영재 양 가슴에 평생 가는 죄책감을 새긴다는 걸 잊지 마세요. 생각보다 그걸 지우는 게 어려울 겁니다."

그러나 장주는 확신했다. 서영재는 선우장주를 미치게 만들었다는 자책감보다 감히 '신 노릇' 까지 했던 선우장주의 그 처절했던 몸부림을 더 아파할 거라는 걸.

◇ ◆ ◇

그날 저녁, 영재는 집 앞 가로등 아래서 서성이고 서성이며 장주를 기다렸다.

'하루 속히 청기와로 들어오세요, 영재 양.'

결혼 승낙을 한 조모가 차창 밖으로 얼굴을 내밀고 한 그 말을 곱씹을 때마다 가슴이 터질 듯 벅차 눈물이 나, 집으로 온다던 그를 앉아서 기다릴 수가 없었다.

그렇게 조바심을 내고 있는 그때, 라이트가 비치며 골목으로 진입한 블랙팬텀이 부드럽게 정차하고 그 뒷좌석에서 장주가 내려섰다. 영재는 곧장 달려가 펄쩍 뛰어올라 안겼다.

눈물 반, 웃음 반인 영재를 허리춤 위에서 꽉 끌어안은 장주는 마음으로 그녀의 이름을 연신 불렀다. 서영재, 서영재, 서영재!

"나, 당신과 결혼할 수 있어서 너무 행복하고 좋아! 근데 꿈이면 어떡하지?"

"영원히 깨지 말자, 우리."

이에 그의 목을 더 힘껏 끌어안은 영재는 젖은 눈으로 그의 얼굴을 욕심스레 응시했다. 그도 그랬다. 서로는 한참을 그렇게 서로에게 눈을 떼지 않았다. 그러다 갑자기 눈물이 솟구친 영재는 장주까지 울렸다.

“이젠 어디도 가지 마.”

그 소원이 그의 심장까지 내려앉았다.

“응, 나 여기 있어.”

지난 5년이나 불가능했던, 절대 가까이할 수 없었던 서로의 곁.

“……사랑해.”

그녀가 말했다. 이에 만족스러운 미소를 흘리며 키스한 장주는 작업실로 구둣발을 옮기면서도 입술을 떼지 않았다.

‘영재야. 이제부터 매일 밤, 네가 내게 얼마나 애틋한지, 너는 어디가 어떻게 사무치게 예쁘고 아름다운지, 그래서 내가 결코 너의 품에서 헤어나올 수 없다는 걸 내 혀끝으로, 눈짓으로, 손짓으로, 온몸으로 얘기해 줄 거야.’

15

인천 국제공항 출국장 게이트로 막 들어가기 직전이었다. 누군가 가영을 불러 세웠다.

"이서영 씨?"

싸가지 없는 말투. 굳이 보지 않아도 누군지 짐작한 가영은 그냥 들은 체 만 체 하려다가 못마땅한 기색으로 뒤를 돌아봤다.

제법 단출한 옷차림에 모자를 푹 눌러쓰고 마스크에 선글라스까지 착용했지만 딱 봐도 재인이었다. 공항의 매끄러운 대리석 바닥을 패션쇼의 런웨이처럼 걷는 그 우월감 어린 걸음걸이가.

"중요한 걸 잊으셔서."

빈정거리며 재인이 내민 종잇장은 이혼 합의서였다.

"내가 어젯밤에 아빠한테 다 얘기했어."

"그랬니? 난 그저께 밤에 다 얘기했다."

순간 당황해 얼쯤얼쯤하던 재인은 뒤늦은 코웃음을 치며 윽박지르듯 말했다.

"우리 아빠는 절대 엄마랑 안 살아! 금쪽같은 딸한테 크나큰 상처를 안겨 준 엄마랑 우리 아빠가 살 수 있을 것 같아?"

이에 피식 웃음을 터뜨린 가영은 쓸데없이 헤살 놓는 재인을 한심스레 바라보며 또박또박 일러 주었다.

"마음 많이 심란하겠다, 서둘러 들어와, 같이 여행이나 하자, 라고 딸바보인 네 아빠가 그러더라."

"이씨! 이혼 여행인가 보지!"

가영은 딱 잘라 말했다.

"그것도 나쁘진 않아."

상황 가리지 않고 매번 밀리는 것도 기분 나쁜 재인은 신경질 부리며 소리쳤다.

"어떻게 나한테 미안하단 말 한마디를 안 해?!"

"내가 네 남자 뺏었니?"

"으아!!"

돌기 직전인 재인은 두 주먹을 부르르 떨며 가영의 머리채라도 잡을 기세로 뻗었는데 그 순간 어디선가 나타난 매니저가 그녀를 낚아채 뒤로 끌어당겼다.

"누나!!"

하마터면 양딸에게 머리채 잡힐 뻔한 가영은 짜증스럽게 비난했다.

"대체 넌 누굴 닮았니? 네 엄마가 그랬니?"

그러자 재인은 바락바락 소리 질렀다.

"그럼, 서영재는! 서영재는 너 닮았냐?!"

이에 날카롭게 재인을 쏘아보던 가영은 휙 돌아서 게이트 안으로 들어가 버렸다.

"이서영!!"

재인은 비명을 질렀고, 여기저기에선 핸드폰 카메라가 그녀를 옭아맸다. 매니저는 사방팔방으로 목소리를 날렸다.

"방송 몰카예요!"

이토록 시끄러운 공항을 등지고 첫 번째로 비행기에 오른 가영은 유난히 맑은 하늘을 가만히 응시했다.

그러다가 옆에 둔 작은 가방에서 봉투 하나를 꺼냈다. 청첩장이었다. 천천히 펼친 가영은 잠시 잠깐 눈을 감았다 뜨고 다시 청첩장을 들여다봤다.

신랑 한윤경의 손, 선우장주.

신부 서진우의 외동딸, 서영재.

오도카니 쳐다보던 청첩장을 가만히 덮은 가영은 다시 창밖을 내다봤다. 이륙을 알리는 방송이 나왔다. 그리고 곧 움직이기 시작한 비행기는 굉음과 함께 활주로 위를 점점 빠르게 내달리기 시작하더니 가볍게 하늘로 떠올랐다.

그 순간 가영은 분명한 가슴의 묵직함을 떨쳐 냈다.

'네게 굳이 인사하지 않은 건 이미 18년 전에 끔찍한 안녕, 을

했기 때문이야. 부디 행복하렴, 서영재…….'

끌려오다시피 해서 밴에 탄 재인은 저 하늘로 솟는 비행기를 삿대질하며 소리쳤다.

"내가 저 비행기를 주저앉혀 버렸어야 했는데!!"

그러자 더는 보다 못한 매니저가 무섭게 면박했다.

"누나! 제발 정신 차리고 이거나 봐! 이게 누나의 현실이라고!"

동동 구르는 두 무릎에 놓인 건 청첩장, 그리고 시나리오 3편이었다. 결혼 대신 스폰을 받은 셈. 친절하게도 그의 메시지까지 있었다.

한국을 드높이는 배우가 되시길.

빠직.

카드를 구겨 잡은 재인은 이를 부득부득 갈았다. 그런 재인을 보며 한숨을 푹푹 내쉬던 매니저는 좋은 말로 타일렀다.

"누나. 그 영화는 세계적인 스태프들과 어깨를 겯는 영화야! UK픽처스에서 길 열어 준 거라고! 누나는 지금 선우장주 잡는 게 중요한 게 아니야! 높이 더 높이 올라가서 그때 선우장주를 추락시켜 버려! 그게 누나가 할 수 있는 최선이야!"

하지만 재인은 들리지 않았다. 카드를 아예 찢어 버린 그 손만 부르르 떨 뿐이었다.

"나쁜 새끼! 너도 네 부모처럼 서영재와 한날한시에 사고로 죽어 버렷!!"

그 악랄한 저주가 거침없이 그를, 그의 사랑을 집어삼키길 바랐다. 진심이었다.

◇ ◆ ◇

UK픽처스 비서실은 오늘도 빗발치는 전화에 하루 종일 진땀을 빼고 있었다. 수백여 통에 이르는 전화의 용건은 하나였다. 바로 오류의 청첩장.

신랑, 신부의 이름과 결혼 날짜, 그리고 시간은 기재돼 있는 청첩장엔 장소가 빠져 있었고, 날짜가 오늘인 터라 북새통을 이루는 전화에 구역질이 날 것 같은 비서들은 칼같이 똑같은 답변으로 전활 끊었다.

"모릅니다."

그 정신없는 비서실을 물끄러미 응시하고 서 있던 시현은 반대편, 선우장주의 사무실을 바라봤다. 비어 있는 그의 사무실 위로 옛 기억 하나가 주저 없이 떠올랐다, 빗줄기가 거세게 내리치던 그날의 기억이…….

국제 영화제 참석차 갔던 인도 고아.

하루 종일 나라별 관계자들과 미팅했던 그가 그 밤엔 만취해 나타났다. 그리고 비서인 자신 앞에 무릎 꿇고 사정했다.

'시현아! 나 좀 데려다줘! 영재한테 할 말이 있어!'

이렇게 한 번씩 한계에 다다를 때마다 처절히 몸부림치던 그는 분명 울고 있었다.

'김시현!'

거절하며 만류하는 비서를 무섭게 다그쳤던 장주는 바짓가랑이를 붙잡고 애원했다.

'제발! 영재한테 데려다줘. 나 이러다 죽을 것 같아……!'

그때 또 한 번 절감했다, 세상엔 이렇게 아픈 사랑도 있다고.

그 수많은 여배우들이 맨살로 치근덕거리고 주파를 던지면 한 번쯤은 그 품에 쓰러져도 좋으련만 몸이 달아서 미칠 것 같은 순간이 되면 술로 그 성욕까지 뭉개 버렸던 그.

어느새 그 길고 긴 전쟁과도 같던 외로움의 시간이 끝이 났다는 사실에 시현조차 가슴이 떨렸다.

"축하드립니다, 대표님."

지금쯤 자신도 모르는 장소에서 사랑하는 여자를 아내로 맞고 있을 선우장주의 사랑, 감격하지 않을 수 없었고 영원하리라 확신하지 않을 수 없었다.

청첩장으로 공식화한 예식, 그 10월 11일의 오후 5시가 되어

가고 있었다. 곧 도착할 신부를 맞으러 청기와 대문 앞에 나와 서 있는 장주의 얼굴은 큰 긴장감으로 빽빽하게 차 있었다. 평소의 그답지 않은 모습이었다.

하지만 짙은 블루 빛 슈트 안에 새하얀 드레스 셔츠를 입고 행커치프와 맥을 이룬 핏빛처럼 붉은 타이로 스타일링한 그는 이미 완벽했고, 투 블록 컷의 섹시하면서도 클래식한 포마드 헤어스타일로 더욱 강인한 인상을 더한 그는 넘치도록 섹시했다.

곧 차 한 대가 가로수 길 진입로로 들어와 청기와 앞에 부드럽게 정차했고, 그 뒷좌석 문이 열리더니 영재가 내렸다. 순간 숨쉬기 어려울 만큼 심장이 뛰어 손끝까지 떤 장주는 그 손을 말아 입에 대고 후욱, 하고 뜨거운 호흡을 내뱉었다.

신부의 드레스는 결코 화려하지 않았고 짙은 화장기도 없었다. 과하지 않은 봉긋한 퍼프소매에 무릎을 덮는 기장의 새하얀 원피스는 심플했고, 천연하게 말아 올린 머리에서부터 허리까지 부채꼴 모양으로 내려오는 볼륨감 있는 숏 베일은 원피스와 완벽하게 쌍을 이뤄 드라마틱하면서도 우아해 영재는 충분히 아름답고 사랑스러운 신부였다.

그러니 인사도 잊고 눈이 멀어 바라보고만 있던 장주는 뒤늦게 붉은 작약 꽃 세 송이의 부케를 들고 수줍게 미소 짓는 영재에게 다가갔다. 하지만 바짝 다가서려는 그를 경계하듯 그의 가슴으로 손을 뻗은 영재는 부케를 쥔 손을 자기 가슴에도 대고 아이처럼 말했다.

"어떡해? 나 너무 떨려."

그 사랑스러움을 어찌 견디랴. 그는 한 팔을 뻗어 영재의 뒷목, 그 베일 아래로 손을 찔러 넣으며 서로의 몸을 완전히 밀착시켰다. 그리고 조용히 말했다.

"괜찮아. 나도 떠니까."

그러자 가지런한 치아가 드러나도록 활짝 웃은 영재는 오늘따라 유독 근사한 그를 욕심스레 응시하며 말했다.

"당신, 내 거지?"

그는 기꺼이 대답했다.

"부디 평생에 날 만족하시길."

이에 함박웃음 진 영재는 그의 입술 가까이에서 쪽, 하고 소리로 키스했다. 그는 녹다운.

당장이라도 영재의 모든 것을 삼켜 버리고 싶었다. 더는 청기와에서의 사랑을 지체할 수 없는 그는 영재의 왼손으로 자신의 아래팔을 잡게 하고 활짝 열려 있는 청기와의 대문 안으로 들어갔다.

문턱 아래의 붉은 흙, 그 위로 새하얀 구두가 닿는 순간 영재는 그의 아래팔을 더 힘주어 잡았다. 그 떨리는 손을 자신의 손으로 감싼 장주는 조용히 속삭였다.

"이곳에서 너와 나, 부부가 되는 거야."

5년 전, 이 앞에서 그를 버렸던 영재는 시큰거리는 두 눈을 잠깐 감았다 떴다. 그리고 활짝 웃어 보였다.

이 두 사람의 부부 됨의 자리에 유일한 하객이자 증인인 조모는 자신이 정성 들여 가꾼 화단 사이를 걸어오는 두 사람을 흐뭇

하고도 짠한 얼굴로 쳐다봤다. 저리 행복해하는 것을…….

또 한 번 후회막심한 조모는 앞에 와 서는 두 사람에게 부드럽게 말했다.

“고마워요, 내 부탁 들어줘서.”

청첩장으로 국내외에 공포만 할 뿐 예식도 생략하려고 했다가 사진 한 장 갖고 싶다고 한 조모의 뜻을 흔쾌히 받아 준 영재는 오히려 조모에게 감사했다.

“하길 잘한 것 같아요, 할머니.”

약식이긴 하지만 의미가 컸다. 여하튼 여기까지 5년이나 걸린 탓에 수많은 감정이 뒤섞인 눈으로 백년가약을 맺는 두 사람을 바라보던 조모는 갑자기 다 큰 손주를 놀리듯 말했다.

“손주님, 설마 떨리세요?”

표정 관리는 일도 아니었던 장주는 난감해하며 인정했다.

“어처구니없게도 몹시 떨립니다.”

이에 영재와 웃음을 주고받은 조모는 진중하게 말했다.

“지금처럼 평생 아내 앞에서 떨려야 합니다.”

“그건 자신 있습니다.”

그러자 흡족히 웃으며 부케를 쥔 영재의 손을 두 손으로 꼭 잡은 조모는 그 손등을 톡톡 두드리며 말했다.

“이 남자의 사랑, 평생에 누리세요.”

“네에, 할머니.”

함박웃음 짓는 영재의 두 눈이 반짝거렸다. 이에 같이 울컥한 조모는 얼른 수행 비서에게 사진을 찍으라 말하며 돌아섰다.

"도련님과 아가씨, 두 분 먼저 찍겠습니다."

만연한 가을이 찾아든 청기와 앞마당에 나란히 팔짱을 끼고 선 장주와 영재는 작은 사각 프레임에 부부로 담겼다. 그리고 또 한 번 조모와 함께 담겼다. 그렇게 딱 두 장의 사진만 남긴 조촐한 예식이었다.

"자, 이제 두 분은 가서 쉬세요. 내 결코 부르지 않을 겝니다."

어서 별채로 가라 손짓한 조모는 먼저 돌아서려는데 그 손을 장주가 잡았다. 순간 눈물이 핑 돈 조모는 애써 눈물을 참고 손주를 돌아봤다. 이에 측은한 듯 미소 지은 장주는 조모를 안아 주며 말했다.

"저 행복합니다, 할머님. 감사합니다. 그리고…… 죄송합니다."

조모의 그 주름진 눈가에서 눈물이 쏟아지려 했고, 그 너른 손주의 등을 토닥토닥하는 주름 자글자글한 손끝이 떨렸다. 그 모습을 눈물 가득한 눈으로 쳐다보던 영재도 가만히 조모의 등 뒤로 가 그 작은 어깨를 감싸 안아 주었다. 그 포근함에 더는 눈물을 참지 못한 조모는 소리 없이 울었다.

그렇게 서로를 아낌없는 가슴으로 안은 세 사람은 비로소 '가족'이 되었다.

"자, 자, 이젠 되었습니다. 어서 가서 쉬세요."

눈물을 손수건에 숨기며 말한 조모는 손주와 영재를 가만히 밀어 내고는 빨리 가라 손짓하고 안채로 들어갔다.

그러나 두 사람은 한참을 말없이 안채를 쳐다보고 서 있었고 그걸 알아챈 조모의 목소리가 들려왔다.

"어서들 가세요!"

이에 애석한 얼굴빛으로 슬쩍 웃던 장주는 영재의 손을 깍지 끼어 잡았다.

"가자."

두 사람은 별채로 건너왔고, 툇마루로 막 올라가려던 장주는 사뭇 달라진 별채의 분위기를 눈으로 읽었다. 그 옆에 나란히 선 영재는 자신 넘치는 목소리로 말했다.

"기대해도 돼."

그 자신만만함에 슬쩍 입술을 말아 올린 장주는 비스듬히 그녀를 돌아보며 말했다.

"널? 아니면 일주일 출입 금지당한 별채?"

선우장주식이던 별채를 통째로 서영재식으로 바꾸느라 본의 아니게 일주일간 그의 출입을 허가하지 않았던 영재는 여우처럼 눈웃음치며 말했다.

"둘 다."

이에 기대에 찬 얼굴로 그녀를 번쩍 안은 장주는 별채의 툇마루 위로 올라갔다. 영재는 한 손을 뻗어 장지문을 드르륵 밀었다. 그러자 그 안에 일주일간 감춰 뒀던 서영재식 미술 감각이 선우장주의 오감을 사로잡았다.

그레이 계열의 심플함은 온데간데없고, 클래식한 무드로 꽉 들어찬 별채의 내부는 한마디로 표현하자면 '서영재' 같았다.

벽지와 가구는 물론 커튼, 침대 시트, 작은 소품까지도 특이하고 색다르면서도 과하거나 부족하지 않게 완벽한 밸런스를 갖추었는데 이 세련된 미술적 감각은 서재에도, 욕실에도 실현돼 있었다. 이처럼 서영재는 항상, 모든 면에서 선우장주를 만족시켰다.

"기대 이상인데?"

감탄을 머금고 말한 장주는 곧 야릇한 표정으로 바뀌 지으며 말했다.

"그럼 이젠 서영재를 기대해 볼까?"

심혈을 기울인 별채 꾸미기보다 더 큰 감동을 줄 자신감으로 꽉 차 있는 영재는 아름다운 유혹을 눈가에 걸며 말했다.

"내려 줘."

그는 즉각 영재를 내려 주었고, 그의 손에 붉은 작약 세 송이의 부케를 쥐여 준 영재는 올리브 계열의 패브릭 소파에 그를 앉혔다. 그리고 스마트 디바이스 스피커를 향해 사랑스럽게 말했다.

"나 준비됐어!"

똑똑한 스피커 디바이스는 곧 통통 튀는 경쾌한 기타 선율을 내놓았고, 이에 눈이 멀 만큼 근사한 존재감을 과시하고 앉아 있는 남자의 호기심 짙은 얼굴을 향해 앙큼하게 윙크한 영재는 'I'm Yours' 를 부르는 '제이슨 므라즈' 의 매력적인 목소리에 몸을 맡겨 춤을 추기 시작했다.

Well you done done me and you bet felt it

(그대가 내게로 다가왔을 때 내가 느꼈다는 걸 그대도 알죠)

두 어깨를 새초롬하게 들썩이기도 하고 검지만 세운 두 손을 이리저리 찌르며 엉덩이를 흔들고 앙증맞게 스텝을 밟는…… 그 사무치는 사랑스러움에 완전히 유혹당한 장주는 윙크와 눈웃음, 그리고 개구지고 얄궂진 표정들을 동시다발적으로 던지는 그녀에게서 눈을 떼지 못했다.

I tried to be chill but you're so hot that l melted
(난 냉정해지려 했지만 그대는 너무 멋있어서 녹아 버렸어요)

캐주얼한 러브 송을 입 모양으로만 따라 부르며 양손의 집게손가락으로 하트를 만들고 이깨를 앞뒤로 흔들다가 그 하트에 한 번씩 쪽, 쪽 키스한 그녀는 뜸 들이듯 돌아서면서도 도도한 경계의 눈빛을 흘리며 밀당을 연출했다. 하지만 그녀에게 홀린 장주는 백 번도 더 애원할 수 있었다. 그 키스를 빼앗을 수만 있다면.

그래서 영재의 유혹은 이제부터가 시작이었다. 그에게서 돌아서서 가볍게 엉덩이를 실룩실룩 흔들던 그녀는 두 손을 목 뒤로 올리더니 원피스의 지퍼를 밀어 내렸다. 그의 흑색 눈동자에 생생한 열기와 함께 강한 소유욕이 득실거렸다.

길게 V 자로 벌어지는 원피스 사이로 매끈한 등과 브래지어 밴드가 드러났고, 처음보다 더 과감하게 몸동작과 함께 감질나는 손길로 소매에서 팔을 하나씩 뺀 영재는 고개만 그를 향해 돌리더니 지그시 두 눈을 내리깔고 도도한 표정으로 천연하게 웃었고, 장주는 자세를 바꿔 앉았다.

꼬고 있던 단단한 두 다리를 나란히 벌리고 앉은 그의 아랫배에서 꿈틀거리는 열기, 이것을 서영재에게 내뿜을 수만 있다면 이 자리에서 죽어도 좋았다.

영재는 허리에 걸린 원피스를 골반을 좌우로 흔들며 느릿느릿 다리 밑으로 내려 벗었다. 가장 사적인 부분인 속옷 차림!

이런 순간을 상상해 본 적 없던 그는 주먹 쥔 손을 허벅지에서 입가로 옮겼고, 절로 벌어지는 그 입술 사이로 훅— 하고 격한 숨소리를 내뱉었다. 그러고도 안 되겠는지 그 손을 다시 허벅지로 옮긴 그는 툭툭 내리쳤는데 그 순간 그를 향해 돌아선 영재는 한 걸음, 한 걸음 그에게 다가오며 브래지어의 한쪽 어깨끈을 팔 아래로 느슨하게 잡아 내렸다. 그리고 나머지 한쪽의 어깨끈도 마저 내렸다.

그는 애가 탔고, 한 손을 등 뒤로 뻗어 브래지어의 후크를 뺀 그녀는 한 팔로 젖가슴을 가린 채 브래지어를 몸에서 완전히 떼어 냈다. 그러고는 아이처럼 순진한 얼굴로 그를 향해 느릿느릿 다가오며 춤을 추었다.

그는 야릇하게 입술 언저리를 말아 올렸고, 열기로 득실거리는 그를 내리깔아 응시하던 영재는 그의 단단한 두 어깨에 살포시 손을 올리더니 마치 키스할 것처럼 입술을 벙긋거리며 다가왔다. 완전히 덫에 걸린 그는 레이스 팬티가 입혀진 엉덩이로 손을 뻗었는데 이내 그 손을 거부하며 탁 내친 영재는 검지를 세워 흔들며 경고하더니 뒷걸음으로 물러났다.

이에 비명을 삼킨 장주는 어느새 돌아서서 무릎을 번갈아 가며 굽혔다 폈다 리듬을 주며 두 손을 뒷머리로 옮겨 허리까지 내려온 부채꼴 모양의 베일을 벗는 영재의 뒷모습을 간절히 구걸하듯 욕심스레 쳐다봤다.

베일을 뺀 영재는 고개를 좌우로 흔들었고, 말아 올린 머리가 탱글탱글하게 풀어져 등 위로 흘러내리는 중에 가만히 한 팔을 옆으로 뻗은 그녀의 손에서 베일이 흔들거렸다. 그리고 마지막 실오라기, 팬티를 벗어 다른 한 손에 쥐고 옆으로 뻗은 그녀는 그 손끝에서 팬티를 툭 떨어뜨렸다.

알몸의 서영재가 가지고 있는 건 손에 쥔 짧은 베일뿐이었다. 그 사실을 너무나 잘 알고 있는 장주는 주체할 수 없을 만큼 단단해진 그 민감한 부위를 어쩔 도리가 없었는데 그 순간 베일로 젖가슴과 그 아래, 그 은밀한 곳을 가리고 돌아선 영재는 그에게 다가왔다.

그녀의 포로가 되기 직전인 그는 흠— 하고 헛기침을 토하며 다른 곳으로 시선을 돌렸다가 어느새 자기 앞에 선 영재를 조금은 반항기 어린 눈으로 올려다봤다. 또 속일 텐가?

그런데 웬걸. 싱긋 웃으며 획 돌아선 그녀는 노골적으로 엉덩이를 흔들며 그를 미치게 하더니 속수무책으로 앉고 있는 그의 허벅지를 깔고 앉았다. 거기서 멈추지 않았다. 허릴 돌리며 엉덩이로 과감하게 안으로 파고든 그녀는 갈라진 엉덩이의 틈 사이를 정확히 그의 곧추선 남성을 향해 찔렀다. 그리고 얼굴만 그에게 돌린 채 한쪽 눈썹을 실룩거리며 흥얼거렸다.

This is our fate, I'm yours

그래, 내 것!

그 강한 소유욕을 자극당한 장주는 한 팔로 영재의 허릴 끌어안는 동시에 뒷목으로 아래팔을 받쳐 허벅지 위로 눕혀 안았다. 동시에 음악도 멈췄다.

완벽한 슈트 차림을 한 그의 품에서 완전히 발가벗은 영재는 뒤늦은 수줍음을 내보이며 얼굴을 붉혔고, 그는 더 이상 참을 수 없었다.

"귀여운 오프닝, 설레었다. 이제부터 아주 야한 본론을 시작해 볼까?"

거친 목소리로 말한 그는 기습적으로, 마치 굶주린 것처럼 영재의 입술을 삼켰다. 그의 맹렬한 혀가 그녀의 입안으로 깊숙이 들어와 그 숨을 자기가 삼켜 버리며 대신 신음했다. 하지만 숨이 딸려 얼굴이 잔뜩 발그레해진 영재는 그를 살짝 밀어 냈고 이에 코끝을 맞댄 채 천천히 숨 고르던 두 사람은 누가 먼저랄 것 없이 다시 서로의 입술을 삼켰다.

그리고 다시 숨이 찰 때쯤 영재의 입술을 잘근잘근 씹다가 얼굴로 떨어진 긴 머리카락을 쓸어 올린 그는 그녀의 맨어깨에 키스했다.

부스럭부스럭 재킷을 벗고, 타이를 풀어 빼고, 성급해서 자꾸 미끄러지는 손으로 셔츠의 단추를 끄르며 영재의 귀 주위에 키스를 퍼부은 그는 그녀의 턱을 아프지 않을 만큼 깨물며 목을 따라 점점 몸 아래로 내려갔다. 치아로 젖꼭지를 물었고 손가락으로 다른 쪽을 세게 당겼다. 영재는 부서졌다. 신음을 토하며 머릴 뒤로 젖혔다.

그의 타는 입술은 그녀의 배와 음모 사이의 선으로 미끄러져 내려가며 가볍게 물고 혀로 간질였고, 그러다 갑자기 몸을 일으킨 장주는 숨을 헐떡이며 홍조된 얼굴로 자신을 올려다보는 그녀를 탐욕스럽게 응시한 채 커프스 버튼을 비틀더니 어깨 뒤로 셔츠를 벗어 던졌다. 그리고 영재의 팔을 당겨 일으키며 자신의 허벅지 위에 앉힌 그는 슈트 팬츠의 버클을 열고 지퍼를 내려 그 사이로 곧추선 남성을 빼내고는 그녀의 손으로 잡게 했다.

그 크고 단단한 것을 다섯 손가락에 힘을 주며 꽉 거머쥔 영재는 색기 어린 눈웃음을 치며 말했다.

"너무 선정적이야."

하지만 이내 그의 무릎에서 내려와 바닥에 무릎을 꿇은 영재는 자신이 무엇을 할지 이미 알아채고 실기죽 웃는 그에게 시선을 고정시킨 채 다리를 벌리더니 천천히 그 사이로 얼굴을 묻었다. 혀로 곧추선 그 귀두 끝을 살짝 핥았다.

"하아!"

그가 크게 신음했다. 그녀는 혀로 그의 끝을 살짝 감았고, 그는 꿈틀거리며 엉덩이를 들썩였다.

치아를 입술 뒤에 넣고 입으로 그를 조이며 세게 빨아 보았다. 혀를 할짝거리며 빨았다. 그의 입술 사이로 식식대는 숨소리가 터져 나왔다.

목구멍 뒤에서 그가 느껴지도록 깊이 밀어 넣었다가 다시 앞으로 뺐다. 영재는 세게, 더 세게 빨며 그를 깊이, 더 깊이 집어넣고 혀를 빙글빙글 돌렸다. 그러다 치아를 드러냈다. 그는 비명을 질렀고 따뜻하고 짭짤한 쿠퍼액이 그녀의 혓바닥에서 느껴졌다. 영재는 재빨리 삼켰는데 그 순간 그녀의 얼굴을 두 손으로 잡고 위로 올린 장주는 헉헉대는 소리로 경고했다.

"아직은 아냐, 서영재."

힘으로 영재를 위로 당겨 허벅지에 앉힌 그는 긴 머리칼을 두 손으로 쓸어 올려 어깨 뒤로 넘겼다. 탱글탱글한 젖가슴이 그의 시선을 사로잡았다. 그녀의 뒷머리로 손을 뻗어 앞으로 당긴 그는 부드럽게 영재의 입술을 핥았다. 그리고 웃었다. 그녀도 웃었다. 그리고 그의 입술을 가볍게 물었다 놓았다. 그가 다시 웃었다. 그녀도 웃었다. 그렇게 두 사람은 서로를 느낄 때마다 웃었다.

"사랑해."

그녀는 속삭였고 그는 모든 감각을 일깨우며 자신의 사랑도 확인시켜 주었다. 그렇게 매일매일 완벽하게 사랑하는 그 두 사람의 웃음소리가 별채 밖으로 새어 나갔다.

에필로그

다실에서 찻잎을 말리고 있던 조모는 별채 쪽으로 급히 가는 손주를 발견하고 얼른 불러 세웠다.

"손주님! 벌써 오신 게예요?"

가던 걸음을 멈추고 돌아선 장주는 조금 불만스러운 태도로 말했다.

"할머님, 시간이 얼마 안 남았는데 왜 안 깨우세요?"

영재를 깨워 달라는 전활 두 차례나 받았던 조모는 삐뚜름한 얼굴로 말했다.

"하나도 잠이 쏟아지는데 두 아이를 품고 있어요. 자고 또 자도 잠이 부족합니다."

그러고는 콧방귀 뀌며 혼잣말했다.

"흥! 그걸 손주님이 어찌 아시겠어요!"

손주며느리와 그 배 속에 있는 증손자들에 대한 사랑이 끔찍한 할머니를 더는 탓할 수 없는 장주는 시간을 확인하고 말했다.

“할머님 덕분에 한 시간이나 더 잤으니 이젠 깨워서 데리고 나가겠습니다.”

“허어!”

가능하다면 시상식 시간대를 두어 시간쯤 뒤로 미루고 싶은 마음이 굴뚝같은 조모는 신신당부했다.

“조심조심하셔야 합니다.”

아무래도 공중파 타는 생방송의 영화제 시상식 참석인지라 다른 때의 외출과는 다르게 유독 걱정하는 조모였다.

“신경 쓰겠습니다.”

그럼에도 마음을 놓지 못하는 조모를 뒤로하고 서둘러 별채로 온 장주는 생각과는 다르게 곤히 자는 영재를 깨우지 못했다.

에어컨 바람이 싫어 침실의 마주 보는 두 개의 창을 활짝 열어 놓고, 호르몬 영향으로 부푼 젖가슴이 다 보이는 슬립 하나만 입은 채 불룩한 배 아래의 두 다리 사이에 얇은 이불을 끼고 잠든 영재는 고르게 쉬는 그 숨소리마저 사랑스러웠다.

당장 깨울 기세로 왔던 그는 업어 가도 모를 그녀 곁에 가만히 누웠다. 그리고 그 잠든 얼굴을 빤히 쳐다보다가 6개월에 접어든 그녀의 배로 손을 뻗었다. 두 생명이 들어 있었다. 그것도 사내아이 둘.

그는 조심스럽게 배를 어루만졌다. 배 속의 아이들이 얼마나 기쁜 존재인가를 손끝으로 알려 주는 동시에 그녀가 더 깊이 자거나 혹은 깨거나 하도록.

그렇게 10여 분쯤 지났을까, 무겁게 눈꺼풀을 떠 올린 영재는 싱긋 웃었다. 그러다 소스라치게 놀라 물었다.

"늦었어?"

"늦었지."

영재는 재빠르게 몸을 일으켰는데 그건 그녀만의 착각이었다. 장주가 보기엔 굉장히 굼뜬 움직이었으니까.

그녀의 체감으론 날렵하게, 그러나 사실적인 그의 시선으론 무겁게 욕실로 간 영재는 샤워를 하고 나와 대강 옷을 걸쳤다. 그리고 서둘러 예약한 뷰티 숍으로 가기 위해 차를 탔다. 하지만 차 속에서 영재는 또 잠이 쏟아지는 모양이었다.

"남들은 임신 초기에만 잠이 쏟아진다는데 난 왜 이러는지 모르겠어, 장주 씨."

울상 짓는 그녀를 보며 피식 웃은 장주는 자신의 무릎을 탁탁 쳤다.

"누워."

이에 새초롬하게 눈웃음친 영재는 그의 무릎을 베고 누웠다. 그는 그녀의 머릴 계속해서 쓸어 올려 주었다. 단시간 달게 자도록.

그런데 영재는 자지 않고 그의 얼굴을 빤히 올려다봤다. 어느 각도에서 봐도 멋진 남자였다. 심지어 그녀의 눈엔 콧구멍도 예뻤다. 그의 아래턱으로 손을 뻗은 영재는 부드럽게 말했다.

"쌍둥이 둘 다 아빠 닮았으면 좋겠어."

그는 불룩한 영재의 배를 위에서부터 아래쪽으로 쓸어내리며 말했다.

"난 우리 쌍둥이가 적당히 널 괴롭혔으면 좋겠어."

아이보다 영재였다. 늘 그럴 남자라는 걸 운전석의 시현도 매일 확인할 수 있었는데 분명 서영재 앞에서의 선우장주와 UK픽처스의 선우장주는 극명한 차이가 있었다.

두 남자라고 해도 과언이 아닐 정도였고, 세상에서 가장 바쁜 남자는 오늘도 사랑하는 와이프의 스케줄을 기꺼이 챙겼다. 그리고 과감히 자신의 룰까지 벗어 헌신했는데 본래 언론에 모습을 잘 드러내지 않고 그림자처럼 움직이는 선우장주가 정신없이 쏟아지는 카메라 플래시 앞에 자의적으로 노출한다는 것 자체가 '이변' 이었다.

뷰티 숍에 도착한 영재는 전문가의 손에 맡겨졌고, 그 시간 내내 선우장주의 시선은 아내에게서 벗어나지 않았다. 그녀와 함께일 땐 Job이란 없는 그 남자의 애정 어린 꿋꿋함을 거울로 확인할 때마다 영재는 방긋방긋 미소 지었다.

재밌는 건 아내에게 집중하고 있는 그를 많은 이들이 기웃거리고 있었는데 그건 유명 인사들이 출입하는 숍이라 너무나 당연한 일인지도 몰랐다. 영화계에서뿐 아니라 재벌가에서도 선우장주, 그 이름 넉 자의 인지도는 어마어마했으니까.

그러나 그에게 있어 이 여자의 가치만 하랴. 드레스로 갈아입고 나온 영재……의 뒷모습은 전혀 쌍둥이를 가진 여자라고 할 수 없었다.

은은한 골드 펄이 흩뿌려진 우아한 드레스는 웨딩드레스 브랜드 제니 팩햄의 2019 컬렉션으로 어느 한 곳도 슬릿 없이 그녀의 뒤태 실루엣을 완벽하게 강조했고, 반 묶음의 핀으로 고정된 길고 풍성한 웨이브 진 머리카락은 긴 목선을 타고 고혹적인 어깨 라인과 반전 있는 오픈 백 드레스답게 V 자로 깊이 파인 날씬한 등으로 흘러 내려와 청초하고 우아했다. 하지만 압도적인 건 뭐니 뭐니 해도 앞모습, 여배우에겐 없는 불룩한 배였다.

선우장주와의 사랑의 결정체를 둘이나 품고 있는 그녀의 불룩한 배는 시도 때도 없이 선우장주의 존재를 위협했던 그녀의 모든 요소들과 더불어 오늘도 그를 견디지 못하게 만들었다.

"사랑스럽다, 서영재."

나지막이 말하며 이마에 가볍게 입 맞춘 장주는 한 손으로 그녀의 매끈한 등을 쓸어내리다 자연스럽게 허리를 감았다. 그의 보호 아래 있는 그녀는 빛이 났다.

"가자."

그들이 사라지자 숍의 사람들은 크게 웅성거렸고, 그보다 천배나 더한 열기는 영화제 현장을 뒤덮고 있었다.

떼 지은 연예계 기자들이 쉴 새 없이 터뜨리는 플래시 세례, 줄지은 다국적 팬들의 무한한 함성, 그리고 레드 카펫…….

그 앞으로 이례적인 밴이 아니라 롤스로이스의 블랙팬텀이 등장하자 눈이 휘둥그레진 팬들은 대스타를 기대하며 촉각을 곤두세웠는데 무엇보다 발 빠르게 움직이기 시작한 건 '진짜를 아는'

기자들로 선우장주와 그의 아내는 지난 2년간 특정 계층에서 화제였다. 이를테면 연예계와 영화계, 그리고 재벌계에서.

그러나 좀처럼 범접할 수 없는 선우장주와 그의 아내, 그리고 사생활. 그러니 양지로 나온 그를 '거저' 프레임에 담을 수 있다는 건 한마디로 'Great luck' 이었다!

경호원들이 뒷좌석 문을 열자 곧장 내려선 장주는 슈트의 버튼을 여미며 순식간에 사방을 훑었다. 차가운 표정에 날카로운 눈빛, 그러나 짙게 풍기는 냉정한 세련미와 거만해 보일 수도 있는 타고난 당당함, 그 표면적인 모습만으로도 기자들은 연신 플래시를 터뜨리며 탄복했다.

"와우, 오금 저려!"

그러나 일반인들은 어리둥절했다. 분명 연예인은 아닌데 앞서 레드 카펫을 밟은 그 누구보다 근사한 남자의 정체가 가늠되지 않았다. 그런데 더 이상한 일이 일어났다. 먼저 내린 낯선 남자의 에스코트를 받으며 한 여자가 내리자 이번엔 기자들이 함성을 지르는 게 아닌가!

"두 분, 너무 보기 좋으십니다!"

기자 하나가 외치자 누군가 바통을 이어 거침없는 주문을 했다.

"대표님! 한번 웃어 주십시오!"

이에 장주는 즉각 소리 나는 방향으로 고갤 슥 돌렸는데 그 표정이 어찌나 압도적인지 순간 움찔한 기자는 '언제나' 처럼 소심한 요구나 카메라 따위엔 조금도 관심 없는 그에게 총 맞는 건가

했는데, 맙소사! 그가 웃었다. 기자는 그 황홀감에 손에서 카메라를 놓치고.

사방에서 정신없이 쏟아지는 카메라 세례에 영재는 눈 뜨기 어려울 정도였다. 이 남자의 파급적인 영향력을 이렇게까지 적나라하게 체감해 보긴 처음이라 어리둥절한 영재는 팔짱 낀 그의 아래팔에 나머지 한 손도 올려 붙들었다.

그때, 용감한 기자 하나가 사적인 영역을 침범해 들어왔다.

"서영재 감독님, 출산은 언제쯤입니까?"

"대답하지 않아도 돼."

장주가 조용히 말했다. 그러자 기자를 향해 미안한 웃음을 전한 영재는 은근슬쩍 손을 들더니 손가락 2개, 1개를 빠르게 폈다 내렸다. 2월 1일.

어차피 예정일은 예정일일 뿐 쌍둥이의 상황이 어떻게 진전될지 엄마인 그녀도 짐작하기 어려운 일인데 어쨌든 그녀의 손가락 사인을 훗날 기자들은 이렇게 회고했다.

세상에서 가장 치밀한 센스!

난리 북새통 사이로 장주의 에스코트를 받으며 레드 카펫을 지나 전당의 계단을 중간쯤 오를 때였다.

레드 카펫이 시작되는 뒤쪽에서 우레와 같은 팬들의 함성과 함께 다국적 언어의 찬사가 쏟아졌다. 무심히 뒤를 돌아본 영재는 흰색 밴에서 내리는 배우를 금방 알아봤다.

아우라도 절도 있는 배우 정우석은 다각도에서 터지는 카메라를 어떻게 다뤄야 하는지도 잘 알고 있었다.

무한한 미소, 적당한 제스처, 그리고 당당한 걸음걸이와 함께 겸손이 엿보이는 시선 처리까지 잘 버무렸다. 그러다가 저 위, 그녀까지 발견했다. 서영재…….

'후훗. 저 여자는 임신을 해도 저렇게 황홀한가?'

그는 감격했고 반추했다, 세상을 다 얻은 기분을 느꼈던, 그러나 잠시 잠깐이었던 그날을…….

곁눈도 주지 않던 그녀를 설득해 간신히 고급 레스토랑에 마주 앉자마자 프러포즈했다. 크게 놀랐던 그녀, 그리고 거절하지 않았던 그녀.

하지만 맛있게 밥을 먹고 나오자마자 그녀는 반지를 되돌려 줬다. 무슨 뜻이냐 묻는 그에게 그녀는 간결하게 대답했다. 당신 체면, 구기고 싶지 않았어. 라고.

그리고 경계하며 똑똑히 덧붙였다. 남편이 있다고. 다만 그 사람과 멀리 있는 것뿐이라고. 그 말이 믿기지 않아 지켜봤다. 하지만 늘 혼자였던 그녀…….

결혼 따윈 한 적도 없어 싱글임을 확신했지만 남편이 있다고 하던 그녀의 아팠던 눈빛, 그걸 무시하고 다시 구애하기 어려웠다.

그런데 그녀가 남편이라고 했던 사람이 선우장주일 줄이야. 죽었다 깨어나도 게임이 안 되는 상대였다. 그래서일까, 견줄 수 없는 상대의 아내가 된 그 여자에게 신경이 끊어지지 않았다.

'이 시대에, 저 외모에 순정이라니!'

무척이나 씁쓸했다.

“사랑해요!”

떼 지은 무리들 사이에서 불쑥 튀어나온 손이 그의 손등을 때리듯 스쳤다. 순간 상념에서 벗어나며 그 손을 맞잡고 미소 지은 그는 다시 영재를 쳐다봤고, 서로 눈이 마주쳤다. 순간 저도 모르게 훅 하고 심호흡한 그는 태연한 척 고개를 끄덕, 했다.

영재는 그의 인사를 받았고, 그 순간 아래팔에 걸린 영재의 손을 빼 왼손으로 잡고 오른팔을 그녀의 허리에 두른 장주는 딱딱한 목소리로 말했다.

“아무한테나 인사하지 마.”

영재는 의아해했지만 그는 더 강하게 말했다.

“눈길도 주지 마.”

영재는 부드러운 태도로 말했다.

“아는 사람이야.”

순진한 영재의 허리를 감질나게 쓸어내린 그는 그 특유의 저음으로 놀라운 말을 했다.

“서영재. 나 지금 질투하는 거야.”

화색으로 번진 그녀의 까만 눈동자가 반짝거렸다.

“왜? 난 당신만 사랑하는데?”

처음 만났을 때부터, 그리고 5년을 떨어져 있었을 때도, 다시 재회해서 지난 1년 반의 결혼 생활에서도 그 사랑을 매일같이 확인했던 장주는 방긋 웃는 영재의 입술을 부드럽게 핥았다 놓았다. 그 모습이 누군가의 사각 프레임에 담겼다.

◇ ◆ ◇

“이야! 오늘은 그야말로 〈낭자〉의 날입니다!”

작품상을 비롯해 감독상, 각본상, 음악상을 섭렵한 영화 〈낭자〉는 그야말로 초대박을 쳤다. 제작자인 선우장주도 물론 좋았지만 천재림, 그의 위상은 전당의 천장을 뚫고 들어갈 기세였다. 으하하하!

“자, 다음은 미술 감독상 시상이 있겠는데요, 시상은 배우 정우석 씨와 고재인 씨가 수고해 주시겠습니다.”

오케스트라의 생생한 연주와 홀을 가득 채운 많은 이들의 박수 속에서 두 사람이 로맨틱하게 걸어 나왔다.

“안녕하세요, 정우석입니다.”

“고재인입니다.”

대중을 향해 인사한 두 사람은 가벼운 멘트를 주고받기 시작했다.

“고재인 씨, 오늘 이렇게 함께 자리를 빛낼 수 있어 영광입니다. 요즘 할리우드에서 많이 바쁘시죠?”

재인은 수줍게 웃으며 감사의 메시지를 전했다. 무대에 오르는 순간 너무나 당연한 듯 눈길을 사로잡는 선우장주를 의식한 채로.

‘나, 저 남자 사랑하나? 젠장.’

하지만 이 순간 제일로 짜증 나는 건 미술 감독상 시상을 하필이면 자신이 한다는 사실이었다. 서영재가 임신했다고 들었지만 제법 불러 온 배, 그리고 여배우는 아니지만 조금도 어색하지 않은 치장과 빛나는 자태는 한마디로 꼴불견이었다.

“후보작 영상 보시겠습니다.”

노미네이트 된 다섯 영화의 미술을 소개하는 스크린을 긴장 어린 얼굴로 지켜보는 영재의 손에 땀이 찼다. 그가 필요했다. 비스듬히 눈길을 돌린 영재는 무대를 직시하고 있는 장주의 근사한 옆모습을 욕심스레 응시하다가 그의 시선을 따라갔는데 하필이면 그의 시선이 머문 곳은 고재인이었다, 고재인의 시선 역시 그에게 있고, 마치 둘만의 세계에 갇히기라도 한 것처럼.

영재는 가만히 그의 한쪽 허벅지로 손을 뻗었다. 이에 한쪽 눈썹을 실룩거리며 느릿하게 영재에게로 시선을 옮긴 그의 눈빛이 차갑게 번뜩였다. 그러자 살며시 미소 지은 영재는 애틋하게 말했다.

“아무한테도 눈길 주지 마.”

이에 야릇하게 입술을 말아 올린 장주는 과감하게 그녀에게 입맞췄다. 그리고 말했다.

“축하해, 서영재.”

그 순간 무대 위에서 그녀의 이름이 호명됐다.

“〈色스럽게〉의 서영재 감독님!”

이내 오케스트라의 생동감 있는 연주 위로 함성과 박수가 쏟아졌고, 감격에 겨워 어쩔 줄 모르다가 조심스레 몸을 일으킨 영재는 가까이에 와 닿아 있는 장주의 커다란 손을 꽉 의지해 잡았다. 통상적이며 뜨뜻미지근한 일반석의 반응과는 달리 무대 바로 아래, 원탁의 스타들과 스태프들은 전부 기립 박수를 치며 축하했다.

임신한 영재를 무대의 계단 아래까지 에스코트하는 선우장주의 모습이 카메라에 잡혔다. 무대 계단에 한쪽 발을 디딘 영재는 그제야 조심히 손을 놓는 그에게 속삭였다.

"자기, 나만 봐?"

이에 슬쩍 윙크한 장주는 고개를 끄덕였고, 크게 심호흡한 영재는 긴장감과 감격을 다 감추지 못하고 마저 계단을 조심스럽게 올라섰다. 그 모습을 비릿한 눈길로 쳐다보던 재인은 악랄한 마음으로 곱씹었다.

'저 치맛자락을 밟아서라도 자빠뜨리고 싶어!'

그렇게 해서라도 서영재가 가진 모든 행복을 깨뜨리고 싶었다.

"축하합니다, 서영재 감독님."

트로피를 건넨 정우석은 3여년 만에 가까이에서 보는 영재를 깊은 눈길로 응시했고, 그사이 재인이 꽃다발을 내밀었다, 축하 인사말도 없이, 억지웃음 반토막과 함께.

하지만 〈色스럽게〉의 모든 배우들과 스태프들이 꽃다발을 가지고 우르르 무대 위로 올라와 그녀 품에 한 아름 안겨 주었다. 이처럼 많은 축하와 갈채가 쏟아졌다.

두 손에 다 들 수 없는 꽃다발을 한쪽에 내려놓은 영재는 마이크 앞으로 가려고 돌아섰는데 난데없이 갑자기 크게 휘청한 그녀의 몸이 앞으로 자빠지듯 쏠렸다.

"!!"

기겁한 장주는 무대 위로 뛰어 올라오려다 멈칫했다. 정우석, 그가 잡았다. 이내 그의 매서운 시선이 영재의 드레스 밑자락에서 재빨리 도망치는 재인의 하이힐에 꽂혔다.

그 눈길을 알아챈 재인은 흠칫 놀라면서도 야무진 표정으로 그를 쳐다봤다. 장주는 검지로 그녀를 딱 가리켰다. 너어!

그 무시무시한 경고에 콧방귀 뀐 재인은 그 도도한 턱을 획 돌렸고, 그의 섬뜩한 눈동자가 사납게 으르렁거렸다.

정우석의 민첩성 덕분에 구사일생한 영재는 잔뜩 질린 얼굴로 그를 쳐다봤다. 그는 괜찮다고 부드럽게 눈짓하며 잡았던 그녀의 허리를 놔 주었고, 기끼스로 마음을 추스른 영재는 고맙나고 눈인사하고는 철렁 내려앉은 가슴을 다독이고 다독이며 마이크 앞에 섰다. 그리고 그를 찾았다, 장주 씨!

하지만 눈앞이 캄캄해 아무것도 보이지 않았다. 그래도 입을 열어 보았다.

"죄송합니다. 제가 오늘 유독 체중이 앞으로 쏠리네요."

다행히 목소리가 나왔고, 이에 관객들은 안도하며 더 크게 박수했다. 그제야 조금 안심한 영재는 막 무대 뒤쪽으로 가려는 정우석을 향해(사실 어느 쪽인지는 모른 채) 묵례하며 고맙다고 인사를 전했다. 그리고 차분하게 수상 소감을 말하기 시작했다.

한편, 무대 뒤로 내려오던 재인은 계단 중간에 딱 멈춰 섰다. 그가 서 있었다. 소름 끼치도록 무서운 얼굴로. 젠장.

다리가 굳어 버려 이러지도 저러지도 못하고 있는데 그가 딱딱, 계단을 밟아 올라왔다. 그러더니 빽을 후려쳤다.

짜악!

뒤따라 내려오던 정우석은 식겁했다.

"미쳤어, 당신?!"

재인은 눈알이 빠질 것같이 얼얼한 뺨을 잡고 소리쳤지만 그는 끔찍하게 무서운 얼굴로 위협하듯 말했다.

"죽고 싶지? 감히 누굴 건드려?"

부르르 떨리는 입술을 꽉 깨문 재인은 쉬운 변명을 했다.

"실수였어!"

"실수도 하지 마!!"

그가 고압적으로 소리쳤다. 그 모습이 어찌나 무서운지 무대 뒤쪽을 감독하던 스태프들도 감히 끼어들지 못하고 죄다 눈을 아래로 깔았다. 그 사이로 정우석이 중재라도 하려는데 갑자기 울음을 터뜨린 재인은 크게 억울한 처지를 연출하며 크나큰 피해자인 양 그 자리를 떠나려 했다. 하지만 그녀의 손목을 순식간에 낚아채 잡아 붙든 장주는 비열하고도 무서운 얼굴로 말했다.

"추락할 준비 단단히 해, 고재인. 그 눈물 연기도 그때 가서나 하고."

얼굴빛이 파래지는 재인을 죽일 듯 노려보던 장주는 차갑게 돌아섰다.

"실수였다고!"

그녀는 비명을 질렀다. 하지만 늦었다. 이미 그녀의 인생은 끝장이었다, 무대 앞의 축제는 활활 타오르고!

짝짝짝!

휘이익!

모두의 찬사 속에서 침착하고 차분하게, 그리고 센스 있고 간결하게 수상 소감을 마친 영재는 올라왔던 그 반대 방향의 계단으로 내려갔다. 장주가 기다리고 있었다.

"이리 와."

그는 그녀가 무대 위로 오를 때와 똑같이 그 너른 손을 내밀었다. 덜덜 떨리는 손을 그의 손에 얹는 순간 영재는 눈물이 핑 돌았다. 장주는 영재를 꼭 끌어안아 주며 말했다.

"집으로 가자."

"응."

그를 의지해 간신히 전당 홀 밖으로 나온 영재는 도저히 다리가 후들거려 제대로 걸을 수가 없었다.

"장주 씨. 나 잘 못 걷겠어. 구두 벗을래."

긴장 어린 낯빛으로 어색하게 웃으며 손만 대고 있던 배를 더 보호하듯 팔 전체로 감싸며 말하는 영재가 안쓰러운 장주는 먼저 그녀의 발에서 구두를 벗겨 한 손에 쥐고 그녀를 번쩍 안아 들었다. 이에 그의 목을 두 팔로 끌어안고 그 아래턱에 얼굴을 묻은 영재는 조용히 말했다.

"나만 보고 있었지?"

"응."

이에 소리 없이 웃으며 그의 뺨에 자신의 뺨을 비비적거린 영재는 부드럽게 입술을 스치며 말했다.

"나, 사실 아무것도 안 보이는 거야. 세상이 온통 까매. 근데 당신 사랑한다는 말은 잊지 않고 했어. 들었지?"

"들었지, 그럼."

영재는 수줍게 웃었다. 귓가에 퍼지는 그녀의 웃음소리에 그도 미소 지었다.

생방송을 보고 있다가 가슴 철렁했던 시현은 이미 차를 대기시켜 놓은 상태였고, 뒷좌석에 영재를 태운 장주는 반대쪽으로 돌아가며 시현에게 눈짓했다. 그의 뜻을 분명하게 알아들은 시현은 미련한 짓을 한 고재인이 애석할 따름이었다.

곧 블랙팬텀이 부드럽게 미끄러졌다.

물을 조금 마시는 영재에게서 생수병을 받아 뚜껑을 닫은 장주는 재킷 안에서 카드 케이스를 꺼내 내밀었다.

"선물."

그제야 표정이 한결 편안해진 영재는 귀엽게 말했다.

"맞아. 나 받을 자격 있어."

하지만 케이스를 연 영재는 이내 눈물을 글썽이더니 안에 있는 걸 꺼내지 못하고 머뭇거렸다.

故 서진우 작가 미술전

기간은 오늘 날짜로 서영재의 출산 예정일까지였다. 장소 또한 한국의 명소였다.

"……고마워."

카드 위로 그녀의 눈물이 뚝 떨어져 스몄다. 영재의 어깨를 한 팔로 감싸 안은 장주는 부드럽게 말했다.

"사랑해."

조모의 축복대로 늘 그의 사랑을 누려 온 영재는 배를 어루만지며 그의 품에 기댔고, 그는 사랑스러운 영재의 이마에 깊이 키스했다. 사실 아직도 그의 가슴이 얼얼하게 뛰었다. 지난 5년을 神의 흉내를 냈던 그가 무대에서 영재가 실족한 순간 느낀 건 공포였다. 그때 자신은 분명 하늘에서 떨어진 무능하고 무력한 작은 존재에 불과했다.

선우장주가 살아갈 때의 그 삶이 되는 영재를 품에 안고 매 순간 그 사랑을 확인하며 살게 되니 무서운 것도 많아지고 두려운 것도 많아졌다.

사랑, 가지면 가질수록 그래서 행복하면 할수록 어느 날 갑자기 잃을지도 모른다는 막연한 두려움에 기도한다고 했던가?

사랑, 잔혹하여라!

부디 내게, 그리고 내 아내와 쌍둥이들에게 '참 신'의 가호가 있기를!

— *Fin*

작가 후기

7년 만에 네 번째 이야기가 출간되었다. 사실 〈잔혹하여라〉는 2012년에 〈0.01캐럿〉이 출간됐을 시기의 차기작으로, 출판사 측의 '크게 봐 주심' 으로 선계약했던 작품인데 구성 작가의 결혼과 집필 작가의 셋째 출산이란 크나큰 변수가 생기면서 이제야 세상에 나왔다.

전 세계적으로 'ME—TOO(나도 고발한다)' 운동이 나오고 그 고발들이 확산되기 이전에 작품의 전체 윤곽이 나온 〈잔혹하여라〉가 성폭행이나 성희롱을 고발하고 그 심각성을 알리는 캠페인과 독자들께 어떻게 반영될는지는 잘 모르겠지만 분명하게 먼저는 '사랑' 을 모토로 긴긴 이야기를 풀어 나갔음을 알아주셨으면 좋겠다.

너무 오랜만의 출간이라 로맨스 소설계의 분위기가 어떤 흐름을 타고 있는지, 그래서 이 작품이 과연 독자들의 마음을 빼앗을 수 있을지 걱정도 되지만 진짜 열심히 썼음을 단 한 분이라도 알아준다면, 또 '아가서'를 기억해 주시는 단 한 분이 있다면 앞으로도 늘 성심성의껏, 최선을 다해 아가서스럽게 글을 쓰겠다. 그런 의미로 다섯 번째 작품인 〈첫눈에 반했다고 말할 순 없잖아!〉는 부디 빠른 시일 내에 출간되도록 아가서의 두 작가는 서로를 쫄 것을 선서한다!

긴긴 시간 기다려 주신 뿔미디어 담당자분들, 그리고 끝없이 응원해 준 친구들과 어쩌면 아가서의 컴백을 기원해 주셨을 얼굴 모를 독자 여러분들, 또 눈치는커녕 비위 맞추며 응원해 준 남편들과 자녀들에게 미안함과 고마움을 표한다.

2019년 8월에 선우장주와 서영재의 사랑을 흡족해하며

아가서 집필 작가

P.S Thanks Lovely God.

www.b-books.co.kr

www.b-books.co.kr